Título original: *Nightrender*

1.ª edición: septiembre de 2022

© Del texto: Jodi Meadows, 2022
Publicado originalmente por Holiday House Publishing, Inc., Nueva York.
Derechos de traducción cedidos por mediación de
Sandra Bruna Agencia Literaria, SL.

© De la ilustración de cubierta: Studio Kôsen, 2022
© De la traducción: Jaime Valero, 2022
© De esta edición: Fandom Books (Grupo Anaya, S. A.), 2020
Juan Ignacio Luca de Tena, 15. 28027 Madrid
www.fandombooks.es

Asesora editorial: Karol Conti García
Diseño de cubierta: Lola Rodríguez

ISBN: 978-84-18027-72-7
Depósito legal: M-12629-2022
Impreso en España - Printed in Spain

PAPEL DE FIBRA
CERTIFICADA

# JODI MEADOWS

Traducción de Jaime Valero

FAND✪M BOOKS

*Para Lauren, la ambiciosa*

# PRÓLOGO

Así es el mundo: un continente llamado Salvación, tres reinos y una guerra tan antigua que nadie sabe qué la desencadenó. Combaten, se repliegan, conspiran y, lo más importante, olvidan lo que jamás debería olvidarse.

O mejor dicho, lo intentan. Es imposible olvidar del todo la Malicia, porque en el centro de Salvación —en el punto de encuentro entre los tres reinos— hay una barrera mágica que zumba y destellea. Recibe el nombre de Malfreno y es lo único que se interpone entre los tres reinos y la oscuridad que se filtra a través del Desgarro.

En cuatrocientos años, nada ha podido traspasar el Malfreno. Incluso las cicatrices de la última incursión se han convertido en algo cotidiano para los habitantes de los tres reinos. Se limitan a sobrellevar la realidad que les ha tocado vivir. Evitan los malsitios, como los cepos o los vacíos gravitatorios. Se aseguran de coger provisiones de sobra si se adentran en los bosques llameantes. Si pueden, llevan obsidiana.

Es comprensible ese deseo suyo de olvidar. La gente debe adaptarse; si no, vivirían con el terror constante a la siguiente incursión. Nunca se haría nada: no se cultivaría, ni se forjaría, no habría gobiernos, ni impuestos, ni construcciones, no habría minas, ni molinos, ni se tendrían hijos. La vida debe continuar y, a estas alturas, los habitantes de Salvación son unos expertos en eso. Aun así, adaptarse es una cosa; olvidar es otra muy distinta. Como todos están tan ocupados luchando, olvidando aquello que deberían esforzarse por recordar, no se han preparado para lo inevitable: otra incursión.

Siempre termina llegando, y pasados cuatrocientos años desde la última, hay quien dice que ya va tocando otra.

Así es el mundo —el continente, los reinos, la guerra—, pero pronto nada de eso importará, pues el Malfreno se está debilitando: todo lo que está atrapado en su interior saldrá en tromba, y la única que podría defender esta maraña de supervivencia, olvido y lucha...

En fin, todavía está durmiendo.


La isla de Ventisca se encuentra al noreste de Salvación. Nadie va allí. Es una roca cubierta de hielo donde no germina nada, cuyo único edificio es una torre azotada por el viento que podría desplomarse cualquier día.

Hace muchos años, la torre era una obra de arte, un monumento construido para honrar a la adalid de la humanidad. Los muros exteriores eran de piedra caliza, con bandas de mármol, granito y arenisca que circundaban la estructura a intervalos regulares. Un enchapado de oro puro, con la forma de unas alas desplegadas, cubría el costado meridional de la torre. Cuando el sol proyectaba sus rayos sobre ella, las alas centelleaban.

Pero tras cuatro siglos de abandono, la actividad sísmica de la isla ha afectado a la estructura: primero se desprendió el oro, y luego, se aflojaron las bandas, que se inclinaron y se agrietaron. Alrededor de la torre, el suelo está cubierto de fragmentos rotos, pero nadie viene a robar ese valioso material. Aunque la isla no estuviera cubierta de nieve la mayor parte del año, nadie se atreve a acercarse demasiado a la durmiente que habita en la torre.

Noctámbula.

Es una leyenda, un ser tanto de luz como de oscuridad, creada con el único propósito de defender Salvación frente a los rencores.

Eso es lo que hay al otro lado del Malfreno: rencores, criaturas demoníacas que pervierten todo lo que tocan. Pesadillas encarnadas que han estado a punto de someter el continente demasiadas veces como para enumerarlas. Noctámbula es la única que puede derrotarlas, y durante incontables siglos, los habitantes de los tres reinos la veneraron como a una especie de semidiosa. Construyeron la torre, le hicieron ofrendas y se aseguraron de que no le faltase de nada. (Ella jamás deseó riquezas, ni tierras, ni posesiones, pero podría haberlo tenido todo.) En los cuadros —aquellos que no fueron destruidos tras el Amanecer Rojo—, se la representa imponente y fiera, con unas alas enormes, repletas de plumas, y una espada compuesta con el material del que está hecha la noche, terrible y maravillosa de admirar.

Pero la gente ha dejado de pintarla.

Aquí, en esta torre, parece una niña que duerme bajo un dosel de telarañas, totalmente inmóvil, sin respirar apenas, gélida al roce. (Aunque nadie en su sano juicio se arriesgaría a tocarla, dormida o despierta.) Mientras la ventisca arrecia en el exterior y la nieve se acumula en su ventana, Noctámbula sueña.

Ve el Malfreno al otro lado de sus párpados cerrados. De lejos parece una cúpula inmensa, tan alta que se pierde entre las nubes; pero, de cerca, es un muro recto e infranqueable que impide que la Malicia se expanda. De ahí su nombre.

Lo cierto es que el Malfreno no es ni un muro ni una cúpula; es una esfera que se adentra a través de las capas de la tierra hasta sumergirse en el magma, que no le produce ningún daño; si acaso, el fuego fortalece su magia. Es un conjunto de energía crepitante, valles y montañas escarpadas, ríos y cañones. Quedan incluso los restos de un pueblo partido por la mitad y un cementerio donde, durante una incursión, los muertos se levantaron y se fueron. Allí ya no queda nadie enterrado.

En su sueño, Noctámbula atraviesa el Malfreno.

Accede a una realidad fantasmagórica que no cumple las mismas reglas que en el resto del mundo. La topografía es tal y como cabría esperar —colinas donde deberían estar las colinas, ríos donde debería haber ríos—, pero tras varios milenios de corrupción, ha habido algunos... cambios.

No resulta agradable verlos.

Pero Noctámbula ya ha visto eso antes y no permite que le afecte. Al fin y al cabo, se ha adentrado en la Malicia más veces que nadie —físicamente, no solo en sueños—, y esta vez no resulta más complicada que la anterior.

Excepto...

Excepto que ahora hay algo distinto, algo que la saca del sueño con un sobresalto y la empuja hacia los confines de la consciencia. Se afana por despertar y cumplir con su deber, pero no ha sido invocada, y mientras la gente no le pida ayuda, seguirá atrapada aquí, durmiendo. De sus labios escapan unos suspiros breves y suaves, los únicos indicios de vida que ha mostrado en los últimos cuatrocientos años. Después exhala, con una bocanada larga y continuada, y una nubecilla de aliento se forma en el aire frío, sobre su cabeza. Y vuelve a quedarse dormida.

No la han invocado.

Pero deberían hacerlo. La gente que vive cerca del Malfreno debería prestar atención a sus temblores y a sus puntos débiles, y hacer caso de su sueños premonitorios. Los gobernantes deberían olvidar sus disputas por un momento para advertir que es hora de almacenar comida y agua, de conducir a sus ciudadanos hacia la dudosa seguridad de las ciudades amuralladas. Y alguien, quien sea, debería despertarla. Porque en las profundidades de la Malicia, más allá de las montañas mutiladas, los ríos fangosos y los extraños lapsos de tiempo, los rencores han erigido lo que algunos podrían considerar un castillo, construido a partir de millones y millones de huesos humanos.

Como la mayoría de los castillos, este tiene una sala del trono. Hay dos tronos en el centro de un espacio octogonal, aunque solo uno de ellos está ocupado. El otro está vacío. Esperando.

Esta es la fuente de la inquietud de Noctámbula, de ahí su desesperación por despertar. Los rencores no erigen castillos ni construyen tronos. Eso significa que algo ha cambiado en ellos.

La figura del trono.

Esa es la amenaza.

Ella lo sabe de inmediato, pero no puede actuar. Si nadie la invoca, el Malfreno no tardará en caer.

Y el mundo pasará a ser así:

# 1. HANNE

Antes de todo esto, Hanne tenía un montón de ideas pragmáticas sobre el matrimonio.

Desde niña, se había preparado para desposarse con alguien muy rico, poderoso y con influencias políticas. Se sentía satisfecha imaginando un matrimonio sin amor. Eso de que las princesas se enamorasen de apuestos caballeros y los príncipes de granjeras avispadas solo ocurría en los cuentos. Y tampoco había que olvidar esa charla que había mantenido con su madre (cuando tenía trece años), en la que la animaba a engendrar herederos primero y a buscarse sus «arreglos» después. Es decir, a buscarse aventuras al margen de su cónyuge, si le apetecía.

Así funcionaba la mayoría de las parejas políticas.

Pero aun guiándose por ese concepto funcional que Hanne tenía del matrimonio, su situación era inusual.

## LA PRINCESA HEREDERA JOHANNE FORTUIN DE EMBRIA SE CASARÁ CON EL PRÍNCIPE HEREDERO RUNE HIGHCROWN DE CABERWILL.

Ese era el titular que se repetía en todos los periódicos desde Solcast, en Embria, hasta Brink, en Caberwill. Y, seguramente, también en todos los periódicos de Ivasland.

Una boda real.

Dos reinos enfrentados, unidos por el desprecio mutuo hacia el tercero en discordia.

¿Qué era lo que no contaban los periódicos ni los chismorreos? Los planes de Hanne para después de la boda: primero conquistaría Ivasland con el poderío de sus dos ejércitos, y después borraría del mapa a su esposo y a su familia al completo. Por último, se convertiría en la reina absoluta.

Aunque fuera poco ortodoxo, su plan pondría fin a la guerra, algo que toda Salvación necesitaba desesperadamente.

Cierto, los tres reinos no estaban oficialmente en guerra en ese momento, pero esa pausa nerviosa en la que se encontraban no duraría demasiado. Con el tiempo se acabaría el alto al fuego, cesarían los intercambios comerciales y se retomarían las matanzas. Siempre pasaba lo mismo.

Así que la mayor ambición de Hanne era la paz. Si tal cosa era posible, ella la conseguiría.

Que el plan condujera a la victoria de Embria y al nombramiento de Hanne como reina suprema solo era una consecuencia afortunada.

—Al menos es agraciado.

Nadine —la prima favorita de Hanne, que además era su doncella y la única persona del mundo con la que le gustaba compartir su tiempo— se asomó a la ventanilla del carruaje, donde el ambiente estaba cargado. Estaban solas en su interior, pero fuera las rodeaba todo un regimiento de nobles, diplomáticos y soldados que viajaban a Brink para la boda.

A Hanne le había gustado la perspectiva del viaje, al menos hasta que comprendió que tendría que pasarse todo el trayecto encerrada en el carruaje. Quería sentir la brisa, ejercitarse, pero sus padres no se lo permitieron. Insistieron en que se sentara en esa jaula mal ventilada, mientras los demás se divertían.

—Nos sigue pareciendo atractivo, ¿verdad? —Nadine miró a Hanne por el rabillo del ojo. Después volvió a asomarse por la ventanilla, desde donde tenían una bonita vista de Rune Highcrown—. Al menos, hay que reconocer que tiene un buen porte.

Nadine, la dulce Nadine, siempre se esforzaba mucho por ver el lado bueno de cualquier situación.

Pero para Hanne el único lado bueno era el resultado final, y estaba dispuesta a soportar cualquier suplicio con tal de alcanzar sus objetivos.

—Tiene un nombre ridículo —se limitó a decir.

Aun así, eso no le impidió admirar su notable estatura y su impecable postura a lomos de su semental, cuyo pelaje era tan oscuro como el plumaje de un cuervo. Cabalgaba ligeramente por delante de ellas, así que no podían ver su recia mandíbula, ni la barba incipiente que se estaba dejando crecer desde que salieron de Solcast, pero Hanne ya había tenido ocasión de grabar esos detalles en su mente. Al atardecer, cuando la caravana se detenía a hacer noche, les concedían a los dos «tiempo a solas», que aprovechaban para pasear por el claro (o por la orilla del lago o por la linde de un bosque llameante) para llegar a conocerse mejor mientras Nadine y varias doncellas más los seguían a una distancia prudencial.

—No puede evitar llamarse así —replicó Nadine.

De las dos, sin duda ella era la más buena, lo que significaba que Hanne tenía que cuidarla, porque si algo le había enseñado la experiencia era que la gente corriente se aprovechaba de la gente buena. Hanne detestaba a la gente corriente.

—Ni tampoco tener ese aspecto —repuso Hanne—. No lo halagues por un atributo que no depende de él, mientras lo excusas por otro.

Nadine puso los ojos en blanco, algo que jamás habría hecho de haber estado presentes las demás doncellas de Hanne; pero cuando estaban las dos a solas, podían relajarse. Nadine intentaba mostrarle a su prima el lado bueno de absolutamente todo, mientras que Hanne se esforzaba por enseñarle a Nadine a protegerse de la ya mencionada gente corriente.

—Rune podría negarse a peinarse o a cuidarse la piel. Podría andar encorvado o masticar con la boca abierta. Por suerte para ti, tiene modales y vanidad suficientes como para resultar agradable a la vista.

—Al menos, hasta que tenga que matarlo. —Hanne tocó el puñal que llevaba escondido en una bota.

—Al menos, hasta que tengas que matarlo —coincidió Nadine—. Pero intenta no echarle en cara lo de su nombre. La culpa la tienen sus ancestros.

Eso era cierto. En el pasado, los habitantes de los tres reinos compartían un sistema común para denominarse: nombre de pila y apellido, todos ellos tomados de los invasores y refugiados que alcanzaron las orillas de Salvación hacía muchísimos años. Se mezclaron unos con otros, como suele pasar, pero cuando los tres reinos decidieron odiarse entre ellos y dividirse, los habitantes de Ivasland comenzaron a llamarse como los pueblos donde vivían, y los habitantes de Caberwill decidieron tomar sus nombres de virtudes, composiciones y otras tonterías.

«Highcrown». Qué ridiculez.

Claro está, el apellido de Hanne era Fortuin, que solo era mejor porque ella había decidido que lo fuera.

Aun así, había algo en Rune Highcrown que le gustaba, muy a su pesar. Quizá fuera su determinación para proteger su reino, o el hecho de que estuviera dispuesto a acudir a Embria (territorio enemigo) para negociar el contrato matrimonial en persona. Ese príncipe no delegaba en nadie. Hanne tardaría en olvidar el aspecto que tenía cuando entró con paso firme en la sala del trono aquel día, ataviado con las austeras prendas negras y grises tan de moda en Caberwill, con el cabello oscuro y meticulosamente despeinado. Cuando se presentó ante la totalidad de la corte embriana, habló con un halo de confianza que exigía respeto.

Los soldados de Hanne podrían haberlo matado en ese momento, y seguro que Rune lo sabía, pero el problema con Ivasland era demasiado preocupante. Si era cierto que Ivasland había roto los Acuerdos de Ventisca, tal y como afirmaban los rumores, la afrenta exigía una respuesta rauda y contundente: un matrimonio.

En realidad, era asombroso que los espías de Embria hubieran descubierto el complot. Gracias a unas rigurosas medidas de seguridad (inspecciones frecuentes y aleatorias, presencia constante de soldados y una impresionante campaña de adoctrinamiento que alentaba una lealtad incondicional entre la juventud ivaslandeña), resultaba muy difícil infiltrar espías en las cortes, la universidad o el templo supremo de Ivasland. Pero era posible. Y, a veces, Embria lograba encontrar a alguien dispuesto a cambiar de bando, alguien que estuviera harto de ser pobre o de sentirse ignorado.

Y fue gracias a uno de esos ivaslandeños (un anciano que ansiaba poder y riquezas para sus nietos) como se descubrió esta grave traición.

Ninguno de los reino, ni uno solo, había roto los Acuerdos de Ventisca en miles de años. Era el único acuerdo entre ellos. Utilizar la Malicia (magia oscura procedente del otro lado del Malfreno) en la guerra... era algo impensable. Temerario. Maligno. Era lo único que los reinos no estaban dispuestos a hacerse entre ellos, ni a sí mismos, porque el resultado final sería la destrucción mutua asegurada.

Por desgracia, los detalles no estaban claros: la confesión del anciano estaba rasgada y emborronada cuando llegó a manos de la maestra de espías de Embria, y la paloma que la transportaba murió en el alféizar de su ventana. El tránsfuga desapareció pronto, como era de esperar, y cualquier información que tuviera murió con él. Así que no se conocía la naturaleza exacta del plan de Ivasland para hacer uso de la Malicia. En cualquier caso, una amenaza contra los Acuerdos de Ventisca dejaba dos opciones: La primera eran las sanciones. Aranceles. Todos los castigos económicos sugeridos en los Acuerdos de Ventisca. Las arcas de Ivasland no se recuperarían en cien años o más. Pero eso bastaría para desencadenar otro conflicto armado, así que era preciso considerar una segunda opción: algo menos formal, pero más significativo.

Tras varios días de rezar y conversar con Tuluna (Tuluna la Tenaz, la numen patrona de Hanne), fue la propia princesa la que propuso el matrimonio con Rune, aunque los reyes de Embria (sus padres) no tardaron en adueñarse de la idea, como hacían siempre.

Por supuesto, las inminentes nupcias habrían incrementado el nerviosismo de Ivasland frente a sus enemigos, más ricos y poderosos, y seguro que estarían buscando un modo de impedir la boda...

Pero Hanne no estaba preocupada. Tuluna la había elegido para ganar esa guerra.

—Te toca. —Nadine señaló el tablero de mármol que había entre ellas, donde había una pila de cartas boca abajo y dos figuras de piedra. La de cuarzo estaba tallada en forma de caballo al galope (la de Nadine), mientras que la de ónice representaba a un gato acechando (la de Hanne), y las dos se encontraban a la misma distancia de la línea de meta.

Puede que Nadine fuera el ser humano más bondadoso que jamás hubiera pisado la tierra, pero era una competidora nata cuando se trataba del gambito de mora. Jamás dejaba ganar a nadie, ni siquiera a su futura monarca.

Hanne sacó una carta. La reina. Con una sonrisa, desplazó su figura por el tablero.

Cuando estaba a punto de ocupar el espacio ante la línea de meta, el carruaje tomó un bache y el gato de ónice salió propulsado hacia el cristal de la ventanilla.

El gato se quedó pegado al vidrio vertical, ignorando las leyes de la gravedad. Hanne notó un cosquilleo en el pecho, pero se obligó a contenerlo y se estiró para coger la figura. A veces ocurrían cosas raras. Nada más.

Pero cuando rozó la figurita con las yemas de los dedos, el gato la arañó con sus diminutas zarpas de ónice.

Hanne se apartó sobresaltada. El carruaje topó con otro bache. La figura del gato cayó al suelo.

—¿Acaba de...? —Nadine tenía la voz trémula.

—No. —Hanne se examinó los dedos. Tenía un pequeño corte, pero seguramente se lo habría hecho con alguna carta del juego, o quizá con la nota que había escrito esa mañana para recordarle la fecha límite a Devon Bearhaste—. Lo que pasa es que estamos nerviosas por la boda. Nos lo hemos imaginado.

Nadine tenía cara de querer replicar que no era habitual que dos personas se imaginaran lo mismo, pero mantuvo la boca cerrada mientras Hanne recogía el gato de ónice.

Con tiento, Hanne volvió a acercar el gato al cristal, para comprobar si se quedaba pegado, pero volvió a caer sobre la palma de su mano.

Sí, habían sido imaginaciones suyas. Y de Nadine.

Hanne devolvió la figura al tablero, luego apoyó los dedos sobre el colgante de obsidiana que llevaba al cuello. Nadine imitó su movimiento, quizá de un modo inconsciente, porque tenía la mirada fija en el cristal de la ventanilla, y a Hanne le pareció percibir la oración que salía volando desde el corazón de Nadine hasta la Tierra Radiante, donde residían los númenes. Obsidiana y oraciones sin respuesta: eso era lo único con lo que podía contar la mayoría de la gente en esos tiempos aciagos.

Hanne no era como la mayoría de la gente. Pero se guardaba a Tuluna para sí misma.

—Me alegro de que estemos tan bien protegidas.

Nadine acarició las piedras negras de sus anillos y brazaletes, que emitían un fulgor oscuro en contraste con su pálida piel y su vestido de viaje de color esmeralda. Como todos los habitantes de Embria —al menos, todos los que eran importantes—, Hanne y Nadine vestían con colores vivos para resaltar la opulencia de su obsidiana. Ese era uno de los detalles que hacían que la moda caberwiliana les resultara tan peculiar. ¿Por qué ocultar la obsidiana con esos colores tan oscuros?

La obsidiana era el recurso más valioso de los tres reinos, pues se decía que ahuyentaba a los rencores. Nadie había visto a esas criaturas en cuatrocientos años, pero seguían existiendo los malsitios, y siempre corrían rumores. La gente creía en los rencores, aunque no se encontraran bajo una amenaza constante. Por pobre que fuera una familia, siempre invertían sus últimos peniques en saquitos de obsidiana machacada que repartían entre los niños, aunque la mayoría no era más que vidrio corriente teñido de negro. En caso de contener algo de obsidiana auténtica, no sería suficiente para repeler ni al más pusilánime de los rencores.

—Nada podrá hacernos daño. —Hanne tocó la valija que llevaba a su lado, que contenía la reliquia más valiosa de su familia.

Era una corona de obsidiana pura. Pesada. Negra. Hermosa. Esa reliquia ancestral había sido transmitida a lo largo del linaje de Hanne desde que su familia llegó al poder hacía cuatrocientos años. (Previamente había pertenecido a la familia real anterior, la familia Aska, pero los Fortuin ya ni se acordaban de ellos.). Aunque poseía una valor incalculable, su diseño era de otra época; la corona tenía una serie de puntas dentadas, sin adornos de ningún tipo, y a la banda le faltaba relleno para amortiguar el peso.

Normalmente, Hanne se ponía una corona más ligera y cómoda (aunque también tachonada de obsidiana) cuando viajaba o realizaba alguna actividad oficial, pero aquella era una circunstancia excepcional. Se había puesto la corona de obsidiana casi todos los días desde que llegó la delegación de Caberwill, como muestra de su poder y riqueza.

Hanne carraspeó y devolvió su atención al juego.

—Te toca.

—Estaba pensando en ver tu farol. —Nadine bajó la mirada hacia la pila de cartas—. Pero no sé si me apetece jugar más.

—Nadine, por favor. —Su prima le había sugerido con sutileza que empezara a pedir las cosas por favor, y Hanne se estaba esforzando por cumplirlo—. Si lo dejas ahora, creo que es porque voy ganando.

—Por poco.

—Ganaré en la próxima ronda.

—Solo si sacas un uno. —Nadine empleó un tono brusco, inusual en ella.

Hanne le lanzó una mirada inquisitiva.

—¿Aún sigues preocupada por el compromiso?

—¿Y si Rune no te trata bien? ¿Y si pasea a sus amantes por la corte solo para debilitar tu reputación? —Nadine se mordió el labio—. ¿Y si te hace daño?

—¿No estabas defendiendo su honor hace cinco minutos?

—Solo su nombre. Y su aspecto. Pero eso no es lo que le define.

Hanne negó con la cabeza.

—Te lo he dicho mil veces: sé la clase de hombre que es Rune. Nuestros espías llevan años informando de sus movimientos. Con todo detalle, desde que se convirtió en heredero. En Solcast ha estado sometido a una vigilancia continuada. Los caberwillianos no son criaturas complejas. Nuestros nuevos aliados tienen muy pocas dotes para el engaño.

La palabra «aliados» le dejó un regusto extraño en la lengua. Los aliados eran parientes o familias nobles que compartían los mismos objetivos. Los aliados no eran miembros de los demás reinos. La única palabra posible para definirlos era «enemigos».

Pero esa alianza era temporal. En cuanto Ivasland y Caberwill fueran aplastados, Hanne podría dirigir la mirada hacia su entorno más cercano y hacer varios arreglos en él. Empezando por ascender a Nadine. Su prima había tenido la mala suerte de nacer en la parte plebeya de la familia, con pocas opciones de heredar o alcanzar algo de poder, pero Hanne confiaba más en sus consejos que en los de cualquier otro. Nadine siempre era comedida, considerada y, lo más importante, leal. Ninguna otra persona, ni una sola, le había dado lo que Nadine le ofrecía sin pedir nada a cambio.

—Eso ya lo sé. Es que... —Nadine entrelazó los dedos, luego los volvió a separar—. Te mereces algo mucho mejor que él. Te mereces ser feliz.

—Y lo seré, por medio de este matrimonio. —Hanne le acarició el brazo —. Y tú también, espero.

—¿Qué me dices de lord Bearhaste? —preguntó Nadine—. ¿Es de fiar?

—No debemos fiarnos de la gente, sino de su ambición. —Hanne empleó un tono más severo de lo que le habría gustado. Lo suavizó—. Nuestros espías han confirmado tres veces la deserción de lord Bearhaste. Quiere más de lo que puede ofrecerle Caberwill, y no es el único. Incluso ahora, durante este viaje, está reuniendo apoyos para mi reinado. Cuando estemos listos para dar el paso, la nobleza caberwiliana me recibirá con los brazos abiertos.

—Los brazos abiertos dejan expuesto el corazón. —Nadine sacó una carta de la baraja. Movió su caballo rosa hacia la casilla situada frente a la de Hanne y cruzó la línea de meta.

Hanne observó el tablero con el ceño fruncido.

—Has hecho trampas.

Nadine reveló la carta, con la ilustración de una luz radiante y difusa y la letra «N» en las esquinas. Numen. Superaba a las cartas del rey y la reina por un punto.

—Maldita sea. ¿Cómo consigues hacer siempre eso?

Nadine esbozó una sonrisa sincera, no como las que se reservan para la corte y las fiestas.

—Quizá me sienta más cómoda con el acuerdo en cuanto lord Bearhaste nos transmita los nombres.

—Lo hará hoy mismo, si cumple su parte del trato. Y mañana por la tarde, cuando lleguemos a Brink, podrás empezar a encandilar a todos los miembros de la lista. Les contarás lo buena reina que seré algún día, lo mucho que prosperarán bajo mi mandato. En cuanto tenga el apoyo de suficientes nobles, generales y mercaderes, podré liberar a Caberwill de los patanes de sus líderes actuales.

Nadine pareció dubitativa.

—Primero debes conquistar Ivasland. Y concebir un heredero. Solo entonces, Caberwill no tendrá más opción que aceptarte.

—Sí, es cierto.

Conquistar Ivasland resultaría fácil. En cuanto a lo del heredero..., Hanne haría lo que fuera necesario. Por Embria. Por la paz.

—Este no es mi plan favorito.

—Lo sé.

—Eres tú la que asumirá todos los riesgos.

Las dos dejaron un espacio para el final implícito de esa frase: los padres de Hanne no asumían ningún riesgo. Si el plan se torcía, podrían culparla de todo y usar uno de sus múltiples planes de contingencia para poner fin a la ofensiva de Ivasland.

—Dime que sigues dispuesta —susurró Hanne—. No puedo hacer esto sin ti.

—Por supuesto que sí. —Nadine se inclinó hacia delante, su rostro era el vivo reflejo de la inquietud—. Nunca has dudado de ello, ¿verdad?

Hanne jamás admitiría en voz alta que sí albergaba dudas, que necesitaba confirmación a cada momento, porque su único miedo era que Nadine se diera cuenta algún día de que su prima no merecía tanta devoción, porque entonces se quedaría sola. De momento, apostó por sonreír y agarrarle las manos.

—Tú y yo, Nadine. Juntas llegaremos a lo más alto del mundo.

—O lo rebajaremos hasta nuestra altura.


El almuerzo era un asunto típicamente embriano, y ni siquiera un viaje a través del continente podría impedir que los hombres de Hanne disfrutaran de una buena comida.

Descargaron y distribuyeron las mesas, compuestas por unos delicados manteles de lino extendidos sobre planchas de madera de madera rojiza pulida. Alguna pobre costurera embriana había bordado los escudos de ambas familias en uno de esos manteles (una pezuña de dragón sosteniendo una corona para Caberwill, un águila descendiendo en picado para Embria), cuyos círculos exteriores se entrelazaban. Era probable que a la costurera se la llevaran los demonios con cada puntada, pero ese detalle ofrecía un mensaje claro, y a los caberwillianos les encantaba la claridad.

Cuando todos ocuparon sus asientos (aparte de los guardias, los sirvientes, los criados y todos aquellos que no tuvieran la categoría suficiente como para ganarse un sitio en una mesa), llegó la comida.

El primer plato fue una rica sopa, especiada con jengibre y con varios ingredientes más, pensados para facilitar la digestión y abrir el apetito, de manera que pudieran ingerir los platos principales sin esa incómoda sensación de saciedad. Después sirvieron faisán ahumado, relleno con especias y hortalizas; platos de fruta y nata, y, por último, dulces bañados en miel y queso cremoso.

—Todo está delicioso. —Rune estaba sentado en la mesa de honor, al lado de Hanne, comiendo con tanta elegancia como cualquier noble embriano. Nadine tenía razón sobre los modales del príncipe: podrían ser mucho peores.

—Así es —coincidió Hanne.

—No me explico cómo se las arreglan vuestros cocineros para preparar una comida tan suculenta a bordo de unas carretas en marcha —dijo lord Bearhaste, que estaba sentado enfrente de Rune.

—Los cocineros reales son los mejores de Embria. —Lady Sabine se limpió las comisuras de los labios con la servilleta—. Tienen toda clase de incentivos para sacar el máximo provecho de la situación. —La dama embriana, ya entrada en años, cruzó una mirada cómplice con Hanne.

Dos años antes, un cocinero se había quejado de que no podía trabajar con los cuchillos de los que disponía. La reina Katarina ordenó una inspección. Resultó que los cuchillos estaban desequilibrados y quebradizos; uno de ellos se partió mientras los disciplinarios reales lo presionaban sobre el dedo meñique del cocinero. Acabó astillando el hueso en vez de cercenar limpiamente la yema, a lo que Katarina repuso: «Es cierto que no cortan bien».

Se compraron cuchillos nuevos y el cocinero no tuvo más motivos para protestar.

—Así es. —Hanne dio un bocado de un dulce suave y hojaldrado mientras la conversación avanzaba a su alrededor.

La tensión entre los dos grupos permaneció latente, pero varios nobles y damas se esforzaron por congeniar; o, al menos, por aparentar que se llevaban bien. En la mesa de al lado, Lea, Maris y Cecelia, las otras tres doncellas que Hanne había llevado consigo desde Embria, estaban enfrascadas en una conversación con la nobleza caberwiliana, disertando sobre el tiempo, sobre los libros que habían leído y sobre los vestidos con los que pensaban asistir a la semana de festejos prevista en honor a la boda. Hanne dirigió a cada una de sus damas un pequeño ademán de aprobación y luego se giró hacia Rune.

—Estoy deseando ver mañana el Bastión del Honor. Cuesta creer que ya casi hayamos llegado.

Desde su asiento situado enfrente del príncipe heredero, lord Bearhaste se puso tenso. Había captado el mensaje. Se suponía que debía entregar los nombres de los posibles simpatizantes de Hanne antes de su llegada.

*«Ten fe, elegida mía»*.

Aquella voz serena y dulce resonó en el fondo de la mente de Hanne.

Era la voz de Tuluna.

Cada vez que los númenes hablaban con ella, la embargaba un sentimiento de orgullo. Los númenes ya no hablaban con nadie, llevaban miles de años sin hacerlo. Pero Tuluna había elegido a Hanne para poner fin a esa guerra. Había elegido hablar con ella. Ni siquiera el sumo sacerdote más devoto podría decir lo mismo.

*«Todo va según el plan. Pronto, Salvación entera se postrará ante ti, temblará ante ti»*.

Hanne sintió un ligero escalofrío de emoción.

—El castillo es digno de verse. —Rune apoyó el tenedor junto al plato y la miró con un gesto reflexivo en su agraciado rostro. Estaba muy tenso y Hanne esperó que no le pasara factura, porque todavía lo necesitaba para engendrar un heredero—. Aunque no posee una belleza convencional, en el sentido al que estaréis acostumbrada —prosiguió—. Solspiria resulta notable en ese aspecto.

Hanne y lady Sabine cruzaron otra mirada cómplice.

«Chabacano» y de «mal gusto», quería decir Rune. Esas fueron las palabras que había empleado en una nota dirigida a sus padres, enviada desde su habitación en Solspiria. Los hombres de Hanne interceptaron a la paloma mensajera, copiaron la nota y la volvieron a sellar con tanta destreza que los reyes jamás notarían la diferencia.

—Aunque espero que encontréis cierto encanto en el Bastión del Honor —continuó Rune—. Nos gusta pensar que es impresionante, sobre todo contemplado desde lejos.

Era lógico que resultara más impresionante de lejos, porque de cerca sería imposible disimular sus defectos.

—Seguro que será maravilloso. —Hanne había soportado muchas adversidades en su vida. El Bastión del Honor no sería nada en comparación con las duras pruebas de su infancia.

Finalmente, retiraron los platos y los comensales comenzaron a distribuirse en grupos formados por sus compatriotas. Hanne alzó la cabeza a tiempo de ver cómo Devon Bearhaste se escabullía hacia el bosque.

Bien. Estaba decidido a cumplir su palabra.

Hanne se levantó y le hizo señas a Nadine.

—Acompáñame a dar un paseo, prima —dijo cuando Nadine se apresuró a acercarse.

—Será un honor pasear con vos, alteza. —Aunque Hanne detestara admitirlo, Rune tenía una forma afectuosa de dirigirse a ella, empleando un tono que amenazaba con desarmarla con su franqueza.

Pero ella no bajaría la guardia. Un solo error, un atisbo de que tenía algo planeado, y Nadine y ella podrían darse por muertas.

(Probablemente, también todos los demás, pero ellos no tenían tanta importancia para Hanne).

—Sois muy amable, pero no tardaremos mucho. Solo necesitamos estirar las piernas. —Hanne lo miró fijamente aprovechando su turno para desarmarlo: ojos azules, nariz inclinada hacia arriba y una sonrisa dulce esbozada con sus labios sonrosados.

Rune la miró detenidamente. Ese detalle era lo único que habían apreciado el uno del otro desde el primer momento: la naturaleza agraciada de sus respectivos rostros.

—¿Queréis que le pida al capitán Oliver que os acompañe? —preguntó Rune refiriéndose al guardia personal de Hanne en Embria.

—No será necesario. Estoy segura de que el bosque que rodea la senda de Brink es un lugar seguro. Además, no nos alejaremos mucho. —Hanne sonrió de nuevo, y si Rune tenía alguna reticencia, no lo demostró.

—Como queráis —dijo—. Esperaré vuestro regreso.

Y eso fue todo. Hanne y Nadine se adentraron en el bosque de Sendahonda, que bordeaba la carretera.

Caminaron en silencio durante un rato escuchando el canto de los pájaros, sintiendo cómo el calor de las postrimerías del verano se desplegaba entre las grandes hojas, observando a los conejos y demás animalillos que salían huyendo al verlas llegar. Allí no había un camino propiamente dicho, solo un sendero estrecho, pero a Hanne le gustaba abrirse paso a través de la espesura: fijándose en dónde pisaba, evitando desgarrarse el vestido, mientras mantenía la noción del espacio por el que se desplazaban. Hacía un día precioso, ahora que no estaban atrapadas en el carruaje.

Un cardenal sobrevoló el sendero por delante de ellas.

Un segundo cardenal, idéntico al anterior, cruzó volando el sendero de la misma manera.

Un escalofrío le recorrió el espinazo.

—¿Acaba de...?

El cardenal apareció de nuevo.

Y una vez más.

En lo alto, las nubes comenzaron a oscurecer el cielo y un olor agrio inundó el bosque.

—Sí, lo ha hecho. —A Nadine le tembló la voz.

El canto de las aves cesó al sonar un restallido procedente de un punto más adelantado del sendero. Asustada, Nadine puso los ojos como platos.

—Hanne, deberíamos irnos.

El corte que tenía Hanne en el dedo, por culpa del gato de ónice, comenzó a palpitar.

—No hasta que tengamos esos nombres. Bearhaste nos está esperando aquí fuera. Lo estamos arriesgando todo...

Se oyó un grito. Los pájaros alzaron el vuelo, y antes de que pudiera pensárselo dos veces, Hanne echó a correr hacia el origen de aquel ruido.

—¡Hanne, espera!

Pero Hanne corría y se agachaba entre los árboles, y solo se detuvo cuando llegó a un pequeño claro. Regueros de sudor le corrían por la nuca mientras examinaba el entorno.

Allí. Un trecho de hierba aplastada.

No le tembló la mano mientras se agachaba para desenfundar el puñal que llevaba en la bota. Por detrás de ella, oyó cómo se acercaba Nadine, y supo que debería sentirse culpable por haber dejado atrás a su prima, pero la información de lord Bearhaste era crucial.

Avanzó con tiento hacia la hierba aplastada, hacia la fuente de aquel olor pútrido, pero en cuanto oyó el zumbido sordo del enjambre de moscas congregadas por encima de un cuerpo, supo que había llegado demasiado tarde.

Era lord Bearhaste. Estaba muerto. No, no solo muerto: lo habían mutilado, su cuerpo estaba desgarrado y cortado en trozos, como un juguete al que le hubieran sacado el relleno. A su alrededor, la hierba estaba manchada de sangre y una capa de moho cubría su piel apergaminada..., o lo que quedaba de ella.

La imagen tendría que haberle revuelto el estómago, y sí, ya solo el hedor puso a prueba su resistencia ante las arcadas, pero aun así se arrodilló, tratando de no tocar el moho mientras utilizaba el puñal para deslizar la casaca del muerto hacia ella. Puede que hubiera dejado los nombres por escrito.

—Hanne, ¿qué estás haciendo? —La voz de Nadine resonó desde la linde del claro—. ¿Qué es eso?

—Atrás —la alertó Hanne, mientras seguía afanada con la casaca desgarrada. Al fin topó con un bolsillo—. No te acerques más.

Nadine, la dulce Nadine, no tenía por qué ver esa masacre. Pero ¿qué la habría producido? Bearhaste había chillado apenas un rato antes. ¿De dónde había salido todo aquello? ¿El moho, la descomposición, las moscas?

¿Y si les ocurría lo mismo a ellas?

Había un papel arrugado en el bolsillo del muerto. A Hanne se le blanquearon los nudillos de agarrar la empuñadura del cuchillo mientras lo clavaba en la prenda y la arrastraba hacia ella, acercando también la caja torácica seccionada. Puede que el tránsfuga estuviera muerto, pero si los frutos de su investigación seguían ahí, podría sacarles provecho.

—¿Hanne? —Nadine estaba muerta de miedo.

—Enseguida voy.

Hanne sacudió la cabeza, tratando de ahuyentar las moscas que se habían posado en su rostro. Si el grito de Bearhaste había llegado hasta la carretera, y parecía factible, docenas de soldados se adentrarían en el bosque, tanto de su bando como del de Rune. Hanne no podía permitir que la encontrasen junto al cuerpo. Solo tenía unos instantes.

Introdujo la punta del puñal en el pliegue desgastado del bolsillo, pinchó el papel y, girando la muñeca, consiguió sacarlo al fin.

—Veamos. —Examinó el papel el tiempo suficiente para confirmar que contuviera unos nombres, luego se levantó y se alejó rápidamente del cadáver, de la sangre y del zumbido de las moscas. Notó un cosquilleo en la piel al recordar el roce de sus patitas diminutas en el rostro—. Ya voy, Nadine. Quédate ahí.

Pero su prima pegó un grito, y Hanne se giró a tiempo de ver una silueta gris que corría entre los árboles, directa hacia Nadine.

Era una figura humanoide, encorvada y macilenta, con el torso robusto, unas extremidades inusualmente largas y unas púas horribles que emergían de su espalda y sus hombros. Se movía de un modo insólito, fluido y renqueante al mismo tiempo, como si el mundo apareciera y desapareciera a su alrededor. La criatura profirió un aullido inhumano. De depredador.

Hanne trastabilló, convencida de que sus ojos la engañaban. Pero la criatura se estaba acercando a su prima, así que tomó una piedra del suelo.

—¡Corre, Nadine! ¡Pide ayuda!

Entonces, con todas sus fuerzas, le arrojó la piedra a la bestia.

El rencor, pues solo podía tratarse de eso, Hanne estaba segura, se dio la vuelta abriendo sus fauces de par en par para revelar dos hileras de dientes afilados. Se abalanzó sobre ella.

Hanne corrió.

No le importaba hacia dónde, siempre que consiguiera alejar al monstruo de Nadine. A lo lejos, su prima pidió ayuda a gritos.

Varias ramas le azotaron el rostro y la cara, mientras el rencor se aproximaba. No parecía que sus anillos y brazaletes de obsidiana estuvieran haciendo algo para repeler a la criatura. Estaba muy cerca.

Jadeando, con el rostro ensangrentado, Hanne siguió adentrándose en el bosque. Se concentró en avanzar, de modo que solo veía los árboles, los arbustos y el sendero que tenía justo delante, aunque creyó atisbar la silueta del rencor a su derecha... No, a su izquierda.

Estaba por todas partes. Si la apresaba, la mataría. Le haría lo mismo que le había hecho a Devon Bearhaste.

Hanne corrió aún más deprisa.


Hanne no era consciente de ello, porque el miedo la tenía a su merced, pero aun cuando giraba a derecha o izquierda, siguiendo lo que le parecía una senda azarosa a través del bosque, en realidad estaba avanzando en una dirección muy concreta. El rencor la estaba guiando.

Fue el miedo, esa concentración plena en la supervivencia, lo que le hizo pasar por alto los lazos atados alrededor de los árboles —amarillos, a modo de advertencia—, con unas campanitas prendidas de las puntas. Colgaban de todos los troncos, formando un círculo de alerta llamativo y ruidoso alrededor de una zona específica del bosque. Pero Hanne no vio esos lazos, porque se le había nublado la vista.

Tampoco oyó las campanitas, porque estaba jadeando y la sangre se le agolpaba en los oídos.

Y entonces, apenas diez zancadas después de haber cruzado la línea de los lazos, atravesó otra barrera.

Esa sí la notó. Percibió una presión, una ligera resistencia, pero no tenía tiempo para detenerse.

Se activó una alarma en su mente y notó una punzada de pánico en el pecho. Pero ya lo había atravesado, y comprendió que era demasiado tarde.

Estaba en un malsitio.

El rencor la había conducido hasta allí.

De inmediato, Hanne giró e intentó regresar corriendo por donde había venido, pero la presión desde ese lado era demasiado fuerte. No pudo atravesarla. La segunda frontera —invisible, silenciosa— era más sólida que una roca.

Estaba atrapada en un foco de Malicia, cerca de un rencor, sin nada para defenderse salvo un puñal y unos cuantos abalorios.

Con una lucidez sombría, comprendió lo siguiente:

Ella, Johanne Fortuin, princesa heredera de Embria, estaba a punto de morir.


Al llegar allí aquella noche, Hennessy había pensado que no quería que Jordan se aletargara para siempre si ella fracasaba.

Pero ahora se deba cuenta de otra cosa: tampoco ella quería morir.

Estiró una mano y palpó las tablas hasta encontrar las pulseras de Ronan y, debajo, su mano. La agarró y él apretó fuerte.

# 2. RUNE

Al oír el primer grito, todos corrieron a por sus armas. Cuando resonó el segundo, Rune y sus guardias personales ya se estaban adentrando en el bosque de Sendahonda.

Y con el tercero —agudo, femenino, cada vez más cercano—, una joven dama emergió corriendo de entre la espesura, con la melena suelta y cubierta de hojas y ramitas, y con el rostro surcado de lágrimas. Se había desgarrado las mangas del vestido y también la falda, que se deslizaba tras ella como una nube de humo esmeralda.

Rune la sujetó cuando tropezó con una raíz que asomaba del suelo. La dama se estremeció entre sus brazos, después se apartó de él y volvió a tropezar con la misma raíz. Aterrizó en el suelo envuelta en una maraña de seda desgarrada.

—¿Lady Nadine? —Rune envainó su espada y se arrodilló enfrente de la muchacha, luego le alzó el rostro. Sí, era ella, la prima de la princesa Johanne y su mejor amiga. Las dos eran uña y carne—. ¿Qué ha ocurrido?

Su respiración emergía en forma de jadeos trémulos, tenía los ojos vidriosos y la mirada perdida. Si llegó a ver a Rune, si lo reconoció, no dio muestra de ello.

—Está conmocionada. —El príncipe miró a los guardias—. ¿Dónde está el capitán Oliver?

—Aquí estoy, alteza. —El soldado embriano dio un paso al frente.

—Por favor, acompañe a lady Nadine de vuelta a la caravana. Los demás iremos a buscar a la princesa Johanne.

El capitán Oliver no estaba a las órdenes de Rune, pero la situación requería iniciativa, que alguien tomara el mando.

—Mi señora —dijo el capitán, que se agachó junto a lady Nadine.

—Lord Bearhaste también estaba aquí fuera —dijo Daniel, uno de los guardias de Rune—. Puede que haya visto a la princesa Johanne.

—Está bien. En marcha. Es probable que lo que haya asustado a lady Nadine siga ahí fuera.

Rune hizo amago de levantarse, pero lady Nadine alargó rápidamente una mano y lo agarró de la muñeca. Tenía los ojos desorbitados por el terror, pero aun así conservaban una intensa lucidez.

—Era un monstruo. Un monstruo fue tras ella.

Con el cabello empapado de sudor y colgando en forma de mechones apelmazados, con unos broches enjoyados que se agitaban con cada aliento trémulo que tomaba, lady Nadine parecía una demente.

—¿Un monstruo? —Uno de los soldados soltó una risotada—. Está nerviosa, alteza. Seguramente vio un ciervo y salió corriendo despavorida.

—Estos embrianos... —El teniente Swifthand se rio—. Apuesto a que era una ardilla.

—Qué espanto —dijo el primero fingiendo echarse a temblar.

El capitán Oliver se incorporó y echó mano de su espada.

—¿Cómo os atrevéis? ¿Cómo os atrevéis?

—Basta. —De repente, Rune advirtió el silencio que se había asentado a su alrededor, la peste a amoníaco y a carne putrefacta, las nubes que cubrían el cielo como si el mundo estuviera intentando asfixiar el bosque. Notó un cosquilleo de inquietud en el estómago—. Debemos tomarla en serio. Capitán Oliver, llévela de vuelta a la caravana. Los demás, cesen en sus burlas.

—Yo iré con vos. —Lady Nadine le apretó la muñeca con más fuerza, se le blanquearon los nudillos mientras le hincaba las uñas en la piel—. Traed a todos los hombres disponibles, puedo mostraros dónde...

Lady Nadine se giró de repente y vomitó sobre un lateral del árbol. Cuando terminó, Rune le dio su cantimplora para que pudiera enjuagarse la boca. Nadine bebió, hizo gárgaras, escupió y se la devolvió, pero Rune negó con la cabeza.

—Por favor, quedáosla.

Lady Nadine se puso en pie y se recolocó un mechón de pelo, como si se estuviera abrochando una armadura.

—Debemos partir de inmediato. Puedo mostraros dónde vimos a la criatura y señalaros la dirección hacia la que Hanne echó a correr.

Rune se mordió el interior del carrillo. Llevar consigo a esa muchacha traumatizada era una idea pésima, pero quizá resultase útil, ahora que había recobrado el habla. Y suponiendo que encontrasen a la princesa Johanne de una pieza, se pondría furiosa si supiera que le había dado órdenes a su doncella favorita como si tuviera algún poder sobre ella. Rune ya conocía ese aspecto del temperamento de su prometida. Finalmente, sacó su espada y asintió.

—Mostradnos el camino. Pero si algo ocurre, escondeos o volved corriendo hacia los carruajes. No quiero que la princesa crea que os he expuesto a un peligro innecesario. Capitán Oliver, ¿se lo recordará?

—Por supuesto.

—Estaré bien —dijo lady Nadine—. Es Hanne la que debe preocuparnos. Ahora, por favor, dense prisa.

Con una fortaleza sorprendente para alguien que acababa de devolver hasta la última pizca de su copioso almuerzo, lady Nadine se giró y comenzó a desandar el camino que había hecho. Rune salió tras ella seguido de cerca por los guardias.

«Maldita sea», pensó mientras seguía un estrecho sendero a través del bosque. Había tenido la precaución de elegir la ruta más segura, de enviar exploradores para asegurar la carretera y de traer más soldados de los que la lógica consideraría necesarios. Y ahora todo estaba en riesgo —la alianza al completo—, porque no había insistido en enviar a un regimiento completo de guardias junto con la princesa para aquel simple paseo.

—Seguro que no es nada —refunfuñó entre dientes el teniente Swifthand.

—Hemos oído gritos.

—Pero ya conoces a los embrianos —murmuró Swifthand—. Seguro que es una trampa. La princesa está perpetrando un complot y el príncipe ha mordido el anzuelo.

Rune apretó la mandíbula. Tras la muerte de Opi, los guardias reales lo miraban de un modo distinto. Y desde que se anunció el compromiso, esa clase de cuchicheos no habían hecho más que empeorar. Muchos de esos soldados habían alcanzado su posición al luchar en la guerra contra Embria, así que veían ese matrimonio como una traición. No entendían la gravedad de la amenaza a los Acuerdos de Ventisca. Lo único que veían era a Rune diciendo que sí a la hermosa princesa de un reino enemigo; un reino que odiaban desde que tenían uso de razón.

Unos pocos pidieron ser reasignados, pero incluso aquellos que se quedaron tenían opiniones muy vehementes; opiniones que solían guardarse para sí mismos.

Rune oteó el bosque en busca de indicios de la princesa —el atisbo de una cabellera rubia, un jirón de color zafiro de su vestido—, pero solo encontró el mismo silencio inquietante, como si un depredador enorme hubiera pasado por allí.

Apretó el paso manteniendo un gesto pétreo. Más tarde, decidió, tendría unas palabras con sus guardias y les recordaría que podían ejercer su labor con el nivel de profesionalidad que exigía su puesto..., o podían ser destituidos sin honor.

De momento apretó los dientes siguiendo el paso de lady Nadine mientras la joven guiaba al grupo hasta un pequeño claro, donde los asaltó un hedor nauseabundo que los obligó a retroceder unos pasos. Varios guardias tosieron, maldijeron y giraron el cuerpo para intentar recobrar el aliento.

Rune se cubrió la parte inferior del rostro con el brazo, pero no hubo manera de bloquear esa abrumadora peste a podredumbre. Parpadeó para que no le llorasen los ojos mientras contemplaba la escena: un círculo parduzco —no era un círculo perfecto, pero crecía y se ampliaba ante sus ojos— rodeaba algo oscuro y descompuesto que había en el centro. Un ruidoso enjambre de moscas revoloteaba sobre aquella figura oscura.

—¿Qué es eso? —masculló uno de los guardias.

—Es un cuerpo —dijo otro—. Le veo la ropa.

«Pero ¿el cuerpo de quién?». Rune no quiso preguntarlo. Aún no. La alianza dependía de su matrimonio con la princesa Johanne, y si se tratara de ella... No habría esperanza posible para Salvación.

—Ha cambiado —susurró lady Nadine. El claro estaba sumido en un silencio absoluto, salvo por el zumbido de las moscas—. Fue aquí donde vimos al monstruo. Hanne estaba allí... —Señaló hacia el cuerpo que estaba en el centro—, y yo estaba aquí. El monstruo vino a por mí, pero Hanne le tiró una piedra y lo alejó. Me salvó. Me salvó la vida.

En ese caso, el cuerpo que había en el centro del claro no era el de la princesa Johanne. «Gracias a Nanror», pensó Rune. Pero Nanror era el numen de la misericordia, y estaba claro que allí no había misericordia alguna. Al menos, no para el cadáver del claro, ni para la princesa Johanne, que seguía desaparecida. Con un monstruo. Se acercó a lady Nadine cuando le sobrevino un temblor, pero no se cayó al suelo.

—¿Por dónde?

La doncella señaló hacia el oeste.

—Creo. No estoy segura. Todo sucedió muy deprisa.

—¿Qué clase de criatura era? —preguntó John Taylor. Era el guardia principal de Rune, prueba viviente de que algunos habitantes de Caberwill tenían apellidos mundanos—. ¿Un lobo? ¿Un oso?

—No. —Lady Nadine se abrazó a sí misma—. No, era un monstruo. Nunca había visto nada igual.

Rune tenía una sospecha, pero no quiso decirlo en voz alta. No sin tener pruebas.

—Está bien, dispersaos. Buscad cualquier cosa inusual. Es decir, aún más inusual. En cuanto a ti —Rune le hizo un gesto a

Swifthand—, examina este estropicio. A ver si puedes identificar el cadáver.

El soldado torció el gesto, pero se adentró en la zona parduzca. La hierba crujió bajo sus botas como esquirlas de cristal. Rune se giró hacia lady Nadine y le dijo:

—¿Seguro que no preferís regresar a vuestro carruaje?

Lady Nadine negó con la cabeza con tanto ímpetu que varias horquillas se le deslizaron por el pelo.

—No volveré a abandonar a Hanne.

—No la abandonasteis. Corristeis a buscar ayuda. Hicisteis exactamente lo que os ordenó. —Rune rodeó el borde de la hierba reseca avanzando en la dirección que le había indicado lady Nadine—. Pero antes hablaba en serio: si ocurre algo, debéis esconderos o correr hacia la caravana. El capitán Oliver se asegurará de que lleguéis sana y salva.

—No titubearé —confirmó el capitán.

Lady Nadine apretó los dientes y asintió, mostrando más valentía que la mitad de los hombres de Rune. Aun así, se burlaban de ella, pese a que era la única que sabía a qué se enfrentaban. Era la única que se había encarado con el monstruo.

El príncipe reprimió ese incómodo sentimiento de respeto hacia una embriana. No tenía nada de malo, supuso, no odiar a una de sus nuevas aliadas, pero ya se encontraba en una posición delicada frente a sus propios hombres. No sería inteligente agravarla.

Frente a ellos había un papel doblado y apoyado sobre la base de un arce, cuya esquina rozaba contra la corteza. Rune avanzó hacia él, pero lady Nadine se adelantó corriendo y lo cogió.

—Esto es mío. —Se apresuró a guardarlo en su bolso—. Se me debió de caer mientras corría.

Rune estuvo a punto de preguntarle qué era, pero un jirón de color zafiro prendido de una hoja llamó su atención. Después aparecieron más indicios del paso de la princesa Johanne: hierba pisoteada, ramitas rotas, incluso un mechón de cabello dorado que centelleaba bajo un haz de luz solar. Las nubes, que tan deprisa se habían congregado, ahora se estaban dispersando. El príncipe les hizo señas a sus hombres.

—John, vaya delante. —John era el mejor rastreador del regimiento—. Swifthand, ¿has podido identificar el cuerpo?

El teniente tenía la tez verdosa por las ganas de vomitar, pero asintió.

—Creo que se trata de Devon Bearhaste, alteza.

Lady Nadine profirió un pequeño grito de espanto.

Qué extraño era pensar que ese hombre estuviera muerto. Habían compartido mesa durante el almuerzo. Habían mantenido una conversación amistosa, intercambiado cumplidos.

—¿Estás seguro?

—Bastante —repuso el teniente—. No describiré su estado por deferencia a la señorita...

—Gracias. —Rune tampoco estaba seguro de querer oírlo.

—Pero tenía el escudo de los Bearhaste en la casaca. No me explico cómo... —Swifthand tragó saliva con fuerza—, cómo ha acabado tan deprisa en este estado, pero...

Varios soldados se revolvieron en el sitio incómodos.

—Está bien. —Rune le hizo un gesto a John—. Busquemos a la princesa. Esté atento, por si aparece la criatura.

Sin embargo, ahora que volvía a lucir el sol y que las aves habían retomado su canto, parecía que el peligro inmediato había pasado. Al menos, para ellos.

No tardaron mucho en comenzar a descubrir lo que le había sucedido a la princesa Johanne.

—Debía de estar cegada por el pánico —murmuró John mientras seguía su rastro—. Zigzagueó un poco, seguramente desplazándose hacia la ruta más despejada, pero cada vez que comenzaba a acercarse a la carretera, viraba de nuevo hacia el norte sin motivo aparente.

Rune tuvo un mal presentimiento mientras el grupo avanzaba detrás de John. Había oído historias siniestras —aquellas que sus padres y los demás nobles de Caberwill desestimaban como rumores paranoicos y malintencionados—, pero la posibilidad de verse inmerso en una de ellas... era algo muy distinto. Resultaba más aterrador que emocionante.

—¡Alto! —exclamó John desde el frente—. Quedaos todos donde estáis.

La comitiva se detuvo.

John se giró hacia Rune y le hizo un gesto con la cabeza.

—Alteza.

El príncipe se aproximó con cautela. John y él ya no tenían una relación estrecha —no desde el incidente con el hermano de Rune—, pero siempre se había fiado del instinto de aquel soldado.

De inmediato, Rune vio qué era lo que preocupaba a John. Lazos.

Lazos amarillos que aleteaban con la brisa y unas campanitas diminutas que tintineaban cada vez que soplaba una ráfaga de viento. El tejido amarillo estaba raído y descolorido en algunos puntos, pero seguía resultando visible a ojos de cualquiera. Y si alguien no los veía, para eso estaban esas campanas, forjadas a partir de un metal muy ligero, diseñado en exclusiva para ese propósito. Las campanas prendidas de esos lazos amarillos eran las únicas en todo el mundo que utilizaban esa aleación en concreto y que producían ese tono determinado, porque debían ser reconocibles para cualquier ciudadano de cualquier reino.

—¿Qué...? —Lady Nadine se abrió paso entre los guardias—. Oh.

Al otro lado de los árboles cubiertos de lazos solo se distinguía un leve fulgor en el ambiente, indicativo de que algo no iba bien. Podría deberse a unas ondas de calor. Podría deberse a que tenía la vista empañada por las lágrimas. Podría deberse a cualquier suceso natural..., de no ser por la presencia de esos lazos amarillos.

Entonces pensó: «¡Hanne!».

Lady Nadine corrió hacia el malsitio, envuelta en una maraña de seda esmeralda, pero un guardia, Daniel, la sujetó en cuanto alcanzó la línea de lazos. La doncella forcejeó, llamando a gritos a la princesa Johanne. Le arañó el cuello al guardia, pero el otro hizo caso omiso mientras la alejaba de los lazos amarillos. Varios soldados más se acercaron para bloquearle el camino en caso de que escapara y lo intentara de nuevo. Aun así, lady Nadine siguió forcejeando y revolviéndose, y un chillido angustiado emergió de su garganta.

—Lady Nadine.

Rune apretó los dientes mientras se acercaba, embargado por una oleada de empatía. Conocía ese pánico, ese pavor atroz; conocía todos los pensamientos horribles que estarían desfilando por la mente de la doncella. Si la princesa Johanne estaba tan asustada como para no reparar en esos avisos...

—Por favor, mi señora, lanzaros de cabeza en un malsitio no servirá de nada. Si no podéis controlaros, el capitán Oliver os llevará a vuestro carruaje.

Lentamente, lady Nadine recobró la compostura, pero su cuerpo entero comenzó a temblar por lo que había estado a punto de hacer y, posiblemente, también por la certeza de lo que le había ocurrido a su prima.

—Ay, Ulsisi —gimió mientras le fallaban las piernas. Pero si el numen del dolor y la tristeza oyó su súplica, no movió un dedo para ayudarla.

Pero Daniel sí intervino. La sostuvo en pie, con suavidad, a pesar de que eran enemigos.

—Yo me quedaré con ella —dijo—. El capitán Oliver y yo nos aseguraremos de que no vuelva a... —añadió mientras miraba de reojo hacia el malsitio.

—Está bien —dijo Rune, que alzó la voz para añadir—: Los demás, registrad el perímetro. Dividíos por parejas, por si la criatura siguiera cerca. Buscad pisadas, plantas rotas, cualquier detalle que pueda indicar que la princesa rodeó esta zona. Pero no crucéis la línea amarilla.

La ley era la misma en los tres reinos: las señales de advertencia debían desplegarse en un radio de diez pasos alrededor de la zona en cuestión, pero no siempre eran diez pasos exactos. Era difícil, y peligroso, tomar las medidas necesarias para colocar esas advertencias. Sin olvidar que las zancadas de Rune eran más largas que, pongamos, las de Nadine, así que diez pasos no significaban lo mismo para cada uno de ellos. Además, la mayoría de esas fronteras se trazaron hacía cuatrocientos años, tras la última incursión, y nadie se ofreció jamás voluntario para volver a medir la distancia desde las líneas amarillas hasta los malsitios.

Esos lugares eran las cicatrices de ese evento, de esa última incursión: cada vez que el Malfreno flaqueaba, glóbulos de oscuridad se dispersaban por el mundo. La Malicia se amalgamaba como el mercurio, se aglutinaba, se condensaba y acababa formando esos malsitios. Todos ellos tendrían que haber sido eliminados —siempre fue así, después de otras incursiones—, pero el Amanecer Rojo... había tenido consecuencias nefastas.

Rune se sumó a la búsqueda alrededor de la línea amarilla, pero sin mucha esperanza. El único rastro que vieron se adentraba de lleno en el malsitio.

A pesar de todo, peinaron la zona llamando a la princesa mientras el sol se deslizaba por el oeste y empezaba a caer la tarde. Ninguno atravesó la línea amarilla, pero cuando Rune completó su última vuelta al circuito, encontró a lady Nadine sentada sobre una raíz, con el rostro hundido entre sus manos mientras sollozaba. Daniel y el capitán Oliver la miraban sin saber qué hacer. Rune se arrodilló delante de la joven dama y les hizo señas a los guardias para que se sumaran a la búsqueda.

—Lo siento —dijo Rune, y era cierto. Era obvio que lady Nadine adoraba a la princesa Johanne. La admiraba del mismo modo que él admiraba a su hermano: con afecto, respeto y el deseo de seguirlo a todas partes.

Aunque no eran hermanas de sangre, Rune imaginaba que se habían criado más o menos como Opi y él: compartiendo estudios, entrenamientos y problemas; intercambiando chismorreos y consejos para sobrevivir en la corte; discutiendo por cosas sin importancia.

Lady Nadine miró con los ojos enrojecidos más allá de la línea amarilla.

—¿Qué clase de malsitio creéis que será?

—Es difícil saberlo —respondió Rune.

Los malsitios se dividían en dos categorías principales: bipermeables y unipermeables, que era una forma técnica de decir que una persona podría entrar y salir de uno de ellos, pero del otro... Una vez que entraba un cuerpo, ya no podía volver a salir. Aquel malsitio era del segundo tipo. Si la princesa Johanne había entrado, jamás volvería a salir. Era una trampa letal.

Pero eso no era lo que había preguntado lady Nadine. Ella quería conocer la subcategoría: qué clase de horror acechaba dentro de esa burbuja de Malicia.

Algunos eran evidentes, como en aquellos donde la gravedad dejaba de ser importante, o donde el aire respirable había sido absorbido y destruido durante la formación del malsitio. Cualquiera podría asomarse a ellos y ver cuál era la amenaza. Pero en otros... nadie lo sabía. Cuando la gente entraba, jamás se los volvía a ver. No había historias, ni teorías, ni motivos para la esperanza.

Solo quedaba la nada.

—No sabría deciros —murmuró Rune—. Lo siento.

Lady Nadine hundió la cabeza entre sus brazos para amortiguar un grito de angustia que le partió el corazón al príncipe.

—¿Cómo ha podido ocurrir? —sollozó lady Nadine—. ¿Qué vamos a hacer?

Rune se incorporó y le ofreció una mano.

—Por favor, mi señora, permitidme que os lleve de regreso al carruaje.

Sorbiéndose la nariz, lady Nadine aceptó su mano y dejó que la ayudara a levantarse. Rune le concedió unos instantes para recomponerse. Después, avisó a los demás para que interrumpieran la búsqueda.

—Lo siento —repitió mirando de reojo hacia el malsitio. Qué atroz que pareciera tan mundano, como el resto del bosque que lo rodeaba. Una ilusión, una mentira—. Me temo que la princesa Johanne está fuera de nuestro alcance. Lo mejor que podemos hacer es regresar con el resto del grupo para pasar la noche. Podemos enviar otro equipo de búsqueda por la mañana, pero...

No terminó la frase. No debería haberla empezado. Los príncipes —en especial, los príncipes herederos— debían saber qué decir para subir la moral, pero ¿cómo podía sugerir siquiera que pudiera salir algo bueno de todo aquello?

En cuanto cruzaron la frontera entre Embria y Caberwill, la responsabilidad por el bienestar de la delegación pasó del comandante embriano a él: Rune Highcrown, chapucero real.

Años atrás, le fue confiada la seguridad de su hermano: Opus Highcrown IV. Rune había entrenado desde pequeño para esa labor, para ser el guardaespaldas de su hermano, su mano derecha, pero cuando llegó la hora de la verdad, no fue lo bastante rápido. Su fracaso privó al reino de su príncipe más querido, un hombre que habría sido un rey inolvidable.

Y ahora, tampoco había estado a la altura para proteger a la princesa Johanne.

La diferencia era que, esta vez, el precio de su fracaso sería mucho más alto. La alianza. El sueño de la paz. Y, por supuesto, la oportunidad de abordar el verdadero peligro de la humanidad: las incursiones.

La carga le resultaba demasiado pesada desde hacía ya tiempo. Desde el momento en que sus padres le informaron de esa posible alianza y del papel que desempeñaría en ella, Rune temía encontrar un modo de pifiarla. Pero sobrellevó las negociaciones sin incidentes; incluso logró garantizar algunas condiciones que les interesaban, pero a las que hubieran estado dispuestos a renunciar si fuera necesario. Cuando llegó el momento de partir, Rune empezaba a creer que todo aquello se resolvería tal y como él esperaba.

Pero ahora su prometida estaba atrapada en un malsitio y podían darla por muerta.

Peor aún, Rune temía conocer la identidad de la criatura que había visto lady Nadine. La joven dama no le había puesto nombre; seguía demasiado nerviosa y aterrorizada. Pero ¿qué otra criatura guiaría a una muchacha hasta un malsitio? ¿Qué otra criatura podría despedazar de tal modo a un hombre como para que un guerrero experimentado se negase a hablar de ello? ¿Qué otra criatura podría ser descrita como «un monstruo»?

Un rencor.

Tenía que ser eso.

Pero Rune se calló la palabra, por el bien de lady Nadine.

Mientras todos se preparaban para partir, lady Nadine se puso a rebuscar en su bolso y sacó un pañuelo limpio. Con cuidado, lo depositó en el suelo, después se desabrochó el colgante, se quitó sus anillos negros y comenzó a forcejear con el cierre de sus brazaletes. Aquello suponía una fortuna en obsidiana.

—¿Mi señora? —preguntó el capitán Oliver.

Lady Nadine no se molestó en responder. En vez de eso, tras titubear apenas un instante, lo metió todo dentro del pañuelo y lo cerró utilizando su propio broche.

—¿Quién tiene el brazo más fuerte? —Lo dijo en voz baja, pero paseó la mirada por el grupo con una ferocidad capaz de rivalizar con la de la princesa Johanne.

Swifthand dio un paso al frente y los demás asintieron con la cabeza. Con gran solemnidad, el soldado tomó el fardo.

—¿Estáis segura, mi señora? —Ya no había ni rastro de burla en su voz.

Lady Nadine asintió con firmeza y después le entregó al teniente la cantimplora de Rune; el agua chapoteó en su interior, pero quedaba muy poca.

—Haría cualquier cosa por Hanne.

Todos observaron al teniente Swifthand mientras arrojaba el paquete cargado de obsidiana hacia el otro lado de la línea amarilla. Después hizo lo mismo con la cantimplora. Los objetos surcaron el cielo bajo la luz del atardecer, que les arrancó un leve destello, y luego desaparecieron.

Esperaron un rato, para ver si ocurría algo, pero entonces se hizo de noche y tuvieron que marcharse. Tenían que recoger el cuerpo de lord Bearhaste —lo que quedaba de él— y llegar a Brink lo antes posible. Tal vez pudieran encontrar un modo de rescatar, si no a la princesa, a la alianza.

—¿Crees que servirá de algo? —preguntó uno de los soldados, lo bastante alto como para que no escapara al oído de Rune.

—No lo sé —respondió el otro—. Seguramente sea demasiado tarde.

Rune los mandó callar, pero en el fondo estaba de acuerdo con ellos. Un rencor había escapado de la Malicia; ya era demasiado tarde para todos.


A pesar de todo, por la mañana, Rune envió a John y a varios guardias más de vuelta al malsitio, cargados con fardos llenos de comida, agua y otras provisiones.

Por si acaso.

# 3. HANNE

Hanne pasó su primera jornada en el malsitio buscando una salida.

Deslizó las manos sobre la membrana (una especie de barrera, a modo de película, que rodeaba el malsitio), empujó e hincó los dedos, tratando de buscar algún punto débil en la magia oscura que la tenía atrapada. Era muy frustrante, porque podía ver con claridad lo que había al otro lado. Allí estaban los árboles entre los que había corrido, los lazos amarillos que el terror le había impedido ver. Estaba el cielo nublado, como un manto de encaje sobre el dosel verde del bosque.

Sin embargo..., no podía llegar hasta allí.

El malsitio tenía una forma más o menos circular, con un diámetro de un centenar de pasos. Un tamaño notable visto desde fuera, de haberse fijado en la línea amarilla y haberla rodeado. Desde dentro, en cambio... Desde dentro, la historia cambiaba por completo.

Allí solo había árboles. Maleza. Un arroyo diminuto que se las ingeniaba para pasar a través de la membrana. Cuando intentó seguir el curso del agua, no pudo; sus dedos toparon con la barrera. Hanne no era la única que había intentado escapar por allí; cuando palpó a tientas entre el lodo, notó el roce de las raspas de unos peces diminutos en las yemas de los dedos. Estaban apilados contra la membrana. Escarbó un poco más, con la esperanza de abrir espacio suficiente para que llegara más agua hacia ella, aunque seguramente estaría sucia y repleta de enfermedades, y ella no tenía con qué hervirla, pero fue en vano.

Aun así, tenía que hacer algo. Sentarse a esperar a que la rescataran no formaba parte de su naturaleza.

Volvió a examinar la zona, memorizando cada árbol y cada arbusto. Si se veía obligada a pasar la noche allí, necesitaría saber orientarse.

No obstante, seguro que los demásrían a por ella antes de que oscureciera. Hanne era la princesa heredera de Embria. Era una de las personas más importantes de Salvación, y su presencia era imperativa para esa alianza. Sin ella, no podría celebrarse boda alguna. Alguien iría a buscarla. Nadine vendría. Nadine insistiría.

Pero cuando se hizo noche cerrada, un miedo renovado le encogió el corazón. ¿Y si Nadine no había logrado llegar hasta la comitiva? ¿Y si el rencor la había perseguido después de atraparla a ella?

Se estremeció solo de pensarlo; varias imágenes de su prima despedazada se proyectaron en su mente.

No. No, no podía pensar esas cosas. En vez de eso, se mordió el interior de los carrillos, para así distraerse con el dolor. Su prima estaba bien. Seguro. (Pero ¿y si hubiera quedado atrapada en otro malsitio y...?)

Hanne se sentó con un gruñido, presionando la espalda contra un tronco con una suave curvatura. Desde allí podía ver la mayor parte del malsitio y estaba protegida de un ataque por detrás.

Aún no había visto al rencor. No había visto nada, salvo las raspas de pescado.

Estaba demasiado oscuro como para buscar insectos o gusanos, pero seguramente vivirían allí. Ella no era ninguna experta en el tema, pero ¿acaso el terreno no los necesitaba para servir de alimento a las plantas? ¿Y los pájaros o los roedores? No había visto ninguno, pero lo cierto es que tampoco había estado atenta a posibles graznidos o crujidos. ¿Dónde estarían los demás seres vivos de ese malsitio?

Aguzó el oído. Y de pronto, fue consciente del silencio que reinaba en el ambiente.

Sí, había algunos ruidos en el malsitio: el viento que soplaba entre los árboles, el suave correr del agua, el martilleo de su propio corazón. Pero el silencio era real, como una capa de muerte por debajo de todo lo demás. Era como un zumbido en los oídos, si dicho zumbido fuera la ausencia de sonido. Un opuesto. Un ruido negativo, incesante y enloquecedor.

Hanne se presionó los nudillos sobre los oídos, tratando de repelerlo. Pero el silencio ya se había asentado en su interior; no había forma de librarse de él.

El sueño la rehuía. Con un hambre y una sed crecientes, y con la espantosa sensación de estar absolutamente aislada del mundo real, no pudo hacer más que acordarse de Solspiria y desear no haberse marchado nunca.

Aquella noche, se celebraría un banquete. Siempre había banquetes. Si estuviera en casa, Hanne se habría sentado al lado de su madre, las dos lucirían un aspecto regio y hermoso, ataviadas con seda de la mejor calidad y cuentas de cristal, con sus coronas tachonadas con obsidiana. Juntas, bajo la luz de un centenar de lámparas con diamantes colgando, escrutarían a los nobles inferiores y decidirían a cuáles ascender y a cuáles destruir. Comerían ternera estofada, verduras a la parrilla y refinados pasteles con glaseado, apilados como copos de nieve. Serían poderosas, fascinantes, y cuando terminase la velada, se retirarían a sus aposentos reales.

Los aposentos personales de Hanne se componían de una docena de habitaciones de gran tamaño, equipadas con todo lo que una princesa necesitaba para ser feliz. En ese momento, Hanne echaba de menos por encima de todo su dormitorio, donde tenía un colchón gigante relleno de plumón mullido y mantas más suaves que las nubes. Acostada en su cama, Hanne siempre se sentía como si estuviera flotando en una cálida burbuja de opulencia.

Le gruñó el estómago y se espabiló. Habían pasado varias horas desde el almuerzo y aquel árbol no era ni de lejos tan cómodo como su cama. No obstante, la ausencia del lecho podría soportarla. Ya había dormido otras veces a la intemperie, como parte del riguroso entrenamiento al que la sometieron sus padres, pero nunca en un malsitio. Ni siquiera había pasado cerca de uno. Excepto...

Agarró el colgante de obsidiana apoyado sobre su esternón. ¿Por qué no la había protegido?

Aunque... ¿y si lo había hecho?

Esa posibilidad era escalofriante. ¿Y si el único motivo por el que no era una pila de carne podrida, como lord Bearhaste, era que ella estaba mejor protegida?

Se acurrucó un poco más sobre la curvatura del árbol y le dedicó una oración a Sardin, el numen de la buena suerte, para que la ayudara a sobrevivir a ese calvario. Y luego —porque siempre es bueno ser precavidos— le rezó a Sylo, el numen de los árboles. Como aquel árbol era su única protección en ese momento, le pareció sensato hacerlo.

Cuando estaba preparando una oración para el numen de ese árbol concreto (seguramente uno de esos númenes anónimos cuyo nombre había caído en el olvido con el paso del tiempo), un destello llamó su atención.

Luz solar. Podía ver la luz del sol al otro lado de esa maraña de árboles.

Era de noche a su alrededor. ¿Cómo podía ser de día más allá de la barrera del malsitio?

Con cautela, se puso en pie. El aire era frío, propio de la noche. Todo parecía muy real. Pero cuando se aproximó al borde de la membrana, con cuidado de no tropezar con nada en esa extraña oscuridad, examinó por primera vez el movimiento de las cosas en el exterior.

Ya había visto los lazos, por supuesto, en cuanto se tranquilizó y recobró la compostura. Pero no se había fijado en cómo se movían. Estaban en alto, bajo el efecto de una brisa, pero no se movían ni agitaban. No se elevaban ni descendían. Colgaban sin más. Suspendidos. Del todo inmóviles.

No, no del todo.

Mientras esperaba, observando los lazos amarillos durante el tiempo suficiente, percibió el movimiento que esperaba, aunque resultó mucho más lento de lo que debería haber sido.

Luego empezó a ver otras cosas: pájaros que apenas batían sus alas, una hoja que caía a cámara lenta y un ciervo en mitad de un salto mientras corría por el sendero que Hanne había tomado para llegar hasta allí.

Con un nudo palpitante en la garganta, Hanne registró la zona en busca del rencor. Era imposible decidir qué preferiría: verlo por allí, expectante, mientras avanzaba lentamente hacia ella, o no hallar ni rastro de él. Porque, si no estaba allí, entonces ¿dónde podía estar?

—Ayúdame, Tuluna —rezó Hanne, pero la patrona de Embria permaneció en silencio—. ¿Cómo puedo seguir tu senda si estoy atrapada? ¿Acaso no soy la elegida?

Tampoco hubo respuesta.

Tuluna no siempre había estado a su lado, pero nueve años atrás, la numen la seleccionó para convertirse en su voz, en su cura frente a los impulsos más oscuros de la humanidad.

Hanne cerró los ojos y rememoró esa primera conversación, buscando consuelo en el recuerdo.

*«Puedo ayudar»*. Esas fueron las primeras palabras, frescas y dulces como un bálsamo reparador tras el dolor que Hanne había soportado cuando sus padres se la... llevaron.

—¿Quién eres? —susurró Hanne, lo bastante joven como para sentirse intrigada por una voz dentro de su cabeza, pero lo bastante madura como para mostrarse también precavida.

*«¿Quién crees tú que soy?»*.

Hanne sopesó esa pregunta durante un rato. Acostada en la cama, con el cuerpo dolorido, no tenía mucho más que hacer. Finalmente, respondió:

—No lo sé. No me has dado suficiente información.

La presencia se rio un poco. No de Hanne, como habrían hecho los adultos, sino como simple confirmación de que había dado en el clavo con su respuesta. «*Te hablaré de mí. Así tendrás fundamentos para hacer una suposición*».

—Está bien —accedió ella.

«*Quiero unir el mundo bajo una sola bandera* —dijo la numen—. Pero *estoy atrapada, no puedo hacer esto yo sola. No puedo llegar a Salvación tal y como requiero. Por lo tanto, busco una compañera. Una espada. Una reina*».

A Hanne se le cortó el aliento. Ella sería reina algún día.

«*Es un plan ambicioso, lo sé. Pero me mueve la ambición*».

—No puedes llegar hasta Salvación —murmuró Hanne, mientras su mente funcionaba a toda velocidad.

«*No*».

—No eres humana.

De nuevo, la presencia se rio. Con suavidad. «*No. No lo soy*».

—¿Vas a hacerme daño?

«*No te voy a mentir, Hanne. Si accedes a ser mi compañera, te someterás a varias pruebas. A veces serán dolorosas. Pero yo no te haré daño. Te necesito. Me preocupo por ti. Eres muy importante para mí, mi pequeña y tenaz princesa*».

Tenaz. Ambiciosa.

—¿Eres Tuluna?

«*Eres una jovencita muy inteligente*». Su voz adoptó un deje risueño.

Hanne se sintió henchida de orgullo. La gente siempre la había necesitado, la cubrían de halagos cuando les convenía. Pero nadie, y menos aún sus padres, le había dicho nunca con tanta claridad que se preocupase por ella. Hanne nunca había sido importante para nadie, aparte de Nadine.

—Está bien, Tuluna. Te ayudaré y tú me ayudarás a mí. Seré tu compañera.

Desde ese momento, la numen patrona de Embria estuvo al lado de Hanne: guiándola, enseñándola, entrenándola. Tuluna no mintió: en ocasiones, resultó doloroso ser su elegida. Pero la certeza de que Hanne pondría fin al conflicto y se convertiría en la reina de Salvación algún día..., eso la motivaba a seguir adelante.

Pero ahora Tuluna no respondía. Quizá no pudiera hacerlo.

Puede que la Malicia estuviera bloqueando las oraciones de Hanne o la voz de Tuluna. ¿Sabría eso el rencor? ¿Sabría que Hanne era la espada de Tuluna? Eso explicaría por qué la persiguió hasta allí: para frustrar los planes de Tuluna de poner fin a la guerra.

Durante una hora, Hanne examinó el rastro que ella misma había dejado, sin encontrar indicios del rencor. Pero un pájaro había comenzado a alzar el vuelo, y la hoja había quedado iluminada por un haz de luz, y el ciervo volvía a estar apoyado sobre las cuatro patas, con el cuerpo flexionado para dar otro salto.

Hanne se puso a reflexionar. Su instinto le decía que todo lo que estaba fuera del malsitio estaba distorsionado, y que por eso se movía todo tan despacio, pero la parte lógica de su mente sabía la verdad. Era el interior del malsitio lo que estaba corrompido. El lugar donde se encontraba ella.

Allí, todo se movía deprisa. Muy deprisa.

Hanne estaba atrapada en un lapso temporal, lo que significaba que, cuando alguien la encontrara, podría llevar mucho tiempo muerta.


El segundo día, mejor dicho, el segundo día dentro de su pequeña prisión; en el exterior seguía siendo ayer, Hanne volvió a examinar el malsitio, en un desesperado intento por encontrar algo que pudiera resultarle útil.

Estaba deshidratada. Hambrienta. No podía pensar con claridad, pero intentó concentrarse en las tareas que se había propuesto. Le palpitaban las sienes.

Primero, debía hallar un modo de recoger agua. Aquella mañana absorbió las gotas de rocío de las hojas de algunos árboles, pero no fue suficiente. Se había acumulado un poco más de agua en el hoyo que cavó junto al riachuelo, pero aún no estaba lista para correr ese riesgo. El arroyo era poco profundo y fluía despacio, y había muchos bichos muertos flotando en el agua. Por otra parte, pasaba justo a través de la membrana. ¿Qué efecto podría tener eso en el agua?

Así que se concentró en buscar un trozo de corteza curvada, después la forró con unas hojas gruesas y lustrosas hasta formar una especie de recipiente. La idea era inclinar otras hojas, de modo que el agua de rocío goteara encima.

Pero, aunque funcionara, aún faltaba mucho para la mañana del día siguiente.

Su siguiente misión fue la comida. Recolectó unas cuantas bayas. Tuvo la precaución de comprobar si tenían veneno frotándoselas sobre la muñeca y esperando, restregándoselas por los labios y esperando, rozando una con la lengua y esperando. Fue una tortura tanta espera mientras su estómago rugía de hambre, pero al ver que no se producía ninguna reacción, se llevó una baya a la boca y se la comió.

Una nueva espera. Tras una pequeña eternidad, al ver que no se moría, determinó que las bayas eran seguras y se comió dos puñados. No se le ocurrió pensar, hasta que se las terminó todas, que podrían estar contaminadas con Malicia.

En fin, ya lo descubriría.

Aquella tarde, la porción de bosque que rodeaba el malsitio se llenó de gente. Un equipo de búsqueda, al fin.

Primero llegaron los guardias caberwillianos y, por detrás de ellos, a través del velo formado por los árboles y la maleza, Hanne divisó el radiante vestido esmeralda de Nadine.

La princesa recobró el ánimo cuando, poco a poco, atisbó más fragmentos de su prima: una mano, un mechón de pelo, un gesto de preocupación en su rostro manchado de tierra. Nadine estaba sana y salva y había llevado ayuda.

—¡Nadine! —Hanne tenía la voz ronca a causa del hambre y la sed; aun así, ver a su prima le reportó una descarga de energía—. ¡Estoy aquí, Nadine!

Golpeó la membrana con todas sus fuerzas, provocando un estrépito que bastaría para despertar a los muertos. Cuando empezó a dolerle el brazo, se detuvo y se puso a mirar al exterior, esperando. Pronto la verían. Seguro.

Poco a poco, descubrieron los lazos y las campanas. Media hora después, Nadine echó a correr hacia el malsitio, con el rostro contorsionado en un gesto de espanto.

Pero eso era bueno. Significaba que Nadine la había visto. Hanne sintió una descarga de adrenalina mientras golpeaba la membrana hasta que le sangraron los nudillos chillando tan fuerte que se le quebró la voz.

—¡Nadine! ¡Ayúdame, Nadine! ¡Sácame de aquí!

El corazón le latió con dolorosa intensidad mientras contemplaba la escena que se desplegaba al otro lado. Un guardia sujetó a Nadine. Ella le arañó; él se la llevó a rastras hacia el capitán Oliver. Rune intervino.

Todo sucedió muy despacio, concediéndole a Hanne tiempo suficiente para observar cada detalle del rostro de su prima, esa expresión de desdicha que sin duda sería un reflejo de la suya propia.

—¿Nadine?

El ánimo de Hanne quedó por los suelos cuando el capitán Oliver y el otro guardia se sentaron con su prima, mientras los demás se disponían a buscar alrededor de su prisión. No cruzaron la línea amarilla en ningún momento y aunque miraban directamente al interior del malsitio, sus ojos nunca detectaban a Hanne.

No podían verla.

A la princesa le temblaron las piernas, pero se recompuso y se negó a ceder ante el miedo, que le formó un nudo en el estómago. Golpeó la membrana, llamando a Nadine una y otra vez. Durante horas, mientras el equipo de búsqueda rodeaba el malsitio, Hanne gritó y chilló, pero no sirvió de nada.

Finalmente, tuvo que admitir la verdad: si los soldados no podían verla ni oírla, y si no cruzaban la línea amarilla, no tendrían modo de rescatarla.

Hanne estaba sola.

En la mañana del tercer día (según su noción del tiempo, no la de los demás), el equipo de búsqueda se estaba preparando para marcharse. Habían aceptado que Hanne estaba fuera de su alcance.

Incluso Nadine.

Sin hacer ruido, con la cabeza girada para otro lado, Hanne se echó a llorar.

Había bebido el agua de rocío, pero no sirvió para saciar su sed, y se había comido otro puñado de bayas, pero tenía tal carencia de alimento que apenas podía moverse.

Pero lo que resultaba aún más doloroso que ese vacío en la barriga era la ausencia de algo más importante: esperanza.


Horas después, un fardo atravesó volando la barrera y la golpeó en la cabeza.

Hanne se giró y vio a un hombre con el brazo extendido, como si acabara de arrojar algo, y a Nadine con las manos aferradas al pecho. No llevaba puesto su colgante de obsidiana.

Hanne se apresuró a desenvolver el fardo y encontró todas las joyas de su prima.

La aflicción que le encogía el corazón remitió... un poco. Nadine no se había dado por vencida. Hanne debería haberlo sabido. Al fin y al cabo, eran grandes amigas y cuidaban la una de la otra, incluso cuando nadie más estaba dispuesto a hacerlo. Nadine era su sostén. Cuando los cortesanos se burlaban de Hanne por ser una niña feúcha, Nadine la había protegido. Cuando los padres de Hanne emplearon la violencia para convertirla en la hija perfecta a sus ojos, Nadine la consoló. Y ahora, cuando Hanne estaba atrapada en un malsitio..., Nadine seguía creyendo en ella.

—Sé que nunca me abandonarás, prima.

La princesa apoyó la frente sobre la membrana y vio cómo otro objeto surcaba lentamente los aires. Era una cantimplora. Impulsada por una sed abrasadora, echó a correr hacia la cantimplora en cuanto aterrizó, pero comprobó que solo estaba llena hasta la mitad y que el borde apestaba a bilis. Aun así, se vertió una pequeña cantidad de agua en la boca y la mantuvo allí, deleitándose con el roce del líquido sobre la lengua reseca e hinchada.

Mientras el agua descendía hacia su estómago, le puso el tapón a la cantimplora y la depositó junto a la pila de obsidiana de Nadine.

—Al menos, estaré bien engalanada cuando muera —masculló riéndose un poco. Luego se encogió y trató de contener el llanto. No podía malgastar ni siquiera el agua de sus lágrimas—. Tuluna, por favor.

Con su prima siempre funcionaba pedir las cosas por favor. Pero la patrona de Embria no respondió, y al otro lado del malsitio, el príncipe y los guardias se llevaron a Nadine.


Dos días después, varios fardos abultados entraron volando en el malsitio.

Al principio, Hanne no reparó en ellos; su mente estaba en otra parte, sus ojos veían las brillantes torres de Solspiria. Desde que era pequeña había admirado la forma en que la luz del sol arrancaba destellos de los diamantes, los zafiros y los rubíes, haciendo que el palacio centelleara como en un sueño. Y a medida que se hizo mayor empezó a comprender que esa misma luz solar podía herir los ojos y cegar a una persona; normalmente, a un campesino que mirase más alto de lo que le correspondía por su posición.

Pero ella podía verlo todo con nitidez: gemas individuales refractando la luz, la amplia avenida que conducía hasta el palacio, en lo alto de la colina, y cientos de soldados apostados como estatuas en cada entrada y en cada esquina. En su mente, deambuló por los majestuosos patios y los cuidados jardines, que estaban repletos de acónitos, adelfas y belladonas, así como de otras plantas menos venenosas, para aportar variedad.

En la vida real, Hanne apenas había tenido ocasión de pasear por los jardines o explorar los laberínticos pasillos del palacio; sus compromisos la mantenían ocupada en todo momento. Pero ahora, mientras el hambre y la sed se extendían por su cuerpo tembloroso, se refugió en los recuerdos de su hogar. Sabía, quizá, más de lo que pensaba sobre los pasadizos clausurados de Solspiria y sobre las torres prohibidas, donde las anteriores reinas Fortuin encerraban a sus rivales o adversarios políticos. En una ocasión, cuando tenía once o doce años, estaba practicando esgrima con un instructor en el patio ambarino, pero la lección quedó interrumpida por la deshonrada condesa de Valle Argento: tras una semana y media encerrada en una de esas torres, y justo cuando Hanne estaba a punto de ganar el combate contra su instructor, el cuerpo de la condesa aterrizó con un golpe seco y desagradable sobre el patio.

Golpes secos. Sí. Se habían producido varios en las proximidades. Hanne abrió los ojos y miró a los lados, hasta que divisó un saco de cuero lleno hasta reventar. Por detrás había otro. Y otro más.

Estaba demasiado exhausta como para ir a buscarlos, pero hizo acopio de fuerzas y gateó hacia ellos. A mitad de camino, le flaquearon los brazos y tuvo que descansar, pero se obligó a mantener los ojos abiertos, fijos sobre los sacos. En cuanto recobró el aliento, se incorporó y llegó hasta el fardo más cercano.

Estaba repleto de comida. El segundo contenía una docena de cantimploras. En el tercero había mantas, un cuenco de plata, un paquete de cerillas y varios objetos más, que en ese momento no le parecieron tan importantes como el agua.

Aunque tenía una sed abrasadora, bebió a pequeños sorbitos, dejando que el agua se asentara en su estómago antes de ingerir más. Al cabo de una hora, cuando su mente se despejó un poco, volvió a beber.

Entonces, cuando determinó que podría sobrevivir durante los próximos días, a pesar de todo, comenzó a revisar sus provisiones.

Dos semanas y media más tarde, Hanne seguía atrapada en el malsitio, pero tenía una hoguera que nunca permitía que se apagara, hervía sin parar el agua del riachuelo en el cuenco de plata y contaba con varios sacos de comida cuidadosamente racionada.

Seguía sin poder escapar, pero solo era cuestión de tiempo que Nadine y Rune regresaran con un modo de liberarla. Rune necesitaba esa alianza. La necesitaba a ella.

Hanne escaparía de ese lugar.

Pero cuando empezó a convencerse de ello, algo más entró en el malsitio.

Tenía la piel gris como el sílex, extremidades anormalmente largas, un millar de dientes, movimientos espasmódicos. El rencor pasó a través de la membrana y comenzó a avanzar hacia ella.

# 4. RUNE

Rune estaba atrapado. Por fin había llegado al Bastión del Honor, donde recibió una convocatoria urgente del Consejo de la Corona en cuanto se bajó del caballo. No tuvo tiempo de asearse ni de cambiarse, y ahora, apestando a sudor y fracaso, se encontraba frente a las diez personas más poderosas de Caberwill mientras terminaba de relatar los acontecimientos del día anterior.

—Interrogué concienzudamente a lady Nadine por el camino.

Rune se esforzó por mantener un tono de voz uniforme, pero siempre se había sentido pequeño en esa sala tan majestuosa. Los tapices antiguos, los retratos de los antiguos consejeros, la inmensa mesa de roble tallada a partir de un único árbol: todo estaba diseñado para intimidar.

—Los detalles de su historia no cambiaron nunca, y estaba sinceramente aterrorizada por la princesa. Incluso arrojó sus joyas de obsidiana al interior del malsitio.

Varios consejeros tocaron sus propios anillos y colgantes de obsidiana mientras el rey Opus III asentía lentamente con la cabeza.

—Los embrianos están esperando en el patio, protestando por el retraso —concluyó Rune—. Les aseguré que serían atendidos y alojados lo antes posible.

—Gracias, hijo mío.

El rey Opus se enderezó en su asiento de madera, que crujió bajo su peso. Era un hombre corpulento, ancho de espaldas, con una mandíbula fuerte y una voz grave y sonora. Opus, al igual que su padre, era el resultado de varias generaciones de reproducción meticulosa, emparejando a los individuos no solo por conveniencias políticas, sino también por los vástagos que podrían engendrar. Cuanto más grandes, mejor. El temperamento y la astucia también se tenían en cuenta, por supuesto, pero si había un mensaje que sus ancestros habían querido enviar a sus enemigos, era uno de fortaleza y bravura.

—En ese caso —prosiguió el rey—, todo apunta a que no se trata de un complot embriano para destruir la alianza.

—Estoy convencido de ello —dijo Rune, que deseó que hubieran puesto una silla adicional para él, aunque no quedara sitio libre en la mesa. Sus padres estaban sentados en extremos opuestos, con los ocho consejeros distribuidos entre ellos, todos a la misma distancia, cuatro en cada lado. Todos tenían el ceño fruncido—. Al menos, todo lo convencido que puedo estar.

—No olvidemos que son embrianos. —La duquesa Charity Wintersoft alzó la mirada de sus notas y observó a Rune con los ojos entornados—. Solo porque no entendamos de qué forma les beneficia encerrar a su princesa en un malsitio, no significa que no haya sido su plan desde el principio. Son unos conspiradores.

Noir Shadowsong se apoyó sobre los codos y dijo:

—No alcanzo a entender cómo la pérdida de la princesa...

—¿Acaso eres embriana?— le replicó Charity.

—Es obvio que no. —Noir frunció el ceño.

—Pues por eso no lo entiendes. ¿Cómo podríamos nosotros, unos honrados caberwillianos, comprender hasta dónde serían capaces de llegar la reina Katarina y el rey Markus con tal de obtener una ventaja estratégica? Al fin y al cabo, esta alianza fue idea suya.

Noir se quedó callada. Ella era la canciller de industria, una de los tres consejeros elegidos por los electores, en vez por la Corona, pero Charity miraba por encima del hombro a cualquiera que no perteneciera a la nobleza, por muy bueno que fuera en su trabajo.

—Estoy de acuerdo con Noir. —Rupert Flight, un conde de la costa oriental, fulminó a Charity con la mirada—. Sea como sea, la amenaza contra los Acuerdos de Ventisca sigue vigente.

Varios consejeros asintieron.

—Pero en lo que respecta a Embria, las preguntas que deberíamos formular se refieren a Devon Bearhaste y al papel que desempeña en todo esto.

Rupert dirigió su mirada hacia Rune. Era un hombre de aspecto vulgar y corriente, incluso a ojos de aquellos con talento para recordar los rostros de los demás. Por eso llevaba un broche (un león alado), para facilitar que lo reconocieran.

—¿Habéis dicho que lord Bearhaste también salió a dar un paseo? —preguntó Rupert—. ¿Y que ya estaba muerto cuando lo encontrasteis?

Rune asintió.

—No solo muerto: descomponiéndose. El teniente Swifthand podrá darles más detalles. Examinó el cadáver de cerca.

Rupert tomó nota de aquello.

—¿Alguien más salió a pasear?

—No, que yo recuerde. —Rune estaba nervioso, pero intentó que no se le notara. Su padre lo estaba observando.

El conde entrecerró los ojos y añadió:

—Mis amigos me contaron que, en Solcast, Bearhaste redactó varias cartas que no pudieron interceptar.

—Un traidor —murmuró Opus—. Rupert, reúne toda la información posible sobre Devon Bearhaste, su familia y todos sus asociados. Quiero que los investiguen a fondo.

—Así se hará, majestad. —El conde, que era el canciller de la información, volvió a tomar nota.

Swan Brightvale, la canciller del comercio, otra plebeya, tomó la palabra a continuación:

—Eso nos remite a la cuestión de qué hacer con nuestros visitantes. —Oteó la estancia con sus ojos oscuros y el ceño fruncido—. ¿Cumpliremos el acuerdo y alojaremos a la nobleza embriana en el castillo? ¿O me ocupo de que les hagan sitio en las posadas de Brink?

Todos miraron hacia el gran general, un hombre llamado Tide Emberwish. Era un héroe de la guerra de los Tres Reinos, y nadie, ni siquiera Charity, cuestionaba su puesto en el Consejo de la Corona, aunque proviniera de una familia humilde.

El anciano frunció los labios pensativo. Después dijo:

—Deberían quedarse en el castillo. Quiero tenerlos cerca para poder vigilarlos. Siempre que a sus majestades les parezca bien.

El rey Opus cruzó una mirada a través de la mesa con la reina Grace. Cuando ella asintió, el monarca dijo:

—Alojaremos a los nobles y a su séquito en el ala este, según lo previsto. Deja que se desplacen por el castillo, pero asegúrate de que estén siempre vigilados. Quiero saber a quién visitan, de qué hablan e incluso qué toman para desayunar.

El gran general asintió.

—¿Y sus soldados?

—Bastará con los barracones que despejamos para ellos.

—¿Y qué pasa con la alianza? —preguntó Dayle Larksong, un hombre de piel cenicienta y ojos cansados. A Rune siempre le cayó bien, incluso antes de que se convirtiera en el sumo sacerdote; era una de las pocas personas que seguían poseyendo libros sobre ciertas materias prohibidas.

—Así es —coincidió Rupert—. Sin la princesa, ¿cómo va a prosperar la alianza? Sin duda, la reina Katarina y el rey Markus nos culparán del aprieto de la princesa Johanne.

«Aprieto». ¿Era así como pensaban referirse a lo que estaba ocurriendo?

—Cierto —murmuró el gran general—. Debemos prepararnos para lo peor. Yo sugeriría un ataque preventivo contra Embria, antes de que les llegue la noticia de la desaparición de la princesa.

—Embria no tardará en enterarse —dijo Rupert—. Puede que ya lo sepan. Como no se hizo ningún intento por ocultar el incidente, todos los miembros de la delegación embriana poseen la misma información que hemos recibido nosotros. Puedo interceptar cartas y demás correspondencia, pero eso solo servirá durante un tiempo. Al fin y al cabo, los monarcas embrianos cuentan con que su delegación regrese dentro de un mes. Y esperarán recibir noticias de la boda. La cual, claro está, queda anulada por el momento.

Rune apretó los puños tras la espalda. Tal vez debería haber hecho jurar a sus guardias que guardarían el secreto, pero ¿y el capitán Oliver? ¿Y lady Nadine? No tenía autoridad sobre ninguno de ellos, y escoltar a lady Nadine con soldados de Caberwill habría sido indecente. Así pues, Nadine y el capitán habían cabalgado hasta Brink junto con la delegación embriana, para que sus paisanos pudieran consolarla.

Sería imposible mantener en secreto lo ocurrido, y todos los presentes debían de saberlo. Había desaparecido una princesa. La noticia no tardaría en extenderse por toda Salvación.

—De modo que se anula la boda —musitó Charity—, y que vamos a emprender un ataque preventivo contra Embria. No me gusta este plan.

—No tenemos más opciones —replicó el gran general—. La princesa es la única responsable de haberse quedado atrapada en un malsitio, pero la reina Katarina y el rey Markus no lo verán de ese modo. Lo que verán es una negligencia por parte de Caberwill.

«Por parte de Rune», quería decir, pero no se atrevía a expresarlo en voz alta.

—¿Por qué la única opción es el ataque? —Rune dio un paso al frente, manteniendo los puños por detrás de la espalda—. Le prometí a la delegación embriana que haríamos todo lo posible para rescatar a la princesa Johanne del malsitio. Tiene que haber un modo. Puede que, si hiciéramos partícipes a Markus y a Katarina de nuestros esfuerzos, se sumasen a nosotros para dedicar todos los recursos posibles a la tarea de asegurar que la alianza continúe según lo planeado.

—Habláis como si se tratara de gente razonable —dijo el gran general—. Pero es imposible razonar con ellos. La batalla de la colina de Aguasmuertas... Aquello pasó antes de que vos nacierais, pero seguro que la habéis estudiado: se pensaba negociar un alto el fuego, pero el ejército embriano emboscó al general Ring y mató a todos los soldados caberwillianos que lo escoltaban. O la masacre de la mina de Penumbria, hace apenas cinco años. No les gustó la calidad del hierro que compraron y enviaron un escuadrón de soldados a matar a nuestros mineros. ¿Os acordáis?

Rune se acordaba. Embria tenía la mala fama de responder por la fuerza. Con violencia.

—Da igual qué les digamos —prosiguió el gran general—, ellos tergiversarán los hechos y transformarán nuestras motivaciones en algo siniestro, y reaccionarán de un modo que solo ellos podrían considerar proporcional. Prenderán fuego a nuestras granjas. Envenenarán el río Lapislázuli. Masacrarán a nuestro pueblo para llegar hasta vos, mi príncipe, y luego os arrojarán también a un malsitio. Un heredero por otro. No podemos permitirlo.

Rune sintió un escalofrío; en su mente se proyectaron imágenes de la siniestra profecía de Tide. Había compartido suficiente tiempo con los monarcas embrianos como para no disentir del todo. La reina le había parecido, dicho sin paños calientes, escalofriante. Era tan hermosa como la princesa Johanne, pero mil veces más severa. Cuando lo miraba, Rune tenía la impresión de que se estaba imaginando qué aspecto tendrían sus entrañas desperdigadas por el suelo.

—Quizá haya otra opción —dijo Rupert interrumpiendo la macabra ensoñación de Rune—. La princesa Johanne era hija única, de modo que no hay sustituto posible del mismo rango, pero lady Nadine es su prima. Tal vez no pertenezca a la realeza, pero guarda un parentesco muy próximo con ella y es muy querida por la princesa.

Rune enarcó las cejas. ¿Casarse con lady Nadine?

—¿Crees que Embria aceptaría un matrimonio alternativo?

—Haría falta redactar un contrato nuevo. —Rupert esbozó una sonrisa incisiva—. Pero ¿no sería preferible eso a una guerra sin cuartel? Debemos hacer todo lo posible para mantener esta endeble paz con Embria. Sobre todo, dada la gravedad de la situación en Ivasland.

—Hmm. —El rey Opus se recostó en su asiento y entrelazó las manos—. Desarrolla un poco más esa idea.

—Una doncella no es una princesa, eso está claro —prosiguió Rupert—. Tendríamos que hacer concesiones, pero quizá podríamos llegar a un acuerdo aceptable tanto para Caberwill como para Embria, sobre todo si les recordamos que la amenaza para los Acuerdos de Ventisca es cada vez mayor. Incluso puede que haya un modo de hacer que la culpa por la desaparición de la princesa Johanne recaiga sobre Ivasland.

—Piensa en ello —le ordenó el rey. Después se giró hacia el gran general—. Te veo preocupado, Tide.

El gran general Emberwish asintió lentamente.

—Evitar una guerra sería preferible, por supuesto.

—Por supuesto —murmuraron los presentes en la sala del Consejo.

—Seguro que lady Nadine es una jovencita maravillosa. —Tide se recostó también imitando la postura del rey—. Sin embargo, si abordamos al rey Markus y la reina Katarina con lady Nadine como posible sustituta, perderemos la oportunidad de realizar un ataque preventivo. Sabrán que la princesa Johanne ha desaparecido, dejando la disyuntiva entre la paz o la guerra en sus manos.

—Es una buena observación. —La reina Grace paseó sus ojos grises por la estancia con expresión pétrea—. No me gusta dejar que Katarina y Markus lleven la iniciativa.

—La verdadera amenaza proviene del sur —insistió Rupert—. Deberíamos asumir el riesgo y ofrecerles la paz.

—La rechazarán —dijo Charity—. Sí, la paz es el resultado más deseable, por supuesto, pero como ha dicho el gran general, no se trata de gente razonable. Si intentamos comprometer a lady Nadine, lo más probable es que nos ataquen ellos primero.

Rune se hincó las uñas en las palmas de las manos. Al parecer, todos habían aceptado que la princesa Johanne estaba perdida. Ninguno estaba dispuesto a plantear siquiera la posibilidad de un rescate. Él no sabía cómo, pero antaño, hacía cientos de años, tenía que haber alguien capaz de destruir los malsitios.

—Propongo hablar con la delegación embriana, para ver si están receptivos —añadió Rupert con gesto inmutable—. Controlaremos sus comunicaciones con Solcast, así que no tendrán muchas oportunidades de alertar a la realeza embriana en lo relativo al lady Nadine hasta que estemos listos.

El rey Opus y la reina Grace volvieron a cruzar una mirada. Finalmente, el monarca dijo:

—Si creyera que Katarina y Markus estarían dispuestos a aceptar una novia alternativa, entonces te animaría a intentarlo. Pero Tide tiene razón: no son gente razonable, y detesto concederles una ventaja.

—Alteza...

—Ya he tomado una decisión, Rupert. Podemos votar, si insistes, pero no creo que sea necesario. —El rey apoyó las manos sobre la mesa y miró en derredor. Nadie dijo nada. Luego, Opus se giró hacia el gran general—. Tide, prepara a las tropas para marchar sobre Embria. La guerra continuará.

—Sí, majestad.

No, no podía ser. Esa no era la reacción adecuada para proteger el reino. El Consejo de la Corona no podía permitir que la princesa Johanne se pudriera en ese malsitio, ¡no si había un modo de rescatarla! Y, para colmo de males, habían ignorado por completo al ser que la había conducido hasta esa situación.

—¿Y qué pasa con la criatura que describió lady Nadine? —preguntó el príncipe alzando la voz antes de que se levantara la sesión—. La definió como un monstruo. Puede que aún siga ahí fuera.

La reina Grace le sonrió con lástima.

—Seguro que la pobrecilla no había visto un lobo en su vida. O un oso.

—Coincido con su majestad —dijo Charity, lo cual no era una sorpresa. Siempre estaba de acuerdo con la reina—. Los felinos salvajes merodean por esa parte de Sendahonda en esta época del año. Seguro que fue eso lo que vio.

—Lady Nadine describió otra clase de criatura... —replicó Rune, pero el rey negó con la cabeza, interrumpiendo sus palabras.

—No, la princesa huyó de un felino salvaje —dijo Opus—. No hay nada más que discutir sobre esa cuestión.

Rune apretó los dientes. Sabía que no debería decir nada (ya habían discutido bastante al respecto durante años), pero estaba harto de que lo utilizaran como a un peón en el tablero de la política.

—Era un rencor, estoy seguro.

La cámara del Consejo se sumió en un silencio absoluto.

El rey Opus profirió un largo suspiro, mientras que la reina Grace cerró los ojos, como si estuviera orando.

—Por favor, repetid eso, alteza. —El sumo sacerdote Larksong acercó las manos al frasco diminuto de obsidiana en polvo que llevaba colgado al cuello.

—Creo que la criatura que mató a Devon Bearhaste, la que persiguió a la princesa Johanne y la que describió lady Nadine era un rencor. Esa doncella no es ninguna ingenua. Sabe lo que es natural y lo que no. —Rune tensó la mandíbula. No debería afanarse tanto por defender a unas embrianas—. Sin duda, la podredumbre que rodeaba el cuerpo de lord Bearhaste no era natural, como tampoco su avanzado estado de descomposición. Y John Taylor, el mejor rastreador de mi guardia personal, dijo que parecía como si a la princesa la hubieran obligado a avanzar en dirección al malsitio, pese a que había un sendero más despejado hacia la carretera. Ningún felino podría haber hecho eso.

—Una manada de lobos, quizá —aventuró Swan Brightvale.

Rune negó con la cabeza.

—Los lobos son lo bastante listos como para no guiar a su presa hasta un malsitio, donde no podrían alcanzarla.

Swan frunció el ceño, pero no volvió a replicar.

—Basta. —El gesto de Opus expresaba con claridad su deseo de cambiar de tema, pero Rune no dio su brazo a torcer.

—Padre, me encantaría poner fin a nuestras discusiones sobre otra incursión. —Comenzó a notar un principio de migraña—. Pero cada semana recibo misivas de súbditos que describen extrañas anomalías. Los hilos del mundo se están debilitando. Percibo el hedor de la Malicia. Y la criatura que describió lady Nadine encaja con las antiguas descripciones de los rencores.

El sumo sacerdote aferró con fuerza su frasquito de obsidiana.

—Me gustaría hablar con lady Nadine.

Opus, y todos los demás, lo ignoraron. En vez de eso, el rey se enderezó en su asiento, su presencia se volvió aún más imponente que antes, y fulminó a Rune con la mirada.

—No hay por qué preocuparse de otra incursión. Deja de escuchar a las masas paranoicas. No he oído testimonios fiables de Malicia, ni rencores, ni de ninguna otra anomalía. La gente está a salvo, no debes alentar sus miedos.

Nada de eso era del todo cierto. Opus Highcrown había desalentado los «miedos» de la gente mediante un decreto real que prohibía cualquier comunicación pública sobre incursiones, Malicia y rencores.

Rune era uno de los pocos individuos de alto rango que prestaban atención al pueblo, y el pueblo lo sabía. Le enviaban misivas, sí, describiendo sombras que comenzaban a hablar, momentos donde el tiempo se desacompasaba, un día sin gravedad plena... Indicios de que la Malicia estaba actuando sobre los cimientos del mundo, mientras el Malfreno se debilitaba. Pero también acudían a él, le suplicaban ayuda cuando sus campos se convertían en cristal o sus casas en sal, y cuando Rune recorría las calles de Caberwill, se reunía con ellos desde el lomo de su montura, escuchando, siempre escuchando.

Un príncipe debía cuidar de sus súbditos. Debía protegerlos, consolarlos, compadecerse de sus miedos. Y Rune lo hacía. Desde hacía dos años, estaba claro que se avecinaba una incursión. Si pudiera conseguir que el Consejo o sus padres abrieran los ojos de una vez...

—Mucha gente teme que no estemos preparados para la próxima incursión. —El sumo sacerdote Larksong lo intentó de nuevo—. Una princesa atrapada en un malsitio no mejorará la situación. Quizá podríamos tomar pequeñas medidas para asegurar al pueblo que lo tenemos todo bajo control. Si pudiéramos encontrar a la criatura que la persiguió, demostrar que solo era un felino salvaje...

—No. —Opus se levantó y los demás se apresuraron a hacer lo mismo—. Esta reunión ha terminado. Ya conocéis vuestras órdenes. Alojad a los embrianos donde podamos tenerlos vigilados. Aseguraos de controlar sus comunicaciones. Preparad al ejército para marchar sobre Embria. No dejaré nada al azar. Podéis marcharos. Excepto —el rey se giró hacia Rune—, tú.

Mientras los miembros del Consejo de la Corona salían de la estancia, Rune se mantuvo firme, preparándose para una tormenta ineludible. Por un momento, dejó de ser el heredero. Solo era el segundo hijo, el menos querido, el que falló a la familia entera, el que tuvo que ocupar el sitio de su hermano. Un sitio en el que nunca había encajado, y sus padres lo sabían.

En cuanto se cerraron las puertas de la estancia, Opus la emprendió contra él:

—¿Por qué? ¿Por qué eres así?

No había modo de eludir esa discusión, así que Rune endureció el gesto.

—Alguien debe preocuparse de la próxima incursión —dijo con una voz cargada de tensión—. Alguien tiene que impedir que el mundo se suma en la oscuridad.

Grace soltó un bufido.

—¿Crees que no nos importa? ¿Crees que tú, poco más que un chiquillo, posees un entendimiento superior sobre la próxima incursión por haber leído unas cuantas cartas de campesinos?

—Creo que un rencor persiguió a la princesa Johanne hasta un malsitio. —Rune tragó saliva con fuerza—. Me da igual con quién casarme. Con la princesa Johanne, con lady Nadine o con alguna prima suya de la que jamás haya oído hablar. Haré lo que sea necesario por Caberwill. Pero no puedo ignorar las cosas horribles que he presenciado con mis propios ojos, solo porque vosotros me lo digáis.

—Hijo —Opus enseñó los dientes mientras fulminaba a Rune con la mirada-, llevamos las riendas del reino desde mucho antes de que tú nacieras. Hemos escuchado las mismas historias que tú. Los plebeyos llevan achacando las malas cosechas y la mala suerte a la Malicia desde que la memoria alcanza. Pero no es nada más que eso. Superstición y ansiedad mal gestionada.

—El Malfreno funciona, Rune. No tenemos nada que temer de los rencores, ni de nada que haya al otro lado. —Grace inspiró hondo, como para despejarse la cabeza—. Por favor, deja de obsesionarte con cosas que no puedes cambiar. Dedica ese esfuerzo a tus estudios y a tus relaciones sociales. Algún día serás rey. Necesitarás el respaldo del Consejo.

El rey asintió.

—Hijo, lo has hecho bien con tu testimonio de hoy. Te has mostrado claro y sereno. Todos se han quedado impresionados.

Cuánto tiempo llevaba Rune deseando escuchar un halago así, sentir que había hecho algo merecedor de la admiración de su padre. Aquel, sin embargo, no era ese momento.

—Pero lo has echado a perder con tu arrebato —añadió Opus—. ¿Rencores? ¿Rescates? Tienes que aprender cuándo parar.

—¿Cómo puedo parar cuando hay tanto por hacer? —Rune tragó saliva, porque sabía lo que había que hacer, pero también sabía que sus padres jamás lo permitirían—. Podemos salvar a la princesa. No hace falta prepararnos para otra guerra a dos bandas. Hay alguien capaz de destruir los malsitios y de asegurar que la incursión no vaya más allá de ese único rencor.

Opus palideció, mientras Grace retrocedía un paso. A los dos se les entrecortó la respiración. Después:

—No. —Al rey le tembló la voz—. No, eso no es una opción.

—Han pasado cuatrocientos años —insistió Rune—. La necesitamos.

—No —se apresuró a añadir la reina—. Debes aceptar que hemos perdido a Johanne Fortuin, que la alianza se ha ido al traste.

—Esto no es solo por la alianza. Hay un rencor suelto por Caberwill. Eso es más grave que...

—No, no lo es. Pon fin a esas fantasías. No las toleraremos durante más tiempo. —La mirada gélida del rey no admitía réplica—. Nacieras o no para este puesto, ahora eres el príncipe heredero. Intenta comportarte como tal.

Cuando sus padres salieron de la cámara del Consejo, Rune permaneció donde estaba, con el rostro ardiendo de vergüenza y el corazón ardiendo de rabia. Las palabras de su padre resonaron en su cabeza, una y otra vez, recordándole de nuevo que era un sustituto pésimo del verdadero príncipe heredero. El príncipe muerto.

Rune se esforzaba mucho, por supuesto. Pero si estudiaba, entrenaba, asistía a reuniones, trabajaba en pro de esa alianza y luchaba por un futuro mejor, era solo porque preservar la línea sucesoria exigía que alguien ocupara el puesto de heredero...

Y él había sido el sustituto.

Pero eso no significaba que a todos les gustara la situación. Algunos habían intentado impedirlo. Después de que mataran a Opi, varios miembros del Consejo de la Corona (Rune nunca averiguó quiénes) quisieron que nombraran herederas a la princesa Sanctuary o a la princesa Unity, con la creencia de que Rune era parcialmente responsable de la muerte de Opi.

Pero la ley del mayorazgo era incontestable. Aun así, había mucha gente en el Bastión del Honor que creía que Rune no era digno de ese título.

Y no eran los únicos.

—¿Alteza? —La voz provenía del umbral de la puerta, y cuando Rune alzó la cabeza, vio allí al sumo sacerdote—. Perdonadme por interrumpir vuestros pensamientos.

—No pasa nada —repuso el príncipe con rigidez—. Pero si esperas poder reunirte con lady Nadine, tendrás que pedírselo a quienquiera que el gran general Emberwish haya puesto al frente del ala este.

El sumo sacerdote Larksong negó con la cabeza.

—No. Es decir, sí me gustaría hablar con ella, pero no he podido evitar escuchar la discusión con vuestros padres.

Rune sonrió de medio lado.

—Bueno, es lo que sucede cuando uno se dedica a merodear junto a la puerta después de que le hayan ordenado irse.

—Muy cierto. —Dayle volvió a tocar su frasquito de obsidiana, un gesto nervioso muy perceptible—. Creo que tenéis razón al querer salvar a la princesa.

Por supuesto que la tenía. Y era de esperar que Dayle opinara igual. Estaba comprometido con la paz y creía que el numen al que servía, y todos los númenes, regresarían al mundo algún día y pondrían fin a las constantes guerras. Pero el sacerdote siempre decía que la gente debía desearlo y que debía estar preparada para ello.

Rune no terminaba de creer en esa profecía en concreto, pero tenía otros intereses compartidos con el sumo sacerdote.

—Y creo —prosiguió Dayle— que también tenéis razón acerca de aquella que puede ayudarnos.

A Rune se le cortó el aliento, sintió un anhelo que le formó un nudo en el pecho.

—¿Has venido convencerme para invocarla? ¿Sabiendo que mis padres ya han vetado esa opción y que desobedecer sus deseos no solo los enfurecería, sino que podría tener consecuencias más graves?

—Sirvo a Elmali por encima de todo —repuso el sumo sacerdote con serenidad—. Él y los demás númenes nos concedieron un arma con la que enfrentarnos a las fuerzas de la oscuridad. Si no la empleamos como ellos querían (para clausurar los malsitios, para frenar esta incursión inminente), entonces no tendremos que preocuparnos por la alianza ni por la guerra durante mucho más tiempo: la oscuridad se extenderá y acabará con todos nosotros, tal y como ha hecho con el resto del mundo. Vos decís que se avecina una incursión, y yo estoy de acuerdo. He recibido las mismas misivas, he oído los mismos miedos. La gente que acude al templo a pedir ayuda... no escatima en detalles.

¿Acaso no era eso lo mismo que Rune les había planteado a sus padres unos minutos antes? Pero los reyes tenían motivos para preocuparse, ni siquiera Rune podía negarlo. El riesgo de llevar a cabo algo así era muy alto.

—Lo sé —dijo el príncipe—. Sé que la necesitamos, pero si provoca el desastre, el culpable seré yo. Llevaré la carga de lo que quiera que le suceda a mi familia. A mis hermanas. Aún son muy jóvenes.

Dayle asintió lentamente.

—Decisiones así no son fáciles de tomar cuando reposan únicamente sobre vuestros hombros, cuando no hay nadie más con quien compartir el peso del éxito o el fracaso. Pero algún día seréis rey, y estas decisiones os corresponderán solo a vos.

Rune cerró los ojos.

—Si ella llegara, sumiría al mundo en un nuevo estado de pánico.

—Puede que eso sea lo que necesita el mundo —repuso el sumo sacerdote—. Tal vez, si el pueblo ve que su príncipe heredero ha invocado a alguien tan peligroso, tan temido, empiecen a entender la gravedad de la situación. Vos no tomaríais una medida tan drástica salvo que no tuvierais elección. Hay un rencor en el bosque de Sendahonda. Solo los númenes saben qué más caos provocará. Ya ha puesto nuestra alianza en peligro.

—Así es —coincidió Rune.

—Ella no fue siempre una figura tan temida —prosiguió Dayle—. Ya sabéis lo que era antes del Amanecer Rojo. Era nuestra heroína, nuestra salvadora. Creo que podría hacerlo de nuevo. Para ello fue creada.

Rune miró hacia la ventana y se apoyó un puño en el pecho, en el punto donde su corazón latía con anhelo. Durante años, había escuchado todos los rumores, había leído todas las crónicas sobre la valentía de esa figura. En secreto, claro está, porque se quemaron muchos libros cuatrocientos años atrás. Y más en secreto todavía se había imaginado escapando de los confines de ese castillo y del complicado papel que desempeñaba en él. Se había imaginado luchando a su lado, embarcándose en un heroísmo sin complicaciones, combatiendo el mal, entablando amistad con alguien tan bueno, tan digno.

Noctámbula. El azote de la muerte y la oscuridad. La adalid del alba.

Pero su historia tenía un final terrible y violento. Y eso era lo único que la gente recordaba de ella en la actualidad.

—El Amanecer Rojo fue un juicio divino —dijo Dayle—. Ella es una criatura divina. Si ella hizo... —Fue incapaz de encontrar las palabras—. Tuvo que haber un motivo.

Rune se había repetido eso mismo cientos de veces. El Amanecer Rojo tuvo lugar hacía cuatrocientos años. ¿Qué sabría él, o cualquiera, sobre lo que de verdad ocurrió entonces?

Pese a todo, era un riesgo. Despertarla. Invitarla al castillo. Noctámbula era peligrosa, todo el mundo lo sabía, y si todavía siguiera furiosa... Rune no quería ni pensar en lo que le sucedería a su familia.

Pero el pueblo se quejaba del Malfreno a todas horas, y ahora una princesa heredera estaba atrapada en un malsitio. Y de camino a la ciudad, comprobó que las cosas no iban bien. Rune había percibido pequeños bucles temporales, nieve que caía a pesar de que estaban en verano, y una bandada entera de gansos había pasado volando marcha atrás. Todo el mundo fingía ignorar esas cosas, como si reconocerlas hiciera que la amenaza fuera real.

Pero la amenaza era real, tanto si la reconocían como si no.

Sus padres se negaban a detener esa farsa, y nadie más podría hacerlo.

Quizá...

Quizá el Consejo tuviera razón al preferir a una de sus hermanas antes que a él. Quizá no fuera digno de la corona. Pero eso era porque nunca había tenido ocasión de demostrar su valía. Y eso tenía que cambiar.

Su reino contaba con él.

Más aún: el mundo entero.

Rune debía asumir los riesgos a los que otros no podían enfrentarse. Debía ser la clase de príncipe que se gana su corona.

—Está bien. —Rune le dio la espalda a la ventana—. Lo haré.


En cuanto salió de la cámara del Consejo, Rune, que seguía cubierto por la mugre del camino, se dirigió a la Torre Prohibida.

Fue allí inmediatamente, porque no quería pararse a pensarlo demasiado. Quizá se arrepintiera. Quizás se replanteara lo peligroso que era.

Solo existían tres llaves que abrieran la Torre Prohibida: la del heredero, la de la reina y la del rey. Rune toqueteó su llave, que llevaba siempre colgada al cuello. El pasillo que se extendía a los pies de la torre estaba desierto a esas alturas, poca gente se aventuraba por ese rincón del castillo, así que nadie vio cómo introducía la llave en la cerradura y la giraba.

Se oyó un golpetazo seco cuando los cerrojos se descorrieron. Los goznes chirriaron a medida que se abría la puerta. Las pisadas de Rune resonaron por los escalones polvorientos mientras emprendía la subida hacia lo alto de la torre.

Tendría que haberse llevado una esfera luminosa. Las ventanas lanceoladas habían sido atrancadas con tablones muchísimos años atrás, así que apenas unos haces de luz iluminaban el camino, obligándole a subir despacio por esas escaleras sinuosas y estrechas. Finalmente, llegó a lo alto, donde lo esperaba otra puerta. Buscó la cerradura a tientas, volvió a meter su llave y accedió a una estancia en penumbra que olía a humedad.

Fue allí, oculto detrás de unos muebles desvencijados y unas telarañas gigantescas, donde el altar de Caberwill quedó abandonado después del Amanecer Rojo.

La primera y última vez que Rune estuvo allí (acudió con sus padres cuando se convirtió en príncipe heredero y le fue entregada la llave de Opi), la visita duró poco y no tuvo ocasión de inspeccionar bien el lugar. Pero Rune jamás olvidaría esa pequeña chispa de misterio y asombro, y a veces soñaba que volvía a subir por las escaleras de la torre. (Otras veces, no sin cierto bochorno, soñaba que viajaba hasta la isla de Ventisca para despertarla, que se había convertido en su mano derecha en la batalla, en alguien digno, abnegado, parecido a su hermano).

Era una fantasía emocionante, pero también aterradora, una que a menudo repasaba mentalmente en los instantes previos a quedarse dormido, puliendo cada detalle hasta la extenuación.

Por supuesto, últimamente no había tenido tiempo para eso. Rune había madurado y, si alguien le preguntara, le diría que había superado por completo esa fascinación por Noctámbula.

Ahora, con el corazón acelerado, y sin nadie más que pudiera distraer su atención, Rune contempló ese sencillo altar de piedra, cubierto de polvo y mugre, incluso de excrementos. En la parte frontal había un bajorrelieve que representaba a Noctámbula (apenas la insinuación de un cuerpo y de unas alas desplegadas), pero estaba cubierto de suciedad y de arañazos blancos producidos por una roca, como si alguien hubiera intentado raspar su imagen para que desapareciera.

Sintió una oleada de ira al ver el santuario de Noctámbula en ese estado. Rune conocía la historia, cómo no, pero ella había protegido a los habitantes de Salvación durante miles de años. Aquello era una falta de respeto gravísima.

No le pareció correcto invocarla de esa manera, cuando la habían abandonado durante tanto tiempo. Deprisa, intentó limpiar la mugre, pero se había adentrado en los poros de la piedra y sería imposible eliminarla sin más esfuerzo del que Rune podía dedicarle en ese momento.

Una vocecilla de alerta resonó en el fondo de su mente, pero el príncipe la reprimió. La situación requería un paso adelante.

—Puede que ni siquiera funcione —susurró.

Pero tal vez sí.

Y si Rune era sincero, él quería que funcionara. Sabía estaba mal, pero no podía evitarlo. Hasta el último ápice de su cuerpo ansiaba verla, aunque solo fuera una vez, y negar ese sentimiento sería como negar el destino.

Y allí se notaba la mano del destino.

Le embargó una intensa emoción mientras se arrodillaba frente al altar y presionaba las palmas de las manos a ambos lados de la efigie. Pese a estar raspada y medio borrada, resultaba majestuosa.

—Dame fuerzas —le rezó a Elmali. El numen patrón de Caberwill jamás le había ayudado, pero una oración, precisamente en ese momento, no haría daño a nadie—. Concédeme coraje y sabiduría.

Después, pronunció las palabras prohibidas:

—Noctámbula, yo te invoco.

Una luz oscura emergió del santuario, extendiéndose por las manos de Rune, por sus brazos, su rostro y su pecho. La luz se dispersó cortándole el aliento hasta que el estallido fue tan intenso que Rune cayó de espaldas inconsciente.

# 5. NOCTÁMBULA

Por primera vez en cuatrocientos años, Noctámbula abrió los ojos.

Su habitación estaba fresca y a oscuras, pero la luz se filtraba a través de los desvencijados postigos. Percibió el sol que descendía por el cielo, los copos de nieve cayendo hacia la base de la torre. A lo lejos, se oía el murmullo del oleaje. Por lo demás, el mundo estaba sumido en una atmósfera evanescente, silenciosa, extraña.

Algo iba mal.

Cuando se incorporó y echó un vistazo entre la penumbra, descubrió que la batalla contra la entropía había remitido hacía mucho tiempo. El suelo estaba cubierto de polvo y nieve, y las telarañas crujían con una capa reciente de hielo. El lugar donde había estado tendida en la cama era un espacio negativo: moho, mugre y podredumbre oscurecían las sábanas a su alrededor.

Ya ni siquiera olía mal; el hedor del abandono se había disipado un siglo antes.

Experimentó un malestar pasajero. Un segundo. Dos.

Normalmente, cuando se despertaba, había sirvientes con ofrendas de alimentos frescos y prendas adaptadas a la tendencia del momento. No es que le preocupara vestir a la moda, pero siempre se había esforzado mucho por tranquilizar a los humanos. Lo cual era un reto, dadas su constitución fina como un alambre, su mirada afilada como una espada y sus alas oscuras que, al desplegarse, eran el doble de grandes que ella. En más de una ocasión le habían dicho que a los humanos les inquietaba mirarla, incluso cuando querían hacerlo activamente. Incluso su alma gemela se había quedado de piedra en más de una ocasión.

Noctámbula se apoyó una mano sobre el corazón, añorando una conexión perdida cientos y miles de años atrás, innumerables veces, y comprendió de golpe lo sola que estaba.

Ni humanos, ni comida, ni ropa. Los vestidos, los pantalones y las camisas de fina seda del armario se habían desintegrado. Mientras avanzaba por las estancias y los pasillos vacíos de la torre de Ventisca, con la suavidad propia de una brisa, agudizó sus sentidos. No se oía nada, salvo el creciente aullido del viento en el exterior y el roce ocasional de sus pisadas, allí donde las piedras se habían desplazado con el paso de los siglos.

Su avance solo alteró el polvo y la nieve que se acumulaban en los pasillos, junto a ese aire cargado que nadie había vuelto a respirar en cientos de años. Le dejó un regusto a muerte en el fondo de la lengua. Noctámbula descendió por la escalinata en espiral, pasó junto a la biblioteca de historias en descomposición y junto a la armería de recuerdos oxidados. Había algo desconcertante en el hecho de caminar por un lugar que, en cierto modo, se había convertido en un mausoleo.

*«Seguramente estén todos muertos».*

Esa idea se adentró en su mente antes de que pudiera reprimirla.

¿Todos los humanos? ¿Todos los reinos? ¿El mundo entero?

*«¿Y si no queda nada que puedas proteger? ¿Y si estás completamente sola en el universo?».*

Por un instante, la certeza de que todos la habían abandonado fue absoluta y (se aferró al pasamanos astillado de la escalera) aterradora.

Pero, entonces, la sensación se desvaneció y la serena confianza que la caracterizaba se apresuró a ocupar su lugar.

Alguien la había invocado, de lo contrario, no se habría despertado. Si estuvieran todos muertos, todos esos millones de humanos que vivían en Salvación, entonces habría seguido durmiendo hasta el fin de los tiempos.

Milenios de recuerdos se desplegaron ante ella. A Noctámbula no le costó imaginarse dormida para siempre, mientras su torre se desmoronaba, mientras su cuerpo quedaba cubierto por los escombros, la tierra, el agua y el peso de la eternidad.

Resistió la tentación de seguir cediendo ante la melancolía. No iba a ir nadie a vestirla, ni a informarla de los acontecimientos en los reinos humanos, ni a prepararla para la batalla contra los rencores. Nadie le contaría que sus caballeros del alba habían sido designados, que sus ejércitos estaban preparados y aguardando junto al Portal del Alma. No, allí solo estaba ella, pero su ausencia no la eximía de sus obligaciones.

Con mucha solemnidad, como si estuviera siendo asistida por docenas de ayudantes, Noctámbula ascendió hasta lo alto de la torre una vez más, donde sus aposentos la esperaban sumidos en un silencio gélido. Solo las ventanas dejaban pasar la luz, pero se trataba de una luz agonizante, a medida que el día comenzaba a disolverse tras el horizonte, proyectando una sombra dorada sobre el terreno.

Se puso su armadura, compuesta por un material negro y pesado que los mortales confundían con el cuero, pero que era mucho más que eso. Esa armadura había presenciado incontables batallas, se regeneraba cuando la destruían, se limpiaba cuando la ensuciaban. El tejido numinoso se deslizó con suavidad sobre su piel, adaptándose al contorno de sus músculos. A continuación, llegó el turno de las botas y los guanteletes, tan antiguos y poderosos como el resto del conjunto.

Después recogió su espada y se colgó el tahalí, cuyos cierres y correas formaban una equis sobre su pecho. Brevemente, se pasó una mano por encima del hombro para rozar la empuñadura del arma (al menos, Bienhallada no la había abandonado). Después salió al balcón, imponente, con sus alas negras, ataviada tan solo con su vetusta armadura. El viento le alborotó el pelo, llevando consigo una promesa de libertad.

Mientras las estrellas desgarraban la oscuridad, formando una enorme espiral luminosa en lo alto, Noctámbula alargó los brazos hacia el mundo que se extendía más allá de Ventisca. Aquel debería haber sido un momento sagrado, el momento en el que asumía sus obligaciones, pero si no había nadie presente para entonar las viejas letanías, lo haría ella misma.

«Gloria al alba. Gloria a la noche. Gloria a los númenes de la luz y la oscuridad».

Esos eran sus creadores, los seres de la Tierra Radiante. Le resultaban lejanos, pues la abertura entre su reino y el plano laico se había cerrado hacía eones, pero Noctámbula nunca había dejado de honrarlos por concederle la vida. Pronunció sus nombres entre nubecitas de vaho causadas por el frío; nombres que resonaron entre la nieve, las estrellas y esa soledad estremecedora.

*ERSI*

*MONGA*

*ELUVE*

*VAATH*

*VALSUMU*

*VESA*

*SYRA*

*SYLO*

*NANROR*

*ULSISI*

*SARDIN*

*TULUNA*

*YZI*

*ELMALI*

Nombre tras nombre fueron ascendiendo hacia el cielo, cientos de ellos, pues ninguno le resultaba desconocido. Y cuando terminó, Noctámbula se arrojó desde el borde del balcón. Sus alas se sirvieron del frío aire de la noche para impulsarla hacia arriba.

Noctámbula voló alrededor de la torre, advirtiendo los lugares donde la piedra se había derrumbado, donde la nieve acumulada llegaba hasta las ventanas más altas, y todos los demás indicios de que había perdido el favor de los mortales.

Pero, aun así, los salvaría.

Extendió sus alas negras y sobrevoló el estrecho mar que separaba su isla del continente, siguiendo el rastro de la invocación hasta la vetusta ciudad de Brink.

Siempre, en cada despertar, podía seguir el rastro hasta el lugar desde el que había sido invocada, y aunque no mostraba ningún favoritismo entre los tres reinos, su primera parada la realizaba siempre entre quienes habían buscado su ayuda. Normalmente, se trataba del reino más necesitado, el reino que buscaba su protección con más desesperación.

Aunque... quizá ya no fuera así.

Qué desasosiego llevaba consigo la incertidumbre. ¿Qué habría hecho ella para ofenderlos? ¡Pero si había estado durmiendo!

Noctámbula viró hacia arriba, emprendiendo un vuelo vertical cuando llegó a los escarpados acantilados que se alzaban sobre el agitado oleaje. Desde allí se extendían las largas llanuras del norte, desplegadas bajo un inmaculado cielo nocturno.

El verano estaba llegando a su fin en el continente, el aire olía a vegetación y a tormentas eléctricas en el horizonte. A ella siempre le había gustado el verano.

Durante horas, voló hacia Brink, sobrevolando bosques, carreteras y pueblos. Habían cambiado muchas cosas durante su letargo: las carreteras se habían vuelto más anchas y transitadas, y se divisaban cúmulos dorados de luces allí donde habían surgido nuevos pueblos junto a las orillas de ríos y lagos. Aun así, una sensación de familiaridad y de regreso al hogar la reconfortó, y con cada aleteo se acercaba un poco más a su destino.

Aún no había amanecido cuando llegó a Brink.

La ciudad se encontraba en mitad de una montaña, entre dos riscos abruptos: uno por encima y otro por debajo. Solo unas pocas carreteras conducían hasta las puertas de acceso; todas eran sinuosas y tenían tramos que pasaban por debajo de cascadas y por encima de ríos. Las montañas se extendían a ambos lados de la ciudad, sus picos negros y escarpados resaltaban sobre el cielo de color ciruela.

Brink era una ciudad inexpugnable, muchos de sus edificios habían sido excavados a partir de la cálida piedra gris de la montaña. Incluso el castillo —Bastión del Honor, lo llamaban— estaba construido dentro de la ladera de la montaña. Varias torres se alzaban sobre la fortaleza principal: el observatorio y la atalaya del regente, entre otras. El templo supremo se alzaba justo al lado del castillo, tallado en la roca también.

Ante aquella panorámica, Nocturna siempre imaginaba que eran fragmentos naturales de la montaña, expuestos por los incesantes vientos. Incluso las pasarelas que conectaban los diferentes pisos y torres de los edificios estaban talladas en piedra, como si fueran estantes.

Brink no era una ciudad deslumbrante ni opulenta, pero a Noctámbula siempre le había parecido hermosa por su fortaleza y su obstinada resiliencia. Mucho más abajo, allí donde el terreno se nivelaba y la gente podía vivir lejos del bullicio, se extendían granjas hasta donde alcanzaba la vista. Enviaban la mitad de sus cosechas al castillo por medio de una serie de elevadores instalados en el interior de la montaña: una parte se dedicaba a surtir las mesas, pero la mayoría se destinaba a llenar las arcas reservadas para las incursiones.

Al menos, eso es lo que deberían estar haciendo.

Porque el Malfreno resultaba visible desde allí, al sudoeste de la ciudad, e incluso desde lejos era evidente que la barrera se estaba debilitando. Había grandes tramos apagados, traslúcidos, una señal de peligro que cualquiera debería poder interpretar. Se avecinaba una incursión inminente. Bastaría con que un rencor atravesara uno de esos espacios finos como un velo para que el caos se extendiera por toda Salvación.

¿Qué habrían hecho los humanos durante ese tiempo? Hacía un millar de años que el Malfreno no estaba tan endeble.

Con un sonoro suspiro, Noctámbula llegó hasta el balcón que conducía a su torre. (Los caberwillianos, creyendo que ella sentía un cariño especial por las torres, habían construido una solo para ella en el Bastión del Honor). En el pasado, habían cultivado jardines allí arriba, con lirios, rosas y otras flores decorativas; y a Noctámbula, es justo admitirlo, le gustaba admirarlas. Para conmemorar su llegada, los mejores cocineros del reino le ofrecían sus manjares más selectos, por si llegaba cansada tras su vuelo desde Ventisca. Eso nunca pasaba, pero Noctámbula siempre comía y agradecía el despliegue; eso tranquilizaba a los humanos.

Pero ahora el balcón estaba vacío, las jardineras fueron retiradas tanto tiempo atrás que ya ni siquiera quedaban marcas sobre la piedra erosionada. El tiempo había eliminado cualquier rastro de la adulación de los humanos.

La embargó el desasosiego. Alguien la había invocado. Pero ¿dónde se había metido?

Noctámbula atravesó el balcón y probó a abrir la puerta. Estaba cerrada con llave.

Alarmada, sintió una opresión en el pecho mientras empujaba la cerradura a través de la madera, arrancando el cerrojo. Aterrizó con un golpe seco al otro lado de la puerta, y Noctámbula lo apartó de un puntapié cuando se adentró en su habitación.

Pero aquella no era su habitación.

Ocupaba el mismo espacio que la estancia en la que solían recibirla y alimentarla, pero habían desaparecido los muebles lujosos, los aparatosos tapices que representaban sus hazañas, las lámparas doradas y las relucientes exhibiciones de armamento. En vez de eso, la habitación estaba oscura y vacía, y su altar (el que utilizaban para invocarla) había sido vandalizado y estaba cubierto de polvo.

Ante ella había un joven tendido de espaldas en el suelo.

¿Muerto? No. Podía oír los latidos de su corazón, un traqueteo constante en su pecho.

Se decía que invocarla resultaba abrumador —al fin y al cabo, los santuarios eran reliquias, artefactos de poder construidos por los propios númenes—, pero normalmente había más gente allí para reanimar al invocador. Noctámbula jamás había visto a un invocador abandonado en el suelo de esa manera.

Rodeó el cuerpo, con un mal presentimiento cada vez más intenso, mientras abría la puerta interior y se asomaba a la oscuridad del hueco de la escalera. Sus ojos se adaptaron al instante y vio la gruesa capa de polvo que cubría cada peldaño, rota tan solo por un único rastro de pisadas.

Se oían voces procedentes de más abajo, sirvientes que se desplazaban por el castillo mientras preparaban el desayuno para los nobles. Ninguno de ellos estaba cerca de la torre, ni tampoco se aproximaba a ella. Nadie la mencionó siquiera. Solamente hablaban de gachas, princesas y guerras, las mismas cosas de las que siempre hablaban los mortales.

De golpe, Noctámbula comprendió la verdad: había sido invocada en secreto.

Jamás, en los cientos de años que había sido llamada, lo habían hecho de un modo tan furtivo. Como si despertarla fuera algo de lo que avergonzarse. Frunció los labios mientras se giraba hacia la figura que yacía inconsciente junto a su santuario.

—Despierta —le ordenó.

El joven no se despertó.

Noctámbula se acercó a él y se arrodilló desplegando sus alas. Era un joven alto y fornido, ataviado con prendas lujosas: pieles y sedas hechas a medida, con los colores típicos de Caberwill, el gris y el negro. Después de tantos siglos, el corte de las prendas había evolucionado hacia algo más elegante, pero se mantenían las preferencias en cuanto al color. A pesar del evidente estatus y riqueza del muchacho, estaba cubierto de mugre y sudor seco. No había preparado nada para su invocación. Ni siquiera se había preparado a sí mismo.

—Despierta —repitió Noctámbula, que alzó dos dedos para lanzarle al joven una pequeña descarga de poder numinoso.

Pero no fue necesario, porque la respiración del joven cambió, y sus ojos (de color marrón oscuro, flanqueados por largas pestañas negras) se abrieron para toparse con los de Noctámbula. Su mirada tenía un gesto afectuoso y gentil.

Afable.

Movió los labios cuando empezó a hablar, y Noctámbula sintió una leve punzada de familiaridad. Se le erizaron las plumas y el sol de la mañana se proyectó sobre el muro del fondo, iluminándolos a ella y a su invocador.

Pero aquel instante de familiaridad se desvaneció tan deprisa como se había producido. El joven puso los ojos como platos cuando se fijó en la espada y las alas, y después se quedó muy muy quieto. Incluso el aliento se le atoró en el pecho mientras asimilaba quién era ella. Qué era.

Noctámbula se incorporó y se apartó con un solo movimiento replegando sus alas.

—Tú me has invocado —dijo con un tono más seco de lo que le habría gustado.

El joven se puso en pie, varios fragmentos de madera y piedra crujieron bajo sus botas.

—Por favor... —Sin embargo, se calló lo que iba a decir a continuación.

Noctámbula esperó.

—Lo hice. Sí. —El joven miró de reojo hacia el altar, hacia la puerta y de nuevo hacia ella—. Yo te invoqué.

—No era una pregunta.

—Ah. —El joven volvió a contemplarla, como si quisiera asegurarse de que sus ojos no le engañaban, pero no hizo ninguna reverencia ni se arrodilló, como solía hacer la gente—. ¿Vas a hacerme daño?

¿Hacerle daño? Los mortales estaban obsesionados con lo que menos debería preocuparles.

—He venido a impedir una incursión.

Su invocador relajó ligerísimamente su postura.

—¿Y a los reyes? ¿Y a las princesas? ¿Piensas hacerles daño?

—No.

El joven soltó una risita, de las que empleaban los humanos para expresar nerviosismo o alivio tras un sobresalto.

—Bien —dijo el invocador—. Eso es bueno.

—Conoces personalmente a la familia real. —Ese era el único motivo por el que podría querer confirmar su seguridad inmediatamente después de la suya.

El joven asintió con tiento.

—Infórmalos de mi llegada. Que preparen a mis caballeros del alba. Salvo que haya alguna necesidad urgente en Salvación, pondré rumbo a la Malicia sin demora.

Sus alas se flexionaron, como si ellas también estuvieran deseosas de volar hacia la batalla.

Su invocador palideció, no dejaba de mirar hacia la puerta de la escalera, como si estuviera deseando escapar de allí.

—Lo... lo siento, Noctámbula. No hay ningún caballero del alba.

Ella se limitó a mirarlo fijamente.

—Explícate.

—Hace siglos que nadie organiza el certamen de los caballeros.

¿No había certamen? Se suponía que debía celebrarse cada década, para que, al primer atisbo de una incursión, su guardia de élite estuviera preparada para seguirla hacia la batalla. Sin ellos, Noctámbula estaba sola.

—Hay que celebrar el certamen de inmediato —replicó—. Informa a tus monarcas. Espera... —Noctámbula acababa de recordar que a los reyes no les gustaba que sus subordinados les dieran órdenes—. Yo les informaré. Dime cómo se llaman.

El joven pareció indeciso, pero al final respondió:

—El rey es Opus Highcrown III, y la reina es Grace Highcrown.

Noctámbula frunció el ceño. El apellido de la familia regente de Caberwill había sido Skyreach durante las últimas tres inincursiones y, aunque le daba igual quién gobernara cada reino —los rifirrafes de los mortales no significaban nada para ella—, aquel cambio la inquietó. Como si debiera haberlo previsto.

Daba igual. Noctámbula servía a la humanidad, no a las dinastías.

—Dime tu nombre —dijo.

—Rune —respondió el joven en voz baja—. ¿Y el tuyo?

—Puedes llamarme Noctámbula.

—No, me refería a... —El joven inspiró hondo, reprimiendo un deje de frustración en su voz—. ¿Noctámbula es tu verdadero nombre?

—No.

—Ah. Está bien. —La tensión regresó a los hombros del muchacho.

Era un gesto considerado, el querer llamarla por su nombre. Otros lo habían hecho antes, pero siempre resultaba un poco... triste. Querían humanizarla, asemejarla un poco más a ellos. Sin embargo, Noctámbula no era humana. Era diferente. Un ente aparte.

La única persona a la que le había revelado su nombre era su alma gemela, y cuando se reunieran, no le haría falta preguntárselo de nuevo. Lo sabría. Lo recordaría.

—Me has invocado en secreto —dijo Noctámbula—. Eso no me gusta.

Rune torció el gesto, como si le hubiera golpeado... o herido sus sentimientos.

—Las cosas han cambiado, Noctámbula. Si dejas que te lo explique...

—No —replicó, pese a que quería respuestas.

Ya habría tiempo para eso después de reunirse con los reyes, después de que se reanudara el certamen de los caballeros del alba y después de que hubieran trazado una estrategia para poner fin a la incursión. Su curiosidad y su irritación podrían esperar.

—Reúne a la corte. Yo iré a mi galería en la sala del trono, a no ser que también se haya convertido en una pila de escombros.

—Lo tendré todo listo para ti —dijo Rune, que miró a su alrededor y pareció darse cuenta de que ya había fracasado en esa tarea—. Lamento que esto esté así. Tendría que haber...

—Ya te he dado las instrucciones, invocador.

El joven torció de nuevo el gesto y se le aceleró la respiración. Estaba aterrorizado. Por ella. Pero entonces dio media vuelta y se encaminó hacia la puerta, sin decir una palabra más.

Noctámbula se quedó escuchando el eco de sus pisadas al alejarse, y cuando pareció que no iba a volver, relajó los hombros y las alas y se fijó en el haz de luz solar que entraba a través de la puerta del balcón.

Tenía muchas preguntas. Ante todo, ¿por qué la temían? Siempre había deseado obtener un respeto razonable por parte de los mortales (mantener ciertas distancias era lo mejor para todos), pero nunca les había hecho daño. Jamás les había...

Una imagen se proyectó en su mente: sangre corriendo por los muros del Bastión del Honor, gritos amortiguados por el tiempo transcurrido.

Se desvaneció enseguida.

Le flaquearon las piernas, pero cerró los ojos con fuerza y respiró lentamente para contener el horror de esa violenta ilusión. No era real. Eran los restos de una pesadilla, un fragmento de su prolongado letargo, nada más. Nada parecido había sucedido jamás en el Bastión del Honor... No durante su vigilia.

Apartó de su mente esa imagen, la enterró junto con sus preguntas, junto con ese mal presentimiento que llevaba reconcomiéndola desde que se despertó. Tenía un deber que cumplir.

Al fin y al cabo, ella era la única arma de la humanidad frente a la oscuridad.

No podía desmoronarse.

# 6. RUNE

isión cumplida. Y en cuanto a si Noctámbula había acudido allí para ayudar o no... Rune no tardaría en descubrirlo.

Mientras avanzaba por el pabellón real, los latidos de su corazón empezaron a serenarse y el embotamiento mental comenzó a remitir. Noctámbula había dicho que no tenía intención de hacerle daño a nadie. De momento, tendría que confiar en su palabra.

Puede que Dayle tuviera razón y que el Amanecer Rojo hubiera sido un juicio divino. Noctámbula no había mencionado nada sobre lo ocurrido cuatrocientos años atrás, y si no pensaba sacarlo a colación, Rune tampoco lo haría.

En cualquier caso, ya tendría suficientes problemas cuando Noctámbula se presentase ante sus padres en la sala del trono. Llegados a ese punto, sería imposible ocultarles su insubordinación. Adiós a esa fantasía de presentar a la princesa Johanne recién rescatada ante la corte, antes de que alguien advirtiera la presencia de Noctámbula.

Qué mala suerte. Rune no contaba con que exigiera ver a sus padres. Tal vez, si hubiera sido capaz de articular una frase completa, podría haberle explicado la situación. Pero cada segundo que había pasado en esa habitación había sido tan intenso, tan incierto, tan aterrador...

Al menos, en última instancia, los dos querían lo mismo: poner fin a la incursión. Y si consiguieran hacerlo (y de paso rescatar a la princesa Johanne), quizás los reyes le perdonaran y llegaran a comprender que la guerra no tenía por qué ser la única solución a sus problemas.

Cuando llegó ante la puerta de sus aposentos, se encontró a John Taylor montando guardia.

—¿Alteza? —A John se le cortó el aliento—. Creía que estabais dentro.

Por un momento, Rune sintió lástima de él. El guardia, o alguna de las criadas, debería haber advertido que el príncipe no estaba en sus aposentos. Rune no tenía previsto caer desmayado por culpa de esa intensa luz, ni quedarse desvanecido en el suelo hasta por la mañana. Si alguien hubiera ido a buscarlo, si hubieran irrumpido en la torre..., aquello podría haber acabado mal.

—No pasa nada —le dijo a John, aunque era preocupante que su guardia personal no supiera que había desaparecido—. Necesito que les transmitas un mensaje a mis padres. Noctámbula está aquí. Quiere verlos.

John acercó la mano a su espada.

—¿Noctámbula? ¿Quiere ver a los reyes?

—Así es. —Rune miró de reojo hacia la Torre Prohibida—. Ha venido a salvar a la princesa Johanne.

—¿Ha dicho eso? —John se interrumpió, estaba empleando un tono demasiado coloquial—. Alteza.

—Noctámbula salvará a la princesa heredera de Embria —dijo Rune—. Y reparará el Malfreno.

John pareció indeciso.

—No sé si podemos creer lo que dice.

—Estoy vivo, ¿no es cierto?

Pero Rune entendía el temor de John, porque se recordaba la forma en que Noctámbula se había cernido sobre él cuando se despertó. Era muy hermosa, pero también tenía un aspecto insólito y amenazante. Le entraron ganas de alargar el brazo para tocarla, hasta que de repente comprendió a quién estaba mirando y su cuerpo se quedó paralizado. Si no hubiera abierto los ojos en ese momento...

—Transmíteles el mensaje a mis padres. Alerta a la guardia del palacio. Y diles a los criados que limpien todas las estancias de Noctámbula. La galería. La torre. Todas las que soliera utilizar. Debemos hacer que se sienta bienvenida.

En realidad, ya era tarde para eso, pero quizá podría perdonarlos si viera que se estaban esforzando.

El guardia le hizo una reverencia y, cuando Rune abrió la puerta y se metió en sus aposentos, se marchó a transmitir los mensajes.


Una hora después, Rune estaba aseado y vestido con ropa limpia y se dirigía con paso ligero hacia la sala del trono seguido de cerca por John. Un ambiente de nerviosismo inundaba los pasillos de la fortaleza, pero no supo discernir si era porque la gente sabía que Noctámbula estaba allí, o si sencillamente se debía a que la princesa Johanne seguía desaparecida y la amenaza de una guerra inminente era cada vez más palpable.

Rune podría arreglarlo. Convencería a Noctámbula para que le ayudara a liberar a la princesa Johanne antes de partir hacia el Malfreno (aunque no parecía alguien fácil de persuadir...), y después los tres unirían fuerzas para poner fin a las guerras y las incursiones. Más tarde, cuando Rune fuera rey, sería un monarca digno de su puesto: alguien que se había ganado su sitio, que había demostrado ser capaz de proteger a su pueblo, en lugar de limitarse a heredar la corona.

Expectante, el corazón comenzó a latirle con fuerza mientras se adentraba en la sala del trono.

Aquella estancia siempre le había resultado intimidante, con sus techos altos y sus columnas de mármol, sus estandartes de color negro y dorado colgados de las cuatro galerías anexas, sus vidrieras que representaban imágenes de reyes y reinas del pasado. A veces, Rune sentía que esos monarcas de la antigüedad podían ver a través de sus ojos de cristal. Sentía como si lo estuvieran observando, juzgándolo y declarándolo indigno de la corona que algún día llevaría puesta.

Pero aquel día, esos ojos oteaban una sala abarrotada de gente. Debía de haber quinientas personas allí, apiñadas en cada rincón disponible. Las galerías (todas excepto la que correspondía a Noctámbula) estaban abarrotadas por las familias nobles a las que la corona cedía esos espacios, mientras que en la planta principal había mercaderes y familias de clase alta que habitualmente no acudían a la corte. Los asientos ubicados junto a las ventanas (reservados para quienes tuvieran dificultades para permanecer de pie largos periodos de tiempo) estaban todos ocupados, e incluso había una sección próxima al muro occidental donde se habían congregado los embrianos. Lady Nadine se encontraba entre ellos, en compañía de las demás doncellas de la princesa Johanne; todas tenían los ojos enrojecidos y lucían gestos de aflicción.

Rune avanzó por el pasillo central, ignorando los gestos inquisitivos y las miradas acusadoras. También había varios miembros del Consejo de la Corona repartidos por la estancia, observándolo. Estaba Rupert Flight, murmurando instrucciones a uno de los espías de su plantilla, mientras que Dayle Larksong alzaba la mirada hacia la Galería Negra, aferrando el frasquito de obsidiana con su mano arrugada. Cuando Rune pasó a su lado, el sumo sacerdote cruzó una mirada con él, y después asintió ligeramente.

La gente se había congregado allí muy deprisa, convocados por la Corona, y era lógico que tuvieran tanto interés. Nadie había vuelto a ver a Noctámbula en cuatrocientos años. Nadie había querido verla.

Cinco imponentes tronos se alzaban al fondo de la estancia, uno para cada miembro de la familia real. Los reyes estaban sentados en el medio, en los tronos más altos, mientras que Unity y Sanctuary se sentaban a la izquierda de la reina. El trono de Rune aguardaba junto al de su padre. Eran de piedra, tallados a partir de la montaña, igual que el castillo, y aunque el respaldo estaba cubierto por tapetes con el escudo familiar, los asientos carecían de acolchado, para recordar que gobernar un reino no debería ser una tarea cómoda.

Cuando Rune se aproximó, el rey Opus le dirigió una mirada adusta.

—Responderás por esto —murmuró su padre—. Nos has expuesto a todos a un peligro mortal. ¿No has pensado en tus hermanas?

A Rune le pegó un vuelco el corazón, pero apretó los dientes y se obligó a no responder. Había tomado una decisión pragmática. Por supuesto, su padre pensaba que embarcarse en una guerra imposible de ganar y que costaría miles de vidas era mucho más práctico que pedirle a Noctámbula que liberase a la princesa Johanne. Quizá todo se redujera a una simple cuestión de perspectiva.

Por encima de las puertas dobles, abiertas de par en par, la Galería Negra estaba expectante, sumida en la oscuridad. En el pasado, esa zona se conocía como el Palco de Noctámbula, y allí era donde debía estar ahora; al menos, fue a donde dijo que acudiría. Nadie se aventuraba ya en esa galería, de modo que, salvo que el personal del castillo se hubiera dado una prisa inusual, la galería seguiría repleta de polvo, de moho y de los ecos de cuanto había acontecido cuatro siglos atrás.

Rune se ruborizó avergonzado. Tendría que haber enviado un equipo de limpieza para dejarlo impoluto antes de acudir al santuario.

—Nos matará a todos —murmuró la reina Grace.

El príncipe miró de reojo a su madre, pero se contuvo antes de replicar. Por detrás de ella, Sanctuary y Unity (una morena, la otra con el pelo claro), estaban sentadas en sus tronos, muy tiesas, con una expresión de espanto en sus juveniles rostros. Si Rune cerró la boca, fue por ellas.

Las dos se mostraban sumisas hasta la extenuación cuando los reyes estaban presentes. Pero cuando estaban solas..., Rune no sabía qué hacían. Él había creado un vínculo con su hermano, y las chicas habían forjado el suyo. Uno que no lo incluía a él. Cuando Opi murió, no podía ni imaginarse estrechar lazos con nadie más, ni siquiera con sus afligidas hermanas pequeñas. Y ahora que quería hacerlo, parecía demasiado tarde.

No había sitio para Rune en la vida de sus hermanas.

Al cabo de un rato, el trajín de las pisadas y el murmullo de las conversaciones se acalló, y los guardias reales colocaron una soga a modo de barrera ante las puertas dobles para impedir que entrase nadie más. (A menudo, cerraban las puertas del todo, pero teniendo en cuenta el calor de tantos cuerpos apiñados en aquella mañana estival... Además, nadie quería quedar atrapado en caso de que Noctámbula siguiera enfadada).

Un tipo apocado y con el uniforme del castillo se plantó delante de la puerta y desplegó un viejo pergamino, del que brotó una nube de polvo que le hizo toser. Rune solo podía imaginar la apresurada búsqueda que los sirvientes habían debido de llevar a cabo esa mañana, zambulléndose en la biblioteca del templo supremo para encontrar el protocolo, con siglos de antigüedad, que se empleaba para presentar a Noctámbula.

«La adalid de los tres reinos. La espada de los númenes. La heroína eterna. La...».

Rune no quiso tentar a la suerte pensando siquiera esas palabras. Volvió a mirar hacia la Galería Negra, tratando de atisbar su silueta entre las sombras, pero Noctámbula estaba oculta, y así seguiría hasta que decidiera dejarse ver. Por debajo del palco, el heraldo se aclaró la garganta.

—Caberwill tiene el gran honor de recibir a nuestra querida Noctámbula. Todos en pie, por favor.

La mayoría de la gente ya estaba de pie, pero los miembros de la familia real se levantaron de sus tronos entonces, así como varios nobles ancianos que estaban sentados junto a las ventanas.

—La mano en el corazón.

Rune se presionó las palmas, una encima de otra, sobre el pecho. Tomó aliento, contemplando la oscuridad que había en lo alto, esperando a que apareciera Noctámbula.

—Te honramos a ti, Noctámbula, y honramos el servicio que prestas a nuestro pueblo. Honramos tu pasado, tu presente y tu futuro. Te pedimos que siempre cuides de nosotros.

Al heraldo le falló la voz al decir estas palabras, y varios gestos de inquietud se extendieron por la sala.

—Al igual que en el pasado —prosiguió el heraldo, que logró que no se le quebrara de nuevo la voz—, necesitamos de tus servicios. Por favor, bendícenos con tu presencia.

Los cortesanos miraron hacia la Galería Negra manteniendo las manos presionadas sobre el corazón, tal y como dictaba el protocolo, aunque sus rostros contaban una historia distinta: miedo, conmoción, aversión, ira contra quienquiera que hubiera invocado a esa criatura. Pero Rune no vio nada de eso. Solo vio a Noctámbula, que se asomó a la barandilla del palco.

Tenía un aspecto distinto al de antes, cuando la había visto entre la penumbra de la Torre Prohibida. Entonces tenía miedo, la cabeza embotada, había sido incapaz de asimilar lo que estaba viendo. Pero ahora tenía los ojos bien abiertos.

Noctámbula era una criatura exquisita, con el pelo largo y oscuro, alborotado por el viento, y unas alas cuyas plumas eran tan negras como la obsidiana más pura. Su rostro, pálido a causa de su prolongado letargo, lucía un gesto orgulloso e inescrutable mientras contemplaba a la multitud. Aunque físicamente parecía más joven de lo que esperaba Rune, el peso de los milenios se reflejaba en sus ojos; era una criatura antiquísima, pero eternamente joven. Hasta su atuendo tenía siglos de antigüedad: cuero grueso con un corte de un estilo desconocido y unas botas que le llegaban hasta las rodillas. Un tahalí formaba una equis sobre su pecho, y sobre su hombro derecho asomaba la empuñadura negra de una espada. Sobre su pecho, un fulgor oscuro envolvía su emblema: un haz de luz dorada que atravesaba una luna sombría.

Oteó la estancia con unos ojos negros como la noche, escrutando a todos los presentes mientras descendía desde el balcón. Desplegó las alas para frenar su caída, y los cortesanos se apartaron a toda prisa. Entonces, sin miramientos hacia nadie, Noctámbula avanzó por el pasillo entre nobles, mercaderes y familias privilegiadas en dirección a los reyes y las princesas.

Y hacia Rune.

Avanzó resolutiva, sin malgastar movimientos. Mantuvo los brazos extendidos a ambos lados del cuerpo, las alas ligeramente elevadas y la mirada puesta en el frente.

Se detuvo a tres pasos de los tronos, lo que suponía dos pasos más de los que nadie se había atrevido nunca, y se apoyó las manos sobre el corazón. No hizo ninguna reverencia, ni se arrodilló, ni se postró en modo alguno. Permaneció erguida, como una igual.

—Majestades. Traigo un aviso urgente.

Sentados de nuevo, los reyes la miraron fijamente, sin ocultar su frialdad ni su miedo.

—Me temo que ha habido un error, Noctámbula —dijo la reina Grace—. Aunque agradecemos tu diligencia, tu presencia aquí resulta innecesaria.

Los cuchicheos se extendieron por la sala.

—¿Cómo? ¿No la han invocado a ellos?

—¡Qué valor, decirle a Noctámbula que no es necesaria!

—Eso no significa que sea buena idea. ¿No recuerdas tus lecciones?

La expresión de Noctámbula no denotó nada, ni sorpresa por la negativa de la reina, ni reacción alguna ante los cuchicheos que se extendieron por la estancia. Solo Echo, la secretaria real, se apresuró a dejar por escrito lo que decía cada uno; el rasgueo de su pluma sobre el papel resonaba aún más fuerte que los susurros.

—Debo disentir —dijo Noctámbula, que se apartó las manos del pecho—. He visto el Malfreno y se está debilitando. Se avecina una incursión inminente. Sin duda, vuestras audiencias estarán plagadas de los temores de los aldeanos del sudoeste. Todo pueblo situado a menos de un día de camino del Malfreno estará presenciando las señales.

El rey Opus forzó una sonrisa; una que nadie, ni siquiera Noctámbula, podría considerar sincera.

—Por suerte, el Malfreno sigue siendo tan seguro como siempre. Los pueblos aledaños no han informado de nada inusual, y mis patrullas solo traen buenas noticias.

Eso era cierto, pero solo porque el rey había decidido ignorar las malas.

—En ese caso, vuestras patrullas mienten —dijo Noctámbula—. Los rencores se ciernen sobre vuestro pueblo, rey Highcrown. Pronto, la Malicia se extenderá por vuestro territorio.

—A todos los presentes al mismo tiempo se les cortó el aliento al oír eso—. Además, he despertado en respuesta a una invocación.

—Noctámbula avanzó un paso más hacia los reyes y todo el mundo se puso tenso.

—Nosotros no te hemos invocado. —La reina Grace sonrió. Consiguió hacerlo de un modo más natural que su esposo, pero, aun así, fue un gesto carente de afecto.

—En ese caso, sois unos necios.

La afirmación de Noctámbula fue recibida con un silencio perplejo, y todos, absolutamente todos, se preguntaron si se dispondría a masacrarlos.

—Tiene razón. —Rune se puso en pie, atrayendo todas las miradas—. El Malfreno está cayendo. Solo hay que mirarlo para darse cuenta.

—Siéntate. —El rey endureció el tono—. Ten un poco de orgullo.

—Debemos prestar atención a lo que tenemos delante de nuestras narices. —Rune ya era la oveja negra de la familia, así que podía permitirse actuar como tal—. Se nos agota el tiempo para impedir la próxima incursión. Durante años, nuestra política ha consistido en ignorar los problemas: negar su existencia, desoír a quienes dan la voz de alarma. Pero ya no basta con eso. La Malicia ya nos ha arrebatado la mejor oportunidad para alcanzar la paz. ¿Qué más cosas va a permitir esta corte que les arrebate a las generaciones futuras? Si es que llega a haberlas.

Un clamor se extendió entre el público. Opus se puso en pie y agarró a Rune del brazo.

—Para de una vez.

—¡Hay más guerras aparte de las nuestras! —insistió el príncipe—. Está la guerra entre la vida y la muerte. Un rencor anda suelto por algún rincón del bosque de Sendahonda, el Malfreno se está debilitando, y nosotros estamos perdiendo el tiempo. Tenemos que contener el avance de la Malicia. Por eso he invocado a Noctámbula. Por eso seré el primero en someterme a las pruebas para unirme a sus caballeros del alba...

—Hace cuatro siglos que no celebramos el certamen —interrumpió la reina, que también se levantó—, y no vamos a empezar ahora. Marchaos todos. Esta audiencia ha terminado.

Todos se giraron hacia Noctámbula, que apenas se había movido durante la discusión entre Rune y sus padres. Su espada permanecía envainada, sus alas recogidas sobre su espalda, pero su rostro... Su rostro lucía un gesto de aversión no disimulada.

—Mortales —masculló. Entonces, sin esperar a que la sacaran de allí, dio media vuelta y se alejó sin más. Recorrió el pasillo. Atravesó las puertas. Allí se detuvo y añadió mirando hacia atrás—: He venido aquí por cortesía, no a pedir permiso.

Derribó la soga que ejercía como barrera y desapareció por el pasillo. Tras su salida, la sala del trono se sumió en un silencio sepulcral, todos se miraron unos a otros en busca de alguna respuesta.

—No ha mencionado el Amanecer Rojo —susurró una mujer—. ¿Creéis que nos habrá perdonado?

—¿Por qué debería perdonarnos? Nosotros no le hemos hecho nada. Debería preguntarse si la hemos perdonado a ella.

—¿Es capaz, siquiera, de distinguir a unos humanos de otros? Seguro que todos le parecemos iguales.

—¿Y si lo que dijo es cierto? Sobre el Malfreno.

—Rune —Opus habló en voz baja, para que solo lo oyera la familia real—, has cometido una terrible imprudencia.

—No he sido yo quien le ha dicho a Noctámbula que no era necesaria.

El príncipe cerró los ojos un momento, haciendo acopio de valentía. Después, antes de que pudiera arrepentirse, se alejó de su trono y atravesó el pasillo, siguiendo los pasos de Noctámbula. La multitud se apartó de su camino, del príncipe medio lelo que la había invocado.

—¿Qué haces ahora? —La pregunta de Opus resonó entre los murmullos de los cortesanos.

Rune no miró hacia atrás mientras salía a paso ligero de la sala del trono.

—Voy a unirme a ella.

# 7. NOCTÁMBULA

Noctámbula aún no había salido del castillo cuando oyó unas pisadas que resonaban por detrás de ella. Eran unas pisadas rápidas, decididas, y teniendo en cuenta la hostil recepción que había recibido en sala del trono, le pareció posible que alguien (algún imprudente) pretendiera atacarla.

Fracasaría, claro. Ella era Noctámbula, y el otro, un simple mortal. Se giró y desenvainó a Bienhallada en el mismo movimiento.

La espada emitió un destello oscuro. Obsidiana.

Su negrura era perfecta. Era una reliquia, creada por los númenes hacía eones, antes de que resultara imposible acceder a su plano desde este. El filo fue forjado a partir de un único fragmento de cristal volcánico, su empuñadura de cuero estaba envuelta en fino alambre de oro y coronada con un diamante impoluto. La magia ancestral de los númenes reforzaba el arma, concediéndole la fortaleza y flexibilidad necesarias para resistir una batalla tras otra.

Al verse situado frente a la punta de la espada, el joven se quedó completamente inmóvil. Era el mismo que la había invocado, el que había hablado en su favor... y el que estaba sentado al lado de los reyes.

—Rune. —Noctámbula ladeó la cabeza—. Tu apellido es Highcrown.

El joven asintió, aunque se le extendió un rubor por el cuello y las mejillas.

—Tendría que habértelo dicho.

—Dijiste que conocías personalmente a la familia real.

Noctámbula envainó su espada, y aunque fue una reacción sutil, tanto la pose como la respiración de Rune se suavizaron.

Rune aún le tenía miedo.

Todos le tenían miedo.

Pero ¿por qué? Ahondó en su memoria en busca de respuestas, pero solo encontró un hueco en blanco, cuyos bordes se desmigajaban cada vez que intentaba evocarlo.

Normalmente, Noctámbula no se permitía el lujo de preocuparse. La preocupación (sobre todo por los mortales) podría aplastarla si no tenía cuidado. Pero en ese momento, en ese pasillo, invocada en secreto, denigrada por la corte, completamente sola en su misión e incapaz de recordar todo su pasado..., la inquietud se extendió como una sombra por el fondo de su mente.

—Dime por qué me has seguido —exigió Noctámbula—. Dime por qué me has invocado, cuando está claro que nadie más lo habría hecho.

El príncipe Rune se acercó, al principio con cautela y luego con más confianza, como si le alegrara ver que no iba a desenvainar de nuevo su espada, hasta situarse a escasos centímetros de ella.

—Necesito tu ayuda. Los tres reinos la necesitan.

Noctámbula no dijo nada, porque era obvio que ese joven quería ser elogiado por haber tenido la lucidez de invocarla, pero ella no tenía costumbre de gratificar a los humanos por el simple hecho de poseer un instinto básico de supervivencia. Ya los recompensaba con su vida, salvándolos de los rencores cada pocos cientos de años.

—Mis padres no quieren admitirlo —prosiguió el príncipe Rune—, porque han cerrado los ojos ante la realidad. No permiten que nadie mencione siquiera la posibilidad de otra incursión.

—Ya lo he comprobado —repuso Noctámbula.

Rune se sintió avergonzado.

—Me disculpo en su nombre. Te trataron con una grosería inaceptable.

Noctámbula no sabía que existiera un nivel aceptable de grosería.

—Pero tú eres la única que puede frenar esta guerra con Embria.

—Yo no elijo bando en vuestras disputas. —Noctámbula no alzó la voz, ni insufló en ella emoción alguna. Era innecesario. Aun así, Rune torció el gesto.

—No es eso —insistió—. No te pido que tomes partido. Te pido que salves una vida... No, muchas. Mi prometida...

—Tampoco me dedico a salvar prometidas.

¿Por eso la había invocado? ¿Por eso había actuado en secreto? No era de extrañar que no hubiera podido comunicarse con claridad cuando ella lo despertó en la torre. Su petición era absurda.

—Mi deber es muy simple: combatir a los rencores para que vosotros no tengáis que hacerlo. Impedir que la Malicia se propague. Yo libro la verdadera guerra para que vosotros podáis seguir con vuestras insignificantes disputas. Invocarme para cualquier otro propósito se castiga con la muerte.

Nunca había necesitado hacer cumplir esa regla; no que ella recordara. Y su memoria era perfecta. O, al menos, lo había sido hasta entonces.

El príncipe Rune pareció sorprendido.

—Para nosotros no son insignificantes —replicó en voz baja. Luego añadió más alto—: Nos lo debes.

Noctámbula se enfureció al oír eso.

—Yo no os debo nada.

Había servido a los tres reinos durante miles de años, y aunque seguramente creyeran que le daban todo a cambio, se negaban a concederle lo único que ella de verdad anhelaba: un final.

Un final a sus guerras constantes, al auge de los rencores, a la necesidad de hacerla regresar para resolver otra vez los mismos problemas. Los humanos no sufrían ninguna adversidad que ellos mismos no hubieran causado. Ya estaba harta de todo eso.

Noctámbula se giró para marcharse, pero cuando el príncipe volvió a hablar, lo hizo con un tono sombrío:

—No sabes de lo que te estoy hablando, ¿verdad?

Noctámbula lo miró fijamente. ¿Lo sabría? ¿Se habría dado cuenta de que le faltaban recuerdos?

—Lo que quiero decir es que tres reinos tienen una oportunidad de alcanzar la paz —prosiguió Rune con un poco más de tiento.

—Antes has dicho que la Malicia os arrebató esa oportunidad. —Noctámbula lo escrutó de nuevo en busca de la verdad—. Dime qué quieres.

—Mi prometida, la princesa heredera Johanne Fortuin de Embria, está atrapada en un malsitio.

Le sorprendieron dos detalles. Primero, que un príncipe de Caberwill estuviera comprometido con una princesa de Embria. Esos dos reinos llevaban intentando masacrarse entre ellos desde que se fundaron, pero ¿ahora se estaban planteando un matrimonio?

O lo harían, claro está, si la princesa no estuviera atrapada en un malsitio.

Y eso la condujo al segundo detalle, aún más alarmante: la gente estaba quedándose atrapada en malsitios.

Pero ella siempre limpiaba esos lugares antes de echarse a dormir. Siempre. Jamás sería tan descuidada...

Pero no recordaba haberlos limpiado la última vez. De modo que había otro agujero en su memoria. Esa posibilidad le provocó una punzada de inquietud. Puede que se hubiera producido una incursión mientras ella dormía.

—Dime cuánto tiempo llevan aquí los malsitios.

El príncipe respondió con voz adusta:

—Cuatrocientos años.

A Noctámbula se le entrecortó el aliento. No se había perdido ninguna incursión. Sencillamente... no había cumplido con su labor. Por algún motivo. La inquietud se acentuó.

—Están repartidos por los tres reinos —dijo el príncipe Rune—. Como cicatrices. Nos hemos acostumbrado a vivir a su alrededor.

Por eso debía de odiarla la gente. Llevaban cuatro siglos viviendo sumidos en un terror constante.

Pero eso tampoco tenía sentido. Era imposible que ella se fuera a dormir sin más, mientras la gente sufría y la Malicia envenenaba Salvación. Y aunque hubiera sido tan descuidada, los mortales deberían haberla invocado de nuevo para eliminar los malsitios. Habían tenido cuatrocientos años para hacerlo.

—Entiendo —dijo Noctámbula. Pero no era cierto. No entendía nada. Las cosas ya no eran como antes.

—Tu deber es purificar los malsitios, ¿verdad? —El príncipe Rune giró la cabeza al oír unas voces procedentes de la sala del trono. Cuando volvió a mirar a Noctámbula, lo hizo con un gesto de preocupación en sus ojos oscuros—. Podríamos empezar por ese donde está atrapada la princesa Johanne. Si es que sigue viva. —Tragó saliva con fuerza—. Así, la alianza podrá salir adelante. Podríamos poner fin a nuestras insignificantes disputas.

Sarcasmo. Los mortales lo empuñaban como si fuera un arma.

Aun así, si fuera posible poner fin a sus guerras, si la paz se asentara sobre Salvación, puede que la Malicia dejara de crecer y que ella pudiera alcanzar el final que tanto ansiaba.

—Háblame de esa alianza.

Cuando el ruido procedente de la sala del trono aumentó, el príncipe Rune le hizo señas para reanudar la marcha.

—Hará unos tres meses, Embria envió docenas de palomas, cada una con el fragmento de una carta. Tardamos varios días en recomponerla del todo. Debieron de pensar que a un mensajero (a una persona) lo asesinarían antes de que la carta llegase a nuestras manos. Pero, al fin, comprobamos que era una propuesta para formar una alianza por medio de un matrimonio, porque Ivasland planea infringir los Acuerdos de Ventisca.

Noctámbula apretó los puños.

Los Acuerdos de Ventisca eran lo único en lo que se habían puesto de acuerdo los tres reinos: ninguno, sin importar las circunstancias, utilizaría la Malicia en esa guerra interminable. Hacerlo condenaría al continente entero, porque la Malicia se expandía si no había nada que la contuviera, infectándolo todo a su paso. La Malicia destruía.

—Si no consigo rescatar a la princesa Johanne —prosiguió el príncipe Rune—, Caberwill atacará Embria, y ninguno de los dos reinos podrá detener a Ivasland.

—Caberwill no tiene motivos para atacar Embria.

—Sería un ataque preventivo —explicó el príncipe mientras doblaban una esquina—. Atacarlos antes de que nos ataquen. Teniendo en cuenta que su princesa se perdió aquí, en Sendahonda...

Era la típica actitud mortal: «atacarlos antes de que nos ataquen», pero llevaban conviviendo con ese odio y esa desconfianza durante miles de años. Quizás ya no pudieran evitarlo.

Más acuciante era la amenaza de Ivasland. Si Embria y Caberwill se enzarzaban en su propia batalla, nadie controlaría a Ivasland.

«*Si un reino termina por conquistar a los demás* —aventuró una parte oscura de Noctámbula— *entonces dejarán de intentar implicarte en sus pequeñas disputas*».

Noctámbula ahuyentó ese pensamiento. Ella era neutral, de modo que no fomentaría la victoria de un reino sobre los demás. Aun así, no podía permitir el uso de Malicia en el campo de batalla. La habían dejado en una situación incómoda.

—¿Qué opinas? —preguntó el príncipe Rune—. ¿Me ayudarás?

—Debería concentrarme en reunir a los caballeros del alba para atravesar el Portal del Alma.

Noctámbula apretó el paso por el pasillo. El príncipe Rune se mantuvo a su lado, siguiéndole el ritmo sin esfuerzo.

—¿El Malfreno colapsará mañana? ¿O pasado?

—No. —Noctámbula podía percibir la barrera desde allí: detectó los puntos débiles, los lugares afectados por ataques constantes desde el interior, y no estaba en peligro inminente de derrumbe. Pero sí lo estaría pronto. Muy pronto—. El Malfreno está debilitado, se está fracturando bajo la presión constante del mal. Debo destruir a los rencores que hay dentro de la Malicia para rebajar la presión sobre el Malfreno.

—¿No puedes impedir que los rencores vengan aquí? —preguntó Rune—. A este mundo, me refiero.

—El Desgarro se encuentra dentro de la Malicia, pero no es una puerta que se pueda abrir o cerrar a voluntad. Algún día, la Fracción Oscura y el plano laico se desincronizarán. El portal se cerrará, impidiendo que los rencores se aventuren aquí, pero no sé cuándo llegará ese día. Hasta entonces, mis expediciones a la Malicia consistirán en esto: combatir a los rencores y rebajar la presión del mal desde dentro. El Malfreno se regenerará con el tiempo, pero solo si no se ve sometido a ataques constantes.

—Ese sistema no parece muy eficiente.

—Hay batallas que solo se libran por el placer de resistir. De perdurar. De sobrevivir.

Rune observó el camino por el que habían llegado frunciendo el ceño.

—Supongo.

—Si pudiera impedir que los rencores viajaran a través del Desgarro, lo haría. Pero tal y como son las cosas, siempre debo confiar en que alguien me invoque ante el primer indicio de debilidad del Malfreno, antes de que los rencores puedan escapar de su prisión.

El príncipe apretó los dientes.

—Me temo que uno ha escapado ya. Creo que fue eso lo que persiguió a la princesa Johanne hasta el malsitio. Su doncella lo describió como un monstruo.

Conforme le repetía la descripción (el pecho robusto, las púas, la piel gris como la carne de un hongo), Noctámbula fue sintiendo una opresión alrededor del corazón.

—Sí, era un rencor. Es probable que la princesa Johanne haya perecido.

—Me niego a creerlo —replicó Rune— hasta que lo vea con mis propios ojos. Si partimos ahora, podemos llegar al malsitio al anochecer.

Noctámbula se dio la vuelta y se adentró en la escalera que conducía a la sala del santuario.

—¡Ayúdame a rescatar a la princesa Johanne, y mis padres no tendrán más remedio que escucharte! Podremos celebrar el certamen de los caballeros. Tendrás todo lo necesario para frenar la incursión. Ejércitos. Obsidiana. Lo que haga falta.

Era una oferta tentadora, pero ¿podría cumplirla?

Noctámbula llegó a lo alto de las escaleras y entró en la habitación. Habían limpiado el polvo de algunas superficies y retirado algunas maderas podridas. La luz brillaba a través de la ventana y de la puerta del balcón, que estaba abierta, y había una única maceta con campanillas junto a la barandilla.

—Lamento que aún no esté limpio de todo. —El príncipe Rune entró detrás de ella. Parecía más sereno después de haber estado hablando. Puede que Noctámbula lograse recuperar el resto, poco a poco: el respeto, la confianza, los ejércitos que necesitaba—. Todo estará en orden a nuestro regreso. Bueno, resultará confortable, al menos. Un sitio donde puedas descansar.

—No he accedido a acompañarte.

Rune sonrió con tiento.

—Creo que lo harás.

Noctámbula lo escrutó durante un buen rato: el suave tono castaño de sus ojos, la línea recta de su nariz, el sólido armazón de su mandíbula. Era un joven musculoso, como la mayoría de los príncipes y princesas de Caberwill, y su pose era el fruto de años de entrenamiento marcial, pero también percibió cierta dulzura en él, una calidez que no solía alentarse en ese reino.

—¿Tú qué opinas? —preguntó Rune.

Noctámbula se adentró un poco más en la habitación y se detuvo, con la cabeza ladeada, escuchando. Pensativa.

—Oigo termitas.

—Hm. —El príncipe miró a su alrededor visiblemente confuso—. Se lo haré saber a los criados.

—Dime por qué no están aquí ahora.

—¿Los criados?

Noctámbula asintió una sola vez.

—Es obvio que comenzaron a limpiar este lugar, pero se marcharon sin terminar. Quiero saber por qué no están aquí ahora.

Rune miró hacia la puerta del balcón, hacia la maceta con las campanillas.

—Te tienen miedo. Como todos.

—Porque fracasé en mi misión. Porque no purifiqué los malsitios.

Rune tomó aliento. Frunció el ceño. Pero luego asintió con la cabeza.

—Sí. Eso ha tenido algo que ver.

Esa explicación no tenía mucho sentido, pero los mortales podían ser irracionales. Y como no la habían invocado en cuatrocientos años, quizá hubieran olvidado que Noctámbula estaba allí para servirlos. Ella era su espada frente a la oscuridad.

—Tú me invocaste, a pesar del miedo —recalcó Noctámbula.

—Mi desvelo era mayor que ese miedo. —Se giró hacia el altar, que seguía cubierto de polvo y telarañas—. Actué de un modo impulsivo, pero lo volvería a hacer.

Si la ira y el miedo que sentían hacia ella se debían a que no purificó los malsitios en el pasado, tal vez conseguiría apaciguarlos si cumpliera con su deber ahora.

Aquello no suponía tomar partido en la guerra, se dijo. Si el hecho de salvar a esa princesa (suponiendo que siguiera viva) ayudaba a formar una alianza, eso supondría alentar la esperanza de que hubiera paz. Y significaría, en esencia, que había purificado un malsitio. Y también los eliminaría de Embria e Ivasland. Salvación entera se beneficiaría de su despertar.

Lo haría. Y después descubriría la verdad sobre Ivasland. Y después se adentraría en la Malicia, tras haber ayudado a los tres reinos por igual, y, con un poco de suerte, tras haberles demostrado que podían volver a confiar en ella. Si lo hacía todo bien, puede que enviaran a sus guerreros con ella y que comenzaran a adiestrar caballeros del alba otra vez.

—Está bien, príncipe Rune. —Noctámbula se irguió, enterrando sus temores y sus miedos, sensaciones inéditas para ella, bajo la armadura del deber—. Reúne las provisiones que necesites. Por ahora, serás mi caballero del alba, y yo rescataré a tu princesa.

# 8. HANNE

Era imposible determinar qué la había salvado.
¿La obsidiana? ¿Su ingenio?
¿La buena voluntad del rencor?

Sea como sea, el rencor no la mató inmediatamente, algo por lo que se sentía infinitamente agradecida. En vez de eso, la criatura se posó sobre la gruesa rama de un árbol y se dedicó a observarla, con un fulgor amarillento en los ojos.

Bajo la luz de la mañana, su piel de color hongo relucía a causa de la humedad provocada por el rocío, el sudor o algo aún más repugnante. Aunque no tenía narizmás allá solo unos orificios en mitad del rostro, la criatura olisqueó el ambiente en su dirección. Abrió la boca y de ella emergieron dos lenguas, como si estuviera paladeando su terror.

Al principio, Hanne se limitó a quedarse temblando en el suelo, creyendo que acabaría devorada o convertida en una pila de despojos como lord Bearhaste. Pero al cabo de una hora, al ver que la criatura no la atacaba, se atrevió a dar un trago de agua. Aquello ayudó a despejarle la cabeza. Después corrió hacia su montón de joyas de obsidiana. La mayoría las llevaba puestas, pero cuando durmió lo hizo con los abalorios restantes a su alrededor, como una especie de barrera mística. Nunca había extrañado nada tanto como extrañaba su corona en esos momentos. Podría romper sus afiladas púas de obsidiana para fabricar dagas con las que atacar a la criatura.

Al menos, quiso creer que podría hacerlo.

La inactividad se volvió insoportable y, finalmente, pasada otra hora, empezó a moverse por su prisión, depurando y recolectando agua, con todos sus sentidos alerta ante la amenaza que acechaba en lo alto. Aunque el rencor se limitó a observarla, Hanne ejecutó todos sus movimientos con cautela. Cada vez que debía acercarse un paso hacia la criatura, se estremecía y evaluaba la ruta más rápida para regresar a su diminuto muro de obsidiana.

La adrenalina la mantuvo despierta el resto del día y durante toda la noche. Consciente en todo momento de la presencia de aquel monstruo. De las miles de preguntas que asolaban su mente (¿por qué la observaba?, ¿podría él salir del malsitio?), la más importante era esta: ¿iba a matarla?

A la mañana siguiente, la respuesta parecía ser negativa.

El rencor no se había movido de su sitio. Entre el silencio del bosque, Hanne pudo oír su respiración sibilante, escuchó la saliva ácida que caía de sus labios y siseaba al rozar las hojas.

Más tarde, cuando el sol emprendió su rumbo hacia el mediodía (dentro de aquel bucle temporal, no fuera), el rencor habló.

Esa voz.

Era como el crujido del caparazón de una cucaracha al pisarla. Como el plañido de una criatura agonizante. Como la sensación de asomarse a un vacío inmenso y oscuro. Era una voz abrumadora y enloquecedora. Hanne se tapó los oídos y chilló. Se le saltaron las lágrimas y sintió como si le fuera a explotar la cabeza.

El rencor cerró la boca y el dolor cesó.

Hanne se encogió, comenzó a jadear y a resollar mientras trataba de reorientarse.

—¿Qué quieres? —masculló, aunque no quería que volviera a hablar—. ¿Por qué me has atrapado?

No podía asegurar que se tratase del mismo rencor que la había guiado hasta allí, pero los avistamientos eran inusuales. Hasta el punto de no tener precedentes en cuatrocientos años. Era improbable que tuviera tan mala suerte como para toparse con dos rencores.

La enloquecedora cacofonía de aquella voz se desató de nuevo, esta vez parecía el zumbido de un enjambre de cigarras, el chirrido de unas garras al deslizarse sobre el hierro.

Hanne gritó y volvió a taparse los oídos, pero no fue suficiente. También percibió otro sonido, que casi semejaba unas palabras. Sonaba a esto: «¿Quieres vivir?». Pero no podía estar segura. Y cuando se apartó las manos de la cabeza, tenía la piel salpicada de sangre.

Se hundió en su saco de dormir e intentó no sollozar, pero nunca se había visto obligada a soportar ese nivel de pavor durante tanto tiempo. Nunca se había sentido tan indefensa.

—Tuluna —rezó—, dime cómo sobrevivir a esto.

Pero si la numen patrona de Embria la estaba escuchando, no respondió. No había vuelto a hablar con ella desde que se quedó atrapada en el malsitio.

—Ahora es cuando te necesito —insistió, pero solo obtuvo silencio.

Durante varios minutos cargados de tensión, no ocurrió nada entre Hanne y el rencor. Entonces, la criatura abrió de nuevo la boca y produjo un ruido ensordecedor, salvo que ahora era... No más soportable, porque le pitaban y le sangraban los oídos, pero sí más comprensible. Ahora pudo oír claramente unas palabras:

—¿Quieres vivir? —preguntó el rencor.

La pregunta le impactó de lleno en las entrañas. Pues claro. Pues claro que quería vivir. ¿Quién no querría, sobre todo si la alternativa era acabar despedazada por un rencor? Es más, necesitaba llegar hasta Brink, donde seguramente Nadine estaría prisionera. Si Hanne no sobrevivía, ¿qué le sucedería a su prima? Puede que Rune no le hiciera daño, pero la reina Grace y el rey Opus tenían una reputación siniestra. Y aunque la llevaran de vuelta a Embria, allí estaban los padres de Hanne, que nunca habían apreciado a Nadine...

El rencor la miró fijamente, sin parpadear, y Hanne se acordó de repente de los Acuerdos de Ventisca, de la alianza y de la paz que pretendía construir. Salvación se estaba consumiendo a sí misma, pero Hanne podría poner fin a la guerra... si sobrevivía.

—Responde —le ordenó la criatura.

Hanne reprimió un quejido de inquietud. El precio por decir que sí supondría una preocupación para el futuro; el precio por decir que no supondría la muerte inmediata.

Inspiró una bocanada trémula y, mientras le goteaba sangre por la barbilla, Hanne asintió.

—En ese caso —dijo la criatura—, escucha bien lo que te voy a decir.

Temblando, mientras su mente se rebelaba ante la idea de conversar con un rencor, Hanne se puso en pie y se mantuvo lo más firme e impávida posible.

—Te escucho.

—Tus enemigos desean destruirte.

Cada palabra que pronunciaba el rencor era una tortura. El monstruo debía de ser consciente de ello; ese era el único motivo, pensó Hanne, por el que le estaba contando cosas que ella ya sabía.

—Tus enemigos del sur están creando un dispositivo que captura la Malicia. Que la transporta.

Hanne se quedó sin aliento. Esa era la traición que planeaba Ivasland contra los Acuerdos de Ventisca. Ningún reino, desde que existían registros históricos, había osado utilizar la Malicia contra otro. Era inconcebible. Pero, al parecer, no lo era para Ivasland. La reina Abagail y el rey Baldric no tenían vergüenza, ni moral, ni decencia.

—La máquina aún no está terminada. Al ritmo al que van, estará lista para el equinoccio de otoño.

De modo que aún quedaba tiempo para evitarlo..., siempre que pudiera llegar hasta Brink, casarse con Rune y enviar sus ejércitos al sur.

Lentamente, como si estuviera haciendo un esfuerzo para no sobresaltarla, el rencor desplazó el cuerpo. El árbol rechinó.

—Tú ayudarás a Ivasland a terminar la máquina.

—¿Qué? ¡No!

Tenía que haberlo entendido mal. Su intención era impedir que Ivasland utilizara la Malicia contra Embria. De ningún modo les ayudaría a conseguir sus objetivos.

—Antes has dicho que querías vivir. —El rencor desplegó sus lenguas—. Harás lo que yo te diga.

Hanne se estremeció, pero mantuvo la mirada fija sobre la criatura.

—No pienso ayudar a mis enemigos a romper los Acuerdos de Ventisca.

—Ese tratado se rompió hace años. Siglos. —Aquella boca insólitamente amplia se curvó para formar una sonrisa horrible, y a su alrededor, el aire pareció estremecerse—. Harás lo que yo te diga.

No era buena idea discutir con un rencor, ella lo sabía, pero nadie le daba órdenes a Johanne Fortuin. Nadie. (Aparte de los reyes de Embria, pero eso era diferente).

—Mátame si quieres —dijo—, pero no me plegaré a tu voluntad.

El rencor abrió la mandíbula, ofreciéndole a Hanne la visión de una fila de dientes tras otra. La baba se escurría desde su boca, formando hileras que gotearon sobre la rama del árbol y dejaron la corteza renegrida.

A Hanne se le revolvió el estómago.

—Me da igual lo que me hagas. —Le tembló la voz, pero pronunció esas palabras, y lo dijo en serio—. Jamás ayudaré a mis enemigos a destruir mi reino.

El espacio entre ellos se difuminó, y antes de que Hanne pudiera gritar siquiera, el rencor se plantó frente a ella.

La princesa contuvo el aliento, con el corazón latiendo a toda velocidad, debatiéndose entre echar a correr y permanecer inmóvil. Pero no podría correr más rápido que el rencor, y, en cualquier caso, estaba atrapada en el malsitio. No tenía escapatoria. De modo que se quedó muy quieta, como un conejo que espera eludir las garras de un halcón. El aliento del rencor era caliente y penetrante, Hanne sintió su roce en los pulmones cuando inspiró una bocanada de aire.

Lentamente, el rencor alargó un brazo y desplegó su mano cubierta de garras sobre el rostro de Hanne. La princesa cerró los ojos; un gemido escapó de su garganta, se odió por no poder contenerlo. Tenía que mirarlo. Tenía que encararse con él. Pero cuando abrió los ojos, ya no estaba en el malsitio.

Una negrura infinita se extendía a su alrededor, como si el cielo hubiera engullido todas y cada una de sus estrellas. Lo único que quedaba era... la nada, un velo infinito de ansia y oscuridad.

No oyó ningún ruido. No percibió ningún olor. Estaba sola en aquel vasto cielo negro.

Temblando, se sentó sobre la resbaladiza superficie en la que había aparecido, que parecía hecha de cristal. Era un espacio pequeño, con bordes dentados que seguramente le dejarían cortes si los tocara. Empezó a palpitarle la cabeza al verse rodeada de tanta negrura.

Un crujido rompió el silencio y una luz rubicunda se extendió por el cielo, como una explosión. Por debajo de ella, a los lados, había otros fragmentos, más grandes que el suyo, pero esos no estaban vacíos. Hanne estaba demasiado lejos como para ver los detalles, pero cuando oteó con los ojos empañados ese espacio de color carmesí, le pareció distinguir torres y puentes que se extendían entre los huecos libres que quedaban entre los fragmentos. Percibió movimiento, criaturas que se desplazaban de un lado a otro.

Un golpe seco. Su islote pegó una sacudida que la arrojó al suelo, deslizándose hacia el borde. Intentó frenarse, pero la superficie estaba demasiado resbaladiza, no pudo detenerse.

Sin darle tiempo siquiera a gritar, Hanne se precipitó por el borde y el canto afilado del fragmento le dejó cortes en el cuerpo.

Cayó.

Y cayó.

Y se detuvo.

Se quedó sin aire en los pulmones. Cuando por fin pudo abrir los ojos de nuevo, estaba en el malsitio, y el rencor estaba retrocediendo. En un abrir y cerrar de ojos, volvía a estar encaramado al árbol, lejos de la obsidiana, fulminándola con esos ojos amarillos.

—¿Qué era eso? —Hanne tenía la voz ronca. Le fallaban las piernas. Quiso tirarse al suelo para recobrar el aliento, pero no lo haría mientras el rencor la siguiera observando.

—Era la Fracción Oscura.

El rencor se movió, sin ocultar el modo en que su piel se había enrojecido y moteado allí donde había estado cerca de la obsidiana.

—Ahora —prosiguió—, te diré cómo completar el dispositivo de Malicia. Irás a Ivasland y les ofrecerás tu ayuda. Te diré exactamente lo que tienes que hacer... y lo harás.

—¿Por qué me has enseñado la Fracción Oscura?

El monstruo esbozó un gesto enardecido.

—Quiero que sepas que puedo encerrarte allí. Para siempre.

El corazón de Hanne retumbó en sus oídos mientras se desplegaban dos posibilidades ante ella: obedecer las órdenes del rencor y sobrevivir, o resistirse y quedar atrapada, ya fuera allí o en la Fracción Oscura, durante el resto de su corta vida.

—¿Quieres vivir? —preguntó el rencor.

Hanne apenas tuvo que meditarlo. Dijo la primera palabra que se le vino a la mente:

—Sí.


El rencor siguió hablando durante el resto del día.

Hanne apenas podía mirarlo durante unos segundos seguidos. De lo contrario, empezaba a abstraerse con el modo en que se abrían sus fauces, con el modo en que el aire se difuminaba a su alrededor, por efecto del calor o de la distorsión del tiempo. Sabía que, si se quedase mirando al rencor durante mucho rato, perdería la cabeza. Ya era suficiente suplicio escuchar lo que decía la criatura.

Pero eso fue lo que hizo, y lo miró cuando fue necesario, porque no tenía muchas opciones.

Obedecer y vivir.

Desafiar y morir.

Y Johanne Fortuin necesitaba vivir. Un único dispositivo de Malicia no podría desequilibrar la balanza del destino, pero el poderío combinado de Embria y Caberwill, sí.

Solo ella podía unir los dos reinos.

Cuando cayó la noche, el rencor dijo:

—¿Has entendido todo lo que te he contado?

Hanne había permanecido de pie durante toda la perorata del rencor. Sí, quizás esa fuera la palabra apropiada para describirlo. El monstruo no le preguntó si necesitaba que le aclarase algo, ni le cedió espacio para hacer preguntas. Apenas había interrumpido su disertación, solo de vez en cuando, para concederle a Hanne unos necesarios instantes de respiro antes de continuar. Y en medio del dolor, la princesa prestó atención a cada palabra, porque su vida dependía de ello.

¿Había entendido todo lo que le había contado?

Hanne miró a la criatura, que no se había vuelto a mover desde que proyectó en su mente la visión de la Fracción Oscura. Sus heridas causadas por la obsidiana se estaban curando, y ante sus ojos seguía pareciendo una pesadilla encarnada, una amenaza que la perseguía incluso cuando parpadeaba. Todos esos dientes. Esas garras tan afiladas. La observaba con avidez, con gesto de depredador. Hanne tenía el rostro flanqueado de costras, el cabello apelmazado, el vestido azul manchado de sangre que parecía herrumbre. Le pitaban los oídos y le dolía la cabeza, pero al rencor todo eso le daba igual. Solo le importaba su respuesta:

—Sí. —Hanne alzó la voz tanto como pudo, dadas las circunstancias—. Iré a Ivasland y haré todo lo posible para ayudarles a terminar el dispositivo, utilizando la información que me has proporcionado.

—Si fracasas, me enteraré —dijo al rencor—. Y no te gustarán las consecuencias.

De nuevo, los pensamientos de Hanne la remitieron a la Fracción Oscura y al pánico abrumador que la había embargado; no solo por su vida, sino por lo que pudiera quedar de su alma.

—No fracasaré.

## EXTRACTO DEL DIARIO DE NADINE HOLT, DESCIFRADO A PARTIR DEL MICROCÓDIGO EMBRIANO

*Hanne me quitaría la idea de escribir algo que pudiera ser encontrado, pese a que solo utilizaré el microcódigo real, pero estoy en Brink, sin ella, y no puedo sincerarme con las demás doncellas por temor a que pierdan la esperanza en su regreso. Debo verter mis sentimientos en alguna parte, al igual que otros vierten los suyos sobre mí.*

*Aquí me he sentido muy sola. Como soy la doncella principal de Hanne, ocupo los aposentos que habría compartido con ella hasta su boda, mientras que Lea, Maris y Cecelia se alojan en la cámara de al lado. Estuve a punto de pedir que me alojaran con ellas, pero esa petición me habría dejado en mal lugar y, por ende, también a Hanne. De modo que estoy aquí, rodeada por todas las pertenencias de mi prima, por todo lo que habría necesitado para su boda.*

*Por suerte, las demás doncellas y yo tenemos libertad para desplazarnos entre aposentos, así que fui a verlas esta mañana para desayunar. Deberíamos haber hablado de asuntos importantes, pero, en vez de eso, fue un almuerzo silencioso. Taciturno.*

*Ninguna sabe cómo sentirse ni actuar sin Hanne aquí para guiarlas. En su ausencia, han empezado a acudir a mí. ¿Qué opino? ¿Qué propongo?*

*Lo hacen porque soy la que mejor conoce a Hanne. Lo hacen porque Hanne compartió sus planes conmigo.*

*Por eso, aunque me aflige hacer cualquier cosa que no sea arrodillarme junto a la chimenea a rezar por la liberación de mi prima, haré lo que sé que ella querría: seguir adelante con nuestros planes. Tengo la lista que redactó Devon Bearhaste con los nombres de los caberwillianos dispuestos a colaborar con Hanne. Como ella no está,* quizá resulte difícil convencerlos para que se sumen a su bando, pero tal vez me los pueda ganar con promesas sobre la generosidad de Hanne cuando regrese con nosotros.

Porque tiene que regresar. Tiene que hacerlo. Hanne es la más fuerte de las dos, la más tenaz.

Hasta el príncipe Rune cree que hay una posibilidad, por eso invocó a Noctámbula.

La vi esta mañana. Cuando las demás doncellas y yo estábamos terminando de desayunar, corrió la voz y fuimos a toda prisa a la sala del trono, donde Noctámbula tenía intención de presentarse ante los reyes de Caberwill.

Noctámbula es una criatura escalofriante, casi tan temible como el monstruo que vi en el bosque. Tiene la piel pálida como la porcelana, venas de cobalto, el pelo y las alas negros como el carbón. Llevaba una espada colgada a la espalda, y más de una vez me pregunté si la utilizaría contra nosotros.

Sin embargo, se contuvo, incluso cuando la reina Grace le dijo que no la necesitábamos e intentó deshacerse de ella. Me pregunto si la reina Grace y el rey Opus querrán de verdad la alianza. ¿Les beneficiará que Hanne esté muerta? Eso algo que debo tener en cuenta, mientras las demás doncellas y yo actuamos en nombre de la princesa.

Sé que a los monarcas de Caberwill no les importa Hanne. No la conocen.

La mayoría de la gente no la entiende. La temen. La obedecen. Pero pocos hacen el esfuerzo necesario para ver quién es en realidad.

Hanne siempre ha sido un peón al servicio de sus padres. La manipularon tanto que temí que se fuera a romper, pero nunca lo hizo.

*Por más que la moldearon para convertirla en la hija que querían, Hanne se negó en redondo a ser como ellos. Ella desea la paz.*

*Por eso pienso seguir adelante con sus planes. La echo mucho de menos, pero sea lo que sea lo que esté haciendo ahora, sé que quiere que avance hacia sus objetivos. Por eso, esta tarde, dejaré mis sentimientos a un lado y comenzaré a trabajar por el bien de Hanne.*

# 9. RUNE

A Rune le costó creer que algo hubiera salido como él esperaba.

Noctámbula —la verdadera— había escuchado su argumentación y había accedido a ayudarlo. Parecía demasiado bueno como para ser cierto. Ni siquiera había intentado matarlo.

El optimismo era un sentimiento extraño para Rune, pero cuando salió de la torre de Noctámbula y se fue a sus aposentos para hacer el equipaje, lo hizo con una extraña ligereza en sus pasos. Rune —o, mejor dicho, Noctámbula— rescataría a la princesa Johanne, la guerra contra Embria se anularía y daría comienzo la guerra contra Ivasland. Juntos, se asegurarían de proteger los Acuerdos de Ventisca y después destruirían los malsitios y, tal vez, la Malicia entera.

Era un plan perfecto.

Rune sonrió mientras entraba en sus aposentos. Entonces se le borró la sonrisa.

Sus padres lo estaban esperando en el salón.

Cómo no. Tendría que haberlo imaginado.

La extraña ligereza en sus pasos se evaporó mientras examinaba sus poses: su padre, sentado a la mesa, con la cabeza apoyada sobre un puño; y su madre, de pie por detrás del rey, con las manos entrelazadas por detrás de la espalda. El peso de la decepción paternal se hizo notar en la estancia.

Rune se planteó volver a salir corriendo por la puerta, embarcarse en la misión con Noctámbula sin aprovisionarse, pero la mirada de su padre le mantuvo quieto en el sitio.

—¿En qué estabas pensando? —inquirió la reina—. ¿Cómo has podido invitar a esa... criatura a nuestro castillo?

Opus carraspeó y se enderezó, al tiempo que decía:

—Amor mío, ya hemos hablado de esto. Ella también es una persona, y tiene muy buen oído, según cuentan las leyendas.

«Tiene un oído buenísimo si puede oír cómo roen las termitas», pensó Rune.

Grace dejó escapar un largo suspiro.

—Está bien. Esa «persona». —Entonces volvió a girarse hacia Rune—. Invitaste a esa persona a nuestro castillo, en contra de nuestra voluntad. Nos has puesto a todos en un grave peligro. Tus hermanas podrían haber...

Rune cerró la puerta del pasillo. Tarde o temprano tendría que enfrentarse a sus padres, y, cuando se trataba de ellos, no servía de nada retrasar el momento.

—Invoqué a Noctámbula porque era necesario hacerlo.

El rey se puso en pie y la reina se situó a su lado. Con las estanterías repletas de libros al fondo, el revestimiento de madera rojiza en el tercio inferior de las paredes y los diamantes incrustados en los apliques, la pareja debería haber cobrado un aspecto muy regio. Los aposentos del príncipe heredero (que ahora correspondían a Rune) eran majestuosos. Sin embargo, fue su ira no disimulada lo que rompió el efecto de la escena.

—Tendríamos que haberlo hablado primero, como una familia —dijo la reina furiosa.

—Lo intenté. Pero lo desestimasteis sin pensarlo dos veces, porque preferís ir a la guerra contra Embria.

—Preferiríamos que te casaras con lady Nadine.

—Rechazasteis esa opción porque creéis que Embria no la considerará una sustituta aceptable de la princesa Johanne. Y estoy de acuerdo: no podrá haber paz sin la princesa.

—Y por eso debemos ir a la guerra —sentenció el rey, y la reina asintió con gesto solemne—. No por gusto, sino por necesidad.

Rune apretó los dientes.

—Hablemos ahora de Noctámbula. Has puesto las vidas de todos en peligro y tus actos tendrán consecuencias. No creas que podrás salir airoso de tu temerario comportamiento.

Rune jamás había salido airoso de ninguno de sus comportamientos, temerario o de cualquier otro tipo. Aquel momento no sería una excepción.

—Entrar en guerra contra Embria sería igual de temerario, padre. Pondría en peligro a todo el reino.

—¿Cómo te atreves a...? —exclamó Grace.

Pero Rune no le dejó terminar:

—Noctámbula ha accedido a ayudarme a rescatar a la princesa Johanne.

Aquello hizo callar a los reyes.

—He hablado con ella —prosiguió el príncipe—. Le expliqué lo que estaba en juego. Está dispuesta a ayudar.

—¿Y qué pasa con el Amanecer Ro...?

—No supone ningún problema.

Opus miró de reojo a Grace.

—¿Ella jura que no va a...?

—No —dijo Rune—. Noctámbula cumplirá con su deber, eso es todo.

—No me fío de ella. —Grace adoptó un gesto altivo—. No sería la primera vez que engaña a los caberwillianos. Puede que cambie de idea.

Rune no tenía pruebas de que Noctámbula no fuera a cambiar de idea y a repetir los sucesos acaecidos cuatro siglos atrás, pero tras haber pasado un rato con ella, estaba seguro de sus intenciones. En el fondo de su ser, Rune sabía que Noctámbula solo había acudido para combatir a los rencores, no para hacer daño a los mortales. Pero eso se lo calló; su intención no serviría para cambiar la opinión de sus padres. En lugar de eso, añadió:

—Partiremos de inmediato hacia el malsitio y regresaremos mañana con la princesa Johanne.

—Ni hablar. —Grace avanzó un paso hacia él achicando los ojos—. No irás a ninguna parte con ella. Envía a uno de tus guardias si quieres. O a alguien designado por el gran general Emberwish.

—Es demasiado tarde. Ya le he dado mi palabra, y ella me ha nombrado su caballero del alba.

—No —susurró Grace—. No, tú no puedes ser un caballero del alba. La realeza no participa en los certámenes.

—Quizá no lo hicieran en el pasado. —Rune se mantuvo firme—. Pero esta situación no tiene precedente. El certamen no tendrá lugar.

—Esa no es la cuestión —replicó Opus—. Convertirse en caballero del alba durante una incursión equivale a una sentencia de muerte.

Rune sintió una oleada de ira que le nubló la vista.

—Creía que no se estaba produciendo ninguna incursión.

—Y así es —repuso el rey, obstinado—. Pero Noctámbula está aquí y querrá que la sigas al interior de la Malicia, donde habitan los rencores y todos esos espantajos. Sin duda, morirás allí. Entonces, ¿qué será de nuestro linaje? ¿Qué pasará con Caberwill?

—No estés tan seguro de que moriré —replicó Rune—. Llevo entrenando desde que era pequeño, bajo tus directrices. Si crees que no soy lo bastante bueno...

—Nadie es lo bastante bueno para sobrevivir en la Malicia. —Grace tenía la mandíbula en tensión, pero poco a poco, deliberadamente, dejó escapar esa tensión y habló de un modo más ecuánime—. Pero, aunque sobrevivieras a una incursión en la Malicia, seguirías vinculado como caballero del alba durante los próximos diez años. Necesitamos un heredero, no un héroe.

Al fin y al cabo, Rune ya tuvo su oportunidad de ser un héroe y fracasó en el momento más importante.

El príncipe reprimió el dolor por la pérdida de su hermano, lo recluyó en el lugar que siempre ocupaba en el fondo de su corazón.

—No tiene por qué ser una década entera —replicó—. Noctámbula dijo que por ahora seré su caballero. Ella conoce las tradiciones mejor que cualquiera de nosotros; no he superado ningún certamen, ni completado ninguna prueba. Esto es un honor temporal. Noctámbula me eximirá en cuanto hayamos cumplido nuestros objetivos. Y, seguramente, pedirá que se retomen los certámenes para que nunca volvamos a vernos en esta situación. Pero alguien debe unirse a ella para demostrarle que seguimos siendo buena gente, y nadie más se ha presentado voluntario.

—Eso no es justo —repuso Grace—. Actuaste a nuestras espaldas. Tomaste la decisión y nos obligaste a los demás a bailar al son que marcaste. ¿Esa es la clase de rey que quieres ser?

A Rune se le encogió el corazón por el dolor que le provocaron esas palabras, por el recordatorio implícito de que él no estaba destinado a ser rey. Él era el reemplazo. El escudo que protegía al heredero.

Sus padres decían que no le culpaban, que la culpa la tenían Ivasland y su asesino, pero Rune sabía la verdad: lo veían como un pésimo sustituto de su hermano, y si alguien tenía que morir entre Opi y él... En fin, Opus Highcrown IV debería haber sido quien sobreviviese.

Rune sabía que esa preferencia suponía un secreto bochornoso. Los reyes jamás hablaban de ello en voz alta, puede que ni siquiera se permitieran dar forma a esos sentimientos. Pero Rune lo notaba en sus ojos cuando lo miraban, lo notaba en sus voces cuando hablaban de su futuro, y lo percibía en el ambiente, a su alrededor, como oleadas de tristeza que jamás remitirían.

El príncipe pensaba a menudo que tendría que haberse forjado una coraza alrededor del corazón para protegerlo de esa tristeza, pero le dolía siempre que pensaba en ello. Rune también había perdido a la persona que más quería en el mundo.

—Quiero ser un rey digno de la corona.

Pasó de largo junto a sus padres y entró en su dormitorio, donde echó mano de su morral, el mismo que siempre mantenía repleto de provisiones cada vez que partía de la ciudad. Era lo único que necesitaba para ese viaje.

Rune se lo colgó del hombro y se encaminó hacia la puerta, pero sus padres se interpusieron en su camino, inamovibles esta vez.

—No hay ninguna incursión. —A pesar de la firmeza de sus palabras, la ira de Opus parecía haberse disipado—. Sin embargo, como bien has recalcado, nos falta una princesa, y las guerras son empresas muy costosas. ¿Estás convencido de que Noctámbula cumplirá lo prometido? ¿Crees que rescatará a Johanne Fortuin?

—Ese parece ser su objetivo —asintió Rune.

—Tener a Noctámbula de nuestra parte podría ayudarnos a vencer...

—Ella no luchará en nuestras guerras —replicó Rune—. No somos quién para darle órdenes.

Opus puso cara de querer rebatir ese argumento: Noctámbula había acudido allí, al Bastión del Honor, y estaba en deuda con Caberwill por las atrocidades cometidas cuatrocientos años atrás. Pero lo único que dijo fue:

—Está bien. Aborrezco lo que has hecho, pero ya no hay vuelta atrás, y no hay nada que yo pueda hacer para cambiarlo, ¿verdad?

Finalmente, lo estaban entendiendo. Quizás Rune les hubiera hecho abrir los ojos, después de todo.

—Intenta rescatar a la princesa —dijo Grace—. Al menos, puede que tu nueva amiga nos permita seguir adelante con la alianza. Y si de paso destruye unos cuantos malsitios, mejor que mejor.

Rune asintió.

—Pero tú te harás responsable de ella —prosiguió Grace sosteniéndole la mirada—. Tendrás que responder por los actos que emprenda. Y cuando la princesa Johanne haya sido rescatada y los malsitios queden clausurados, serás tú el encargado de hacer que Noctámbula vuelva a dormirse.

A Rune se le entrecortó el aliento.

—Ella querrá partir hacia la Malicia, madre. Cree que se está produciendo una incursión y cuenta con que yo la ayude a ponerle fin.

Grace esbozó una sonrisa gélida.

—En ese caso, tendrás que convencerla de cuál es la realidad.

Rune tragó saliva con fuerza. Quiso replicar, pero discutir con sus padres nunca conducía a ninguna parte. No, primero debía llegar hasta la princesa, y después, cuando sus padres vieran que había cumplido ese objetivo, podría convencerlos para que permitieran que Noctámbula frenase la incursión. Solo necesitaba avanzar paso a paso con ellos.

—Ve. Ten éxito en rescatar a la princesa —añadió el rey— y evitarás esta guerra, tal y como querías.

El nerviosismo se acentuó en el pecho de Rune.

—Cabe la posibilidad de que fracase —admitió—. No sé de qué clase de malsitio se trata.

Tampoco sabía si el rencor habría matado a Hanne y habría dejado su cuerpo dentro del malsitio solo para atormentarlos.

El rey asintió lentamente.

—No fracases, hijo mío. Puede que consiguiéramos la conformidad del Consejo de la Corona cuando te nombramos heredero, pero te culpan por la pérdida de la princesa Johanne. Si logras traerla de vuelta, si logras preservar este tratado, habrás demostrado ser apto para reinar. Pero si no...

Vaya.

Rune tragó saliva para aflojar el nudo que se le formó en la garganta. Después, asintió.

—Entendido.

Un rato después, cuando los reyes se marcharon, Rune se quedó mirando hacia la puerta cerrada que conducía a la habitación que debería ocupar la princesa Johanne una vez que estuvieran casados.

Tenía que estar viva. No podía permitirse pensar lo contrario.

# 10. NOCTÁMBULA

—¿Estás lista?

El príncipe Rune salió de los establos, tirando de las riendas de dos caballos de color gris oscuro, tanto que uno de ellos era casi negro.

Noctámbula no se dignó responder. Se subió al caballo más oscuro y le hizo señas al príncipe para que se apresurase.

—¿Por qué has...? —Pero el príncipe Rune cerró la boca. Asintió y después colgó su morral de la montura del otro corcel.

En fin, si tenía alguna preferencia, tendría que haberlo dicho antes.

—Podemos descender por los senderos de la montaña. —El príncipe Rune se montó en el caballo más claro—. En vez de tomar la carretera principal que atraviesa la ciudad.

Noctámbula ladeó la cabeza y frunció el ceño.

—Te avergüenza que te vean conmigo.

—¡No! —El príncipe carraspeó—. Por supuesto que no. Pero si la gente te viera, se inquietarían por lo que eso pudiera significar.

—Más les vale. El Malfreno se está debilitando y vuestros reyes no tienen planes para detener la incursión. De no ser por la desaparición de la princesa, incluso tú habrías optado por no hacer nada.

Noctámbula azuzó a su caballo y se encaminó hacia la avenida principal.

—Que me vean. —No se molestó en mirar hacia atrás—. Que sepan que el peligro existe, pero que estoy aquí para protegerlos.

El príncipe Rune no se movió.

—Tienes que azuzar al caballo —lo instruyó Noctámbula—. De lo contrario, se quedará quieto.

—Sé cabalgar. Pero yo... —Giró la cabeza justo cuando media docena de guardias emergían de los establos, montados también a caballo—. Puede que sea tu caballero del alba —añadió, resignado—, pero sigo siendo el príncipe heredero y estos hombres me siguen a todas partes.

Noctámbula miró a los seis, uno por uno, y ellos le devolvieron la mirada sin disimular su inquietud.

—Es muy posible que todos muráis hoy. Si no queréis arriesgaros a ello, marchaos ahora.

—Menuda forma de levantar la moral —murmuró el príncipe.

Pero merecían ser avisados. Demasiados hombres habían muerto al seguirla a la batalla. Noctámbula no podía hacer una excepción en este caso, solo porque no fueran sus caballeros.

Ninguno de los guardias se movió, y uno de ellos dijo:

—Hemos jurado acompañar a su alteza en cualquier situación. Ninguno de nosotros renunciará a sus obligaciones.

Los otros cinco asintieron, aunque dos de ellos fruncieron el ceño de un modo que denotaba que no les hacía ninguna gracia seguir al príncipe en esa situación en concreto.

—Este es el teniente Swifthand —dijo el príncipe Rune señalando a un hombre alto y corpulento, con la piel bronceada y enrojecida por la exposición al sol. Era el que había tomado la palabra—. Hoy será el comandante. Normalmente sería John Taylor, pero tendrá que reunirse con nosotros más tarde.

Noctámbula pensó que cualquier ayuda sería buena. Le habían sido negados unos caballeros del alba en condiciones, así que esos soldados tendrían que servirle. Aunque seguramente morirían, en caso de toparse con ese rencor.

—John está en apuros —dijo el príncipe en voz baja mientras acercaba su caballo al de Noctámbula—. Anoche no se dio cuenta de que yo no estaba en mis aposentos. En cuanto regrese conmigo, no podré quitármelo de encima.

¿Por qué le hacía esa confidencia? Le resultó curioso.

En silencio, salieron de los terrenos del palacio, pequeños pero verdes. Varias estatuas ceñudas los observaron hasta que atravesaron la puerta exterior. Entonces, los habitantes de Brink salieron de sus casas para verlos pasar.

—¡Esa es Noctámbula! —susurró una joven.

—¿Cómo lo sabes? —preguntó un hombre.

—Porque tiene alas, idiota. ¡Y mira esa espada! —La joven se estremeció.

Se sucedieron los murmullos, algunos cargados de incredulidad, mientras que otros opinaban sobre su armadura o su armamento, y unos cuantos sobre su aspecto. La mayoría se preguntaba qué significaría su presencia.

—¿Nos van a atacar los rencores? —preguntó una niña, con el rostro oculto parcialmente tras un velo de rizos negros. Aferraba un frasquito de obsidiana en polvo, que llevaba colgado de un cordel amarillo alrededor del cuello.

—No —respondió su madre—. Por supuesto que no.

—Entonces, ¿qué hace aquí Noctámbula? El Amanecer Rojo...

El resto de la frase quedó interrumpido. La madre le tapó la boca a su hija y, al mismo tiempo, alzó la cabeza y cruzó una mirada con Noctámbula.

La mujer no dijo nada más. Se limitó a llevarse a su hija de allí.

Noctámbula volvió a mirar al frente.

«*Todos te odian* —murmuró la voz—. *Preferirían morir antes que permitir que los ayudes*».

Ahuyentó ese pensamiento sombrío. Puede que ahora la odiasen, pero le estarían agradecidos cuando eliminara los malsitios y pudieran volver a desplazarse libremente por su mundo. Todo volvería a la normalidad..., o eso esperaba ella.

—¿Te molesta? —le preguntó el príncipe Rune en voz baja.

Noctámbula no debería mentir. En general, los númenes no aprobaban las falsedades, y como ella estaba más próxima a esas deidades que la mayoría, debería ser la primera en cumplir sus mandamientos. Pero en vez de admitir la verdad, se limitó a tensar la mandíbula y mirar al frente; no estaba dispuesta a dejar entrever su malestar.

Los carros que había en la senda de Brink les cedieron el paso mientras recorrían la calle hacia los barrios bajos de la ciudad, los sectores más pobres. Los asaltaron varios olores: al curtido y el teñido de las pieles, a humo y mataderos, y a muchas otras cosas que la gente prefería mantener alejadas. A lo largo de la carretera, los caberwillianos interrumpían sus quehaceres para echar un vistazo a la pareja que pasaba cabalgando: el príncipe heredero Rune Highcrown y Noctámbula.

Ya estaba cayendo la tarde cuando se acabaron las curvas del camino y la carretera se ensanchó al pie de las colinas. Un paisaje verde y estival se extendía ante ellos, hasta donde alcanzaba la vista, sumido en una placidez engañosa.

Noctámbula percibió la presencia del Malfreno hacia el sudoeste, crepitando al contacto con las energías oscuras que albergaba en su interior. Y cuando miró hacia allí, vio la debilitada cúpula que se alzaba sobre el cielo infinito, rodeada por dos docenas de torres de vigilancia que llevaban mucho tiempo abandonadas.

Efectivamente, habían dejado de intentar protegerse de un modo efectivo.

Noctámbula miró de reojo al príncipe y dijo:

—Creo que ya nos hemos lucido bastante ante tus súbditos. Si quieres, podría adelantarme...

—No —replicó Rune—. Permaneceremos juntos.

Noctámbula se encogió de hombros.

—Es tu matrimonio. Si ella descubre alguna vez que podríamos haberla liberado una hora antes, serás tú el que tendrá que darle explicaciones.

Rune le hizo saber con una mirada que era muy consciente de lo horrible que sería ese matrimonio. Después azuzaron a sus corceles para adoptar un galope más ligero y constante. Los caballos se prestaron a ello y sus cuellos y flancos no tardaron en quedar cubiertos de sudor.

En el pasado, mil años atrás, el alma gemela de Noctámbula criaba caballos para la monarquía embriana; desde entonces, a ella le encantaba cabalgar. Aunque no le reportaba tanta libertad como volar, sentía una conexión profunda con la tierra a medida que los cascos del caballo traqueaban sobre el suelo —un, dos, tres, cuatro—, y la embargaba una sensación increíble de ingravidez cuando todo el cuerpo del caballo quedaba pendiendo en el aire. Le asombraba que una criatura tan grande como para poder cargar con un humano pudiera no solo caminar sobre esas patas tan esbeltas, sino también correr, casi volar.

Cabalgaron durante una legua, más o menos, hasta que los caballos resoplaron y redujeron el paso, para luego recorrer un trecho al trote.

—Cuéntame lo que pasó durante la última incursión.

A Noctámbula no le importunaba el silencio que se había asentado entre ellos (en general, era una criatura solitaria) pero a menudo los mortales se sentían más cómodos si se embarcaban en una conversación. Además, necesitaba respuestas, y se encontraban varios cuerpos por delante de los guardias. Podían hablar con relativa privacidad. El príncipe Rune la miró de reojo.

—Seguro que lo recuerdas mejor de lo que yo podría contártelo.

—Quiero oír lo que crees que sucedió. —Aquello no era mentira, no del todo.

—Está bien. —Rune echó un vistazo hacia atrás, hacia los guardias que lo seguían, después acercó su caballo al de ella—. Pero antes de empezar, debo decir que no creo que te guste la historia que se ha ido contando por ahí.

—No te castigaré por ser el mensajero, príncipe Rune. Puedes hablar con libertad.

Rune esbozó una sonrisa tensa, pero no pareció muy convencido.

—No lo sé todo. La mayoría de los detalles se perdieron, porque la gente que estaba en disposición de conocerlos murió.

Desde luego, una historia que comenzaba así no parecía que fuera a gustarle.

—Hubo indicios de una incursión, de modo que te invocaron. Te enviaron a un lugar llamado Vistasolar.

—Me acuerdo de él.

Noctámbula sintió una punzada dolorosa en el corazón. Vistasolar no era un pueblo importante. No contaba con ninguna mina, ni con industria más allá de unas pocas granjas, un granero, un herrero y un zapatero. Ni siquiera estaba cerca de ninguna carretera principal. No, Vistasolar no era más que un pueblecito apacible, lleno de gente afable.

Su característica más notable era que se encontraba cerca del Malfreno.

Noctámbula había presenciado muchas muertes a lo largo de los milenios, pero aquella escena fue de una atrocidad insólita. Para cuando la invocaron y la enviaron a Vistasolar, ya era demasiado tarde, y los caballeros del alba que la acompañaban ,guerreros que habían manchado de sangre sus espadas en incontables batallas lloraron al verlo. El pueblo entero estaba consumido por la Malicia, los rencores acechaban entre las sombras. Las casas se habían convertido en calaveras con la boca abierta, mientras que las calles se separaban del suelo y se enrollaban alrededor de la gente, estrangulándolos como pitones. Era una maraña de sangre y huesos pulverizados, sin nadie a quien salvar, sin restos que pudieran ser incinerados.

Noctámbula persiguió a los rencores y los mató, pero no antes de que se cobrasen la vida de tres de sus caballeros. Apenas tuvo tiempo de aprenderse sus nombres, pero cada una de esas muertes le llegó tan hondo como si se conocieran desde hacía cien años. Siempre pasaba lo mismo entre sus guerreros y ella.

Entonces, con gran pesar en el corazón, empapó todo el pueblo de Vistasolar con acuayesca y arrojó una antorcha. El fuego ardió durante un día y medio, calcinando todo rastro de aquel horror.

Todo eso se lo calló. La gente no quería saber nada sobre los puntos oscuros de su protectora. Querían que Noctámbula fuera la encarnación de la furia sagrada de los númenes. Querían que su victoria fuera limpia. Que no hubiera niños muertos que incinerar, ni pueblos reducidos a cenizas, ni muertos a los que llorar.

—Ya —dijo el príncipe, que seguía teniendo la falsa impresión de que a ella no le afectaba la pérdida de vidas humanas—. Aquella solo fue la primera avanzadilla de rencores. Había un punto débil en el Malfreno que nadie había advertido, y los rencores se lanzaron contra él hasta que lograron escapar. Después de media docena de ataques más, les dijiste a los habitantes de los tres reinos que se recluyeran en sus ciudades. Pero no todos te hicieron caso. Se perdieron miles de vidas cuando la gente se negó a la evacuación...

Noctámbula negó con la cabeza.

—No todos tuvieron la posibilidad de escapar. Los gobernantes de la época no se habían preparado para una invasión así, y yo no podía estar en todas partes a la vez. Llegados a ese punto, los rencores eran muy numerosos.

Ese era el motivo por el que debían invocarla al primer avistamiento. Al primer indicio.

Esperar significaba la muerte.

El príncipe Rune sopesó esas palabras, la idea de que los monarcas y nobles no hubieran asegurado la supervivencia de todo el mundo, y al hacerlo torció el gesto.

—Entiendo. En fin, a partir de ahí, todo fue a más. Intentaste salvar a toda la gente posible, pero jamás sería suficiente, porque el Malfreno estaba debilitado y los malsitios se reproducían a lo largo y ancho de los tres reinos. De modo que atravesaste el Portal del Alma junto con los caballeros del alba.

Creyó recordar eso. Era su procedimiento habitual, cuando ya no podía hacer nada más desde el exterior. Pero los detalles estaban borrosos, se mezclaban con los de otras expediciones previas a la Malicia. Sus recuerdos abarcaban miles de años, como estrellas en el oscuro pergamino de su mente. Para cualquier mortal habría resultado fácil mezclar las diferentes líneas temporales, pero ella nunca había tenido dificultades como esas.

—Dime qué pasó luego —susurró.

—Algunos de tus guerreros comenzaron a regresar por el Portal del Alma. La mayoría estaban medio muertos, tenían heridas atroces. Dijeron que los habías mandado de vuelta, porque lo que habías encontrado en la Malicia era más terrible de lo que te esperabas.

Noctámbula frunció el ceño. ¿Más terrible que los rencores? Pero ¿qué...?

Un rostro se proyectó en su memoria, horrible y deformado, con un millar de dientes y la piel pálida como el alabastro...

Entonces el recuerdo desapareció, se apagó como una estrella muerta.

Pero había estado allí. Hacía apenas un instante. Noctámbula evocó el recuerdo, pero ya no estaba por ninguna parte, en ningún rincón de su mente. Los recuerdos no se desvanecían de ese modo. Era imposible.

—¿Noctámbula? —La voz del príncipe Rune resonó desde un punto situado al frente—. ¿Te encuentras bien?

Noctámbula se había quedado inmóvil.

Sostenía las suaves riendas de cuero con una fuerza excesiva, y su caballo tenía la cabeza erguida, como si él también hubiera percibido algo inquietante.

—¿Te encuentras bien? —repitió el príncipe.

—He olvidado algo. —La embargó una sensación de vacío.

Rune frunció el ceño, como si creyera que Noctámbula quería decir que había tenido un despiste o que se había dejado algo importante en el castillo y necesitaba regresar volando a buscarlo, pero al ver que no añadía nada más, endureció el gesto y miró a los guardias, después volvió a mirarla a ella. Cuando habló, lo hizo en voz baja para que nadie más lo oyera:

—Le ocurre algo a tu memoria, ¿verdad? Por eso querías que te contara lo que sucedió.

Noctámbula no podía negarlo. Y tal vez debería contarle a alguien que no se encontraba del todo bien. El príncipe era su invocador, su único caballero del alba. No tenía a nadie más.

—Me cuesta recordar la última vez que estuve aquí —admitió, también en voz baja—. Tengo lagunas en la memoria. Recuerdo otras vidas anteriores a esta, millones de momentos grandiosos o insignificantes, pero en cuanto a los acontecimientos de mi anterior despertar, no retengo casi nada.

Era peligroso que ella perdiera la memoria de ese modo. Si no pudiera evocar los siglos de conocimiento y experiencia acumulados, ¿qué esperanza tendría de proteger a la humanidad frente a esa incursión inminente?

—Antes has dicho que olvidaste algo —dijo el príncipe Rune—. Te referías a eso, ¿verdad?

Noctámbula frunció los labios, negándose a decir nada más, ni siquiera a su caballero del alba. Si alguien, incluso el príncipe Rune, supiera demasiado sobre esas lagunas, las generaciones futuras podrían negarse a invocarla, creyendo que no estaría capacitada.

Y quizá tuvieran razón.

Los agujeros en su memoria estaban creciendo.

—Dime qué ocurrió dentro de la Malicia, a qué amenazas me enfrenté.

Si el príncipe advirtió que estaba eludiendo la pregunta, no se lo reprochó. Se limitó a azuzar a su caballo para reanudar la marcha hacia el oeste.

—Todas las crónicas cuentan que cuando volviste de la Malicia estabas furiosa. Pero entonces... —Rune miró al frente y tomó una determinación—, entonces regresaste a la isla de Ventisca y volviste a quedarte dormida.

—Sin purificar los malsitios. —No era una pregunta. Era obvio que no los había eliminado. No, era una declaración de incredulidad.

El príncipe asintió, sin atreverse a mirarla todavía, y Noctámbula tuvo la certeza de que estaba... No mintiendo, pero sí omitiendo algo importante. Algo que sabía que ella no podía recordar.

—Tenías razón —dijo—. No me gustan esas respuestas.

Siguieron galopando con la esperanza de llegar al malsitio antes del anochecer, pero, o bien partieron demasiado tarde, o bien el príncipe no sabía calcular correctamente las distancias, porque ya había oscurecido cuando llegaron al tramo de carretera donde la comitiva se había detenido a almorzar aquel día, de camino a Brink.

Era un tramo de carretera como cualquier otro, sin nada destacable, salvo los arbustos partidos y la hierba pisoteada que señalaban el lugar por el que el príncipe y sus guardias se adentraron en el bosque.

—Está demasiado oscuro para los caballos. —El príncipe Rune bajó al suelo. Los guardias hicieron lo mismo—. Deberíamos dejarlos aquí.

Noctámbula le limpió el sudor a su corcel y lo guio hasta un arroyo que discurría junto a la carretera.

—Volveré pronto —le prometió, y se dio cuenta de que el príncipe la estaba observando con una ligera sonrisa. Rune agachó la cabeza y se puso a rebuscar en uno de sus petates.

—A mí también me gustan los caballos.

Entonces sacó un pequeño tubo metálico y lo zarandeó hasta que emitió una luz dorada por un extremo.

—Dime qué es eso.

—Es una vara de luz. Alquimia ivaslandeña. —Giró un extremo y sacó un vial de cristal cerrado y alargado. En su interior había un líquido centelleante—. Cuando se mezclan estas sustancias producen luz durante una hora, más o menos. Luego se separan y tienes que volver a zarandear el recipiente. Los fabrican con todo tipo de formas, sobre todo esferas, pero estos tubos vienen bien para evitar que te deslumbren. —Cuando volvió a meter el vial en el recipiente y le puso la tapa, la luz formó un haz luminoso por delante de él—. El tubo metálico tiene espejos dentro para concentrar la luz.

Le ofreció la vara luminosa, pero ella la rechazó con un gesto.

—Puedo ver en la oscuridad.

—Ah. —Rune se colgó el morral —. Bueno, era de esperar. En fin, para aquellos que no somos medio felinos, las luces químicas resultan útiles. Son más seguras que las antorchas.

Los guardias también sacaron varas luminosas de sus petates.

—Esto no me gusta —murmuró uno de ellos.

—No tiene por qué gustarte —replicó el teniente Swifthand—. Y ahora, silencio.

Se adentraron en el bosque. El príncipe Rune lideró la comitiva mientras ofrecía una descripción más detallada de los acontecimientos que condujeron a la desaparición de la princesa. Los guardias hicieron algún que otro comentario en esta línea: «lady Nadine actuaba de un modo extraño, incluso para ser embriana», «lord Bearhaste se adentró en el bosque antes que la princesa y su doncella» y «fue lo más asqueroso que he visto en mi vida».

Noctámbula oteó el bosque oscuro que se extendía ante ella. La luz de las estrellas contorneaba la silueta de los troncos de los árboles, las hojas y los pájaros de alas negras que los observaban al pasar.

—Mostradme dónde murió lord Bearhaste.

El príncipe y el teniente los guiaron a ella y al resto de la compañía hasta un claro donde había un intenso olor a descomposición. Una franja negruzca cubría el suelo, trepando hacia los árboles colindantes y marchitando los arbustos.

—Lord Bearhaste estaba allí —dijo el teniente Swifthand—. En el centro. Cuando cierro los ojos, todavía puedo ver el moho que le salía por la boca y la nariz.

Habían retirado el cadáver, pero Noctámbula pudo oír unos leves sorbidos y chupeteos, allí donde el cuerpo del desdichado lord había quedado demasiado... blando como para recogerlo.

—Ya solo quedan los gusanos y las larvas.

El príncipe Rune puso una mueca.

—No hace falta que me cuentes esas cosas.

—Pensé que os interesaría saberlo.

El príncipe negó con la cabeza.

—¿Quieres ver el malsitio?

Noctámbula cerró los ojos y agudizó sus sentidos. Desde esa distancia, pudo percibir esa pequeña acumulación de Malicia, como una burbuja de maldad que rozaba contra los confines de su mente. Y que se escurría por ellos, como un goteo de muerte y descomposición. La Malicia se estaba filtrando.

—Lo percibo —dijo—. Yo iré delante.

El príncipe Rune y sus guardias se situaron detrás de ella, mientras Noctámbula avanzaba por el bosque. El fulgor de las varas de luz titilaba sobre las hojas y las ramas.

—Me gustaría tener un mapa de los malsitios. —Noctámbula giró la cabeza para mirar al príncipe, que estaba concentrado, con el rostro en tensión. Tenía la mano libre apoyada sobre su espada.

—Existen varios mapas de ese tipo, aunque no todos coinciden. Cuando regresemos a Brink, te enseñaré el mejor que tenemos.

Noctámbula asintió para darle las gracias. La tarea de eliminar los malsitios sería mucho más eficiente si se hiciera una idea global de adónde tenía que ir. Entonces se detuvo. Unos leves tintineos metálicos resonaron en el ambiente, ominosos y espectrales.

—Campanas —murmuró.

—La línea amarilla. —El príncipe Rune señaló hacia el frente—. Así es como señalizamos los malsitios.

Lo dijo de un modo que a ella le resultó perturbador, como si se tratara de un detalle nimio y mundano. Del mismo modo que le habría mostrado una rebanada de pan para explicarle que comían cosas como esa para mantenerse con vida.

Noctámbula sintió un nudo en el estómago. Fruto de la culpa, quizá. Nunca había dejado una tarea inacabada durante tanto tiempo. Podría haber impedido todo eso.

Si hubiera purificado los malsitios.

Si hubiera cumplido con su deber.

La línea amarilla no era más que un puñado de lazos atados a los árboles con unas campanitas sujetas de las puntas; eso no impediría que cualquiera se adentrara allí.

—Tendríais que haber atado una soga de un árbol a otro —replicó—. O construido una barrera más fuerte.

El príncipe la miró con una expresión indescifrable.

—Lo hicieron hace siglos, pero los animales se enredaban con las cuerdas y las rompían. Ahora, al cabo de cientos de años, hasta las criaturas del bosque saben que no deben aventurarse más allá de estos lazos. En cuanto a una barrera... eso supondría admitir la derrota. Supondría admitir que estos lugares siempre serán una amenaza para nosotros.

—Y así es —repuso Noctámbula—. La Malicia no desaparece por sí sola. Requiere esfuerzo, unas habilidades concretas, la capacidad de atravesar la membrana... Y los humanos no contáis con nada de eso.

El príncipe Rune se limitó a mirarla, sin decir nada, y después apuntó con su vara más allá de la línea amarilla. El haz de luz se detuvo a diez pasos de distancia, como si hubiera topado con un muro.

—La princesa quedó atrapada ahí dentro.

Noctámbula percibió el lugar donde la membrana surcaba el mundo normal, conteniendo el espacio envenenado que había dentro. Era una burbuja lisa y resbaladiza, y cuando concentró la mirada sobre la membrana en sí, y no sobre el mundo que la rodeaba, pudo percibir una película viscosa de Malicia.

—Esto no es una cicatriz —murmuró arrugando la nariz ante el hedor a carne putrefacta que emergía del suelo. A descomposición, ozono y amoníaco, quizá—. Es una herida séptica.

—Incluso después de drenar esa infección, tardaría mucho tiempo en curarse del todo—. Me sorprende que no hayáis percibido sucesos extraños a su alrededor.

—¿Como cuáles?

—Pesadillas manifestadas. Cadáveres andantes. Comportamientos extraños en la gravedad. Cualquier cosa. Lo más probable es que la descomposición de Bearhaste la provocara el rencor al que vio lady Nadine, pero esto... —Señaló hacia el frente—, esto sin duda lo empeoró.

Al príncipe Rune se le saltaron las lágrimas a causa del hedor mientras se acercaba a la línea amarilla, donde se detuvo.

—Antes no olía tan mal. ¿Puedes destruirlo?

—Vivo para eso.

Noctámbula desenvainó su espada y se acercó, después soltó una estocada. Bienhallada tocó la membrana y Noctámbula tomó aliento, preparándose para la descarga de energía.

En vez de eso, un dolor gélido y atroz se desplegó en su mente, para luego extenderse por su cuerpo de un modo tan intenso que estuvo a punto de soltar la espada.

—¿Noctámbula?

Dejó de ver chiribitas. Retrocedió, estaba jadeando, pero el dolor había remitido.

—¿Noctámbula? —El príncipe Rune no se movió de la línea amarilla. Por detrás de él, los guardias parecían indecisos—. ¿Algo va mal?

Sí, algo iba mal. Se suponía que al cumplir con su deber debía sentirse bien y realizada, no experimentar un dolor atroz.

Quizá hubiera sido una casualidad. Con cuidado, empuñó a Bienhallada una vez más y presionó la punta de la espada sobre la membrana. La superficie se combó hacia adentro, formando ondas como si fuera una burbuja, pero cuando la punta del arma perforó el malsitio, el mismo dolor gélido de antes se originó en el fondo de su cabeza y se desplegó por su cuerpo.

Noctámbula retrocedió, con el corazón acelerado y el aliento entrecortado, pero esta vez estaba prevenida, así que se recobró pronto para no seguir delatando su debilidad.

—Noctámbula, ¿puedes...?

—Sí. —La respuesta fue más brusca de lo que pretendía—. No pasa nada. Lo que ocurre es que es antiguo y resistente.

Tenía que ser eso: el malsitio llevaba enquistado allí desde hacía cuatro siglos y ella nunca había eliminado uno tan asentado. Ese era otro motivo para estar resentida con los humanos; detener esa incursión iba a resultar doloroso por culpa de su lentitud, pero al menos ahora estaba preparada y les advertiría de que jamás volvieran a dejar que la Malicia se asentara durante tanto tiempo.

*«No tienes por qué purificarlo* —murmuró la vertiente más oscura de sus pensamientos—. *Ellos se lo han buscado».*

Meneó la cabeza para disipar esa idea. Tenía que eliminar la Malicia. Era su deber.

—De acuerdo —cedió el príncipe Rune—. Si tú lo dices...

Una vez más, Noctámbula alzó su espada, se preparó y soltó una estocada. La obsidiana encontró resistencia, el dolor gélido y atroz se desplegó por su mente, y el canto afilado de Bienhallada traspasó la pared de ese mundo pequeño y oscuro que había ido a destruir. Se desprendieron varios fragmentos de la membrana, se descompusieron en lazos iridiscentes. Emergió una luz del interior, como el fulgor que asoma por el resquicio de una puerta.

Noctámbula tomó aliento a pesar del dolor, golpeó de nuevo, y otra sección de la membrana se vino abajo.

Más luz.

Siguió cortando, el malsitio palpitó, ondeó y colapsó sobre sí mismo cuando su estructura al completo se vino abajo.

Tal vez, si el sitio no hubiera sido tan antiguo, si no estuviera tan impregnado de energías oscuras...

Si el dolor no hubiera resultado tan insoportable...

Si Noctámbula hubiera estado prestando atención...

Liberada de la membrana, la Malicia se desplegó hacia el exterior, más deprisa de lo que Noctámbula había previsto. Unas raíces emergieron del suelo, creciendo a un ritmo insólito, y se enroscaron alrededor de sus tobillos, arrastrándola hacia la tierra. Una enredadera cercana la agarró del brazo con el que sostenía la espada y tiró. Los árboles se inclinaron hacia ella, alargando sus ramas para formar una jaula.

Noctámbula desplegó sus alas; los bordes de sus plumas, afilados como cristales negros, cercenaron la furiosa vegetación. En cuestión de segundos quedó libre, pero cada vez había más plantas infectadas por la Malicia que crecían a ese ritmo vertiginoso.

Oyó gritos por detrás de ella, se giró a tiempo de ver cómo las enredaderas se cernían sobre sus acompañantes humanos. Lanzó un bramido y corrió hacia el príncipe, que tenía los ojos desorbitados por encima de la hiedra que se le aferraba al cuello. Trató de hincarle las uñas, pero no pudo agarrarla. Noctámbula desgarró la enredadera y el príncipe boqueó en busca de aliento, mientras ella cortaba y troceaba el follaje que intentaba aprisionarlo.

—¿Cómo es posible? —masculló Rune lanzando estocadas contra las plantas.

Esa pregunta era lo de menos en ese momento. La vegetación se cernía sobre ellos y los gritos de los guardias se incrementaron. Noctámbula volvió a desplegar sus alas, cercenando una nueva descarga de raíces y enredaderas. La sensación gélida se extendió por toda su mente, pero no pensaba ceder ante el dolor. Tenía una labor que cumplir.

—Ayuda a tus guardias. Poneos a salvo. Yo me ocuparé de esto.

El príncipe Rune corrió hacia los soldados. Noctámbula giró sobre sí misma y trazó un arco en el aire con la espada para frenar el ataque de otra planta. Aquello era peor de lo que esperaba. Mucho peor. Pero ese terreno y esas plantas llevaban impregnadas de Malicia desde hacía cuatrocientos años, y ahora percibían una amenaza. La percibían a ella.

Noctámbula se abrió paso a través de los jirones de la membrana hacia la extraña luz que brillaba en su interior. Solo se detuvo para hincar la espada a fondo en las raíces de las plantas afectadas, dejando que el fuego sagrado de los númenes brotara de ella y se adentrara en la tierra. Destruyó el mal con sus manos, sus alas y su corazón.

Pero por cada fragmento de Malicia que destruía, una nueva punzada de dolor la atravesaba, como un reflejo gélido de su propia furia.

Aun así, no pensaba detenerse. No podía hacer eso.

A su paso, dejó docenas de árboles y arbustos que se pudrían desde el interior. El olor a madera quemada se sumó a los demás hedores; por detrás de ella, los mortales tuvieron arcadas ante el avance de esa nube tóxica.

Dentro del malsitio, donde el sol se había puesto por detrás de los árboles, Noctámbula hincó la espada en cada planta que se le puso por delante, ignorando el dolor que sentía. Las hojas de unas zarzas se arrugaron como si fueran dedos fracturados. Los troncos de los árboles se torcieron y de sus copas cayó ceniza, como si fueran mortíferos copos de nieve. Cada vez que algo se cernía sobre ella, Noctámbula lo cortaba o lo apuñalaba, mientras sus alas cumplían también su parte del trabajo. El interior del malsitio se hacía pedazos a su alrededor.

Era incansable, porque ese era el único tratamiento posible para esa porción de tierra. En un millar de años podría regenerarse, pero hasta entonces, el único modo de salvarla era cauterizar la herida.

Incluso cuando su cuerpo quedó empapado de sudor, mezclado con la lluvia de ceniza; incluso cuando el suelo burbujeó y gorgoteó bajo sus pies; incluso cuando el hedor nauseabundo de la Malicia se le alojó en la base de la garganta, volviéndose más denso con cada aliento que tomaba, Noctámbula siguió avanzando con ahínco.

—¡Noctámbula! —gritó Rune—. No veo a...

Noctámbula se dio la vuelta y vio al príncipe plantado sobre el terreno calcinado, dentro de la abertura del malsitio. Tenía la boca abierta, los ojos desorbitados y la tez cetrina. Estaba mirando a sus guardias.

A los seis.

Estaban todos muertos.

Sus cuerpos se estaban ennegreciendo, pudriéndose, generando moho, pero aquello no ocultó las marcas de unas garras que atravesaban sus armaduras, ni la sangre que manaba de unas heridas profundas.

Noctámbula ni siquiera los había oído gritar.

El sol se puso por el horizonte, sumiéndolos en el segundo ocaso del día.

El tiempo. Ese malsitio afectaba al tiempo.

—Noctámbula —susurró el príncipe Rune. Apartó la mirada de sus guardias para dirigirla hacia otra parte.

Hacia una criatura alta y cadavérica, con una piel pálida y escamosa, cubierta por una película de sudor ácido que hacía centellear su figura bajo la luz de las varas desperdigadas por el suelo.

El monstruo miró a Noctámbula con una sonrisa atroz en el rostro, mostrando unos dientes afilados que parecían estacas humedecidas.

El bosque entero pareció contener el aliento.

Entonces, las plantas dejaron de luchar. El aire se quedó inmóvil. Y Noctámbula comprendió lo que el príncipe había querido decirle antes:

No veía a la princesa Johanne.

El malsitio estaba vacío, a excepción de Rune y ella... Y del rencor, que alzó los brazos por encima de su cabeza. Con una sola palmada de sus garras, el malsitio se recompuso y recobró su forma circular, tirante y cerrada.

Estaban atrapados.

# 11. RUNE

Sus guardias habían muerto. La princesa Johanne había muerto. Y todo apuntaba a que él sería el siguiente. Todos serían víctimas de un rencor.

Rune no estaba preparado para el horror de esa bestia. El simple hecho de mirarla desafiaba su mente, sus presunciones sobre la realidad: esas extremidades desproporcionadamente largas con un montón de articulaciones, las púas a lo largo de los hombros y la espalda, la forma en que el mundo parecía desdibujarse a su alrededor.

El primer vistazo le nubló la vista. El segundo le dio ganas de vomitar.

Y esa sensación, estaba seguro de ello, fue la última que experimentó la princesa Johanne antes de morir. También fue la última que experimentaron Swifthand y los demás. Miedo, conmoción y espanto inconmensurables, porque algo como aquello no debería existir. Sin embargo, tenía la prueba irrefutable ante sus ojos.

Al contrario que Rune, Noctámbula no perdió tiempo en realinearse con la realidad. En cuanto el rencor cerró el malsitio, se abalanzó sobre él y lanzó una estocada contra su cuerpo. Pero la silueta de la criatura se desvaneció y el filo no topó con nada.

Fue entonces cuando Rune se recobró. Les había fallado a Opi y a la princesa Johanne, pero su reino seguía esperando al otro lado de ese espacio, debilitado y en proceso de desmoronarse.

Cuando la bestia reapareció, se encontraba a pocos pasos de Rune, de espaldas a él. El príncipe aprovechó la oportunidad, se dispuso a atacar, trazando un arco largo y plateado con su espada, que surcó el aire tan deprisa que produjo un silbido. Pero entonces el rencor se giró. Se encaró con él. Esbozó una sonrisa amplia y temible, plagada de dientes afilados y saliva amarillenta.

Era demasiado tarde para que Rune rectificara su ataque. Sin la menor consideración hacia su propia integridad física, el rencor le dio un manotazo a la espada para tirarla al suelo. Comenzó a manar sangre de una de sus garras, que siseó al derramarse sobre la hierba.

Y Rune quedó desarmado.

Pero su intervención había servido como distracción. Noctámbula entró en escena, descargando su espada de obsidiana contra la criatura. Un relámpago centelleó a través del cuerpo del rencor. Una sonrisa adusta y amenazante se formó en los labios de Noctámbula, mientras la criatura chillaba, convulsionándose a medida que la electricidad se extendía por su cuerpo.

Por un momento, Rune pensó que todo había terminado. Entonces, el rencor se separó de la espada de Noctámbula, produciendo un desagradable sonido de succión y una descarga de energía.

Rune retrocedió, conmocionado. ¿Cómo era posible que siguiera vivo?

El rencor se abalanzó sobre él, blandiendo sus garras como si fueran puñales, pero Noctámbula bloqueó su ataque y apartó a la criatura de un empujón.

Noctámbula se mantuvo firme, su rostro era el vivo reflejo de la determinación. Descargó tajos y estocadas, emprendió la ofensiva ahora que al rencor estaba debilitado, y su actuación fue magnífica. Persiguió a la criatura alrededor de los árboles y los arbustos, los chasquidos de su espada al surcar el aire parecían truenos; debía de pesar el triple que la espada del príncipe, pero ella la blandía como lo haría un artista con su pincel.

Y cada vez que el arma impactaba contra la carne, un fuego numinoso brotaba del filo oscuro, iluminando el malsitio con un fulgor celestial.

«Increíble —pensó Rune—. Estoy presenciando una grandeza sin parangón».

Qué sensación tan fabulosa.

Se preparó para retomar la lucha, para dejar su huella en la historia junto a la protectora de los tres reinos, y se lanzó a por su espada.

Pero su ventaja terminó antes de que Noctámbula o él pudieran sacar provecho de ella.

El suelo se estremeció con una erupción de tierra, hojas y fragmentos de hueso inidentificables, formando una larga grieta a sus pies. Una terrible oleada de calor ardiente se desplegó por el malsitio, junto con una luz de color carmesí. Era una vena de la sangre caliente de la tierra, que se extendía por las profundidades.

Rune se agarró al árbol en el que se había apoyado, todavía le flaqueaban las piernas tras la traición del suelo, y trató de localizar su espada. Pero había desaparecido.

Y probablemente ya no importara.

La fisura se extendió por todo el malsitio, separando a Rune de Noctámbula y del rencor. No podría cruzarla de un salto. No podía luchar. No podía hacer nada.

Emergía calor de la fisura, las prendas de Rune quedaron empapadas de sudor, mientras la batalla se recrudecía. El rencor y Noctámbula luchaban con una furia sobrenatural, sus ataques eran tan vertiginosos que resultaba mareante seguirlos con la mirada.

Entonces, el rencor se lanzó encima de Noctámbula y la tiró al suelo. Le clavó las uñas en el cuello, mientras profería un ruido espantoso e insoportable.

El sonido se adentró en los oídos de Rune, parecía el zumbido de un millar de avispas. Vomitó, mientras todo su ser se afanaba por tratar de encontrarle algún sentido.

El rencor ya no se limitaba a arañar el cuello a Noctámbula, sino que también se lo mordía, desgarrándoselo con unos dientes largos y afilados; y por más que ella trataba de resistirse, el monstruo seguía estrangulándola con fuerza.

El terror embargó a Rune. Buscó su espada a tientas, apartando fragmentos de roca, huesos y plantas. Tenía que estar en alguna parte. Tenía que estar ahí.

Entonces se asomó por el borde de la fisura.

Emergía un calor abrasador y primigenio que le resecó por completo la piel, los ojos y la boca. Una vena de roca fundida se extendía por las profundidades, la clase de sangre que solo las partes más recónditas del mundo podrían albergar. Rune comenzó a retroceder, pero entonces vio algo: su espada se había quedado encajada entre dos rocas enormes, y el metal relucía con el fulgor del magma, perdiendo consistencia con cada nueva oleada de calor.

Un tambor resonó dentro de su pecho. Noctámbula había logrado zafarse del rencor, pero sus heridas sangraban profusamente, mientras cruzaba estocados y bloqueos, solo defendiéndose. Se quedó sin aire, asustado. ¿Y si Noctámbula no lo lograba? ¿Y si...?

El príncipe no perdió el tiempo. Se giró y se adentró en la fisura, hincando la puntera de sus botas en las paredes desmigajadas. El terreno estaba suelto, lo formaban piedras que se desprendían allí donde apoyaba el pie en busca de asidero. Todo cuanto tocaba se rompía y caía al infierno que se extendía por debajo.

Puede que no hubiera sido una buena idea.

De repente, la roca a la que estaba agarrado se desprendió y Rune comenzó a deslizarse por el lateral de la fisura a toda velocidad.

Lo embargó el pánico. Intentó sujetarse con manos y pies. Pero no fue suficiente. Cada vez que hincaba los dedos en una roca, se desintegraba y lo impulsaba hacia abajo un poco más, pero se abstuvo de gritar; si Noctámbula advirtiera su caída, si se distrajera, aunque solo fuera un instante, podría perder el combate.

Con una sacudida brutal en los hombros, consiguió sujetarse por fin.

Había quedado varios metros por debajo del lugar donde creía que estaba su espada y el creciente calor lo embargó por completo. El sudor se secaba nada más formarse. Se le empezó a agrietar la piel ante sus ojos. Si hubiera seguido cayendo, estaría muerto.

Le temblaban las extremidades a causa del esfuerzo mientras se aferraba a la pared de la fisura, cociéndose en su propio pellejo, respirando ese olor nauseabundo. Su corazón latió con más fuerza todavía. Aún estaba en peligro de morir si no salía trepando de allí.

Rune reprimió el impulso de escalar a la carrera, a ciegas, como había hecho durante la bajada. No, tenía que pensar. Trazar un plan. Probar cada punto de apoyo antes de abandonar el anterior.

Pero ¿y si no encontraba más asideros?

Borró ese pensamiento de su mente.

Con tiento, inspiró despacio una pequeña bocanada, lo justo para despejarse la cabeza sin tener un ataque de tos a causa de ese ambiente seco y sofocante, y palpó la pared de la grieta en busca de algo a lo que aferrarse.

No encontró nada.

Lo intentó de nuevo, hincando los dedos a fondo en la tierra. Se le resbaló la mano, descargando una lluvia de piedras y guijarros sobre su rostro, que se le metieron en los ojos y en la boca. Pero tras retirar la arenisca suelta, sus dedos toparon al fin con roca sólida.

«Gracias a Sardin», pensó. El numen de la buena suerte.

Se produjo una nueva oleada de calor abrasador mientras se impulsaba hacia arriba con el primer asidero. Sus músculos se resintieron, pero no podía rendirse ahora.

Despacio, metódicamente, Rune encontró el siguiente asidero, y después otro más. Tardó una eternidad, pero al fin llegó hasta su espada caída. Se impulsó hacia ella, hasta que la tuvo a su alcance, y luego se apoyó en la pared.

En lo alto, la espada de obsidiana golpeó las garras del monstruo, y el rencor aulló. ¿Sería una buena señal? Era imposible saberlo.

Rune agarró su espada, después retrocedió y estuvo a punto de volver a caer por la fisura. La empuñadura quemaba mucho. Pues claro. Llevaba un buen rato horneándose ahí abajo. Se le quedó la palma enrojecida, no tardarían en salirle ampollas. Se sirvió de los dientes para cubrirse la mano con la manga. No sería protección suficiente. Cuando volvió a agarrar la espada, el calor atravesó el tejido y Rune contuvo un pequeño grito de dolor mientras la introducía en su vaina. Después, equilibrando su peso con el de la espada al rojo vivo, término de trepar hasta la superficie.

Los ecos de la batalla se intensificaron, entre golpes secos, chillidos del rencor y gruñidos furiosos.

Un vistazo rápido reveló una escena aterradora: dos figuras en el centro de un mundo reducido a cenizas. Parecía como si se hubiera producido una explosión cuya onda expansiva hubiera derribado los árboles, arrancado de cuajo los arbustos y calcinado todo lo demás. La membrana había contenido los daños, pero si esa lucha no terminaba pronto, el mundo exterior (el bosque, las carreteras, las granjas) sufriría las consecuencias.

Rune no tenía elección. Tenía que ayudar a Noctámbula. O, al menos, proporcionarle una distracción útil.

No se paró a pensar. No se detuvo a preocuparse. Se limitó a actuar.

Saltó desde su extremo de la fisura, alargando los brazos para tratar de alcanzar el otro lado. Rozó las piedras con las yemas de los dedos, se despellejó y se le desencajaron las uñas, pero se aferró al borde, se arrastró para cubrir la distancia restante y, con el mismo movimiento, se impulsó hasta llegar al nivel del suelo.

No había tiempo para celebraciones, ni siquiera para tomar aliento. Rune avanzó renqueante hacia la batalla echando mano de su espada.

El cuerpo del rencor chorreaba una sangre negruzca, que manaba de docenas de heridas. Su vigor estaba flaqueando, pero atacaba y lanzaba zarpazos sin preocuparse por su propia integridad.

La piel chamuscada se desprendía de su cuerpo, ensuciando el suelo.

Pero Noctámbula no iba ganando; jadeaba con fuerza mientras se defendía de los violentos ataques del rencor, y tenía la misma expresión que había esbozado antes de llegar al malsitio, cuando dijo que había olvidado algo.

¿Estaría olvidando cómo luchar?

La espada de Rune ya se había enfriado bastante, pero para su mano quemada y cubierta de ampollas, la empuñadura seguía ardiendo como el fuego. Aun así, la extrajo de su vaina y profirió un grito feroz antes de lanzarse hacia la batalla.

Su espada era de acero, no de obsidiana; sin embargo, el filo atravesó la carne del rencor, que ya estaba muy debilitado.

Al menos, debilitado para ser un rencor. No un ser humano. Fue como cortar una pieza de cuero curtido.

—¡Necio!

Noctámbula apartó a Rune de un empujón, pero el rencor actuó igual de rápido: lo agarró del brazo y lo impulsó hacia él, y la proximidad resultó aterradora. Rune dejó caer la espada.

Sintió una oleada de aliento rancio y caliente en el rostro, acompañado por gotitas de ácido. Unos ojos que parecían estrellas malévolas lo escrutaron, lo sopesaron, mientras ejercían sobre él una temible atracción gravitatoria. El rencor lo deformaba todo: el tiempo, el espacio y la cordura. El monstruo profirió un sonido que recordó a unas palabras:

—Ah, el príncipe pelele. Qué criatura tan lastimosa. Pero mi rey podría hacerte grande.

Rune se estremeció al oír esa voz espantosa, que sonaba como un cristal al hacerse trizas, mientras su mente se nublaba a causa de los tentáculos de la locura.

Entonces, Noctámbula le clavó la espada a la bestia en el ojo, y el filo salió por detrás de su huesudo cráneo.

Una luz numinosa emergió del ojo restante, de la boca del monstruo, de los orificios nasales y de las hendiduras donde deberían haber estado sus orejas. Varias de las púas que tenía en los hombros y en la espalda comenzaron a partirse en dos a causa de ese fulgor deslumbrante.

—¿Qué...? —exclamó Rune.

Noctámbula lo sacó de allí, lo estrechó con fuerza entre sus brazos mientras se arrojaba al suelo con él. Sus alas los envolvieron en la oscuridad.

—¡Agacha la cabeza! —le gritó al oído, justo cuando un tremendo estrépito sacudía el malsitio.

Trozos de carne quemada y restos de una sustancia negruzca salieron despedidos por el aire. Los despojos impactaron contra la membrana y se deslizaron hacia el suelo, creando una imagen nauseabunda.

Cuando Noctámbula lo soltó, Rune estaba temblando, a punto de hundir el rostro en el suelo. Pero una sombra negra de descomposición se extendió por el terreno, dándole las energías necesarias para incorporarse.

—Dime cómo te sientes. —Noctámbula batió sus alas con fuerza para desprender el pringue del rencor de sus plumas negras. Después volvió a plegarlas sobre su espalda. Tenía la piel y la armadura cubiertas de sangre seca, y ella estaba llena de sudor y arañazos. Aun así, Rune jamás había visto a otra criatura tan peligrosamente hermosa—. Príncipe Rune. Dime hasta qué punto estás herido.

Rune era consciente de que se había quedado mirándola fijamente, pero Noctámbula acababa de salvarle la vida, cuando su intención había sido salvarla a ella. Además, había algo significativo en lo que había sentido cuando ella lo tocó.

O quizá no. Tal vez que el encontronazo con el rencor hubiera afectado a su capacidad de raciocinio.

—Estoy bien.

Era mentira. Estaba seguro de que ella lo sabría, porque sus guardias estaban muertos ahí al lado y no había ni rastro de la princesa.

—Atacar al rencor de ese modo... ha sido una imprudencia.

—Intentaba ayudar.

Noctámbula desplegó las alas mientras avanzaba hacia él, y, aunque eran de una estatura parecida, Rune se sintió muy pequeño de repente.

—Yo soy la espada de los númenes, la heroína eterna. Soy la única que se interpone entre vosotros y la oscuridad infinita. No necesito que nadie me rescate.

Rune tragó saliva con fuerza.

—Toma. —Noctámbula se agachó para recoger la espada, después se la arrojó—. Esto es tuyo.

Rune agarró la empuñadura por acto reflejo. Le dolió la mano quemada, pero esta vez no soltó el arma. La enfundó tratando de reprimir una mueca de dolor.

—Gracias.

Noctámbula sacudió su espada para limpiarla y avanzó por los restos del malsitio. En cuestión de minutos, haría desaparecer la membrana para siempre. Rune no pudo verlo, pero sintió cómo la estructura se hacía trizas y caía al suelo. Notó un cambio en la presión del aire. La tensión que se evaporaba. El paso del falso día hacia la noche.

No se le pasó por alto el gesto de dolor de Noctámbula mientras lo llevaba a cabo.

—¿Qué pasa con eso? —Señaló hacia la fisura, que escupía gas caliente y chorretones de roca fundida.

Noctámbula observó la grieta con el ceño fruncido.

—Tendrá que quedarse así, por ahora. Habrá que confiar en que no salga de ella nada peor.

—¿Peor?

—Hay otros planos. Supongo que todo el mundo seguirá sabiendo eso. Es posible que haya más portales enterrados bajo la corteza terrestre. —Posó sobre Rune sus ojos negros—. Tendrías que haberte quedado en el otro extremo. Pude salvarte del rencor, pero no habría podido rescatarte de la fisura. No había tiempo.

Rune no tenía ganas de seguir hablando de sus escasas dotes para la toma de decisiones. Lo había hecho lo mejor posible.

—¿Qué era ese rencor? —preguntó—. ¿Era una especie de príncipe o de general?

Noctámbula ladeó la cabeza.

—Es que parecía muy fuerte. Por lo que he leído, los combates siempre terminaban muy rápido. Pero este... —Rune se apresuró a cerrar la boca. Seguramente no fuera buena idea insinuar que Noctámbula había tenido dificultades para vencerlo.

Ella lo miró fijamente, con un gesto de cansancio que le recordó a Rune lo vieja que era, los miles de años que llevaba cumpliendo con su labor.

—La batalla por vuestras almas nunca ha sido fácil.

Rune agachó la cabeza.

—Hay príncipes, reyes y generales —dijo Noctámbula al cabo de un rato—. Los rencores tienen jerarquías, igual que vosotros, pero ellos se ganan el puesto por medio de la conquista y la muerte, no los heredan por su sangre. No he estado en la Fracción Oscura, pero tengo la impresión de que está gobernada por un millar de reyes distintos. Puede que los rencores que atraviesan el Desgarro sean enviados por un superior jerárquico, pero...

—¿Los propios superiores no suelen venir aquí? —aventuró Rune.

Noctámbula negó con la cabeza.

—Los reyes están atrapados en la Fracción Oscura a no ser que alguien los invoque por su nombre, y una invocación así requeriría una cantidad ingente de poder. Además, ya tienen sus propias guerras interminables para mantenerse entretenidos.

—Entonces, ¿qué quería decir cuando mencionó a su rey?

«Mi rey podría hacerte grande». Rune contuvo un escalofrío.

Noctámbula abrió la boca como si conociera la respuesta, pero no dijo nada. Inspiró hondo y después añadió:

—Antes lo sabía. Estoy segura de que lo sabía, pero ese recuerdo ha desaparecido.

A Rune se le encogió el corazón. Resultaba duro ver a alguien tan fuerte como ella sentirse vulnerable por algo tan insidioso e intangible.

—Si necesitas ayuda —dijo con tiento—, puedes contarme todo lo que quieras recordar y yo lo recordaré por ti. No lo olvidaré. Jamás olvidaré nada de lo que me cuentes, te lo juro.

Noctámbula le lanzó una mirada extraña, exhausta, como si no lo creyera. Finalmente, dijo:

—Soñé con un castillo. Con huesos y muerte. Con una decisión espantosa. —Tragó saliva—. Pero no puedo recordar nada más. Solo ese castillo situado en el centro de la Malicia.

De modo que Noctámbula podía soñar.

—¿Crees que ese castillo tenía algo que ver con un rey rencor?

—No lo sé —repuso molesta—. No recuerdo nada más. Pero he pensado... —Tragó saliva—, he pensado en contártelo, por si acaso lo olvido.

—Ah. —Rune se sintió un poco culpable—. ¿Y qué me dices de tus heridas? ¿Te duelen?

—Me recuperaré. —Le hizo señas para que se reuniera con ella junto al borde del extinto malsitio—. Más deprisa que tú. Enséñame las manos.

Rune las levantó con las palmas hacia arriba; la mano quemada estaba repleta de ampollas, y las dos estaban cubiertas de sangre y mugre.

—Tienes que curártelas —dijo Noctámbula—. Antes de que las heridas se infecten. Ve a ese arroyo. Debo examinar el perímetro para confirmar que no quede Malicia.

Cuando Noctámbula se fue, Rune dedicó un rato a observar los cadáveres en descomposición de sus guardias. Ojalá no lo hubieran acompañado. Ojalá hubiera asumido él solo ese riesgo. Ojalá les hubiera ordenado que se quedaran en Brink.

Pero no lo hizo, y ahora tendría que organizar la repatriación de sus cuerpos. Tendría que notificarlo a sus familias, primero por carta, después con una visita en persona... Si es que accedían a recibirlo.

Desolado, avanzó entre los árboles destrozados y atravesó la zona donde solía alzarse la membrana. A un lado, un frondoso bosque estival. Al otro, los restos de una pesadilla hecha realidad. Después se agachó, lejos del malsitio y de los cuerpos despedazados de sus hombres, y sumergió las manos en las rápidas y frías aguas del arroyo, dejando que la corriente se llevara la suciedad de sus quemaduras. Dolía, pero no le importó. Esa misión había sido en vano.

La princesa no estaba allí.

Pero sí había un rencor.

Solo había una explicación que lo cuadrase todo: el rencor había matado a la princesa Johanne y la alianza se había perdido para siempre. Rune había fracasado.

# 12. HANNE

Estaba fuera. Eso era lo único que importaba.

Hanne se repitió ese mantra mientras atravesaba dando tumbos el bosque de Sendahonda, mientras recorría tambaleándose la carretera vacía, y también cuando atravesó furtivamente una granja.

Aunque debía de ser muy temprano, de madrugada (llevaba ya horas caminando), todo estaba tranquilo y en silencio, como si ella fuera un fantasma al que nadie podía ver.

Mientras avanzaba por el sendero, entre los campos verdes y cargados de trigo y maíz, la amenaza de toparse con algún peligro acechaba en cada esquina. Cada vez que cerraba los ojos, siquiera para parpadear, temía que al abrirlos se encontrase al rencor plantado delante de ella. Su corazón latía tan rápido como el aleteo de un colibrí.

Un granero desvencijado se alzaba sobre el cielo estrellado. Corrió al interior, pero no para descansar; no había tiempo para eso. Lo que hizo fue robar un saco de cereales, un rastrillo y el único caballo del granjero. Ella lo necesitaba más que él. Al fin y al cabo, aunque era obvio que se trataba de una familia pobre (y ahora despojada de su único animal), ellos no habían estado atrapados en un malsitio durante las últimas tres o cuatro semanas... ¿O quizá más? Por todo ello, la necesidad de Hanne era más imperiosa.

Se planteó dejar una joya en su lugar, para así poder convencerse de que estaba comprando el caballo, pero por desgracia no llevaba encima nada de poco valor (hasta los anillos de Nadine valían más que la granja entera), lo que significaba que cualquier cosa que dejara sería considerablemente más valiosa que ese jamelgo viejo que apenas podía tenerse en pie. No sería un trato justo.

Mientras reflexionaba sobre todo aquello, Hanne se montó en el caballo, que cobró vida al sentir su roce, y ella ya no perdió un segundo más planteándose sus alternativas. Las instrucciones del rencor habían sido claras. Azuzó al caballo y salió de la granja lo más deprisa posible.

Estaba fuera.

Eso era lo único que importaba.

En algún punto de la senda de Brink se deshizo del rastrillo robado. No le sería útil como arma si la asaltaran en la carretera y era tan aparatoso que solo servía para ralentizarla. Si el rencor cambiase de idea y decidiera volver a encerrarla en ese lapso temporal, nada podría salvarla.

La violencia de la voz del rencor, el siseo agonizante de la hierba marchita a causa del ácido que goteaba desde su piel de hongo: esos fueron los recuerdos que arrastró a su paso mientras huía para salvar la vida.

Después evocó el momento efectivo de su huida, que fue aún más aterrador. El rencor se acercó a ella (Hanne temió que la enviase de vuelta a la Fracción Oscura), pero luego la rodeó, dejando un olor desagradable a su paso. El monstruo se detuvo junto al borde del malsitio, abrió una hendidura en la membrana, como si estuviera escindiendo la piel de un melocotón, y retiró una porción lo bastante grande como para que Hanne pudiera pasar a través de ella.

Por alguna razón, esa raja en el malsitio le resultó aún más espantosa que aquel muro liso e irrompible, porque en el punto donde colisionaban las dos realidades, un destello musgoso y untuoso permeaba el aire. Se le metió en los pulmones, aferrándose a las finas capas de tejido de esos órganos tan delicados, de manera que cuando tomaba aire y lo soltaba, se oía un ruido sibilante.

A pesar de todo, Hanne salió del malsitio sin pensárselo dos veces, porque parecía del todo posible que el rencor cambiase de idea. Ahora, azuzó al caballo con más fuerza, desesperada por poner toda la distancia posible entre el malsitio y ella. Aunque hubiera podido volar hasta el otro extremo del mundo, seguiría sin ser suficiente. (Cualquier persona sabía que el otro extremo del mundo estaba cubierto de oscuridad y que jamás volvería a ser habitable, pero eso era otra cuestión).

Las pezuñas del caballo traquetearon sobre el camino de tierra. Tanto Hanne como el jamelgo robado estaban bañados en sudor. Pero ella no quería ni podía aflojar el paso. Ni siquiera cuando se sintió mareada. Ni siquiera cuando la respiración del caballo se tornó jadeante y trabajosa. No iba a permitir que ninguno de los dos se detuviera.

—Más rápido —lo instó.

Los eruditos impartían clases sobre la velocidad de la luz, demostrando que el fulgor de una vela llegaba al otro extremo de una habitación instantáneamente, mientras que una persona necesitaría varios segundos para llegar hasta allí. Decían que nada era más rápido que la luz, pero Hanne sabía la verdad: la oscuridad tenía las alas más raudas de todas.

—Más rápido —suplicó, pero no consiguió dejar atrás el miedo. La seguía allá donde fuera.

Aun así, había sobrevivido. Había superado una prueba que pocos podrían imaginar. Sí, siempre tendría miedo, pero en comparación con ese espanto, todo lo demás parecía pequeño. Había conocido de primera mano esa oscuridad, así que no valía la pena temer nada más.

—No tengo miedo —susurró.

Pero sí lo tenía.


Horas después, el caballo trastabilló.

Hanne le examinó las pezuñas en busca de piedras, después le palpó las piernas nudosas por si tenía heridas o contusiones.

Nada. Sencillamente, estaba exhausto, una sensación que ella conocía de sobra. Apenas podía mantenerse en pie.

Como pudo, guio al caballo hasta un arroyo lento, pero profundo, cuyas aguas parecían láminas de cristal ondulado bajo la luz de la luna, y los dos bebieron hasta que ya no les cupo más en la barriga. Hanne había racionado el agua durante semanas, con temor a beber más de dos o tres sorbitos. Ahora se resarció salpicándose la cara, dejando que le corriera por la barbilla mientras bebía con avidez.

Cuando el caballo se tendió junto a la orilla y se durmió, Hanne se unió a él, apoyada sobre su flanco sudoroso mientras se dejaba llevar hacia las pesadillas que acechaban en su mente. Solo cuando se le cerraron los ojos, advirtió por fin el hecho de que el cielo seguía oscuro, tachonado con una espiral de estrellas y un halo de luz de luna, pese a que había cabalgado durante horas. Aquello le produjo una punzada de inquietud, era el indicio de que algo andaba mal, pero entonces la venció el sueño, cubriendo esas inquietudes con una fría niebla.

Los sueños acudieron rápidamente, todos ellos plagados por el horror de la Fracción Oscura. La inquietud se extendió por sus huesos en forma de vibraciones que estremecieron sus pensamientos, su aliento y el mundo que la rodeaba. Mientras dormía, la hierba que había bajo su cuerpo se tornó marrón y quebradiza.

Cuando se despertó, había vuelto a oscurecer —¿o seguía igual de oscuro que antes?—, y no se detuvo más que para engullir otro ávido trago de agua. Después se montó en el caballo y salieron al galope.

Siempre al galope.

Durante un tiempo, cabalgó a lo largo de la senda de Brink, pero pronto llegó hasta un cruce de caminos: la senda continuaba hacia el este, hacia la capital de Caberwill, hacia Nadine y hacia un ejército; la otra carretera se extendía de norte a sur hacia Ivasland, discurriendo entre las montañas y trazando una curva alrededor del fulgor ominoso del Malfreno. Un imponente letrero enumeraba los principales pueblos con los que se toparía en cada dirección.

Cerca del letrero había un pequeño altar dedicado a Vunimmi, el numen de los cruces de caminos. Baratijas, velas medio consumidas y monedas de poco valor cubrían la superficie; ofrendas para pedirle a Vunimmi un trayecto seguro y buen tiempo, con independencia de la senda escogida.

El único numen al que Hanne veneraba era Tuluna, pero aquella parecía una buena oportunidad para ganarse el favor de otra deidad. Dirigió al caballo hacia el altar y espolvoreó una pequeña cantidad de cereales sobre la piedra. No advirtió el modo en que se ralentizaban los granos al caer de sus dedos; estaba demasiado agotada, demasiado maltrecha.

—¿Qué camino debería tomar, Tuluna? —susurró. Ahora que estaba fuera del malsitio, seguro que la numen volvía a hablar con ella.

Pero solo había silencio en el fondo de su mente.

Tendría que tomar la decisión por sí misma.

El camino del este era el que pretendía tomar antes de que todo eso empezara. La senda del sur era la que le había indicado el rencor.

La embargó la incertidumbre. Lo que el rencor le exigía era una aberración. Una traición, incluso para una princesa. Pero el monstruo había prometido enviarla a la Fracción Oscura si no obedecía.

Sin duda, Tuluna la protegería. Al fin y al cabo, fue su influencia la que había lanzado a Hanne hacia los brazos de Rune Highcrown en un primer momento.

Con el corazón acelerado, Hanne sacudió las riendas y se dirigió al este, rumbo a su destino.

Percibió un olor desagradable, cargado de ozono y mezclado con el hedor viscoso y dulzón de la muerte. Por el rabillo del ojo, vio una silueta pálida que merodeaba cerca del letrero del camino, con un brazo largo y lleno de articulaciones apuntando hacia el sur.

Estaba allí. El rencor.

Hanne gritó y pegó un tirón de las riendas, provocando que el pobre caballo se encabritara, pero cuando volvió a mirar, la zona que rodeaba el letrero estaba vacía y el aire olía tan solo a flores silvestres y sudor equino.

El rencor no estaba allí. O ya no estaba. No había forma de saberlo.

Daba igual. Antes de que pudiera replantearse sus actos, Hanne hizo que el caballo girase hacia el sur. Había sido una ingenua al confiar en que el rencor no se enteraría de su desobediencia. Claro que se enteraría.

Azuzó al caballo para avanzar al galope, rumbo al sur y alrededor del Malfreno. Nunca había sido tan consciente de la existencia de la gran cúpula, pero ahora su presencia era como una mancha constante en su mente que se negaba a ser ignorada mientras centelleaba con una energía arcana.

Y ahora que conocía la clase de atrocidades que acechaban en su interior...

Si hubiera podido dar un rodeo más grande para evitar el Malfreno, lo habría hecho, pero la rapidez era más importante que su comodidad. Cuanto antes llegara a Ivasland y cumpliera el encargo del rencor, antes podría regresar a su verdadera vida.

Todo eso quedaría atrás algún día, sería una historia que repasaría con Nadine cuando las dos fueran ancianas y estuvieran lejos de todo ese espanto.

O eso esperaba. (Por supuesto, no quería hacerse ilusiones vanas).

Después de esa primera vez, apenas se detuvo para dormir, solo se paró cuando el caballo flaqueaba, porque no podía permitirse perder a su montura robada. Le permitía descansar cuando era necesario e intentaba hacerlo ella también, pero era imposible sentirse a salvo.

Porque puede que el rencor la estuviera persiguiendo.

Porque lo que estaba a punto de hacer fuera una locura.

Porque, aunque pareciera imposible, el cielo seguía oscuro.

Llevaba oscuro todo ese tiempo. Cuando había descansado la otra vez, no se había pasado un día entero durmiendo. No, el cielo estaba igual de oscuro a todas horas. Tal vez siguiera así para siempre. Había escapado del malsitio solo para descubrir que el mundo se había quebrado por completo durante su ausencia.

¿Se trataría de una incursión?

De ser así, ¿habría logrado Nadine llegar hasta Brink?

Hanne azuzó al caballo para que corriera aún más rápido.

## 13. NOCTÁMBULA

«*Te faltó poco para perder ese combate* —susurró siniestra la voz de su mente—. *Estuviste a punto de perder a tu príncipe. ¿Y qué habrías hecho entonces? ¿Volverte a dormir? ¿Dejar que la oscuridad se extendiera sobre Salvación?*».

Noctámbula trató de ignorar a la voz, pero tenía razón. El príncipe Rune también la tenía. Le resultó difícil matar al rencor, pero no porque fuera un príncipe ni un general. No, se trataba de un rencor corriente. Era ella quien estaba mermada.

Quizás la antigüedad del malsitio explicara la dificultad que tuvo para destruirlo, pero ese rencor era como cualquier otro, y Noctámbula no debería haber experimentado ese dolor debilitante y cegador mientras lo combatía.

Peor aún: había mencionado a un rey, lo cual significaba... ¿qué? Ojalá pudiera recordarlo.

Ojalá.

Noctámbula dejó de caminar.

En algún punto, a lo lejos, cantó un pájaro. Fue un trino agudo y cauto. Otro respondió. La fauna comenzó a desperezarse. Notó varias miradas sobre ella: pinzones y gorriones, ardillas y zarigüeyas. Poco a poco, la vida regresó a esa sección del bosque, observándola desde la seguridad de los árboles, mientras Noctámbula se situaba ante la fisura, esa grieta tallada en el mundo. Le alcanzaron un fulgor rojizo y un hedor espantoso.

*«¿Cuánto falta para que lo pierdas todo?».*

Noctámbula cerró los ojos mientras sus pensamientos se remontaban hacia atrás, hacia ese escalofriante momento en que el príncipe Rune desapareció por la fisura, hacia lo deprisa que había sucedido todo.

Después, se había producido un estallido de energía que derribó todo cuanto había dentro del malsitio. El rencor. Los árboles. Incluso a Noctámbula.

Y provenía de ella.

De haber sido humana, aquello habría supuesto un vuelco en el estómago o un grito gutural de devastación completa y absoluta. Pero, para ella, el estallido emocional había sido físico, real y palpable, una descarga que arrancó plantas de raíz y amenazó con desgarrar el cielo.

El rencor se había recobrado primero, luego atacó, y ella no tuvo oportunidad de plantearse lo que había hecho, ni por qué. Pero ahora podía evaluar lo sucedido con más serenidad. Durante toda su existencia, solamente había existido un alma por la que ella habría sido capaz de destruir el mundo con tal de salvarla.

Un alma, muchas personas.

No siempre podía reconocer de inmediato a su alma gemela. Los humanos eran criaturas muy complejas, y aunque el alma fuera la misma, el cuerpo, la mente y el corazón eran diferentes. La persona era diferente.

¿Sería el alma del príncipe Rune un fragmento de la suya propia? Eso explicaría ese atisbo de familiaridad que sintió cuando se conocieron en la torre, o el terror que experimentó al verlo caer, o la oleada de alivio que la asaltó cuando regresó a la superficie.

Los miembros de la realeza resultaban un inconveniente como almas gemelas, por más que ese príncipe tuviera muchas cosas buenas (aparte del hecho de que era la única persona viva que parecía apreciarla). Sentía una preocupación sincera por su reino y se había puesto en peligro porque creía que ella necesitaba ayuda. (Quizá fuera cierto). Rune era buena persona. Una persona bondadosa.

Noctámbula podría tolerar esos inconvenientes por alguien como Rune Highcrown.

En el fondo, era su papel como caballero del alba lo que complicaba las cosas. Si también era su alma gemela, entonces no podría ser su caballero del alba, porque los caballeros morían. Noctámbula no podría protegerlo y pedirle a la vez que se lanzara hacia la batalla. Tendría que anular el juramento de Rune, y seguro que eso le dolería tanto como una agresión física.

Pero tal vez no fuera su alma gemela. Quizás su reacción ante su caída la hubiera provocado el miedo a perder a otra persona.

Noctámbula se envolvió entre sus alas y alzó la mirada hacia las estrellas. «Por favor», rogó a todos los númenes, aunque en el fondo no sabía qué les estaba pidiendo.

*«De todos modos, no te escucha.* —Aquella voz se enroscó alrededor de su corazón y lo estrujó—. *Nunca te escuchan»*.

Esta vez, todo estaba yendo muy mal.

Noctámbula se arrodilló junto a la fisura y repasó los nombres y los rostros que su alma gemela había ostentado a lo largo de la historia. Estuvo el criador de caballos, que la ayudó a ver a los equinos con otros ojos. Hubo un minero, que tenía en su casa un pequeño altar dedicado al numen de la plata. Y también hubo una mujer que tenía la casa llena de instrumentos musicales. Noctámbula asistió a su primera actuación y...

Y ¿qué?

Una estrella centelleó en su mente: la actuación. Recordaba haber entrado en el auditorio, pero lo demás estaba en blanco.

—No.

Noctámbula presionó las yemas de los dedos sobre la tierra quemada y ennegrecida, pero mientras intentaba aferrarse a esos instantes, a esos preciados fragmentos de su historia, otro más pasó de largo, y después otro, arrastrados por el monstruo que le robaba los recuerdos.

Profirió un sollozo ahogado, sujetando la tierra dentro del puño, pero los granos también se escurrieron entre sus dedos flexionados. Nada permanecía inmutable para siempre.

Un rato después, el príncipe Rune y Noctámbula acamparon junto a la senda de Brink, donde seguían atados todos los caballos.

—Lo siento —dijo ella.

—¿Por qué?

—Por la pérdida de tus guardias. Y de la princesa. Sé lo que significaba esa alianza para ti.

Rune le lanzó una mirada que ponía en duda que pudiera entenderlo, pero luego agachó la cabeza.

—Estoy harto de perder a la gente —dijo en voz muy baja.

Ella también.

Noctámbula sacó un botiquín de una de las alforjas, se quitó los guanteletes y se enjuagó las manos con la ayuda de un odre. Durante un rato, los dos observaron cómo se desprendían la sangre, la mugre y el sudor.

—No fue culpa tuya —dijo ella mientras se secaba las manos con un trapo limpio.

—Yo diría que sí.

Noctámbula abrió el botiquín.

—Dame las manos. Primero la quemada.

Rune sostuvo en alto la mano cubierta de ampollas, con la palma hacia arriba. Tenía un aspecto horrible, como un filete a medio cocinar, pero Rune disimulaba el dolor que le causaba detrás de una mandíbula en tensión y una expresión estoica.

Noctámbula aplicó una cantidad generosa de un ungüento plateado sobre las quemaduras más graves. El príncipe resopló, pero no apartó las manos.

—Si te duele, avisa —dijo ella.

—No importa que duela —masculló.

Noctámbula lo curó de un modo rápido y concienzudo.

—Dime qué vas a hacer ahora. Podrías organizar el certamen de los caballeros del alba. Para formar un ejército que me siga hasta la Malicia.

El príncipe Rune suspiró hacia la oscuridad.

—Lo intentaré. Pero cuando el Consejo de la Corona descubra que la princesa Johanne ha muerto, es probable que intenten reemplazarme por una de mis hermanas —le contó en confidencia—. No me perdonarán este nuevo fracaso.

—Nuevo fracaso —murmuró ella mientras se enjuagaba los restos del ungüento de las manos. Su cuerpo se curaría solo.

—En Caberwill, los hermanos menores son los protectores del príncipe heredero. También era así antes, ¿verdad? Durante la monarquía de los Skyreach.

Noctámbula asintió. Al menos, ese detalle lo recordaba. Por ahora.

—Yo no soy el mayor. Mi hermano estaba destinado a ser rey y a mí me adiestraron para ser su protector. Pero cuando Ivasland envió a un asesino, fracasé. Toda su guardia fracasó, la verdad, pero proteger su vida era responsabilidad mía, por encima de la de nadie más. Mi hermano había ido a rezar, como hacía siempre. Y como su protector, yo siempre lo acompañaba, aunque...

Se hizo un breve silencio entre ellos.

—Aunque no creas —aventuró ella mientras extraía un vendaje del botiquín.

—Sí que creo. —Rune la miró a los ojos—. Siempre he creído en los númenes. ¿Cómo podría no hacerlo? Tenemos el Malfreno y los malsitios, todos esos indicios de la existencia del mal. Así que también ha de haber un bien. Pero también creía que los númenes me ignoraban. Que ignoraban mis problemas y mis anhelos.

Noctámbula le anudó el vendaje alrededor de la mano quemada, sin apretar demasiado.

—Un día le dije a Opi... es decir, a Opus IV, que fuera a la capilla privada de la familia y que me reuniría con él más tarde. No tenía motivos para perderme los oficios. Sencillamente, no me apetecía ir. Así que me los salté. Él fue. Pasé la hora leyendo en la cama y, cuando fui para allá, me lo tomé con calma.

»Mi hermano estaba saliendo de la capilla cuando llegué. No había más guardias, porque se suponía que yo estaría con él. Mientras avanzaba por el pasillo, vi una sombra que se movía y después un cuchillo...

Rune comenzó a apretar el puño, pero puso una mueca de dolor y apoyó la mano sobre su rodilla, con la palma hacia arriba.

—No pude llegar hasta él a tiempo. El asesino le rebanó el pescuezo delante de mí, y no hubo nada que pudiera hacer para salvarlo.

Noctámbula tragó saliva con fuerza.

—Y ahora todo tu dolor está contaminado por la culpa.

Ella conocía bien ese sentimiento.

—Sí. —Esa afirmación sonó brusca. Áspera.

Noctámbula volvió a abrir el ungüento y le curó la otra mano a Rune, aunque estaba mucho menos afectada que la anterior.

—No es cierto... que los númenes no se preocupen. Sí que lo hacen.

Sus miradas se cruzaron en la oscuridad.

—Hace miles y miles de años, los númenes y los rencores libraban grandes y devastadoras batallas a lo largo del plano laico. Los mortales morían en cantidades ingentes, abatidos por los ejércitos de la Fracción Oscura. Entonces, sucedió lo peor: la abertura entre los planos laico y numinoso empezó a cerrarse. Los númenes quedarían expulsados de su hogar, a no ser que se retirasen de la guerra.

El príncipe Rune no dijo nada, pero un silencio pesado y expectante se asentó entre ellos.

—En vez de dejar este mundo a su suerte, dedicaron sus últimas horas en el plano laico a volver a introducir a los rencores por el Desgarro. Muchos fueron masacrados, pero lograron levantar el Malfreno... y me forjaron a mí.

Noctámbula no solía hablar a menudo de su creación —era algo muy íntimo—, pero en el pasado los humanos conocían la historia a grandes rasgos. Sin embargo, en conjunto, la habían ido olvidando con el paso de los milenios. Y ella ni siquiera se había dado cuenta.

—Luego se marcharon —dijo el príncipe en voz baja—. Cuando el Malfreno estuvo terminado y tú fuiste... —Frunció el ceño antes de decir esa palabra—. Cuando fuisteorjada, los númenes se marcharon. ¿Cómo pudieron abandonarnos, si de verdad les importábamos?

La realidad no era tan sencilla. Los númenes dejaron una serie de artefactos, reliquias como la espada y la armadura de Noctámbula, los altares para la invocación, entre otras cosas, y todo ello estaba pensado para ayudar a defender el mundo. Antaño, Noctámbula creía que unos cuantos númenes habían permanecido allí, o bien porque no pudieron soportar la idea de marcharse, o bien porque el portal se cerró sin ellos, pero nunca había encontrado pruebas fehacientes de aquello. Ni siquiera podía recordar por qué había pensado eso.

Miró al príncipe Rune, que parecía frustrado.

—Imagínate la elección: concederles a tus seres queridos una oportunidad para sobrevivir y luego volver a casa; o quedarte a luchar, sin conocer el desenlace, sabiendo tan solo que jamás podrás volver a tu hogar.

—Yo me quedaría a luchar.

—Dime la verdad —replicó ella.

—Esa es la verdad. Me quedaría a luchar, sin importar el precio.

Los humanos decían cosas así, pero rara vez las decían en serio. Esa era la diferencia entre lo que querían ser y lo que eran en realidad. Noctámbula no los culpaba por ello.

—Los númenes eligieron volver a casa —dijo—. Tras concederle a la humanidad la mejor oportunidad para sobrevivir, regresaron a un lugar con una luz y una belleza incomparables, donde el aire huele a miel y el dolor es una cosa lejana.

Su voz se tornó suave, cargada de añoranza.

—¿Has estado allí?

—No. —Noctámbula dejó caer los hombros—. No tuve oportunidad de hacerlo antes de que el portal se cerrara, pero me inculcaron el conocimiento sobre ese lugar.

Cuando era joven, Noctámbula creía que los númenes no la llevaron a su plano porque no querían que añorase aquello que no podría tener. Ahora conocía la verdad: nunca había ido a ese lugar de paz absoluta porque era una criatura forjada para una guerra infinita.

—Si nos amasen —susurró el príncipe Rune—, si te amasen a ti, se habrían quedado.

El príncipe lo dijo con mucha convicción y ella no estaba de humor para discutir, así que terminó de vendarle la mano y cerró de golpe el botiquín.

Las varas luminosas se habían consumido ya, así que Noctámbula sacó una manta y se la ofreció al príncipe.

—Descansa un poco.

# 14. HANNE

Sus temores eran infundados. El mundo no estaba más quebrado de lo habitual; era Hanne la que había cambiado, la
que se desplazaba a una velocidad superior a la del resto.
Cuando el amanecer se extendía por el mundo y la gente
comenzaba a salir de sus casas, solo veían una sombra oscura por
el rabillo del ojo: la imagen borrosa de un caballo marrón y un
vestido azul, como si un gigante hubiera emborronado el mundo
con el pulgar.

Cuando veían pasar a la princesa Johanne Fortuin a lomos
de su caballo, creían que eran imaginaciones suyas.

Aquellos que vivían cerca del Malfreno estaban acostumbrados a que las alucinaciones les jugaran una mala pasada.

Pero Hanne no lo sabía, no podía saberlo, pues toda su
atención estaba puesta en escapar. A pesar de todas las evidencias, no tenía ni idea de que seguía habitando en un marco temporal distinto al del resto del mundo.

Finalmente, cuando dejó atrás a toda velocidad las gigantescas estatuas de los héroes más vetustos de Caberwill, cuando
atravesó varios pueblos con casas de madera y cruzó puentes cubiertos, amaneció. Para todos los demás habitantes del mundo,
fue un amanecer normal, pero para Hanne, duró varias horas.

Una por una, las estrellas desaparecieron del cielo oscuro,
tan despacio que Hanne habría tenido tiempo de contarlas si
hubiera querido. La negrura dejó paso a un azul aterciopelado, con
atisbos rosados y coralinos que se extendieron por el horizonte, ti-
ñendo las nubes esponjosas. Al mismo tiempo, los madrugadores

pájaros comenzaron a cantar a la gloria de la luz inminente. Hanne no reconoció su canto al principio, porque era un sonido muy extraño, como un zumbido en los oídos, pero un breve trino (que para ella duró varios minutos) resonó en su mente y entonces lo comprendió: los pájaros estaban dándole la bienvenida al amanecer. Muy despacio.

No. Lo que ocurría era que ella iba muy deprisa.

No quiso pensar en lo que implicaba eso.

Cuando la luz se filtró en el profundo cañón tallado entre dos montañas, Hanne aceleró el paso, forzando siempre a su montura hasta el límite, concentrándose tan solo en el avance que había realizado. Cuando emergió del cañón, a través de la región meridional de Caberwill, el alba extendió su largo manto dorado sobre las llanuras, haciendo que los campos de trigo y heno centellearan como monedas.

Aún era muy temprano cuando Hanne llegó a la frontera.

Al otro lado de un muro bajo de piedra, que se extendía desde el Malfreno hasta el mar, se encontraba Ivasland.

No era un muro imponente, solo un puñado de rocas viejas apiladas en un intento de línea recta, y seguro que la gente lo saltaba a todas horas. La leyenda aseguraba que había magia en esas piedras, pero dependiendo de quién contara la historia, o bien era una magia numinosa para dividir los tres reinos, o una magia maliciosa que manaba del Desgarro. Hanne no creía ninguna de las dos versiones, ya que las fronteras eran tan porosas como un manto de encaje, y lo único que impedía que la gente cruzase hacia donde no debía eran las patrullas bien armadas.

Ese paso estaba, como esperaba, repleto de guardias, trabajadores y autoridades de aduanas a ambos lados del muro. Al parecer, se encontraban en proceso de dejar pasar a un grupo a través de la amplia verja. Todos estaban muy serios, conscientes de que la tensión entre los reinos podría desembocar en una guerra sin cuartel en cualquier momento.

Pero lo cierto era que hasta los países al borde de un baño de sangre necesitaban cosas unos de otros, así que cuando Hanne se adentró con su montura robada entre esa gente que avanzaba tan despacio, divisó cosechas, luces químicas de diferentes formas y tamaños, y materias primas dentro de los carros y carretas.

Cuando atravesó las puertas, se detuvo antes de salir por el otro lado. Aparte de la Malicia, ese cruce de fronteras era uno de los tres únicos lugares neutrales de toda Salvación. (Había que sumar la isla de Ventisca, donde vivía Noctámbula, pero Hanne casi nunca pensaba en ella). Contempló a los habitantes de los dos reinos enemigos, observó cómo la brisa alborotaba sus ropajes y cómo sus expresiones cambiaban de forma insignificante y casi imperceptible. Hasta sus voces sonaban más lentas, graves y distorsionadas de lo normal.

Comprendió que debía moverse, porque, aunque era más rápida que ellos, quedarse en un mismo sitio durante mucho tiempo era peligroso. No debían capturarla. No con el recuerdo de las punzantes palabras del rencor todavía fresco en su mente y el hedor del ozono flotando en el ambiente.

Pero esas eran las primeras personas que veía en semanas, según su concepción del tiempo, y no se había dado cuenta de lo mucho que añoraba ver otros rostros. Los últimos que había visto fueron los de Nadine, Rune y unos cuantos soldados. Desde entonces, había estado a punto de morir mil veces. Experimentar algo así te aporta una nueva perspectiva.

Ninguna de esas personas tenía nada de especial: eran rostros vulgares, empapados de sudor y arrugados por la inquietud, pero Hanne disfrutó mirándolos a pesar de todo. Eran humanos. Humanos de verdad.

Un hombre la miró.

A Hanne le dio un vuelco el corazón cuando una cacofonía formada por varias docenas de voces recobró su tono habitual. Alguien se cruzó por delante de su caballo. Una mujer gritó. Y un dolor intenso y ardiente se le extendió desde los huesos y le atravesó piel hasta que creyó que iba a explotar.

Pero cuando varios desconocidos más se giraron para mirarla, todo se detuvo. El dolor. El movimiento de los demás. Hanne recuperó su velocidad, aunque encorvada y con náuseas provocadas por ese dolor lacerante.

Se enderezó y echó un vistazo en derredor para ver qué había cambiado. El primer hombre que la había visto tenía los ojos como platos en un gesto de espanto. Otros la estaban señalando. Uno había empezado a abrirse camino entre la multitud, alejándose de ella.

Tenían miedo de una joven que se había materializado de repente entre ellos.

No tenían ni idea de cómo era la verdadera oscuridad.

Conteniendo el pánico, Hanne azuzó a su caballo, que estaba nervioso, y atravesó la frontera lo más rápido posible, levantando una nube de polvo a su paso.

Era imposible seguir ignorándolo. De alguna manera, Hanne se había llevado consigo parte del tiempo escurridizo del malsitio. Quizá se debiera a las bayas que había comido o al agua que había bebido, o quizá lo absorbió del propio aire. Pero, fuera como fuese, el efecto se estaba agotando.

# 15. NOCTÁMBULA

Cuando el alba tiñó de morado el cielo, Noctámbula y el príncipe Rune se levantaron y vieron a un hombre plantado junto a los restos envueltos de los guardias caídos. Noctámbula los había trasladado la noche anterior mientras el príncipe fingía dormir.

—¡John! —El príncipe Rune se acercó renqueando al guardia y se pusieron a hablar, contemplando los cadáveres cada poco tiempo.

Noctámbula les dejó un rato de privacidad, aprovechó el tiempo para cargar los cuerpos sobre los caballos. Después, sumidos en un silencio meditabundo, cabalgaron de vuelta hacia Brink, con los caballos atados entre sí formando una cadena silenciosa. Ascendieron por caminos secundarios hacia el castillo, evitando la ciudad para no alarmar a nadie con su macabro cargamento.

A pesar de todo, su llegada no pasó desapercibida. Varios centinelas se adelantaron y, para cuando llegaron a los establos y entregaron los caballos a los mozos de cuadra, los reyes de Caberwill los estaban esperando con una pequeña tropa de mortales ataviados con ropa elegante apiñados a su alrededor. Noctámbula recordaba haber visto varios de esos rostros en la sala del trono, pero ahora no se molestaron en disimular el miedo y la aversión que ella les provocaba.

En fin, Noctámbula seguía cubierta de sangre y entrañas de rencor. A la gente nunca le había gustado verla así, ni siquiera cuando la estimaban. Además, llevaba los cadáveres de seis personas a las que no había podido proteger.

—Es el Consejo de la Corona —le explicó el príncipe Rune en voz baja. Permaneció a su lado, con una tensión palpable en los hombros y los puños—. La mitad del grupo. Rupert Flight es el del imperdible con el león alado y el rostro fácil de olvidar; es el canciller de la información, el maestro de espías. Charity Wintersoft es esa mujer elegante que mira a todo el mundo por encima del hombro. Stella Asheater, la galena mayor y Dayle Larksong, el sumo sacerdote. Estoy bastante seguro de que el Consejo al completo nos odia ahora mismo a los dos.

—No he venido a hacer amigos.

—De momento, has hecho un buen trabajo.

—Gracias.

Los reyes se adelantaron hasta quedar bajo un haz de luz que se proyectaba entre los parapetos del castillo. La reina Grace flexionó el dedo índice y, con un suspiro de resignación, el príncipe Rune se irguió y cabalgó hacia sus padres. Mientras avanzaba, se convirtió en un joven distinto, con una pose cargada de rigidez, preparado para una posible reprimenda.

El grupo observó al príncipe como si fuera una babosa: convencidos de que tendría algún propósito en el mundo, pero preguntándose por qué tenía que estar precisamente allí.

—No está la princesa —comentó el rey. No hacía falta, aunque a veces la gente decía cosas solo por su efecto dramático.

Los consejeros se miraron entre sí y cuchichearon, pero el príncipe Rune estaba preparado para eso:

—Por desgracia, la princesa fue asesinada poco antes de nuestra llegada. Ojalá no hubiéramos perdido tanto tiempo discutiendo sobre la forma de proceder.

—¿Se cuenta entre los cadáveres que habéis traído de vuelta? —preguntó la reina Grace.

Un halo de inquietud se extendió por el patio del establo.

—Me temo que no había ningún cadáver que recuperar —respondió el príncipe—. Solo estaba el rencor. Mató a mis guardias. A todos menos a John, que se reunió con nosotros esta mañana.

Se oyeron gritos de asombro.

—¿Lo visteis? —preguntó el sumo sacerdote Larksong.

—¿No fue un simple ataque de histeria de lady Nadine? —murmuró Flight.

Todos se quedaron mirando a Noctámbula.

—¿Lo mataste? —preguntó la reina. Esa era la primera pregunta importante que formulaban.

—Sí.

Un suspiro colectivo de alivio se extendió por el patio.

—Te damos las gracias —dijo la reina—. El rencor al que has matado podría haber sido una gran amenaza para la seguridad de Caberwill. Por lo visto, fue un rival formidable.

Todos volvieron a fijarse en los cadáveres.

—Murieron protegiendo al príncipe heredero —dijo Noctámbula, porque la gente necesitaba esa clase de reafirmación, necesitaba saber que la muerte tenía un propósito, que había sido afrontada con valentía. Eso les reportaba consuelo.

—Entiendo —murmuró la reina Grace. Después añadió, más alto—: Te damos gracias por tu rápida intervención y te invitamos a alojarte en el Bastión del Honor. Tus viejos aposentos están siendo reacondicionados, y los sirvientes asignados se asegurarán de tenerte preparado un baño en el plazo de una hora.

Ese no era el grado habitual de gratitud que recibía Noctámbula, pero desde luego era más de lo que esperaba de los Highcrown, dada la fría recepción del día anterior.

—Gracias —dijo. La verdad es que tenía muchas ganas de darse un baño.

*«Solo lo hacen para mantenerte alejada de los demás reinos».*

—Confiamos en que aproveches tu estancia aquí para purificar los malsitios que asolan el reino —prosiguió la reina—. Seguro que Rune te ha explicado que llevamos padeciéndolos desde hace cuatrocientos años.

*«Ayer les daba igual —susurró la voz—. No están sufriendo tanto como aseguran. Están acostumbrados a la Malicia».*

Era difícil disentir con esa afirmación, aunque apenas conocía a los Highcrown desde el día anterior. No era tiempo suficiente para formarse una opinión.

—Por supuesto que eliminaré los malsitios. Tengo que purificar uno en Embria y otro en Ivasland, y luego regresaré a Caberwill.

Noctámbula no podía mostrar favoritismos. Los reyes fruncieron el ceño, pero ninguno de ellos replicó; el miedo seguía acechando detrás de sus ojos. Al cabo de un rato, el rey Opus dijo:

—Entiendo. En cualquier caso, nos sentimos aliviados de que la incursión se haya zanjado con rapidez.

—Aún no está zanjada, padre.

Rune rebuscó en su morral y, a pesar de tener las manos vendadas, consiguió abrirlo y extraer un saco de lona. Lo arrojó a los pies del grupo y el contenido se desperdigó sobre los adoquines, despidiendo un hedor a amoníaco y podredumbre.

Al principio, solo parecieron pegotes de limo negruzco y ternilla blanca, pero el espantoso hedor y el sonido viscoso que profirió hicieron retroceder a los presentes.

Noctámbula sonrió ligeramente. Antes de partir del malsitio, el príncipe Rune se había alejado para estar un rato a solas. Ella pensó que quería aliviarse en privado. Ahora comprendía que había estado recogiendo fragmentos del rencor. Confió en que no los hubiera tocado directamente.

—Eso ha estado fuera de lugar —murmuró una mujer de rostro anguloso desde el grupo de nobles.

El rey se giró hacia un secretario, que ya tenía preparados pluma y papel.

—Toma nota para que hablemos sobre el comportamiento de mi hijo en la reunión del Consejo de esta tarde.

—¿Una reunión? —El príncipe Rune avanzó hacia ellos, furioso—. ¿¡Una reunión!? Tenemos problemas más acuciantes que la opinión que tengáis sobre mí. Primero, la incursión se está produciendo en estos momentos. Las fuerzas del interior de la

Malicia no se limitan a un rencor. Vendrán más. Cientos de miles más, y arrasarán cada reino, incluido Caberwill.

Alguien, situado al fondo del grupo, soltó una risita. Una de esas risitas nerviosas que denotaba que no quería creerse esa afirmación, pero aun así lo hacía. Un poco.

—Y segundo —prosiguió el príncipe—, cuando nuestro pueblo descubra que sus temores estaban justificados, os culparán a vosotros. Esta incursión comenzó en nuestro reino. Bajo vuestra vigilancia. Padre. Madre. Vosotros sois los regentes que os negasteis repetidamente a escuchar la verdad que os relataba vuestro propio pueblo.

La furia le hizo jadear, habría apretado los puños de no ser por los vendajes. Rune no era el aliado perfecto, debido a los secretos que le estaba ocultando a Noctámbula, pero al menos parecía preocupado por la inminente oscuridad.

—¿Y qué propones que hagamos? —inquirió el rey con tono impasible—. Ya estamos librando una guerra en dos frentes. ¿Quieres que añadamos un tercero?

—El tercer frente siempre ha estado ahí. —Noctámbula dio un paso adelante, provocando que un número significativo de consejeros retrocedieran—. Hace mucho tiempo decidisteis ignorar los indicios, porque preferís guerrear entre vosotros antes que enfrentaros al verdadero enemigo. Lo que acecha dentro de la Malicia es más grande y letal de lo que jamás podríais imaginar. El destino de la humanidad está en vuestras manos, pero aun así sembráis la discordia, en vez de levantaros en armas contra los rencores. Con vuestras guerras, alimentáis la oscuridad.

El rey Opus la fulminó con la mirada durante un buen rato, pero después se giró hacia el príncipe Rune, como si Noctámbula no hubiera dicho nada.

—Tenías que regresar con la princesa Johanne y, una vez eliminados nuestros malsitios, tenías que enviar a Noctámbula de vuelta a la isla de Ventisca para que se durmiera. Tenías que hacerle ver que no se ha producido ninguna incursión.

—Yo jamás accedí a eso...

Un arrebato de ira nubló la vista de Noctámbula. El príncipe Rune había hecho un trato distinto con cada uno de ellos.

—Prometiste pedirles a tus padres que retomasen el certamen de los caballeros del alba —gruñó avanzando hacia él—. Dijiste que tendría todo lo necesario para frenar la incursión. Ejércitos. Obsidiana. Lo que fuera. Dime que no vas a incumplir esa promesa.

—No lo haré. Pero es que... la princesa Johanne no estaba allí. —El príncipe Rune había empezado a sudar—. Como príncipe heredero, tengo que pensar en lo que eso supone para mi reino. Y, por desgracia, limita enormemente nuestras opciones. Pero mi intención es poner fin al conflicto con Embria cuanto antes, al precio que sea, ya sea negociando una novia alternativa o un final rápido a cualquier resistencia. No podemos alargarnos con esta guerra, eso lo sé. En cuanto haya terminado, tú y yo pondremos fin a la incursión. Te lo juro.

—La incursión no esperará a nadie —repuso Noctámbula—. Ya está aquí.

¿Dónde pensaba Rune que iba a encontrar el tiempo para librar una guerra total? ¿Esperaba que le concedieran uno o dos años de margen por su cara bonita?

—¿Qué quieres de mí? —El príncipe sostuvo en alto sus manos vendadas—. Estoy haciendo todo lo posible.

—Pues no es suficiente —replicó Noctámbula—. Necesito caballeros del alba. Caballeros de verdad. Celebra el certamen inmediatamente y consígueme un ejército del que pueda disponer.

El príncipe endureció el gesto, como si Noctámbula lo hubiera abofeteado. Después frunció el ceño.

—Ya te he dicho que no me corresponde a mí celebrar el certamen. No soy el rey. Para eso necesitas a mis padres.

Noctámbula miró a los monarcas. No tenían cara de querer reinstaurar el certamen. Ni ahora, ni nunca.

—Tú misma has dicho que nuestras guerras alimentan la Malicia —dijo el príncipe Rune—. Deja que les ponga fin. Después buscaremos un modo de acabar con las incursiones.

—Esto no funciona así. Has llenado tu taza con veneno cada día de tu vida y ahora dices que vas a dejar de tomarlo... tras haberte bebido un barril entero. No se puede curar el veneno con más veneno. Morirás.

—¿Y convertirme en tu caballero del alba sería más seguro?

—Eres un príncipe. No deberías ser mi caballero.

—Por fin dice algo con sentido —murmuró el rey Opus.

—Puede que tengas el privilegio de ignorar los problemas políticos —replicó el príncipe—, pero yo no. Tengo que mirar el mundo de frente, sin parpadear. Embria querrá una respuesta por la muerte de su princesa heredera. Quizá tú puedas permitirte no elegir bando, pero yo no tengo ese lujo. Debo resolver esto.

—No tienes las manos tan atadas como te crees. Siempre hay elección, y la mejor de todas es frenar la incursión. Lucha a mi lado.

El príncipe Rune dejó escapar el aire entre los dientes apretados.

—Prometí ayudarte —dijo muy tenso—. Y lo haré.

—Tus promesas ya no significan nada para mí, Rune Highcrown.

Noctámbula desplegó sus alas. Quizá estaba siendo demasiado dura con él, pero aquella situación era frustrante. Rune era el único caballero del alba que tenía, y eso que ni siquiera debería serlo; la realeza tenía otras lealtades. (Además, era muy posible que el príncipe fuera su alma gemela). Y ahora, ¿pretendía embarcarse en una guerra y dejarla con las manos vacías? La incursión no esperaría a que él, a que el mundo, estuviera listo para combatirla.

—Me uní a tu expedición para rescatar a esa princesa. Destruí el malsitio. He cumplido mi parte del trato, pero parece que has olvidado que accediste a ayudarme.

—No he olvidado nada —masculló el príncipe—. Solo te pido que esperes. ¿Es que no entiendes mi situación?

Noctámbula apretó los dientes y achicó los ojos. Desplegó más las alas, hasta que quedaron extendidas del todo. Varios miembros de la multitud retrocedieron, pero Noctámbula los ignoró.

—Adelante —la provocó el príncipe Rune—. Vete volando si no tienes respeto por nuestros insignificantes problemas. Abandona a tu único amigo en este mundo condenado a la quema.

—No somos amigos.

De nuevo, el príncipe torció el gesto como si lo hubiera golpeado, y ella comprendió entonces, con total certeza, que estaba tensando demasiado la cuerda. Pero ya era demasiado tarde. El príncipe Rune avanzó un paso hacia ella, furioso, y habló con voz ronca:

—Yo te invoqué —dijo—. Confié en ti. Creí en ti cuando nadie más lo hizo. Puede que no te caiga bien, pero soy el único que no quiere que regreses a Ventisca, a dormir durante los próximos mil años.

—Calla, muchacho... —comenzó a decir al rey, pero Noctámbula no le dio la oportunidad de continuar.

—Puede que confíes en mí —dijo—, pero yo no puedo hacer lo mismo contigo. Porque me has estado ocultando cosas.

El príncipe Rune soltó una carcajada larga y amarga.

—¿Quieres saber qué es lo que no puedes recordar? ¿Quieres saber por qué todo el mundo te teme?

Noctámbula miró a su alrededor, percibió el terror y la conmoción en el rostro de la gente. No solo en los consejeros, sino también en los vigías apostados en lo alto de la muralla, en los mozos de los establos, en la gente que estaba asomada a las ventanas del castillo.

—No hablemos de eso ahora.

—En algún momento tendremos que hablarlo. ¿Por qué no ahora? —El príncipe Rune estaba temblando de rabia—. Te lo contaré: hace cuatrocientos años, cuando regresaste de la Malicia, nos atacaste.

Noctámbula se quedó inmóvil, como si su cuerpo se hubiera cubierto de hielo. Alrededor del patio central, la gente soltó gritos de espanto y se cubrieron la boca con las manos.

—Nos asesinaste.

Noctámbula perdió la sensibilidad en las manos. En las alas.

No podía sentir nada salvo un rechazo automático frente a esa acusación. No podía ser cierto.

—No. —Su negativa fue poco más que un susurro, un aliento, una súplica—. Yo jamás haría eso.

—Pero lo hiciste. —El príncipe Rune lo dijo con frialdad, con impavidez, como si supiera exactamente el daño que le hacían esas palabras. La miró a los ojos y añadió—: Masacraste a toda la realeza de los tres reinos. Eres un monstruo tan terrible como esas criaturas a las que combates.

# 16. RUNE

Noctámbula le había hecho daño, así que él se lo había devuelto. Ni siquiera se detuvo a pensar si sería buena idea hacerlo. Pero en cuanto pronunció esas palabras, comprendió que había cometido un error.

Acababa de contarle a Noctámbula la verdad sobre el Amanecer Rojo.

Se quedaron callados unos segundos —Rune con el corazón acelerado, Noctámbula con un gesto de horror absoluto—, y entonces ella giró sobre sí misma desenvainando su espada con el mismo movimiento, y antes de que el príncipe tuviera tiempo de preguntarse si planeaba masacrar a otra familia real, se fue volando y pasó rozando una ventana abierta del tercer piso. Una chica que estaba asomada allí corrió a guarecerse dentro.

El patio del castillo se quedó sumido en un silencio absoluto, salvo por el viento, los suaves resoplidos de los caballos y el murmullo de la ciudad en la ladera de la montaña. Hasta que alguien dijo en voz baja:

—¿Qué ha pasado? —Grace dejó de mirar al cielo para mirar a Rune—. ¿Qué has hecho?

—¿No podía recordar lo que hizo? —dijo Charity con un hilo de voz cargado de inquietud—. ¿La familia real está en peligro? ¿Y qué pasa con las niñas? Sanctuary y Unity. ¡Debemos esconderlas, majestad!

—El Amanecer Rojo fue un juicio divino —dijo Dayle con serenidad—. Las princesas no han hecho nada malo...

—Si el Amanecer Rojo fue un juicio divino —murmuró Rupert, tan bajito como para que la multitud congregada en el patio no lo oyera—, ¿me puedes explicar qué se juzgó? Mira nuestra situación actual. Nuestros justos gobernantes no querían invocar a Noctámbula. Intentaron ahuyentarla. Le han ocultado secretos. Y si se me permite decirlo... —Rupert miró directamente al príncipe—, han herido sus sentimientos.

Rune tragó saliva para aflojar el nudo que tenía en la garganta.

Seguía afectado por la expresión de dolor que vio en los ojos de Noctámbula. La había atacado con el arma más lacerante que se le ocurrió, con lo único que sabía que sería capaz de herirla.

Le entraron los remordimientos. En general, no se consideraba una persona cruel, pero tenía la capacidad de serlo, igual que cualquiera, y eso por no mencionar que había visto un rencor el día anterior, que no había dormido y que su mano quemada le producía una punzada de dolor cada vez que movía siquiera un poco los dedos. Esa combinación le había nublado la mente, le había hecho hablar sin pensar. Y había proyectado su ira contra Noctámbula...

—Si tuviera intención de hacerles daño a los Highcrown —aventuró Dayle—, ya lo habría hecho.

—Eso no importa. —Opus estaba rojo de ira, tenía el ceño fruncido y los dientes apretados—. Corremos un peligro mayor que antes porque este muchacho no ha podido controlar su temperamento. ¿Quién puede decir si Noctámbula cumplirá su deber y destruirá los malsitios del mundo, o si acudirá a alguno de nuestros enemigos para alertarlo de nuestros planes? Por desgracia, me cuesta imaginar que el príncipe heredero fuera discreto a la hora de compartir información con ella.

Rune se ruborizó. ¿Sería demasiado tarde para regresar al malsitio destruido y arrojarse al interior de la fisura?

Había sido descuidado. Ahora se daba cuenta. Había sido imprudente desde el principio; actuó por impulso porque estaba ávido de acción y desesperado por poner fin a esa incursión.

Y ahora, aquellos problemas persistían, pero agravados por el hecho de que todos cuantos podrían ayudar estaban enemistados con él.

Ojalá la princesa Johanne siguiera viva. Su presencia habría resuelto muchos quebraderos de cabeza: la guerra inminente con Embria, la reticencia de sus padres a celebrar el certamen de los caballeros del alba, el temor generalizado hacia Noctámbula. Si hubieran podido regresar a Brink con la princesa desaparecida sana y salva (y quizá con la mayoría de los guardias de Rune), el Consejo de la Corona y el resto de la corte caberwiliana seguramente habrían visto a Noctámbula con otros ojos.

Pero no. Rune no había podido salvar a nadie.

Siempre llegaba demasiado tarde.

A su alrededor, los consejeros y sus padres seguían hablando atropelladamente, cada vez más enardecidos.

—Esto no acaba aquí —dijo Charity—. Propongo celebrar una reunión del Consejo inmediatamente.

—Lo secundo —dijo Rupert—. Tenemos que poner esta situación con Noctámbula bajo control.

—Desde luego. —Charity agarró del brazo a Rupert y el ánimo de Rune cayó por los suelos. Que esos dos estuvieran de acuerdo en algo era la prueba evidente de que la situación estaba fuera de control.

—Si a sus majestades les parece bien, primero me ocuparé de curar al príncipe. —La galena mayor Asheater miró a los reyes, y cuando le dieron su aprobación, rodeó los despojos del rencor—. Por favor, acompañadme a la enfermería.

La galena mayor empleó un tono afable, pero eso no significaba nada. Siempre empleaba ese tono. Había un gesto en sus ojos que denotaba su enfado con claridad. El fracaso de Rune implicaba que su departamento se veía obligado a trabajar aún más duro, teniendo en cuenta que la guerra era letal por naturaleza.

Dayle le lanzó una mirada compasiva a Rune. Él defendería al príncipe, sin duda, pero estaba por ver si serviría de algo...

—Cuando termines en la enfermería —susurró con gravedad la reina Grace, agarrando del brazo a Rune al pasar—, sube a tus aposentos y espéranos allí. Iremos a verte cuando hayamos tomado una decisión.

El nudo que tenía en la garganta se tensó.

—¿Qué clase de decisión?

—Sobre si tienes sitio o no en el futuro de este reino.

# 17. HANNE

En varias ocasiones, mientras recorría la carretera, Hanne perdió su velocidad.

El caballo trastabillaba. Un dolor estremecedor le recorría el cuerpo. Chillaba a causa de la agonía provocada por la lentitud hasta que el hechizo se disipaba y podía volver a moverse con rapidez. La gente reparaba en ella, como la primera vez, pero Hanne siempre volvía a acelerar antes de que pudieran hacer preguntas.

Hasta que ya no pudo hacerlo.

La quinta o sexta vez que sucedió, Hanne ralentizó el paso y así se quedó, y entonces el dolor se tornó tan intenso que tuvo que bajarse del caballo y vomitar sobre la hierba. Una mujer que conducía una carreta por la carretera se detuvo y le dio un trago de agua. Cuando se fijó en los restos de sangre seca que tenía en el rostro, en su vestido desgarrado y en su aspecto macilento, insistió en llevarla a la ciudad.

Hanne se sentó en la parte trasera del carro, apretujada entre dos cajas cubiertas por una lona. El jamelgo caminaba lentamente junto al carro, guiado por sus riendas, que estaban anudadas a uno de los listones de madera.

El carro resultaba ligeramente más cómodo que montar a lomos del caballo robado, sobre todo porque no se le resentían las rozaduras que la montura le había dejado en los muslos.

—¿Cómo te has hecho esto? —preguntó la mujer.

Le había dicho que se llamaba Martina. No parecía mucho mayor que Hanne, pero sus ojos reflejaban un cansancio sorprendente. ¿Qué cosas habría vivido esa mujer? Sí, vivía en un reino con un clima atroz y cosechas escasas, y conducía un carro repleto de nabos (Hanne se había asomado bajo la lona que ocultaba la mercancía de Martina); pero eso no era tan duro como estar atrapada en un malsitio. De hecho, era su reino el que estaba intentando propagar la Malicia por Embria y Caberwill.

—Voy de camino a ver a los reyes. —Hanne tosió ligeramente—. ¿A qué distancia está Athelney?

Martina la miró con un gesto compasivo.

—No está lejos, querida. Llegaremos en menos de una hora.

Hanne no podía creerse la suerte que había tenido.

—¿Por qué necesitas verlos? —preguntó Martina.

Era una pregunta un poco indiscreta. Eso no era asunto suyo.

—Nunca he hablado con ellos —dijo Hanne, como si estuviera admitiendo algo muy personal y vergonzoso, pero no como si estuviera eludiendo la pregunta.

—Ah. —La mujer sonrió un poco—. Es muy fácil hablar con ellos. Atienden todas las peticiones de todos los súbditos.

Eso decía el rumor, pero costaba creer que fuera cierto. Hanne se había pasado la vida rodeada por los regentes de Embria (al fin y al cabo, eran sus padres), y para lo último para lo que les quedaba tiempo era para escuchar las insignificantes penurias de los campesinos a todas horas. Quizás, si los monarcas de Ivasland dedicaran más tiempo a gobernar, su reino no se encontraría en un estado tan deplorable.

Hanne estaba deseando contárselo a Nadine.

—¿Qué debo esperar cuando me reúna con ellos? —preguntó.

—Es muy sencillo. Una vez entonados los versos matutinos, podrás entrar junto con los demás habitantes de tu ciudad. Os dividirán por grupos en función de la región. Y luego podrás contarles lo que quieras.

No parecía un sistema muy bueno, y tampoco respondía a la pregunta de Hanne. ¿Y los versos matutinos? Hanne había oído que en Ivasland se requería que sus habitantes recitaran diversos juramentos de compromiso con el reino, pero ¿cada mañana? ¿Y cómo sabrían si alguna persona se los saltaba?

Pero formular alguna de esas preguntas sobre unas prácticas que todo el mundo debería conocer resultaría sospechoso.

Recorrieron el resto del camino en silencio. Resultaba extraño avanzar a una velocidad normal. Hanne casi se había acostumbrado a los sonidos distorsionados, al largo amanecer, a la noche interminable...

Sacudió la cabeza para ahuyentar esos pensamientos. Esa velocidad provenía del malsitio, y el malsitio era un lugar maligno.

Ella no lo era.

Tampoco era buena, eso lo sabía, pero Nadine sí, y su prima no podría querer a alguien que fuera malvado.

«Ya voy, Nadine —pensó—. En cuanto confirme que el rencor no va a matarme».

Al cabo de una hora, la ciudad apareció por el horizonte.

No era como ella se esperaba. Cierto, Hanne no tenía mucha experiencia en lo que a capitales se refería —solo conocía Solcast, que era como una gema centelleante, refinada a partir de generaciones de gobierno de los Fortuin y de las sucesivas modas—, pero sabiendo que Ivasland estaba azotado por la pobreza, había esperado una versión deslucida de su hogar.

No... polvo.

Había polvo por todas partes, que cubría los pequeños jardines marchitos, a la gente que pedía limosna junto a la carretera, los patéticos edificios de madera que flanqueaban la avenida principal. A primera vista, no vio una sola estatua de ningún héroe de guerra venerado... ni de ningún periodista, galeno u orador, que era lo que cabría encontrar allí.

Entonces percibió un olor nauseabundo. Era una mezcla de animal muerto y polvo y agua contaminada. Al haber estado tan cerca de un rencor, no era el peor olor que podía imaginar, pero a pesar de todo arrugó la nariz.

—Lo sé —dijo Martina—. Con la sequía, han dejado de limpiarse las calles de la ciudad. Puede que, si Embria nos hubiera permitido excavar esos canales hace años... Pero, en fin, tampoco podríamos permitirnos pagar por su agua. Y un poco de polvo no es un precio tan alto a cambio de la independencia, ¿verdad?

Todo mejoraría en cuanto Hanne gobernase los tres reinos. Traería una paz que Salvación jamás había conocido. Era un plan ambicioso, pero el mundo no cambiaría por menos de eso.

Cuando se adentraron en el centro de la ciudad, la mujer le dedicó a Hanne una sonrisa afable.

—¿Crees que podrás seguir desde aquí? Te llevaría el resto del camino, pero me temo que voy retrasada con una entrega.

Como si el mundo se fuera a acabar por no entregar a tiempo esos nabos.

Hanne se esforzó por parecer pensativa y preocupada, aunque tampoco demasiado. En el fondo, no quería que Martina la acompañara.

—Creo que me las arreglaré —murmuró—. Gracias por tu ayuda, pero me temo que no tengo nada con lo que compensar tu generosidad... —Miró de reojo hacia el jamelgo robado, con un gesto reticente—. Ese caballo es lo único que tengo, ahora que mis padres han muerto, pero podría dártelo...

—¡No, no! —Martina rechazó la idea con un gesto de la mano—. No se me ocurriría aceptar nada. De todas maneras, íbamos en la misma dirección. Además, me alegra poder ayudar a una joven compatriota. Debemos permanecer unidos.

Hanne sintió un escalofrío mientras se apeaba del carro.

—Gracias —repitió, y le sorprendió comprobar que esta vez lo decía en serio.

Resultó extraño conocer a un ivaslandeño que fuera buena persona. (Pero ¿hasta qué punto? Seguro que no se habría ofrecido a llevarla si hubiera sabido que Hanne venía de ese reino que les negaba el agua, y mucho menos si supiera que era su princesa).

Inquieta, apartó ese pensamiento. Después, para bien o para mal, emprendió el camino para ayudar a Ivasland a romper los Acuerdos de Ventisca.

Después de deambular por Athelney —para aprenderse la disposición de la ciudad y ver a la gente ocupada en sus quehaceres, mientras se preparaba para cumplir las instrucciones del rencor—, Hanne se alejó del establo donde dejó atado a su caballo; se alejó del gallinero donde escondió su puñal y su cristal negro, que valía más que todo el reino de Ivasland. Parecía insensato abandonar una fortuna tan grande —en dinero y protección— en un edificio desconocido, pero no podía entrar en la corte ivaslandeña con toda esa obsidiana encima.

Ivasland, que no dejaba de contradecir sus expectativas, no tenía un castillo. Contaban con un edificio grande, que al menos se encontraba bien conservado, pero parecía un poco... En fin, que no era un castillo. Una sobria fachada de piedra, un puñado de columnas funcionales y unas ventanas cubiertas por cortinas para repeler el calor. Ese era el lugar desde el que gobernaban los reyes de Ivasland.

Hanne casi sintió lástima por ellos.

No le costó determinar el siguiente paso a seguir. Había una fila de solicitantes que se extendía desde la entrada, todos se revolvían inquietos de un lado a otro. Hanne ocupó su sitio al final de la cola y esperó, aunque todo su ser la instaba a situarse al frente. Al fin y al cabo, pertenecía a la realeza. A una de verdad.

Pero anunciar su presencia no formaba parte del plan, así que esperó mientras la gente avanzaba lentamente, hasta que, junto a las puertas, una guardia le registró el petate y cacheó su vestido desgarrado en busca de armas.

Hanne se mantuvo erguida, como si no le importara que la despojaran de su dignidad delante de todo el mundo.

La guardia le hizo un ademán a su compañero. Estaba limpia.

—¿Nombre? —preguntó el segundo guardia.

Hanne se calló su verdadero nombre y posición. Sí, eso le concedería una audiencia inmediata con los reyes. Y luego le concedería una audiencia con la horca o con cualquier otro instrumento de muerte. Había oído testimonios sobre lo... creativos que eran los ivaslandeños en cuestión de ejecuciones.

No, debía seguir las instrucciones del rencor al pie de la letra.

—Hildy Boone —respondió empleando el nombre que le había dicho el rencor.

—¿Vienes de Boone? —El guardia la miró a la cara achicando los ojos—. ¿Estás segura?

—¡Pues claro! —replicó con voz altiva—. Sabré yo dónde vivo. ¿Sabes dónde vives tú?

El guardia frunció el ceño.

—¿Dónde está tu identificación?

Hanne estiró lo que quedaba de sus faldas.

—Me han robado, señor. ¿No es evidente?

El guardia endureció el gesto, pero la dejó pasar.

—Está bien. Sitúate junto a tus paisanos de Boone.

Una vez atravesada la puerta, Hanne avistó letreros de todos los pueblos principales de Ivasland y las aldeas colindantes, y cuando se sumó a «sus paisanos de Boone», comprendió el escepticismo del guardia. En su mayoría, tenían el pelo oscuro y rasgos redondeados. Pero Hanne, con sus rizos rubios y sus pómulos angulosos (bastante sucios, por cierto), no se parecía en nada a ellos.

A pesar de todo, se situó bajo el letrero de Boone y esperó, furiosa por verse obligada a realizar ese ejercicio de paciencia, pero también sorprendida por lo apta que era para esa tarea. Sobrevivir al malsitio la había vuelto más dura. Más lista. Más fuerte.

Mejor que todos esos campesinos.

Llamaron primero a los demás, y las horas pasaron con una lentitud insoportable mientras los grupos de Burke, Haist y Cole accedían al interior, pero al fin anunciaron su nombre falso y la escoltaron al interior.

Una vez más, Ivasland no pudo cumplir siquiera sus expectativas más bajas. En la sala del trono no había nada a derechas.

Por supuesto, había un par de asientos al fondo, pero no eran tronos, no como Hanne los entendía, y tampoco había una corte en condiciones, ni estandartes, ni nada que sugiriese la presencia de la realeza. Un olor a rancio flotaba en el ambiente. No se debía solo a la escasa higiene actual de Hanne, sino a una peste más permanente que se había quedado impregnada en las paredes y los muebles. ¿También habrían dejado de limpiar la hacienda real?

Aun así, no era ni de lejos tan desagradable como la peste del malsitio y del rencor, así que Hanne reprimió un gesto de aversión y lo ignoró. Ahora contaba con más perspectiva.

Sentados en los —ejem— tronos, estaban los reyes de Ivasland. Los dos eran bajitos y flacuchos, señal de que habían pasado hambre a lo largo de su vida, pero mantenían una postura erguida y le lanzaron una mirada penetrante. Eran más jóvenes de lo que esperaba Hanne, quizá no le sacaran más de cinco o seis años, pero las dificultades para gobernar Ivasland les habían pasado factura. Además, en vez de usar togas o vestidos, como correspondía a los monarcas, vestían con túnicas y pantalones, teñidos de azul y amarillo, con unos pequeños broches de oro en la solapa para señalar su rango.

Hanne experimentó una oleada de desprecio hacia ellos.

Todo lo sucedido era culpa suya. Ellos habían decidido romper los Acuerdos de Ventisca.

Aquello, por supuesto, requería que Embria y Caberwill formaran una alianza, lo que supuso que Hanne se desplazara a Brink, y fue entonces cuando quedó atrapada en el malsitio. La culpa de todo recaía directamente sobre los hombros de esos monarcas.

—Acércate —dijo el rey.

Hanne obedeció, pero solo porque no quería tener que gritar para que la oyeran.

El rey Baldric consultó sus notas, que tomó de manos de un secretario macilento, y frunció el ceño.

—Aquí dice que eres de Boone, pero no has venido con los solicitantes anteriores. Y no te pareces en nada a ellos.

—Soy Hildy Boone. —Hanne mantuvo su versión—. Me mudé a Boone cuando era pequeña.

—¿Y por eso tampoco tienes acento de Boone? —preguntó la reina enarcando una ceja.

Maldición. Hanne estaba intentando suavizar las consonantes para imitar el habla que había escuchado en la fila, pero era obvio que no lo hacía bien. En fin, con suerte la coartada del traslado a Boone resistiría hasta que cumpliera con todo lo que quería el rencor. Después se marcharía de allí lo antes posible y viajaría a Brink para casarse con Rune Highcrown.

—No hace falta que crean que soy quien digo ser —repuso Hanne, renunciando al acento forzado. Era una coartada endeble y ella no tenía tiempo que perder. Si renunciara, el rencor se enteraría e iría a por ella. O podría ir a por Nadine, y eso era algo que no podía permitir—. Pero créanme si les digo que he venido a ayudarlos.

—¿Qué quieres decir? —Abagail ladeó la cabeza—. ¿Cómo pretendes ayudarnos tú?

Decidida a zanjar el asunto de una vez —por Nadine, al menos—, Hanne se irguió cuan larga era, como si se encontrase en su palacio de Solcast, y esbozó una sonrisa adusta.

—Me refiero a su dispositivo de Malicia.

La tensión aumentó entre los reyes cuando cruzaron sendas miradas de alarma.

—No sé a qué te refieres —repuso Baldric con rigidez—. Aquí cumplimos los Acuerdos de Ventisca.

Hanne se permitió esbozar una sonrisita. No era una sorpresa que el populacho de Ivasland no conociera la existencia del dispositivo. Si así fuera, Embria habría descubierto cómo pensaban infringir exactamente los acuerdos tras la muerte de su informador. Pero esto... esto revelaba que ni siquiera los guardias y los sirvientes de confianza lo sabían. Los monarcas ivaslandeños estaban llevando a cabo una farsa en su sala del trono.

Y eso jugaba en favor de Hanne.

—Lo sé todo sobre el dispositivo de Malicia —añadió, sin molestarse en bajar la voz—. Sé que la máquina extrae Malicia por medio de una succión de presión negativa. Sé que el problema radica en almacenar la Malicia durante más de unos pocos minutos, pero una vez lo hayan logrado, podrán absorber la Malicia de sus malsitios y situarla en lugares estratégicos de Embria y Caberwill. Granjas. Minas. Castillos. ¿Saben ahora de qué les estoy hablando?

El secretario se quedó boquiabierto y varios guardias se giraron para mirar a los reyes.

Hanne sonrió para sus adentros. Le encantaba llevar razón... y tener el control.

—¡Guardias! —gritó Baldric, y todos los soldados se pusieron en posición de firmes.

—¿Va a ordenar que me arresten? —Hanne relajó el cuerpo. Sí, estaba sucia, famélica y rodeada de enemigos, pero contaba con toda la ventaja necesaria—. ¿Cree que eso le hará parecer más o menos inocente frente a mis acusaciones? ¿Qué clase de reino es este, donde arrestan a la gente que alza la voz en contra de infringir los tratados?

Hanne meneó la cabeza con tristeza, pese a que sus padres, en Embria, sin duda habrían mandado arrestar a alguien como ella. Pero lo estaba apostando todo a lo que sabía sobre Ivasland y su fachada pública de ecuanimidad.

—Dejadnos solos —bramó Baldric con el rostro enrojecido—. No permitiré que mis hombres escuchen unas mentiras tan flagrantes.

De inmediato, un puñado de guardias preocupados abandonó la estancia. El secretario sostuvo la pluma sobre su pergamino y miró en derredor, sin saber si debería irse también. Pero cuando Abagail le ordenó que se fuera, esta vez con más brusquedad, salió por la puerta detrás de los guardias.

A Hanne le encantaba salirse con la suya.

Por supuesto, acababa de enfurecer a las personas más importantes de Ivasland, personas a las que necesitaba persuadir para que le permitieran ayudar a terminar el dispositivo si no quería acabar devorada por el rencor. Pero podría hacerlo, estaba convencida. Ella era Johanne Fortuin y nunca se había topado con un obstáculo que le hubiera resultado infranqueable. Al menos, cuando trataba con humanos.

Finalmente, solo quedaron Hanne y los dos monarcas ivaslandeños. Tan vulnerables. Qué fácil sería matarlos allí mismo. Incluso sin su puñal, que estaba escondido junto con la obsidiana, podría acabar con la monarquía ivaslandeña utilizando sus propias manos. Podría salvar a Embria —y a Caberwill, puesto que pronto quedaría bajo su mando— de esa guerra larga e insostenible. Podría sacar de su desgracia al continente entero en cuestión de minutos.

Sin embargo, aunque eso le reportaría una satisfacción transitoria, no tendría tiempo de disfrutar de la victoria. Los guardias se lanzarían sobre ella en cuanto uno de los monarcas gritara. La ejecutarían. Y asesinar a esos dos no resolvería el problema del dispositivo, ni siquiera el de la regencia de Ivasland. Al fin y al cabo, alguien, que no era ninguno de los reyes, estaba trabajando en esa máquina. Más gente conocía su existencia. Y si descubrieran la identidad de Hanne, tendrían aún más ganas de usar ese dispositivo contra Embria.

Por no mencionar que el rencor le había prohibido matarlos.

—Está bien —dijo Abagail—. Tienes toda nuestra atención.

—Bien. —Hanne se puso firme—. Como ya he dicho, he venido a ayudarlos con el dispositivo.

Aunque no pudiera librar al mundo de esos dos, sacaría el máximo partido de la situación. La controlaría. La guiaría. El rencor solo le había ordenado que ayudara a finalizar el dispositivo ivaslandeño. No dijo que no pudiera intentar destruir el reino desde dentro.

Tuluna la Tenaz era la maestra de Hanne. Durante años, la patrona de Embria le había transmitido mentalmente planes y consejos, la había adiestrado para resolver cualquier situación imaginable. Con un bagaje como ese, Hanne era capaz de cambiar las tornas en su propio provecho.

—¿Por qué? —preguntó Baldric.

—¿Cómo es que conoces su existencia?

Abagail empleó un tono afilado como un cuchillo, pero no era ninguna experta en transmitir desprecio. Hanne, sin embargo, llevaba estudiando el arte del menosprecio desde el momento en que salió del cuerpo de su madre, y la mejor forma de sacar de quicio a alguien como Abagail era guardar silencio. La reina añadió:

—¿Eres una espía?

—No. —Embria contaba con un espía allí, pero no tenían noticias suyas desde hacía una quincena. (Una quincena normal. Para Hanne, por supuesto, había pasado más tiempo)—. En cuanto al motivo: ¿acaso importa? Puedo ayudarlos.

—Importa si esperas que te confiemos nuestro proyecto más valioso.

Hanne sonrió de nuevo. Aquello iba a ser pan comido. Ni siquiera sabían lo que les estaba pasando.

—Es obvio que tienen una fuga de información. De lo contrario, yo no habría descubierto la existencia del dispositivo, ¿verdad?

Hanne estaba en su salsa. Al fin estaba recuperando su verdadera naturaleza, enzarzada en uno de esos combates dialécticos que tan bien se le daban. Se acabó lo de sustentarse a base de agua sucia y bayas.

Hanne había nacido para algo que más que para sobrevivir: había nacido para conquistar.

—Cuéntanos dónde has oído esos rumores —dijo Baldric.

Hanne se acercó con gracilidad, como si fuera un cisne en un pantano.

—Me contó lo del dispositivo alguien que quiere que esté terminado. No puedo revelar esa fuente.

—Hmm. —Abagail entornó los ojos.

—Les diré la verdad. —Hanne miró a sus enemigos a la cara—. No vengo de Ivasland, sino de Embria. Supongo que ya lo han deducido.

—Es evidente —repuso Abagail.

—Cualquiera se daría cuenta —añadió Baldric.

Hanne asintió. Ahora estaban más tranquilos. Habían anulado su coartada y creían que eso les daba ventaja.

—Me crie en Solcast —prosiguió Hanne—, pero soy una paria entre mis paisanos. Quise aprender ciencias, matemáticas y mecánica. Tenía ideas para mejorar la producción de cereales, pero incluso en la universidad me dijeron que me guardara esos pensamientos para mí misma. Esas mejoras funcionarían, pero la familia Fortuin no está satisfecha a no ser que su gente se vea presionada hasta el límite. Así resulta mucho más fácil mantenerlos sometidos. Los Fortuin son la brutalidad encarnada.

—Tu historia me resulta difícil de creer —repuso Abagail con gesto severo.

Hanne resopló con un arrebato de ira fingido a la perfección.

—¿Qué? ¿Le cuesta creer que no quiera deslomarme a trabajar todos los días cuando existe una solución mejor? ¿Que quiera más alimento para mis compatriotas?

—Di la verdad —inquirió Abagail—. ¿Cómo es posible que una jovencita como tú esté al corriente de nuestro proyecto?

—Todos los embrianos saben que aquí está pasando algo. —Hanne suavizó el tono—. Por eso enviaron a la princesa a casarse con Rune Highcrown. Seguro que están al corriente.

—Por supuesto. —Baldric torció el gesto con rabia—. Pretenden aplastarnos, pero no tardarán mucho en destruirse entre ellos.

Hanne asintió con un gesto de complicidad.

—La alianza no durará mucho, pero creo que sí lo suficiente como para suponer una seria amenaza para Ivasland..., a no ser que la máquina esté terminada pronto. Por eso estoy aquí.

—¿Porque tú, una embriana, no quieres que Ivasland sea sometido?

Con un largo suspiro, Hanne se aproximó a los monarcas.

—No. No quiero que Ivasland caiga. Como ya he dicho, respeto ciertos aspectos de su reino. Más que eso. Admiro la educación que garantizan a todos sus súbditos. Admiro sus esfuerzos por tratar a la gente con igualdad, sin importar su linaje. Y admiro que no repriman el ingenio solo porque les guste hacer que la gente trabaje más duro de lo necesario.

—Eso es muy cierto —dijo Baldric con tiento—. Pero ¿es motivo suficiente para traicionar a tu patria?

—Lo es. Por eso he venido a ayudarlos. Quiero que Ivasland,

su cultura y sus ideales tengan una oportunidad para luchar frente a la regresión combinada de Embria y Caberwill. Quiero que el conocimiento ilumine este mundo.

Los monarcas se miraron con un gesto visible de incertidumbre.

—¿Cómo sabemos que no sabotearás la máquina y retrasarás el proceso?

Hanne ladeó la cabeza, sin molestarse en disimular un gesto de fastidio.

—No estaré a solas con su máquina, ¿verdad? Sin duda, estaré vigilada. A no ser que tampoco se fíen de quienes trabajan en el proyecto.

Era muy fácil plantar las semillas de la desconfianza y verlas crecer. Primero en los guardias y los secretarios. Ahora en los propios monarcas. De nuevo, los reyes cruzaron una mirada. Un silencio pesado se extendió por la estancia.

Ahora tenía que suavizarlo.

—Piénsenlo —dijo Hanne—. No solo podrían ganar la guerra contra Embria y Caberwill, también podrían absorber la Malicia de los malsitios y llevarla al Malfreno, devolverla adonde pertenece. Incluso podrían arrojarla al océano. Purificarían el territorio y lo harían seguro para que sus súbditos puedan desplazarse y trabajar. Podrán tener guerra y podrán tener paz.

Era un pensamiento bonito, pensó Hanne. Todos los monarcas, a lo largo y ancho de Salvación, hablaban de la paz como si fuera una posibilidad, pero nunca lo decían en serio. Los belicosos caberwillianos no la querían, y los padres de Hanne, ávidos de poder, no podían concebir que existiera tal cosa. Y los ivaslandeños... Bueno, planeaban romper los vetustos Acuerdos de Ventisca, lo cual dejaba bastante clara su postura. (Cierto, Hanne los estaba ayudando a hacerlo, pero bajo coacción).

Ninguno de los tres reinos se merecía la paz, pero Hanne se la concedería a pesar de todo.

Abagail se encorvó, como si el peso de esa guerra constante hubiera decidido hacerse notar de nuevo sobre sus hombros. De todos los reinos, el más afectado por el conflicto era Ivasland.

Tenían pocos recursos naturales y el clima no era benévolo con ellos: las cosechas se resentían por el sofocante calor, la lluvia casi siempre se negaba a caer, y, cuando lo hacía, pueblos enteros quedaban arrasados por intensas tormentas.

Ivasland necesitaba paz. La necesitaban desesperadamente. Sin ella, perecerían.

—¿Seguro que sabes cómo terminar el dispositivo? —preguntó Baldric.

Logró disimular la desesperación en su tono de voz, pero Hanne había visto en qué estado se encontraba su reino, incluso esa sala del trono: sucio, polvoriento, seco; una procesión interminable de suplicantes y mendigos en todas las carreteras. El rey no podía engañar a nadie, y menos aún a Hanne.

Brevemente, Hanne cerró los ojos y evocó la voz del rencor, esa horrible manera de hablar, la amenaza de enviarla a la Fracción Oscura si no cumplía su misión. Cada palabra que pronunció estaba grabada en su mente, tallada con un cuchillo al rojo vivo.

—Estoy segura —susurró.

—Está bien. —Abagail se levantó—. Termina el dispositivo y te concederemos asilo en Ivasland. Tendrás derecho a una educación en condiciones, como todos los demás. Pero ten clara una cosa: si fracasas, o si descubrimos que nos has mentido, serás ejecutada de inmediato.

# 18. RUNE

Cuando Rune empezó a quedarse dormido, su mente evocó una piel pálida y gris, junto con una peste a ozono y descomposición. Notó un calor que se extendió por sus manos vendadas. Unos dientes afilados se cerraron en torno a su garganta, desgarrando su delicada piel. Iba a morir. Se iba a desangrar. Iba a convertirse en un despojo putrefacto en su propia cama.

Se despertó sobresaltado, jadeando y con el corazón acelerado mientras escrutaba la oscuridad de la estancia en busca del rencor. Pero no estaba allí, como no lo estuvo las otras siete veces que se despertó sobresaltado, sin haber descansado nada.

Rune refunfuñó, pero solo lo hizo para oír su voz y confirmar que seguía vivo. El rencor estaba muerto. Había visto cómo Noctámbula lo mataba. Pero la bestia seguía viviendo en su mente, y el príncipe no podía dejar de evocar la forma en que lo miró antes de morir. No podía olvidar la cacofonía de su voz mientras le decía: «Qué criatura tan lastimosa. Pero mi rey podría hacerte grande».

Notó un regusto a bilis en la garganta mientras se levantaba de la cama y se paseaba por la habitación, dando pisotones en el suelo. Era un sonido real, intencionado.

Pero mientras intentaba sacudir una esfera de luz para encenderla —no resultaba fácil con esos vendajes en las manos—, no pudo evitar pensar en esas palabras bañadas en sangre que había pronunciado el rencor.

La vena de magma donde había estado a punto de morir.

Las plantas que intentaron estrangularlo.

Los cadáveres de los guardias desperdigados por el suelo.

Todo lo relativo a ese malsitio había sido abrumador. Rune se pasó la noche siguiente contemplando el cielo que se extendía sobre las copas de los árboles mientras intentaba comprender qué le había ocurrido, cómo era posible que su mundo hubiera cambiado tanto con respecto al que había visto por la mañana.

Una noche en vela no había bastado para asimilar esa nueva realidad. Al parecer, necesitaría por lo menos dos.

—Puede que mañana por la noche caiga rendido sin más, por el cansancio —murmuró hacia la esfera de luz que seguía sujetando entre las manos.

Le dolían mucho las quemaduras. La galena mayor le había aplicado un bálsamo analgésico en las ampollas y los arañazos antes de vendarle las manos. Eso le había concedido varias horas de alivio, pero el efecto estaba empezando a disiparse.

«Ah, el príncipe pelele».

Rune se estremeció y, al cabo de un rato, se descubrió mirando debajo de la cama, como un niño asustado de un monstruo imaginario.

Pero ese monstruo era real.

Y estaba muerto, se recordó.

Pero ¿qué pasaba con el rey rencor que había mencionado? Ese aún seguía vivo, seguía enviando a su ejército a través del Desgarro, seguía planeando enviar a sus soldados a Salvación.

Alguien golpeó con fuerza la puerta y le sobresaltó. Estuvo a punto de dejar caer la esfera luminosa, pero cuando se oyó otro golpe, comprendió que solo estaban llamando a la puerta. Dejó escapar un largo suspiro, confiando en que su corazón volviera a descender por su garganta hasta regresar al lugar que le correspondía en su pecho.

Cuando se dirigió a la puerta de sus aposentos, recordó que era más de medianoche. A esas horas, solo podían llevarle malas noticias.

O quizá fuera un asesino... Un asesino educado que llamaba antes de entrar.

La puerta se abrió antes de que pudiera alcanzarla y, frustrando sus esperanzas de que fuera un asesino afable, entraron sus padres. Los dos llevaban puesta la misma ropa que antes, lo que significaba que habían estado reunidos con el Consejo de la Corona desde que Rune confesó los secretos de Noctámbula: tanto los secretos que estaba ocultando por ella, como los secretos que le estaba ocultando a ella.

Rune había intentado no pensar en eso, en cómo había echado a perder la mejor esperanza para Caberwill. Noctámbula confiaba en él, pero el príncipe lo había estropeado todo con su arrebato de furia. La única vez que se había sentido tan mal antes de eso fue... En fin, Rune cargaría por siempre con ese sentimiento de culpa, cada vez que alguien lo llamara príncipe heredero.

Esa culpa hincó sus garras en el corazón del príncipe mientras observaba el gesto de cansancio de sus padres, la lentitud con que se movían y el agotamiento que denotaba su postura.

—Rune —dijo Opus en voz baja, y el príncipe pensó que quizá no estuvieran exactamente enfadados. No como lo estaban antes, o cualquiera de las demás veces que Rune los había decepcionado.

No, solo parecían exhaustos, como si la reunión se hubiera extendido durante años en lugar de horas. Pero nada de eso (la reunión del Consejo hasta la madrugada, el cansancio extremo de sus padres) era una buena señal.

Sí, ojalá hubiera aparecido un asesino.

—¿Qué novedades hay? —Rune se sentó a la mesa y les hizo señas con las manos vendadas para que tomaran asiento también.

Los reyes no se sentaron.

—Como sin duda habrás deducido, la reunión del Consejo ha sido... —Opus se frotó las sienes—, bastante acalorada.

—Nadie llegó a las manos —dijo Grace—. Pero creo que lo habría preferido, antes que esa disputa dialéctica.

Maldición. Rune estaba hecho polvo. Ojalá le hubiera pedido a la galena un sedante para poder demorar esa conversación hasta el día siguiente.

—Podemos ir al grano, si os parece bien.

—El Consejo tiene muchas reclamaciones, todas ellas convincentes. Durante mucho rato, discutimos sin llegar a ningún sitio. Por una parte, están los consejeros que lamentan que no pudieras cumplir la promesa que por lo visto le hiciste a Noctámbula. «Rune juró sumarse a ella en la batalla contra la Malicia», esa fue la frase exacta. Existe el temor a que ella lo tome como una grave ofensa.

—¿Los consejeros querían que la ayudara a frenar la incursión? —Rune frunció el ceño—. Eso no parece propio de ellos.

—Fue Charity. —Opus se cruzó de brazos—. Ella, en concreto, opinaba que deberías haber cruzado inmediatamente el Portal del Alma junto con Noctámbula.

Eso ya encajaba mejor. Charity seguía confiando en que Sanctuary o Unity fueran nombradas princesas herederas, y así ella podría ejercer como regente en caso de que algo terrible les ocurriera a los reyes (una posibilidad real, ante la perspectiva de una nueva guerra). Era cierto que Charity dedicaba una cantidad de tiempo excesiva a visitar a las hermanas de Rune y a hacerles regalos. Todo el mundo sabía que la duquesa quería ganarse la confianza de las niñas, incluso su cariño, y se había intentado varias veces limitar el tiempo que pasaba con ellas. Pero como era un miembro permanente del Consejo de la Corona, resultaba difícil decirle que no podía visitar a la familia real.

—Otros miembros del Consejo estaban furiosos por el hecho de que invocaras a Noctámbula, como sin duda sabrías que pasaría. Una decisión tan importante no puede tomarse en solitario.

Rune asintió.

—Y en cuanto a la princesa Johanne...

El príncipe ladeó la cabeza.

—Les enfurece que no la hayas traído con vida. Para ellos, eso es lo único que podría haber justificado la invocación de Noctámbula.

—Ya. —Si Rune no tuviera ya migraña, esa conversación se la habría producido.

—Por último, les horroriza que le hayas contado a Noctámbula lo del Amanecer Rojo... Nos has puesto a todos en peligro. —Grace resopló—. No me explico por qué se lo has recordado. Era una suerte que lo hubiera olvidado.

Rune se encogió en su asiento.

Eso fue una pifia tremenda.

—No hace falta que te digamos lo decepcionados que estamos como padres —dijo Opus.

Pero, aun así, se lo dijeron.

—Desde el principio, nos opusimos a que invocases a Noctámbula —dijo Grace—. Te dijimos que era una opción que no queríamos ni plantearnos.

Dayle aseguró que hablaría en su favor durante la reunión. ¿Habría llegado a decir algo el sumo sacerdote? El príncipe suspiró.

—Estamos a las puertas de una incursión a gran escala. Hay que hacer algo.

Sin embargo, contarles sus inquietudes nunca había servido de nada. ¿Por qué pensaba que funcionaría esta vez?

—Ya sé que siempre te has preocupado por las incursiones. Entiendo que quieras resolver todos los problemas del mundo y que sientas compasión por aquellos afectados por los malsitios o por quienes vivan cerca del Malfreno. —Opus le apoyó una mano en el hombro—. El deseo que hacer el bien en el mundo te convertirá en un rey bondadoso.

Suponiendo que le permitieran serlo y que el Consejo no lo derrocase con un golpe de estado. Pero Rune se aventuró a sonreír.

—Eso espero.

—El reto consiste en saber qué puedes llevar a cabo y qué asuntos deben esperar.

—Algunos asuntos no esperarán mucho tiempo —repuso Rune con tiento—. Si cada generación de reyes aparca las crisis que se ciernen sobre su reinado, serán mucho más graves cuando lleguen a producirse.

Opus frunció los labios.

—Por supuesto. Pero la Malicia lleva amenazando al mundo desde hace miles de años. Siempre ha sido una amenaza latente y, aun así, cuando se expande, siempre hemos podido replegarla por la fuerza.

Rune apretó los dientes. Eso era porque siempre habían invocado a Noctámbula. Los ejércitos no tenían poder suficiente para hacer lo que hacía ella. El rey estaba concediendo a sus predecesores el crédito por las batallas que libró ella, por las vidas que ella salvó y por el terreno que ella purificó.

—Considéralo un ciclo —prosiguió el rey—. Un ciclo natural donde el bien y el mal luchan entre sí. Puede que ahora el mal esté ganando ventaja, pero el bien contraatacará.

—El bien y el mal no son fuerzas simbólicas, padre. —Rune empleó un tono comedido—. Los rencores son criaturas reales que quieren destruirnos. En cuanto al bien... Nosotros, la humanidad, debemos tomar la decisión consciente de convertirnos en esa fuerza del bien. Tenemos que elegir contraatacar. Y eso es lo que elijo yo: no puedo ignorar esta amenaza. Y no lo haré.

Opus se frotó las sienes.

—¿Crees que Noctámbula regresará al Bastión del Honor?

—No tengo ni idea.

Ojalá volviera, para que Rune pudiera explicarle por qué había dicho esas cosas... Y para contarle más detalles sobre el Amanecer Rojo. La verdad era mucho más compleja que la expresada por esas palabras articuladas en un arrebato de ira.

—Si regresa..., y si ha eliminado algunos de los malsitios..., quizá pueda conseguir la aprobación del Consejo para el certamen de los caballeros del alba.

—¿De veras? —Rune recobró el ánimo.

—Lo intentaré —dijo Opus—. Los consejeros entienden que no será fácil dejar a Noctámbula a un lado o hacer que vuelva a dormirse; puede que los caballeros del alba sean lo único capaz de aplacarla. Pero debe demostrar su valía ante nosotros. Debe demostrar que ha venido a luchar por el bien en el mundo. De lo contrario, tenemos motivos de sobra para temerla, sobre todo ahora que sabe lo ocurrido durante el Amanecer Rojo.

Pero si, en un principio, el Consejo de la Corona creía que Noctámbula estaba al corriente del Amanecer Rojo... Sin embargo, no valía la pena hacer esa observación. La mejor opción de Rune era seguirles la corriente, por si había una posibilidad de que se celebrase ese certamen.

—Visitaré la biblioteca del templo y me documentaré sobre los certámenes y las batallas que Noctámbula ayudó a ganar. El Consejo de la Corona se dará cuenta del beneficio de supondrá recuperar esa práctica si entienden que...

—Sí —interrumpió Opus—. Ya veremos. Pero adelante, investiga. Al menos, servirá para mantenerte alejado de los problemas durante un tiempo.

El príncipe soltó un largo suspiro.

—¿Y qué quiere el Consejo que se haga conmigo?

Grace le apoyó una mano en el hombro a su hijo.

—El Consejo considera que hay demasiadas incertidumbres ahora mismo. Están furiosos y quieren que seas castigado, pero teniendo en cuenta la guerra, la muerte de la princesa y la llegada de Noctámbula..., no habrá cambios en tu situación. Por el momento.

Así que la decisión tomada había sido la de no tomar ninguna decisión. El príncipe frunció el ceño.

—Rune —prosiguió su padre—, debes saber que hay muchos consejeros que siguen pensando que deberíamos haber nombrado heredera a una de tus hermanas. Tienes que esforzarte más para convertir a esas personas en tus aliados. Gánate su confianza. Halágalos. No te conviene tenerlos como enemigos. ¿Lo entiendes? Ellos tienen su propio poder. —El rey hizo una breve pausa—. Tu madre y yo pensamos que, por ahora, lo mejor será que te quedes en tus aposentos para seguir recuperándote. Y supongo que puedes visitar la biblioteca. Pero no hables con nadie. No salgas a cabalgar a ninguna parte. Y, por favor, no invoques a nadie más. Nosotros dirigiremos el reino. Tu concéntrate en recuperarte.

«Concéntrate en no estropear nada más», querían decir.

Al cabo de unos minutos, los reyes salieron de los aposentos de Rune.

Ahora sí que no iba a poder pegar ojo, no mientras siguiera pensando en lo mal que había manejado toda esa situación. Así que salió al balcón e inspiró la fresca brisa de la noche de verano.

Le habría gustado culpar a la princesa Johanne por lo ocurrido. Todo había ido bien hasta que desapareció y quedó atrapada en un malsitio. Pero, aun así, él también tenía parte de culpa. Había permitido que la princesa saliera a pasear sola. No había insistido en enviar guardias tras ella, había sido un necio. Él era responsable de todo lo que había sucedido desde entonces.

Rune jamás pensó que lamentaría la pérdida de un embriano, pero mientras contemplaba a lo lejos la cúpula centelleante del Malfreno, deseó con todas sus fuerzas que la princesa Johanne estuviera viva.

# 19. HANNE

En la pequeña habitación custodiada que le cedieron para pasar la noche, Hanne no pudo dormir bien; sus sueños estuvieron plagados de Malicia y rencor. Por eso, cuando la reina se presentó allí en persona (tras los versos matutinos, que Hanne no tardó en descubrir que se entonaban desde las calles para asegurarse de que todo el mundo participaba), ella ya estaba preparada, vestida desde hacía un buen rato con el uniforme beis que le habían proporcionado.

Con una pequeña tropa de guardias que avanzaban por delante y por detrás de ellas (guardias distintos a los que vio en la sala del trono el día anterior), Hanne y Abagail salieron de la hacienda real y se adentraron en la ciudad tomando calles secundarias. Una reina y una futura reina. Enemigas. Aunque eso solo lo sabía Hanne.

—La universidad no está lejos —le explicó Abagail mientras caminaban—. Allí es donde se está llevando a cabo la labor para este proyecto. Te he conseguido una habitación en el campus, donde estarás vigilada a todas horas.

Hanne no esperaba menos.

—He hablado con los malicistas —prosiguió la reina—, y les he informado de que te sumarás a su equipo.

Eso era sorprendente... o quizá no, considerando que se trataba de Ivasland. Pero ¿la reina hablaba directamente con esas personas? ¿Cara a cara? Seguramente, el círculo de gente que conocía la existencia del dispositivo era muy pequeño, pero, aun así, Abagail no parecía ser consciente de que ella era una reina, no una mensajera. No debería dedicarse a esas cosas. Debería haber un intermediario. Un maestro de malicistas.

—No les he contado nada sobre ti —dijo Abagail—, salvo que te llamas Hildy Boone y que te hemos traído para ayudarlos a terminar el dispositivo. Puede que te pidan más detalles relativos a tu educación y a cómo has tenido conocimiento del proyecto. No les cuentes nada. Has venido aquí a trabajar, no a hacer amigos.

Hanne nunca iba a ningún sitio a hacer amigos.

—Te he redactado un documento con una coartada creíble. Cíñete a ella. No improvises.

Abagail se sacó una hoja de papel doblada del bolsillo y se la dio a Hanne. La caligrafía era pequeña y pulcra, como si la reina estuviera acostumbrada a ahorrar papel. Contenía nombres y pueblos, así como una breve lista de intereses y logros educativos. Todos esos datos insinuaban que Hanne provenía de Ivasland.

—Ninguno de los lugares que se mencionan aquí tienen relación alguna con ninguno de los malicistas. Tus nuevos compañeros de trabajo no podrán contradecir tu historia, a no ser que digas alguna estupidez.

—¿Qué es un malicista?

—Oh, bendita Vesa. —Vesa era la Erudita, la patrona de Ivasland. Abagail reprimió un gesto de fastidio—. Un malicista es un científico especializado en Malicia.

—Entiendo. —Hanne volvió a leer el documento, después se lo guardó en el bolsillo—. Era por asegurarme. Recuerde que estoy de su parte.

Como esa noche no había dormido mucho, dedicó gran parte del tiempo a pensar cómo podría utilizar el invento de Ivasland en su contra, o quizá incluso mandar construir una máquina similar en Embria o Caberwill. Hanne no quería romper los Acuerdos de Ventisca, pero en este caso, no había sido ella quien había lanzado la primera piedra.

—Sí, para vencer a nuestros enemigos —asintió Abagail con gesto ausente.

Hanne siguió la mirada de la reina y al principio no percibió nada extraño, hasta que divisó unas estrellas en varias ventanas de la ciudad. Estaban confeccionadas con varas luminosas inclinadas; solo los tubos de cristal, sin las fundas metálicas. Al verlas, dio la impresión de que Abagail se estremecía.

Interesante.

La universidad de Athelney resultaba mucho más impresionante que la hacienda real, con unos imponentes edificios de ladrillo, repletos de postes de luz, y con un sinuoso sendero adoquinado que discurría hasta una enorme fuente situada en un patio central. Sin embargo, la escuela no se encontraba en buen estado: cada superficie estaba cubierta de suciedad, las puertas colgaban torcidas de sus goznes y la fuente no tenía agua.

A pesar de todo, se habían llevado a cabo intentos por restaurarla, y a través de las ventanas de las aulas Hanne divisó a estudiantes ávidos e instructores apasionados. Ese lugar, comprendió, también era el templo supremo de Vesa. Seguramente, uno de esos edificios (no pudo discernir cuál, pues avanzaban muy de prisa) albergaba los altares y demás artefactos propios de la devoción a los númenes.

—La universidad de Athelney ha conocido tiempos mejores —admitió la reina Abagail cuando pasaron junto a una placa que contenía un fragmento de uno de los versos matutinos: «Pero concedemos a la escuela todo lo que podemos. Educar a la juventud es nuestra mayor esperanza de futuro».

—Me resulta fascinante que a todos los habitantes de Ivasland se les garantice una educación, con independencia de su rango. Allí de donde yo vengo, las cosas son muy distintas.

En Embria todo el mundo sabía que instruir a los campesinos era un desperdicio de recursos. (Y una posible amenaza, en caso de que aprendieran palabras como «revolución» o «coalición»).

Por supuesto, si el reino instruía a la gente de todos los estratos, eso significaba que los estudiantes aprendían exactamente lo que quisieran sus gobernantes. Ivasland era bueno; todos los demás eran malos.

Hanne tomó nota de esa idea para más adelante.

—Sí que es diferente —dijo Abagail con orgullo, como si no se diera cuenta de que su reino necesitaba más granjeros y pescadores, no más arqueólogos y arquitectos.

Señaló hacia una placa junto a la que pasaron:

**CUANTO MÁS FUERTES Y EQUILIBRADAS SEAN NUESTRAS MENTES, MAYOR SERÁ LA PROSPERIDAD DE IVASLAND.**

Y después otra:

**EL FUTURO DE IVASLAND ES MI FUTURO.**

Estas frases se contaban entre las que Hanne había oído vocear desde las calles aquella mañana. Aquello formaba parte del centenario intento de Ivasland por moldear ciudadanos absolutamente leales. Incluso Abagail, supuso Hanne, era víctima de ese condicionamiento.

Sin embargo, ese detalle no redujo su aversión hacia ella.

—Por medio del trabajo duro y la necesidad —dijo la reina—, nuestros estudiantes han desarrollado tecnologías con las que nuestros ancestros solo podían soñar.

—¿Y cree que el reino es más próspero que cuando ascendió al trono? —Hanne enarcó una ceja—. ¿La gente está mejor alimentada que hace diez años? ¿Y que hace veinte?

La reina Abagail frunció el ceño.

—En muchos sentidos, nos va mejor. Estas escuelas cuentan con más fondos y las investigaciones han dado lugar a cosechas más cuantiosas. Hemos realizado mejoras en infraestructuras para que nuestros edificios y carreteras sean más duraderos, y nuestras minas nunca habían sido tan seguras.

Tras haber viajado por Ivasland, Hanne dudaba mucho que alguna de esas cosas fuera cierta. Pero necesitaba ganarse la complicidad de la reina, así que se abstuvo de replicar.

Abagail le contó más detalles sobre la universidad mientras subían por las escaleras que conducían a uno de los laboratorios de la torre, y fue allí donde Hanne olió algo.

Olía a rencor.

Era un olor leve, pero unas lágrimas desesperadas se asomaron a sus ojos y notó un picor al fondo de la garganta. Incluso empezaron a temblarle las manos...

No, no, la bestia no estaba allí. No podía estar allí, porque Hanne estaba haciendo exactamente lo que le había ordenado. Punto por punto.

Media docena de guardias bloqueaban el camino de vuelta por las escaleras, pero ni siquiera ellos podrían impedir que Hanne huyera si fuera necesario. Si esos ivaslandeños tenían encerrado un rencor en esa torre, Hanne reuniría toda su obsidiana y escaparía de ese condenado reino.

Y poco después, seguramente, moriría.

Inspiró por la nariz y espiró por la boca, tratando de serenar los frenéticos latidos de su corazón.

Lo único que debía hacer era ayudarlos a terminar su dispositivo. Eso era lo único que le habían exigido. Y si lograba hacerlo, podría hacer cualquier cosa. Podría llevar las coronas de Embria y Caberwill, y, ya de paso, también la de Ivasland. Era obvio que ese reino sureño necesitaba un líder mucho más fuerte, y ella podría llevar a cabo las mejoras que necesitaban con tanta urgencia.

Pero todo a su tiempo. Primero, el dispositivo.

—Huele bastante mal —dijo la reina—. Por eso trasladamos el laboratorio aquí arriba, donde el viento puede disipar la peste. Los días que no hay aire, sin embargo... —añadió arrugando la nariz.

Abagail abrió una puerta ubicada en lo alto de la torre.

—¡Majestad!

Tres jóvenes dejaron lo que estaban haciendo y le dirigieron una reverencia. Concretamente, eran dos hombres y una mujer, que tenía el pelo muy corto y vestía con pantalones como sus compañeros, aunque era mucho más guapa que ellos. Le lanzó a Hanne una mirada de recelo. Y también... ¿de admiración?

Hanne respondió con una sonrisa.

La muchacha agachó la cabeza para disimular su propio gesto risueño.

—Estos son nuestros malicistas —dijo la reina Abagail—. Bear, Barley y Mae. El más impertinente es Barley.

Uno de los jóvenes (el más flacucho de los dos, que llevaba gafas y tenía patas de gallo de tanto achicar los ojos) frunció el ceño. Seguramente sería Barley.

—Querrá decir que la impertinente es Mae.

La reina lo ignoró.

—Estos son los mejores malicistas de Ivasland. Llevan trabajando en el proyecto desde su concepción. Saben todo lo que hay que saber acerca de capturar y trasladar Malicia.

—Es un placer conoceros —mintió Hanne-. Soy Hildy Boone. Supongo que os han avisado de mi llegada.

—Ayer mismo —dijo Barley—. Pero no necesitamos tu ayuda.

—Nos alegramos de tenerte en el equipo —dijo Mae, la jovencita que seguía mirándola de un modo que insinuaba que veía más allá de la mugre incrustada del camino y de la factura que le habían pasado las semanas de hambre. Incluso en su estado, Hanne era la persona más agraciada de esa sala, y todo el mundo lo sabía.

—Aquí es donde estamos desarrollando el dispositivo.

La reina Abagail extendió el brazo para abarcar el taller, señalando las mesas desordenadas y los estantes abarrotados de trozos de alambre y metal, alambiques y libros, botellas y tubos con sustancias extrañas, entre otros muchos objetos sin identificar. Había una enorme hoja de papel repleta de líneas entrecruzadas, apoyada sobre una mesa cerca del trío de investigadores, sujeta por un puñado de engranajes pequeños. Era un diagrama.

—No es muy impresionante, que digamos —dijo Hanne—. Y todos son jovencísimos.

La reina puso una mueca de fastidio.

—Seguro que la máquina resultará más impresionante cuando esté terminada. En cuanto a la abundancia de juventud, bueno, Bear, Barley y Mae son estrellas en alza en sus respectivos campos. Para esta labor, decidimos emplear a estudiantes en vez de a profesores, porque tienen ideas novedosas y cuentan con una mayor apertura de miras en su labor.

Hubo algo en esa frase que provocó que Mae torciera el gesto.

Qué interesante.

—Es un honor trabajar con vosotros —dijo Hanne al fin.

Con suerte, con los conocimientos del rencor alojados en su mente, terminar la máquina no llevaría demasiado tiempo. Cuanto antes cumpliera con esa labor, antes podría marcharse. Además, era muy probable que su ausencia les estuviera causando problemas a Embria y a Caberwill. No sabía cuánto llevaría desaparecida en tiempo normal, pero incluso unos pocos días podrían tener graves consecuencias para los reinos y su alianza.

Y si esos bárbaros de Caberwill le habían hecho daño a Nadine, los mataría a todos.

Finalmente, tras lanzarle una mirada penetrante a Hanne, Abagail salió del laboratorio.

—Está bien —dijo Hanne, cuando se quedó a solas con los malicistas—. Manos a la obra.


La máquina no era muy grande, apenas tenía el tamaño de una pila de libros, a lo que había que sumar la bombilla que asomaba de la parte superior. Las placas metálicas que ocultaban las entrañas del dispositivo estaban desatornilladas y apoyadas encima de la mesa, así que Hanne pudo echar un buen vistazo a los tubos y cables que se extendían por dentro.

—Nos hemos encontrado con dos escollos, principalmente —explicó Mae.

Hanne asintió con gesto ausente mientras seguía examinando la máquina con mucha atención. Tenía que aprender cosas sobre ese dispositivo sin revelar que tenía muy poca idea de lo que estaba viendo. El rencor solo le había explicado lo que hacía falta para completarlo, pero si Hanne quería aprovechar ese diseño para su propio reino, primero tendría que entenderlo. Por supuesto, podría intentar robar el diagrama, pero durante la hora que llevaba en el laboratorio, Bear y Barley no habían dejado de observarla con suspicacia. Y Mae... Mae se había limitado a observarla.

La joven señaló hacia una abertura cubierta por una fina malla metálica.

—El principal escollo fue extraer Malicia de los malsitios sin absorber ninguna otra materia. Probamos diferentes filtros, pero al final optamos por un sistema que lo absorbe todo, pero que permite que lo que no sea Malicia salga por la válvula de aquí atrás. —Señaló hacia el otro extremo de la máquina—. De este modo, la bombilla se llena y todo lo que no sea Malicia acaba expulsado por la presión.

—Sí, me parece lógico. —Hanne intentó extraer el filtro para examinarlo, pero estaba soldado a la máquina. En cualquier caso, las probabilidades de que pudiera identificar de qué estaba hecho eran escasas.

—Por supuesto, eso significa que necesitamos una bombilla de contención capaz de almacenar Malicia pura. La Malicia es tan corrosiva que desintegra cualquier material que hayamos probado. —Bear señaló hacia una serie de bombillas metálicas y de cristal que había en un estante. La mayoría estaban renegridas y carcomidas desde el interior—. Probamos incluso con obsidiana, pero, como era de esperar, eso debilitó la Malicia. Y si no está a plena potencia, no sirve de mucho como arma.

Eso tenía toda la lógica del mundo. ¿Por qué debilitar un arma frente a un enemigo? Hanne comprendió que había subestimado a los ivaslandeños. Podían ser tan despiadados como el que más.

—Dicho esto, hemos detectado movimientos medibles en la membrana de los malsitios al colocar un dispositivo en su interior. —Bear sonrió de oreja a oreja.

—Solo en las membranas bipermeables, claro —añadió Mae.

—Por desgracia —dijo Bear—, la naturaleza básica de los malsitios unipermeables nos impide usar estos artefactos, a no ser que nos planteemos almacenar de algún modo toda la Malicia de esa zona en la máquina. De lo contrario, el dispositivo puede entrar...

—Pero ya no puede salir. —Hanne se mordió el interior de los carrillos para mantener un gesto neutral—. Sí, así es como funcionan los malsitios unipermeables.

—Afortunadamente —prosiguió Mae—, hay un bosque llameante cerca de aquí. Acudimos allí cuando necesitamos hacer pruebas.

Hanne se apartó de la máquina reprimiendo un escalofrío.

—Está bien. Enseñadme el funcionamiento preciso de esta máquina. Hasta la última de sus piezas.

Los malicistas cruzaron una mirada, pero la reina Abagail había debido de ser muy persuasiva, porque Mae se dispuso a mostrarle enseguida los vericuetos del dispositivo de Malicia.

Fue un proceso lento y complicado, ya que los malicistas comprendían su máquina y lo que pretendían hacer con ella, pero Hanne... En fin, ella contaba con las instrucciones del rencor, pero sin contexto, lo que significó que el primer día lo dedicaron a enseñarle las funciones básicas de la máquina, para después examinarla sobre el funcionamiento de cada pieza. Hanne no era tonta, ni mucho menos, pero su mente había sido moldeada para la política y la manipulación. Si no podía recordar la diferencia entre un capilar y un capacitador se debía únicamente a las lagunas que había tenido en su educación.

Pero cuando escapara de ese condenado reino, su intención era aprenderlo todo sobre esas viles máquinas para utilizar la tecnología de Ivasland en su contra.


Finalmente, la jornada llegó a su fin, y los malicistas —que no habían hecho nada más que instruir a Hanne acerca del dispositivo—, comenzaron a recoger sus mesas de trabajo.

—¿No nos obligan a trabajar toda la noche? —preguntó Hanne sorprendida.

—No, es demasiado peligroso —repuso Mae—. Hay muchos fogonazos en el taller, debido a las sustancias tóxicas y combustibles que utilizamos, y estamos intentando minimizarlos. Hasta las esferas luminosas están prohibidas en esta torre, a no ser que todo esté almacenado en contenedores de protección.

Hanne se fijó en uno de los armarios que Barley estaba cerrando, a tiempo de ver un símbolo rojo de advertencia en uno de los tarros.

—En realidad, las esferas no causan problemas —le susurró Mae, en confidencia—, pero al principio del proyecto se produjo un incendio que nos retrasó dos meses, y tuvimos que echarle la culpa a algo. Ahora, ya nunca nos hacen trabajar después de que oscurezca.

—Eso es muy inteligente —dijo Hanne, aunque, cuando ella fuera la regente absoluta, se aseguraría de que la gente que trabajara para ella nunca la engañase de ese modo.

Los cuatro bajaron por las escaleras de la torre, donde unos guardias se sumaron a ellos para realizar el trayecto a través del edificio y a lo largo del patio. El dormitorio que tenían asignado (donde también dormiría Hanne durante el resto de su estancia allí) no estaba lejos.

—¿Los guardias nos escoltarán todas las noches?—le preguntó Hanne a Mae.

—Sí, todas —respondió la joven en voz baja—. Están aquí para protegernos.

—¿De qué? Nadie sabe lo que estáis haciendo, ¿verdad?

Mae echó un vistazo rápido por el patio.

—No lo saben con certeza, pero a veces creo que sospechan algo.

Hanne siguió la trayectoria de la mirada de Mae. Allí, en una ventana, vio otra de esas estrellas formadas con varas luminosas.

—Las vi esta mañana. ¿Qué significan?

—Nada —se apresuró a decir Mae.

Vaya, que sospechoso. Era obvio que esas estrellas en las ventanas significaban algo. Hanne tenía que descubrir qué estaba pasando exactamente allí.

Al día siguiente, la noticia se extendió por todo el campus:

## LA PRINCESA HEREDERA JOHANNE FORTUIN DE EMBRIA ESTÁ ATRAPADA EN UN MALSITIO

Los cinco periódicos universitarios mostraban alguna variación de ese titular, así como los periódicos locales de Athelney y el rotativo nacional. Hanne ocupaba la primera plana de todos ellos.

—Menuda tragedia. —Barley depositó un puñado de periódicos sobre una de las mesas de trabajo. Eran para su colección, según les había informado cuando atravesaron el patio con los guardias en formación férrea a su alrededor.

—Es lo más trágico que he oído en mi vida —coincidió Bear, con un tono cargado de sarcasmo—. Pero ¿a ti te sorprende? Dicen que esa princesa nunca estuvo... bien.

Hanne apretó los puños. Estaban hablando de ella.

—No seáis desconsiderados. —Mae iba de un lado a otro de la estancia abriendo armarios para extraer herramientas, papeles y componentes del dispositivo—. Es una tragedia que cualquiera quede atrapado en un malsitio, aunque sin duda es positivo para nosotros. Imaginad que se hubiera casado con el príncipe y que hubieran unido sus ejércitos. No lo quiero ni pensar.

—La alianza entre Caberwill y Embria es una reacción a este dispositivo. —Hanne colgó su morral de un gancho, junto a la puerta. Lo había encontrado sobre su cama la noche anterior, repleto de productos de primera necesidad: un uniforme beis de repuesto, jabón y cosas así.

—Entonces, ¿simpatizas con ellos? —Barley achicó los ojos—. ¿Crees que su alianza es legítima?

—Creo que ningún reino ha utilizado nunca la Malicia como arma. Al menos, no en miles de años. No debería extrañaros que el resto de Salvación intente impedir que esta máquina llegue a estar terminada. —Hanne se acercó a la ventana y se asomó al patio. Había luz ahí fuera, acababa de amanecer, pero las estrellas de las ventanas seguían brillando con fuerza—. Seguro que todos los presentes os habéis preguntado si el fin justifica los medios. Yo sí.

Los demás se quedaron un rato en silencio. Mae se miró las manosfrunciendo el ceño.

—Ni Caberwill ni Embria valoran los derechos humanos como hacemos nosotros: honradez, educación, alimento para todos. Ninguno de esos monarcas se ha adscrito a los mismos valores que los reyes ivaslandeños durante generaciones, antes o después del Amanecer Rojo. En la guerra, no hay recompensa por hacer lo correcto. Entiendo por qué el rey Baldric y la reina Abagail han decidido actuar antes de que sea demasiado tarde.

Bear asintió para mostrarse de acuerdo.

—Nos odian más que a nada. Son capaces de unir sus dinastías antes que permitirnos prosperar.

Eso no era del todo cierto. Los Fortuin y los Highcrown preferían unir sus dinastías antes que permitir que Ivasland rompiera los Acuerdos de Ventisca. Pero Hanne no podía decir eso.

—Entiendo. —Hanne se apartó de la ventana—. Así pues, optáis por mancharos un poco las manos a cambio de detener a alguien que ha decidido sumergirse a fondo en la inmundicia.

—A veces no queda más remedio —repuso Mae.

A Hanne le habría gustado pensar un poco más en eso ; al fin y al cabo, ¿no era eso lo que estaba haciendo ella? Pero si Abagail pensaba que la urgencia por desarrollar esa máquina quedaba atenuada por la creencia de que Hanne estaba atrapada...

Eso significaba que Hanne tenía que acabar con eso y salir de allí lo antes posible, antes de que la reina decidiera que no estaba tan desesperada como para necesitar ayuda de una embriana para finalizar el dispositivo antes de que los reinos aliados la aplastaran.

—Sí. A veces hay que ensuciarse un poco las manos —murmuró Hanne—. De ese modo, podemos detener a alguien que se ha cubierto por completo de lodo.

—Así es —dijo Bear—. Eso es precisamente lo que hemos estado comentando.

—No —dijo Hanne—. Me refiero a la manera de contener la Malicia.

—¿Arrojándola al lodo? —Barley frunció el ceño.

Hanne profirió un quejido de frustración.

—¿Cómo se desarrolla una tolerancia al veneno?

—¡Ah! —A Mae se le iluminó el rostro—. Hay que ingerir cantidades diminutas que tu cuerpo pueda combatir. Así le enseñas cómo reaccionar ante él, de modo que, aunque te apliquen una dosis letal, tengas una oportunidad de sobrevivir.

Bear miró a Hanne con el ceño fruncido.

—Qué metáfora tan extraña. Podrías haber dicho algo sobre arrojar harina en una superficie para impedir que la masa de pegue, o diseminar compost para fertilizar los campos, pero has optado por el veneno. Eres un poco peculiar, ¿no?

Hanne se clavó las uñas en las manos. «No estás bien. Te pasa algo raro».

Podían decir lo que quisieran sobre ella, pero Hanne estaba cerca de reducir ese lugar a escombros. Solo tenía que darles las respuestas para los problemas que no podían resolver.

—Quizá, si hubiera un modo de combinar el material de la bombilla con la Malicia... Eso podría engañarla para comportarse como si el metal fuera una membrana.

—¿Crees que se puede engañar a la Malicia? —Barley achicó los ojos—. ¿Como si fuera un ser vivo?

Hanne agitó una mano para desestimar esa ocurrencia.

—Me refiero a la misma forma en que los extremos iguales de un imán se repelen, o a la manera que tiene la Malicia de aglutinarse, como el mercurio. Es una propiedad inherente a esa sustancia.

—Tienes razón —dijo Mae—. Lo que significa que solo tenemos que averiguar qué material debemos combinar con la Malicia.

—¿Qué materiales habéis probado hasta ahora? —La respuesta a sus problemas era el titanio, pero Hanne no podía darles la respuesta sin más. Tenía que conducirlos hasta ella.

Los malicistas enumeraron cada una de las bombillas calcinadas, describiendo las propiedades que parecían más o menos útiles frente a la Malicia.

—El titanio es el que menos se corroyó. —Mae sostuvo en alto el contenedor, que seguía conservando algunos rastros brillantes de metal, a pesar de que la mayor parte del recipiente se había ennegrecido. Cuando lo giró, Hanne vio un agujero que se había producido como por efecto de una presión.

—Entonces, parece que el titanio es la mejor opción —dijo Hanne—. ¿Cuándo podemos iniciar las pruebas?

Pronto, los tres malicistas estaban absortos en sus libretas. Sus lápices susurraban sobre el papel mientras hacían cálculos a tal velocidad que Hanne era incapaz de seguirlos.

—Habrá que introducir la Malicia durante el proceso de reducción —murmuró Bear mientras tomaba notas como un poseso.

—Pero tendremos que hacerlo cerca de un malsitio para tener acceso a ella. Eso requerirá tiempo... —Barley pasó varias páginas de su libreta—. Podemos utilizar el bosque llameante cerca de Boone. Si tomamos las debidas precauciones, podríamos usar la Malicia presente en el ambiente para crear la aleación.

—¿Qué cantidad deberíamos utilizar? —preguntó Mae—. Si nos pasamos, nos arriesgamos a otra deflagración. —Señaló hacia los armarios con las bombillas destruidas.

—Hmm. —Hanne fingió reflexionar, como si no supiera exactamente lo que el rencor le había dicho con esa voz de caparazón pulverizado—. Opino que deberíamos ir poco a poco. ¿Una parte de Malicia por cada cien partes de metal?

—Sí, sí. —Barley ya no se mostraba sarcástico, se limitaba a anotar cifras a toda velocidad—. Solicitaré transporte hasta Boone y gafas con cristales tintados de obsidiana.

Mae se acercó a Hanne y le dijo:

—Esas gafas cuestan una fortuna, pero protegen los ojos frente a los fuegos de la Malicia.

—Ah —repuso Hanne en voz baja. No quería ni pensar en acercarse a un malsitio, con o sin protección.

—Deberíamos poder llegar allí en unos pocos días —prosiguió Barley, que las estaba ignorando—, en cuanto tengamos todos los cálculos por escrito.

—¡Esta es la buena! —exclamó Bear entusiasmado—. En cuanto podamos contener la Malicia, podremos decirle a la reina que el dispositivo está listo. Ivasland aplastará a sus enemigos y nosotros seremos héroes.

—No seas tonto —dijo Mae con una risita—. Los científicos nunca llegan a ser héroes.

Trabajaron el día entero. Los malicistas tomaron notas e hicieron cálculos mientras Hanne fingía estar atareada. En realidad, lo que hizo fue inspeccionar los planos del dispositivo y tomar nota del contenido de los armarios, sobre todo de los productos etiquetados como «INFLAMABLES».

Ya era por la tarde cuando Mae se dejó caer sobre una silla al lado de Hanne. Sus pies se rozaron, pero Mae no se apartó.

—Siento haber sido un poco seca contigo ayer.

—¿Cuándo? —Hanne ladeó la cabeza, como si no recordara el momento en que Mae se había negado a hablar sobre las estrellas de las ventanas, ni del silencio tenso que se asentó entre ellas durante el resto del camino hasta el dormitorio.

—Antes tenía unos amigos... —dijo Mae en voz baja— de esos que decían que su único delito era preocuparse demasiado por Ivasland, amar demasiado este reino, creer demasiado en nuestros ideales. ¿Me sigues? Algunos nos llamarían radicales. Teníamos grandes ideas. Creíamos saber qué era lo mejor para Ivasland.

Hanne se mantuvo expectante.

—Éramos cinco —prosiguió la joven—. Al menos, en un principio. Nos considerábamos una estrella de cinco puntas, con Ivasland en el centro. Nos veíamos como protectores de los verdaderos valores ivaslandeños: igualdad, educación... No nos gustaba que Ivasland vendiera a Embria o a Caberwill tantas esferas luminosas, filtros de agua y otras cosas que nosotros habíamos inventado. Detestábamos tener que depender de nuestros vecinos para obtener los materiales para construir esos productos... ¡y que ellos pudieran cobrarnos lo que quisieran por ellos! No es justo que nosotros hagamos todo el trabajo y ellos se queden con los beneficios. Queríamos que Ivasland fuera autosuficiente, que obtuviera mejores acuerdos comerciales que nos beneficiaran más a nosotros que a ellos. Y entonces corrió el rumor de que los reyes podrían estar planteándose analizar la Malicia. Nos quedamos horrorizados, por supuesto, pero entonces me seleccionaron para el proyecto y... en fin, todo cambió para mí.

»Me dije que estudiar la Malicia no era lo mismo que utilizarla. Cuando Bear, Barley y yo recibimos instrucciones para construir la máquina, me dije que era positivo que nosotros usáramos un dispositivo como ese, en lugar de Embria o Caberwill. —Se enderezó en su asiento—. Nosotros lo usaríamos con responsabilidad. Lo usaríamos para trasladar la Malicia a una ubicación diferente, a algún lugar donde no pudiera seguir haciendo daño a la gente. Por supuesto, luego se convirtió en un arma. Pero, aun así, es mejor que seamos nosotros los que poseemos algo así.

Lo mejor sería que la máquina no existiera, pero Hanne no lo dijo en voz alta. En vez de eso, susurró para darle ánimos:

—Aun así, ¿te planteaste que, si permanecías en el proyecto, tal vez podrías ejercer alguna influencia sobre su uso? Puede que los reyes lo consideren un arma, pero ¿podría ser también algo más? ¿Un modo de librar a Ivasland de la Malicia?

El gesto severo de Mae se suavizó.

—Sí, exactamente. Y ya estamos muy cerca de terminarlo. Creo que nos has proporcionado el avance que necesitábamos.

Hanne agachó la mirada con pudor.

—Quiero que sepas que yo siento lo mismo por Ivasland. Esta es una tierra de conocimiento y grandes ideales. Me preocupa que la máquina se convierta en un arma, pero es mejor que la tengamos nosotros, y no que Embria o Caberwill la obtengan primero.

—Tú misma lo has dicho antes —añadió Mae—. Me estoy ensuciando las manos por un buen motivo.

—¿Qué opinan tus amigos de la estrella?

—No estoy autorizada a seguir contactando con ellos, pero a veces recibo notas por debajo de la puerta donde me dicen que pare y me preguntan por qué he traicionado a Ivasland. Y cuando las estrellas estaban solo en sus ventanas, creí que me estaban enviando un mensaje. A mí, personalmente. Pero cada día aparecen más... Creo que el movimiento ha crecido más allá de nosotros cinco. —Se quedó en silencio unos segundos—. O de ellos cuatro, mejor dicho.

—Debe de ser duro. —Hanne le acarició una mano a Mae.

—Lo más duro es preguntarme si tienen razón.

Mae giró la mano y entrelazaron los dedos. Solo por un instante.

—Es mejor tener a alguien con valores, como tú, trabajando en esto. Sin duda, confían en que antepongas los ideales e intereses de Ivasland a tu propia ambición.

Mae le dedicó a Hanne una sonrisita singular.

—Todo lo que hago es por Ivasland.

Luego, desde el otro extremo del taller, Bear exclamó:

—Basta de cuchicheos. Mae, ven a revisar mis cálculos.

Con una leve sonrisa, Mae se levantó y se fue a ayudarlo.


Cuando estaba terminando la jornada, Abagail entró en el taller, seguida por toda una tropa de guardias.

—¿Qué tal va todo por aquí? —preguntó la reina—. ¿El proyecto va avanzando?

—Mejor que eso —dijo Bear—. Hemos hecho un gran avance. La ayuda de Hildy ha sido inestimable. De hecho, tenemos una hipótesis que probar en cuanto terminemos las ecuaciones.

La reina miró a Hanne, que fingió sonreír. En realidad, se le estaba acelerando el corazón y había empezado a sudar bajo el uniforme beis. No estaba claro si los malicistas querían que ella acudiera también al malsitio, o si Abagail lo permitiría siquiera, pero Hanne sabía una cosa con certeza: tenía que escapar antes de eso sucediera, porque nunca, jamás, volvería a poner un pie en un malsitio.

—Excelente —dijo Abagail—. Me alegra saber que Hildy ha sido una incorporación útil. Podéis retiraros temprano para descansar. Barley, si tienes unos minutos, me gustaría conocer los detalles sobre vuestro trabajo durante estos últimos dos días.

El malicista de las gafas miró a Hanne y achicó los ojos con un gesto de suspicacia.

—Por supuesto, majestad.

Hanne agarró su morral. Luego, cuando nadie la miraba, agarró un tarro con una etiqueta que decía «PELIGRO: INFLAMABLE». Después salió del laboratorio detrás de los demás. No tuvo oportunidad de escuchar ningún fragmento de la conversación entre Barley y Abagail, pero tenía un presentimiento horrible sobre la cuestión que estarían abordando.

Ella misma.

Tenía que ser ella.

Abagail, a pesar de sus dudosas prácticas como regente, no era estúpida. Si Hanne hubiera estado en su lugar, habría ordenado matar a su sospechosa prisionera en cuanto el dispositivo estuviera terminado... Algo para lo que apenas faltaban unos días. Y teniendo en cuenta todas las incógnitas relativas a la repentina aparición de Hanne y sus conocimientos, parecía igualmente posible que la sometieran a algún tipo de tortura antes de matarla.

«¿Quién te envió? —le preguntarían—. ¿Quién eres?».

Hanne había cumplido su obligación con el rencor al darles a los malicistas todo lo que necesitaban para terminar la máquina. Sin duda, eso era lo único que esperaba de ella, ¿verdad? ¿Ya no la perseguiría?

El número de guardias se duplicó cuando llegaron a la base de las escaleras de la torre y atravesaron el pasillo. Entonces, Hanne tomó una decisión.

Si se quedaba, moriría. Tenía que marcharse. Enseguida.

—Mae —dijo Hanne mientras el grupo emergía del edificio. El ambiente estaba cargado y quedo, como un aliento contenido, mientras que el cielo estaba cubierto por unas nubes bajas y oscuras, cargadas de lluvia. Aunque pareciera imposible, cada vez había más guardias—. Necesito tu ayuda.

La otra chica la miró sin comprender, deslizando los dedos por sus cortos mechones de cabello hasta dejarlos de punta. Hanne se acercó y le habló en voz baja, para que solo Mae pudiera oírla entre el restallido de los truenos:

—Creo que estoy en peligro.

Mae tomó aliento.

—No eres quien dices ser, ¿verdad?

Hanne sopesó la pregunta, después negó con la cabeza.

—He hecho lo que me encomendaron y ahora soy prescindible.

Mae echó un vistazo a los guardias. Había muchos más que antes. La joven puso los ojos como platos nerviosa.

—¿Cuándo crees que irán a por ti?

Un trueno retumbó por el campus, haciendo estremecer a Hanne.

—No creo que sobreviva a esta noche.

Mae giró la cabeza para mirar hacia atrás.

—Bear y yo podríamos crear una distracción...

—¡No! —Hanne torció el gesto, luego suavizó la voz—. No me fío de él.

Eso implicaba que sí se fiaba de Mae, lo cual no era cierto, pero la malicista entendió lo que quería entender.

—No será fácil —murmuró.

En el fondo, era culpa de los reyes. Si hubieran sido tan puros y bondadosos como les gustaba aparentar (tan puros y bondadosos como las estrellas de cinco puntas querían que fueran), sería imposible que Mae se creyera una sola palabra de todo eso. Pero esos monarcas tenían un lado oscuro, y Mae lo sabía.

—Lo sé —repuso Hanne—. Lamento tener que pedírtelo. Sé que te he puesto en una situación comprometida.

De nuevo, mientras el sol encapotado se ponía por detrás de los edificios de la universidad y una fina llovizna escapaba de las nubes, Hanne miró hacia las estrellas que relucían en las ventanas. Mae siguió la trayectoria de su mirada.

—Colaboras con ellos, ¿verdad?

Hanne se mordió el labio fingiendo inquietud. Siempre era mejor dejar que la gente cubriera las lagunas con detalles de su propia cosecha; era la forma más efectiva de convencerlos de algo.

—¿Conocen la existencia del dispositivo?

Hanne se acordó del otro día, en la sala del trono, cuando los guardias y el secretario tuvieron que abandonar la estancia antes de que ella empezara a hablar sobre el dispositivo de Malicia. Pensó en lo ocurrido a la mañana siguiente, cuando Abagail contempló todas esas estrellas en las ventanas, como si hubiera más de lo habitual.

—Sí —respondió Hanne—. El dispositivo no es tan secreto como pensabais.

Mae torció el gesto con aprensión.

—¿Puedes ayudarme? —Hanne le acarició el brazo—. Siento no poder contarte más ahora mismo, pero si vuelvo a verte, te lo explicaré todo. —Fingió tragar saliva y bajar la mirada hacia los labios de la joven—. Espero, de corazón, que volvamos a vernos.

Pasaron unos segundos. Hasta que, en voz baja, Mae dijo:

—Está bien. Te ayudaré. Dime qué necesitas.

Justo a tiempo, porque el dormitorio ya se cernía sobre ellas. Hanne sacó el tarro que había robado del laboratorio y dijo:

—¿Tienes una cerilla?

El gesto afable de Mae se desvaneció, reemplazado por otro de pánico.

—Bendita Vesa. Moriremos todos.

## EXTRACTO DEL DIARIO DE NADINE HOLT, DESCIFRADO A PARTIR DEL MICROCÓDIGO EMBRIANO

*Está muerta. Muerta de verdad. No sé qué voy a hacer ahora.*

*Me explicaré.*

*Ayer, lady Sabine y yo visitamos a Victoria Stareyes y Prudence Sha-dowhand, pues ambas estaban en la lista de lord Bearhaste. Habla-mos de muchas cosas, incluida la guerra, nuestro odio mutuo hacia Ivasland y, por supuesto, sobre la princesa Johanne. Quise hacerles entender que Hanne desea la paz por encima de todo, y que haría cualquier cosa por conseguirla, aunque eso suponga casarse con un apuesto príncipe. Ellas se rieron, pero hubo algo extraño en su reac-ción. Al parecer, el príncipe Rune no es una figura capaz de unir a las masas, pero Hanne sí podría serlo.*

*Esta mañana he desayunado con las princesas Sanctuary y Unity Highcrown. La reunión fue supervisada atentamente, claro está, por media docena de soldados caberwillianos, pero mantuvimos una charla agradable que versó sobre todo acerca del apoyo a nuestros parientes (hermanos, primos) en su ascenso al poder. Son dos mu-chachas estupendas, una callada y la otra extrovertida, y las dos po-seen ese carácter sobrio propio de los caberwillianos. Entonces tuvie-ron que acudir a su práctica de esgrima, así que yo regresé a mis aposentos (los de Hanne) para tomar notas sobre los gustos y aversio-nes de las princesas, sobre sus objetivos y sus descontentos, y sobre cualquier otro detalle que pudiera resultar útil para Hanne. Cuan-do empecé, sin embargo, escuché un estrépito al otro lado de la ven-tana.*

*El príncipe Rune y Noctámbula habían regresado.*

*Sin Hanne.*

*No pude oír lo que decían, pero Noctámbula se marchó volando y pasó junto a mi ventana. Temblando, me aparté dando un traspié y me senté junto al fuego, hasta que alguien llamó a la puerta.*

*Lo ocurrido me resulta borroso, aunque me acuerdo de un hombre llamado Rupert Flight (un conde, miembro del Consejo de la Corona) que me preguntó si creía en la alianza. Me formuló otras preguntas, algunas sobre mi relación con el lado Fortuin de la familia, mis obligaciones como doncella, mi cercanía con Hanne. Luego me preguntó si me plantearía casarme con el príncipe Rune en su lugar, para así preservar la alianza.*

*Después de eso, el conde Flight se marchó. Me dijo que solo tenía unos pocos días para responder, ya que me desposarían con el príncipe en la misma fecha que planeaba casarse con Hanne, y alguien tendría que introducirle los arreglos necesarios al vestido de mi prima. Los nobles caberwillianos son muy directos. He tratado de encontrar dobles intenciones en sus palabras, pero creo que fue honesto. Flight (y varios miembros más del Consejo) quieren que me case con el príncipe Rune, puesto que Hanne no puede.*

*Me parece muy drástico. Aun así, ¿puede que Hanne aprobara esa decisión?*

*No sé qué pensar al respecto. Iré a ver a las demás doncellas de Hanne, le pediré consejo a lady Sabine. Si creyera que alguna de mis cartas llegaría hasta Embria, le pediría consejo incluso a la reina Katarina, pero los reyes están fuera de mi alcance.*

*Al saber que jamás volveré a ver a Hanne, me cuesta mucho pensar con claridad. No sé qué debo hacer.*

# 20. HANNE

Hanne dejó el tarro en manos de Mae.

—Haz... algo con él.

—¿Sabes lo que es esto? —Mae aferró con fuerza el tarro sobre el estómago para que los guardias no lo vieran.

—Por supuesto que no. —Hanne miró hacia el dormitorio. Si no se daban prisa...

—Prende al contacto con el agua. En días de lluvia, la humedad del ambiente basta para detonarlo.

Las dos alzaron la mirada al cielo, donde las nubes se estremecían bajo el peso de una tormenta inminente. Las tormentas de Ivasland eran famosas, tan torrenciales como esporádicas. La ropa de Hanne ya se estaba cubriendo de gotitas.

—Vaya —murmuró—. En fin, supongo que estoy de suerte.

Mae puso los ojos como platos cuando Hanne volvió a agarrar el tarro y lo arrojó hacia la fuente seca situada en el centro del patio.

—¡Corre! —exclamó la joven.

Al mismo tiempo, Hanne gritó:

—¡Ivasland debe cumplir los Acuerdos de Ventisca!

Un segundo después, una explosión sacudió el patio.

Una luz blanca y cegadora se proyectó desde el lugar donde impactó el tarro, seguida por una ráfaga de aire abrasador. Hanne cayó de espaldas, se quedó sin aliento en los pulmones. La detonación le produjo un zumbido en los oídos y pareció como si el mundo entero diera vueltas por encima de ella. Pero por mucho que le doliera, tenía que levantarse.

Lentamente, rodó sobre sí misma y se puso en pie, al tiempo que la lluvia arreciaba, provocando que el pálido fuego ardiera con más intensidad. Puede que no hubiera sido una gran idea, después de todo, pero ya estaba hecho y no tenía sentido cuestionar su decisión.

Hanne agarró su morral y volvió a colgárselo. Parecía más pesado. El suelo tembló bajo sus pies, pero aun así consiguió alejarse de la fuente en llamas.

Tropezó con alguien...

Un guardia la agarró del brazo...

Sin pensar, le hincó el codo en el diafragma y la rodilla en la ingle. Fue un movimiento torpe porque el suelo no se quedaba quieto y Hanne seguía sin ver con claridad, pero el soldado se encogió de dolor y logró zafarse de él.

Había un incendio en el patio. Aquella sustancia ardía cada vez más fuerte a medida que el cielo descargaba lluvia. Hasta los adoquines comenzaron a derretirse a causa del calor. La gente corría por todas partes, gritando, aunque Hanne no entendió lo que decían por culpa del pitido en los oídos. ¿Algo sobre el dispositivo? ¿Algo sobre las estrellas y una traición a los valores ivaslandeños?

Daba igual. Lo único que importaba era salir de allí.

Hanne se agarró al marco de una puerta, respirando ese aire caliente y húmedo, mientras intentaba centrarse. Había creado la distracción perfecta, pero ahora estaba desorientada, no sabía qué dirección tomar, y no podía arriesgarse a escoger la equivocada. Cada segundo valía su peso en oro.

—¡Socorro!

Era una voz débil. Hanne se asomó entre la cortina de humo y lluvia y vio a Mae no muy lejos de allí. Tenía las piernas atrapadas bajo el cuerpo de uno de los guardias caídos y no tenía margen de maniobra suficiente para quitárselo de encima.

El fuego estaba cediendo frente a la lluvia, pero la sustancia que había arrojado antes seguía extendiéndose sobre los adoquines mojados, avanzando hacia Mae.

Hanne hincó los dedos en el marco de la puerta.

Tenía que irse. Pero Mae la había ayudado.

Tenía cosas importantes que hacer. Pero Mae podría morir.

Moriría, sin duda.

¿Acaso importaba? Era una ivaslandeña, responsable de la construcción del dispositivo de Malicia y, por lo tanto, del lío en el que Hanne estaba metida.

Debería dejarla morir. Debería dejar que murieran todos.

Pero cuando el pitido en los oídos remitió y el suelo que pisaba se estabilizó, Hanne echó a correr hacia la malicista. Aún había guardias por todas partes, la mayoría tendidos boca abajo en el suelo, mientras que otros corrían a socorrer a los ciudadanos. Mucha gente huía del fuego, sin parar de gritar, muchos de ellos en llamas.

—¡Socorro! —volvió a gritar Mae justo cuando Hanne llegaba hasta ella.

—Quédate quieta. Te lo quitaré de encima. —Hanne se arrodilló y empujó al guardia, haciéndolo girar lentamente para apartarlo de las piernas de Mae.

El soldado no reaccionó ante el movimiento, y ella no se detuvo a comprobar si seguía vivo. Mae se apartó rápidamente del cuerpo.

—¡Has venido por mí!

Hanne iba a decir que no, que había venido a asegurarse de que Mae sobreviviera para terminar la máquina, pero un movimiento procedente del otro extremo del patio la interrumpió. Alguien estaba emergiendo del edificio que albergaba el laboratorio de la torre.

Abagail.

Si la reina ivaslandeña la capturase ahora, todo habría sido en vano.

—Tengo que irme. —Hanne se puso en pie a toda prisa—. Tengo que salir de aquí antes de que ella me encuentre.

—Iré contigo.

· Desde el otro lado del patio, Abagail Athelney alzó la cabeza y cruzó una mirada con Hanne. La mirada de la reina estaba cargada de ira, odio y espanto mientras gritaba órdenes a los guardias que iban con ella y señalaba hacia Hanne.

—¡Arrestadla!

Hanne no alcanzó a oír lo que decía, a causa del crepitar del fuego y el traqueteo de la lluvia, pero leyó a la perfección los labios de la monarca. Mae siguió la trayectoria de su mirada.

—No, vete. Te ayudaré a ganar tiempo.

Hanne no tenía más remedio que confiar en la malicista.

Improvisando, Hanne profirió un alarido y fingió empujar a Mae hacia las llamas. La otra chica captó la farsa y se arrojó al suelo con dramatismo. Mientras las miradas de todos se centraban en Mae, Hanne aprovechó la oportunidad para huir.

Se agachó y zigzagueó entre las llamas hasta que llegó a la parte trasera de uno de los edificios de la universidad. Cuando se asomó al patio, vio que los guardias se habían acercado a Mae para ayudarla a levantarse. La malicista estaba a salvo, aunque eso a Hanne le daba igual. Se recolocó el morral sobre los hombros mientras observaba cómo Mae derramaba unas lágrimas de cocodrilo entre los brazos de Abagail.

El plan había sido un desastre, estaba mal concebido, y si Hanne pudiera volver atrás en el tiempo, trataría sin duda de buscar una solución más inteligente. Pero sus opciones eran limitadas y no había tenido tiempo para prepararse.

Además, Ivasland se lo había buscado. Hanne se había limitado a prender la mecha que habían preparado Abagail y Baldric. Esas estrellas estaban en las ventanas antes incluso de que llegara ella.

Mae se separó de la reina y señaló hacia una dirección que no era la que había tomado Hanne. Cuando los guardias echaron a correr para perseguirla, lo hicieron en dirección contraria.

Hanne sonrió y luego se largó de allí.


Hanne estaba empapada a causa de la lluvia y el sudor cuando por fin llegó al gallinero y recuperó su fardo con obsidiana. Después corrió a los establos donde había dejado a ese jamelgo triste y anónimo que se llevó a su salida de Caberwill.

Alguien lo había cepillado, alimentado e incluso le había embadurnado las patas con una especie de pasta. Rápidamente, Hanne buscó sus aperos y lo ensilló.

Entre la lluvia torrencial y el olor a humo, Hanne cabalgó hacia las afueras de Athelney. Pero alguien se interpuso en su camino, una figura envuelta en una capa y surgida de la oscuridad, con la capucha calada sobre su rostro.

Hanne se detuvo y desenvainó su puñal, pero antes de que pudiera decidir si atacar o intentar pasar de largo (y arriesgarse a que esa persona le dijera a Abagail que la había visto), la figura se quitó la capucha y apareció el rostro de Mae.

—Me ha parecido que te encontraría en este camino. —La joven le hizo señas para que la siguiera hasta un callejón—. La reina ha enviado a sus guardias a buscarte, y entre tanta confusión, he podido escabullirme de camino al dormitorio.

—Había un montón de fuego y humo —asintió Hanne mientras dirigía su caballo hacia el estrecho callejón.

Un saliente las protegía de la lluvia, que tamborileaba con más fuerza que antes. Mae sacó una pequeña esfera luminosa y la zarandeó para activarla. Tenía la ropa desgarrada y el humo le había tiznado el rostro, pero por lo demás parecía de una pieza.

—¿Has venido a buscarme? —preguntó Hanne—. ¿Por qué? Mae se encogió de hombros.

—Quería... despedirme. Antes de que te fueras.

Vaya. Hanne esbozó una sonrisa tirante.

—Es todo un detalle por tu parte.

—Supongo que no vas a decirme adónde vas.

No era una pregunta; Mae ya conocía la respuesta, así que Hanne no se molestó en formularla en voz alta.

—Ten cuidado con Abagail —le advirtió en su lugar—. No es como tú te piensas.

Mae no replicó. Lo sabía. Por supuesto que lo sabía. Le habían dado la orden de infringir los Acuerdos de Ventisca.

—¿Quién eres en realidad? —le preguntó Mae—. ¿De verdad eres de Ivasland?

Hanne se mordió el labio. Sería una estupidez darle algún detalle a esa malicista sobre su verdadera identidad. A pesar de las reservas de Mae con el proyecto, seguía trabajando a las órdenes de los reyes de Ivasland, los mismos que querían ver muerta a Hanne. Esa chica cumpliría con su deber ante sus monarcas, eso era tan seguro como que Hanne había cumplido su acuerdo con el rencor. (Bueno, no era tanto un acuerdo como un chantaje al que no había tenido más remedio que ceder).

Antes de todo ese asunto, Hanne siempre había pensado que la gente que se sometía al servicio de aquellos más poderosos sencillamente carecía de la fortaleza interior para decir que no. Pero ahora lo entendía un poco mejor. Ese rencor habría sido capaz de hacerle daño de formas inéditas y aterradoras si se hubiera resistido.

Y Mae... se encontraba en una situación parecida, pensó Hanne. No se las veía con un monstruo horripilante surgido de la Fracción Oscura que desafiaba las leyes de la naturaleza, pero casi. Abagail y Baldric contaban con una buena dosis de Malicia (y de gente dispuesta a utilizarla).

—¿Hildy? —Un deje titubeante apareció la voz de Mae—. ¿Ese es siquiera tu verdadero nombre?

—No puedo decírtelo.

En otro mundo, habría quedado muy novelesco que Hanne fuera la princesa furtiva de un reino enemigo, que acabó allí contra su voluntad y estuvo a punto de morir por lo que sabía. Pero lo novelesco nunca había formado parte de la historia de Hanne.

Aun así, le tocó la mano a Mae. Para ver qué pasaba. Al ver el contraste entre sus pálidos dedos y la piel cobriza de Mae, Hanne registró su corazón en busca de algún atisbo de sentimiento. Percibió un ligero sobresalto ante ese roce, una atracción, y el deseo de hacer algo más que cogerse de la mano, en caso de darse la oportunidad. Sin embargo, no experimentó ningún afecto ni cariño incontrolables, como sí le pasaba con Nadine. (No es que Nadine le interesara de ese modo, pero sabía que lo que sentía por su prima era amor). Era inevitable comparar los sentimientos hacia otra persona —o su posibilidad— con la intensidad de ese vínculo con Nadine, pero siempre quedaban en segundo plano y los desechaba con prontitud.

—Está bien —dijo Mae—. En fin, supongo que deberías irte. Las dos tenemos cosas que hacer.

Reinos que conquistar.

—Así es —coincidió Hanne.

—Me alegra que el dispositivo esté casi terminado —añadió Mae —. Tras la visita al bosque llameante, podré... Descansar, supongo que no, pero sí retomar un trabajo que me guste.

Hanne se sintió tentada de preguntar qué trabajo era ese, pero entonces recordó que ella iba a poner rumbo a Caberwill para casarse y convertirse en la reina de todo. Las aficiones de Mae carecían de importancia.

—Tenemos muchos periódicos en Athelney —prosiguió la joven—. Algunos tienen ediciones vespertinas, además de las matutinas. De camino al dormitorio, he visto un nuevo titular que aseguraba que la princesa que estaba atrapada en un malsitio ya no sigue allí. Supuestamente, está muerta.

Un escalofrío recorrió el espinazo de Hanne.

—¿Supuestamente?

Mae se encogió de hombros.

—Si no lo está, sin duda estará de camino a Caberwill. La reina Abagail se alegrará de que podamos terminar el dispositivo antes de lo previsto. Calculo que tendremos listo un prototipo funcional dentro de siete u ocho días.

Hanne apenas podía respirar. ¿Mae lo sabía? ¿Lo habría deducido?

—En fin. —La joven rebuscó en su bolsillo y sacó un trozo de papel doblado—. Espero volver a verte alguna vez. Te he anotado mi dirección, por si acaso quieres venir a visitarme. O escribirme una carta, por lo menos.

Entonces, antes de que Hanne comprendiera lo que estaba sucediendo, Mae la besó. Apenas sintió un ligero roce en los labios y la otra chica desapareció. Se perdió en la noche lluviosa, fuera de la vista de Hanne.

El beso le resultó agradable.

Lentamente, Hanne miró el papel. Efectivamente, tenía una dirección anotada a toda prisa. En el reverso había otra cosa: los planos del dispositivo de Malicia.

Hanne se quedó mirándolo unos segundos, sin saber si la malicista intentaba ayudarla, prevenirla o amenazarla. Puede que las tres cosas a la vez.

En cualquier caso, había cumplido con lo que había ido a hacer (dejar la solución para el dispositivo en manos de sus enemigos), y de paso había obtenido varios logros adicionales: un amplio conocimiento sobre dicho dispositivo, alentar una resistencia e incluso una revuelta.

Y ahora tenía los planos de la mismísima máquina.

Hanne guardó el papel al fondo de su morral, para que no se mojara, y luego se montó en el caballo y salió al galope. Pero no lo hizo para huir de Ivasland y de quienes querían asesinarla, sino que corrió hacia otra cosa:

Hacia el poder.

Hacia la libertad.

Hacia la conquista.

## 21. NOCTÁMBULA

El príncipe había mentido, determinó Noctámbula. Tenía que ser eso, porque ella jamás mataría humanos. Ella los protegía.

«*¿De veras?*».

Ella no era capaz de cometer un asesinato en masa.

«*¿En serio?*».

Su misma existencia estaba dedicada a servir a la humanidad. Ella era su arma frente a la oscuridad.

«*Venga ya*».

Noctámbula se agarró la cabeza, deseando poder extraer esa voz oscura y desagradable de su mente, pero no había manera de librarse de ella.

Echó a volar.

Durante días, sobrevoló la campiña en busca de lazos amarillos, atenta al suave tintineo de las campanas de alerta. Cada vez que los encontraba, descendía. Destruía la membrana. Hincaba su espada de obsidiana en el suelo e invocaba el fuego purificador de los númenes. Lapsos temporales, anomalías gravitatorias, burbujas de vacío: todos le producían un dolor atroz, le cortaban el aliento y le obligaban a contener las lágrimas, pero ninguno fue tan difícil como el primero, puesto que aquel fue el único malsitio que encontró defendido por un rencor.

Por lo menos, al fin comprendió el motivo por el que le dolía tanto: porque era un monstruo. El fuego sagrado que invocaba se había convertido en un veneno para ella por haberse vuelto en contra de la humanidad.

Pero ¿por qué? Tuvo que haber un motivo.

Los humanos eran criaturas caóticas, siempre estaban afanadas en provocar su propia destrucción. ¿Y si sencillamente decidió echarles una mano?

No. Ella no haría eso. Jamás.

*«Pero lo hiciste».*

Sí. Lo hizo. Y ahora estaba pagando por ello. La agonía que experimentaba cada vez que purificaba un malsitio solo podía deberse a los actos acometidos cuatro siglos atrás. Era prueba suficiente de que el príncipe Rune había dicho la verdad.

Noctámbula sufría ahora porque se lo merecía.

Aquel día, el tintineo de unas campanas llamó su atención, lejos de la espiral de sus pensamientos y de esa voz incansable. Bajó al suelo, aliviada por tener algo que hacer. Algo que destruir.

*«Te gusta destruir cosas. Está en tu naturaleza».*

Noctámbula aterrizó sobre una colina con un golpe seco, después se irguió y plegó sus alas sobre su espalda. Desenvainó a Bienhallada mientras contemplaba un bosque llameante.

Los árboles eran oscuros y esqueléticos, mientras que unas espirales de humo negro mancillaban un cielo perfecto de color zafiro. Era un lugar prohibido, y, si no existieran leyendas sobre fantasmas acechando en sus profundidades, debería haberlas.

Aun así, los humanos podían atravesar los bosques llameantes, siempre que tomaran las debidas precauciones. Aquel, con sus fuegos relativamente pequeños, no sería una prioridad para ella en circunstancias normales (había muchos otros malsitios que eran más grandes y peligrosos), pero Noctámbula estaba siendo muy minuciosa con su política de purificar el mismo número de malsitios en cada reino, y volvía a ser el turno de Ivasland. Además, tener un bosque disponible para cazar y recolectar leña seguramente sería una prioridad para los habitantes de Boone, el pueblo más cercano.

Con una larga y vigorizante bocanada de aire, Noctámbula descendió por la colina, pasó junto a las campanas y los lazos amarillos que revoloteaban al viento. Arrastraba los pies a causa del cansancio, pero siguió a pesar de todo. Descansar supondría darle más vueltas a la cabeza, implicaría más pensamientos indeseados, y ella prefería ahorrarse ese mal trago.

Mejor hacer algo, aunque le hiciera sentir fatal.

Unas columnas de humo se enroscaron a su alrededor mientras se adentraba en la penumbra del bosque, y el sol desapareció por detrás de la calima que flotaba en el ambiente.

La vida era imposible en esa zona. El suelo estaba cubierto de ceniza, los árboles renegridos estaban calcinados. Hojas y ramitas chamuscadas crujían bajo sus botas, uno de los tres sonidos que rompían el silencio: el avance de Noctámbula, el viento y los fuegos.

Eran fuegos antinaturales. Inextinguibles. Ardían los árboles, los arbustos, el esqueleto de un ciervo desafortunado, y la luz que proyectaban era siniestra, tóxica, y le hacía daño en los ojos. Los humanos corrían un peligro aún mayor: la luz del fuego los cegaba si la miraban directamente, y sin el tratamiento apropiado (una gota de sangre de Noctámbula en cada ojo), acababan muriendo de unas fiebres misteriosas al cabo de unos pocos años.

Los fuegos de la Malicia jamás se apagaban.

A no ser que los apagara ella.

Ese bosque no tenía demasiados, pero antaño, Noctámbula había purificado infiernos que amenazaban la seguridad de la gente en muchas leguas a la redonda. Los habitantes de los tres reinos deberían considerarse afortunados de que ella no los hubiera abandonado con uno de esos malsitios gigantescos.

*«Pero les dejaste un millar de malsitios más pequeños. Qué considerada».*

—No, has calculado mal las medidas...

—De eso nada. Confía en mí...

El sonido de unas voces —voces humanas— atrajo a Noctámbula hasta un pequeño claro radiante donde había un trío de individuos enmascarados con gafas protectoras, situados ante una mesa pequeña. Tenían encendido una especie de hornillo y varios dispositivos más que ella no reconoció. Cerca de allí había un carro y una pequeña tropa de soldados, equipados también con protecciones en el rostro y los ojos.

Noctámbula emergió de entre los árboles con gesto enardecido.

—Decidme qué estáis haciendo aquí.

—Ciencia, obviamente. —Una joven alzó la cabeza y, con los ojos desorbitados, ocultos tras las gafas con lentes de obsidiana, se fijó en sus alas y su espada.

No tardó en comprender con quién estaba hablando.

—¡Noctámbula! —Soltó el matraz que llevaba en la mano y se arrodilló.

—¿Noctámbula?

Los dos jóvenes con los que estaba discutiendo la vieron también, y entonces los guardias se giraron. A continuación, todos se arrodillaron en señal de respeto, como si sus vidas dependieran de ello. El hedor agrio de su sudor se intensificó, entre la peste constante del humo y la Malicia, y alguno de ellos, uno de los jóvenes, quizá, se hizo pis encima.

*«¿Por qué se inquietan? No son de la realeza».*

Noctámbula frunció el ceño; al parecer, la voz se creía muy graciosa.

Averiguar qué estaba haciendo ese grupo allí, y obtener una respuesta mejor que «ciencia», habría sido la opción más inteligente, pero todos estaban aterrorizados y Noctámbula no podía parar de pensar en lo que debió de suponer presenciar el Amanecer Rojo: sangre, fuego, cadáveres...

—Levantaos —dijo—. Tenéis que marcharos de aquí inmediatamente. Voy a purificar este malsitio y no querréis quedaros atrapados en él.

El grupo entero se dispersó, guardaron sus pertenencias en cajas que luego arrojaron al carro tan deprisa que fue una sorpresa que los instrumentos de cristal no se rompieran. En cuestión de minutos habían desaparecido, atravesando el bosque tan deprisa como les permitían el humo, los árboles y la maleza.

Noctámbula aguardó un rato, escuchando cómo se alejaban. La chica y otro de los jóvenes conversaban entre sí con esa sensación de vértigo propia de los humanos cuando sobrevivían a algo contra todo pronóstico, mientras que el otro joven, el que se había hecho pis encima, estaba llorando. Los guardias les mandaron callar, y no tardó en disiparse el traqueteo del carro.

Noctámbula estaba sola otra vez, sin contar las fuerzas malévolas del interior del malsitio.

Supuso que lo que estuvieran haciendo esos científicos y los guardias no tendría mayor importancia. Los ivaslandeños se pasaban la vida estudiando el mundo: examinando, tomando medidas, haciendo cálculos. Lo más probable era que fueran científicos al servicio de la realeza, procedentes de Athelney. Los apartó de su mente.

Se preparó entonces para el dolor inminente.

«*Te lo mereces* —murmuró la voz—. *Eres una asesina*».

Se adentró un poco más en el bosque, agudizando sus sentidos para evaluar el alcance de la contaminación. Lo último que necesitaba era que los fuegos contraatacaran, como hizo la vegetación en el primer malsitio. No, cuando atacara, tendría que estar planeado a la perfección. Con precisión.

Un hedor acre, como a podredumbre, la hizo detenerse.

Pero no, no era podredumbre. Era otra cosa. Algo más peligroso.

Arrugó la nariz y siguió el rastro del olor mientras modificaba el agarre de su espada. Que no se hubiera topado aún con un segundo rencor no significaba que no pudiera haber uno allí. O que hubiera estado poco antes, más bien, porque la peste no era tan intensa como en el otro malsitio. El olor se estaba disipando, arrastrado por el viento, perdiéndose entre los efluvios acres del humo y las cenizas.

Se aproximó hacia un destello plateado surgido de un fuego cercano.

Tenía todos los músculos en tensión, lista para atacar. Los sentidos alerta, atenta a cualquier amenaza.

Con cuidado, rodeó un tronco caído y se encontró ante un trío de árboles imponentes. Sus raíces, cubiertas de cenizas, se habían entrelazado hacía mucho tiempo, como si se tratara de un nudo decorativo. Formaban un arco sobre el objeto plateado que centelleaba en el suelo.

Noctámbula ladeó la cabeza, escuchando, y al ver que no pasaba nada al cabo de un rato, envainó su espada. Lo que hubiera producido esa peste había desaparecido. Ya solo quedaban ella y ese objeto, fuera lo que fuese.

Se agachó y limpió la ceniza que cubría su superficie curva y plateada.

Era un cuenco, el interior estaba manchado por una película herrumbrosa de sangre y cubierto por una capa de carbonilla.

Eso... no era bueno.

Siguió excavando por debajo de las raíces retorcidas hasta que sus dedos toparon con un tejido. Tiró de él y encontró un saco de lona. Al volcarlo, descubrió tres pequeños fardos envueltos en seda negra.

El primero contenía ceniza, diferente a la que había en el resto del bosque. Con cuidado de no tocarla, se agachó a olerla. Se trataba de cenizas humanas.

El segundo fardo de tela contenía unas pequeñas partículas de color crema: perlas machacadas, en su opinión.

El tercero albergaba unos pétalos resecos con el reconocible tono morado de la belladona.

Con manos temblorosas, Noctámbula volvió a cerrar los fardos y lo guardó todo, incluido el cuenco, en el saco.

*«Ya sabes lo que estaban haciendo».*

Así es. Alguien había invocado a un rencor.

No hacía falta mucho: una pequeña colecta de muerte, un poco de Malicia y un propósito siniestro. Con las palabras adecuadas, cualquiera podía invocar a un rencor, y el Malfreno no podría hacer nada para impedírselo. Casi nunca se llevaba a cabo, por motivos evidentes, pero el hechizo para la invocación era posible... y el peor pecado imaginable.

«*Debiste tener un buen motivo para matarlos a todos. ¿Sería este? ¿Fue esto lo que hicieron los reyes del pasado para merecer la muerte? ¿Llevaron a cabo este rito?*».

—No —susurró Noctámbula—. Esta invocación es reciente. El olor solo tenía unos días de antigüedad, una semana a lo sumo. La ceniza del bosque no había cubierto por completo el cuenco.

«*¿Seguro?*». La voz profirió un pequeño ronroneo de satisfacción en el fondo de su mente.

Maldición. Noctámbula le había respondido. Había reconocido su presencia. Ya nunca la dejaría en paz.

Noctámbula cerró bien el saco y se lo colgó del cinto. Después, sin más demora, sacó su espada e hincó el filo a fondo entre las raíces para invocar el fuego de los númenes.

Un dolor intenso y gélido se desplegó por su cabeza, pero estaba preparada para ello y respiró hondo para soportarlo mientras intentaba concentrarse en lo que de verdad importaba: purificar el malsitio.

El primer golpe no fue tan fuerte ni preciso como pretendía, y el bosque anegado de Malicia lo sabía. Los fuegos se apagaron, pero se recuperaron en segundos, alcanzando más altura y luciendo con más intensidad. Unas llamas anaranjadas se extendieron hacia el cielo despidiendo una gruesa columna de humo negro que descendió hacia ella. La envolvió como si fuera una soga, pero se hizo jirones cuando desplegó las alas.

Aquello iba a acabar mal.

Por encima de ella, el humo y el fuego se entrelazaron, mezclándose y retorciéndose hasta adoptar la forma de una criatura inmensa con cuerpo de serpiente, alas y cuernos. Estaba envuelta en llamas, que hicieron que a Noctámbula le escocieran los ojos. En las entrañas de la bestia, centelleaban unas hebras de color verde y negro: la Malicia formaba vínculos entre sustancias que jamás deberían combinarse.

El feroz dragón desplegó sus alas, prendiendo fuego a los árboles y arbustos mientras se desplazaba por el bosque. Se alzó sobre la vegetación, iluminando los cúmulos de humo negro, y posó su mirada sobre Noctámbula, que estaba en el suelo. Era un monstruo gigantesco.

Sin previo aviso, una llamarada emergió de las mandíbulas del dragón.

Noctámbula blandió su espada en posición defensiva y se preparó para recibir el impacto del fuego. La llamarada descendió hacia ella —un infierno de color rojo, morado y verde—, pero se escindió al topar con la hoja de su espada.

Noctámbula clavó su filo en la pata del dragón, cercenando hebras de Malicia mientras el fuego envolvía la superficie de obsidiana. Giró el arma para culminar el tajo y la extremidad se desprendió y cayó al suelo, dejando en su lugar un muñón llameante.

Sin embargo, ante los ojos de Noctámbula, la pata empezó a crecer de nuevo.

Noctámbula soltó un gruñido mientras escrutaba a la bestia en busca de otro punto débil, pero cualquier extremidad que le cortase no tardaría en regenerarse. Y el monstruo no tenía ningún corazón o cerebro que perforar.

Un momento.

El dragón de Malicia disparó otra llamarada, obligándola a protegerse, pero no antes de que detectara un denso cúmulo de oscuridad en el pecho del monstruo, en el punto donde las hebras de Malicia eran más gruesas y resistentes. Al parecer sí tenía un corazón (un corazón oscuro, compuesto de humo y Malicia). Si pudiera romper esos vínculos, supondría el fin del dragón.

*«Y entonces aparecerá otra cosa».*

Flexionó las piernas y arqueó las alas, preparada para volar hacia ese corazón y partirlo en dos, pero el dragón no estaba sometido a las leyes de la física como ella. Sin necesidad de impulso, la bestia se elevó por los aires y voló hacia el sol cubierto por la calima.

Noctámbula lo siguió. Con un rugido, atravesó la capa de humo que cubría el bosque y blandió su espada, ganándole terreno al dragón con cada movimiento de sus alas.

Pero el dragón estaba hecho de fuego, humo y Malicia, por lo que era muy ligero y veloz. Giró sobre sí mismo para encararse con ella, escupiendo pequeñas llamaradas. Noctámbula las esquivó y se desvió del rumbo, cayó durante una breve distancia hasta que sus alas se desplegaron y la impulsaron de nuevo hacia arriba.

Se enzarzaron en combate; Noctámbula lanzaba estocadas y el dragón de Malicia escupía fuego, sobrevolando las copas de los árboles y volteándose en el aire. Noctámbula tensó las alas y se impulsó con más fuerza hasta que por fin vio una abertura: se plantó delante del dragón, se escabulló entre sus alas y sus garras, y se quedó mirando directamente hacia su maligno corazón. Le ardían los ojos a causa del calor intenso del fuego, pero no parpadeó. Tampoco experimentó duda alguna.

Medio cegada por el intenso dolor, clavó su espada en el corazón del dragón de Malicia, cercenando las hebras negras y verdes con un giro rápido y un tirón.

El fuego numinoso se desplegó dentro de la bestia, consumiendo toda la Malicia, y sin esas fibras mágicas que sostenían en pie su estructura, los fuegos del cuerpo se extinguieron y el humo se fue disipando hasta que no quedó nada. Solo el cielo azul.

Noctámbula parpadeó para desempañarse la vista, boqueó en busca de aliento mientras batía sus alas. Le resultaban muy pesadas, igual que el resto del cuerpo, pero el malsitio seguía esperando a ras de suelo.

Hizo acopio de fortaleza y volvió a descender hacia el bosque. Encontró menos resistencia que antes, solo unos pocos fuegos se inclinaron hacia ella de un modo amenazante, y al cabo de una hora, los árboles quemados solo eran simples árboles quemados. Como una herida desinfectada y lista para cicatrizar, el bosque se acabaría curando.

Pero su labor no había terminado. Jamás concluía. Quizás los habitantes de los pueblos aledaños hubieran visto al dragón, así que Noctámbula fue de una aldea a otra, preguntando a los lugareños si necesitaban tratamiento frente a la ceguera por el fuego.

Los aldeanos atrancaron sus puertas o salieron huyendo de ella, algunos aferrando los frasquitos de «obsidiana» que llevaban colgados al cuello. Temían más a Noctámbula que a ese malsitio que conocían desde siempre. Ella era la desconocida, la inescrutable... El monstruo.

Desde luego, lo parecía. Con el pelo apelmazado a causa del sudor y la ceniza, con la armadura rota y colgando de su cuerpo escuálido, con el rostro tiznado y cubierto de quemaduras, no era la versión de Noctámbula que los mortales preferían ver.

Y así, sin haber curado a nadie que pudiera haber visto al dragón, regresó a la colina donde había aterrizado antes. El bosque ya estaba más tranquilo. Sin el envoltorio constante del humo, sin fuegos siniestros ocultos en su interior.

¿De verdad era un monstruo? Ella siempre se había considerado superior a los humanos. Una especie de sirviente, sí; pero, a pesar de eso, mejor que ellos. Poseía un conocimiento milenario, una amplitud de miras que escapaba al entendimiento de los mortales. Los númenes la habían creado para derrotar a la oscuridad, y algún día lo lograría.

O eso había creído siempre.

Por enésima vez, hurgó en sus recuerdos en busca de algún atisbo del Amanecer Rojo, de alguna pista sobre los motivos que la llevaron a atacar a la humanidad de ese modo. Pero por más que se esforzara, por más que intentara estrechar el cerco, el agujero en su memoria persistía.

Y entonces se proyectó otro recuerdo, una punzada de dolor en el fondo de su mente.

Se mordió el labio, tratando de recordar lo que había olvidado. Pero había desaparecido. Sin dejar rastro.

¿Cómo podía seguir adelante de esa manera? Lo estaba perdiendo todo: su historia, sus conocimientos, su experiencia. Todo lo que formaba parte de ella. Estaba claro que el proceso no se iba a detener. Las lagunas estaban creciendo.

No podría repeler esa incursión si no estaba en plena forma. Tenía que hacer algo al respecto. Y cuanto antes. De lo contrario, acabaría siendo poco más que una simple mortal.

Se secó las lágrimas. (Se dijo que las habían provocado los fuegos de la Malicia al dañarle los ojos, que no tenían nada que ver con que no pudiera recordar la melodía de su sonata favorita). Le temblaba el cuerpo a causa del agotamiento, pero no había descanso posible.

No era el momento de compadecerse.

# 22. RUNE

Rune se había recluido en la sala de lectura de la biblioteca del templo supremo. Solo regresaba a sus aposentos para asearse y cambiarse de ropa. También lo hacía para dormir, pero solo el tiempo estrictamente necesario para no desfallecer. El rencor, aunque muerto, lo seguía acechando en sus pesadillas.

Era mucho mejor quedarse despierto hasta tarde leyendo sobre la historia de los caballeros del alba, sobre los muchos héroes que sufrieron una muerte horripilante al otro lado del Malfreno.

El sumo sacerdote Larksong entró en la estancia empujando un carrito con unos volúmenes antiguos recién restaurados.

—¿No tienes sirvientes que los traigan por ti? —Rune apenas alzó la mirada de sus lecturas.

—Sí, por supuesto, pero me gusta venir a visitaros. Nadie me molesta cuando estoy con el príncipe heredero.

Rune soltó una risotada.

—No quieren que se les pegue mi temeridad. Eres el único al que no le importa correr ese riesgo.

Al otro lado de la puerta, John Taylor carraspeó ligeramente.

—A excepción de John, al que le pagan por correr el riesgo —añadió Rune, que después volvió a mirar a Dayle—. Gracias por traerme estos libros. Lo que he leído hasta ahora ha sido muy esclarecedor.

—Me alegra que alguien esté dando uso a estos viejos manuscritos. —Dayle descargó con cuidado los libros y los apiló junto con los demás que Rune no había leído aún—. Tenemos suerte de que los bibliotecarios y los sumos sacerdotes de antaño pudieran salvar estos volúmenes tras el Amanecer Rojo. Ahora son algunas de las piezas más valiosas de mi colección.

Tras el Amanecer Rojo, los libros dedicados a Noctámbula y sus caballeros fueron destruidos por toda Salvación, incluso en las principales bibliotecas. Se hizo por decreto real, por parte de los nuevos regentes. Los anteriores, obviamente, estaban muertos.

—Encontré unos diarios antiguos que quizá expliquen cómo enviar a Noctámbula de vuelta a la torre de Ventisca —prosiguió Dayle—. Sabremos más cuando los restauradores hayan terminado de repararlos.

Rune asintió y tomó otra nota relativa al adiestramiento de un caballero del alba. Por supuesto, era improbable que hubiera tiempo para entrenar antes de que les pidieran ayuda para frenar esa incursión (suponiendo que Noctámbula regresara, y suponiendo también que Rune pudiera reunir a esos caballeros), pero algún día, cuando fuera rey de Caberwill (suponiendo que viviera para ver ese momento), su intención era reinstaurar la práctica de los certámenes de los caballeros de alba. La próxima vez que Noctámbula despertara, habría un ejército esperándola.

—Supongo que no tendrás noticias del Consejo —dijo Rune, como quien no quiere la cosa.

—Oh, tengo muchas, pero ninguna buena. —Dayle hizo amago de sonreír, pero entonces se oyó un golpe seco procedente del balcón de la sala de lectura.

A Rune se le aceleró el corazón. Lentamente, desenvainó su espada, que estaba apoyada en un extremo de la mesa. John también sacó su arma mientras se adentraba en la estancia.

El picaporte giró, pero cuando se abrió la puerta, era ella la que estaba al otro lado. Noctámbula.

Tenía el pelo enmarañado y manchas de hollín, sangre y otras... sustancias extendidas sobre su armadura. Se la veía furiosa, pero su ira no parecía estar dirigida contra él..., esta vez.

Rune bajó la espada y recobró el aliento.

—Has vuelto.

—Noctámbula. —Dayle inclinó la cabeza en señal de respeto. John no dijo nada, y no bajó la espada.

—¿Qué ha ocurrido? —Rune apoyó su espada en la mesa y avanzó un paso vacilante hacia ella.

Noctámbula apretó los dientes y, sin decir nada, dejó caer un saco al suelo. De él emergieron un cuenco de plata y tres fardos de seda negra, junto con un hedor que le provocó un escozor en los ojos a Rune. Era un olor acre, como el de una hoguera, pero más primigenio y putrefacto. Olía a Malicia.

—Me has traído un regalo. —Rune tosió en el hueco del codo—. Qué amable.

—No es un regalo.

—Lo sé. Era una...

El príncipe meneó la cabeza sintiéndose ridículo. A todas luces, aún seguían enfadados. Las bromas estaban fuera de lugar.

—Siéntate —añadió—, si quieres.

—Está bien.

Noctámbula pasó por encima del saco abierto y oteó la sala de lectura, equipada con muebles de madera y esferas de luz química. Había un montón de sitios donde sentarse, pero la mayoría de los asientos estaban generosamente acolchados y ricamente tapizados, y ella estaba cubierta de sustancias innombrables. Noctámbula no era humana, pero no se le escapaba que provocaría una carga de trabajo adicional si se sentaba sobre una superficie absorbente.

Rápidamente, Rune sacó una silla de madera de debajo de la mesa.

—Toma.

—Por favor, no toques los libros —dijo Dayle—. Ya están bastante maltrechos.

Noctámbula lo fulminó con la mirada mientras se sentaba en el borde de la silla ofrecida, encajando sus alas como buenamente pudo. Había cierta rigidez en su postura, como para compensar un agotamiento profundo.

—Conozco el valor de esos volúmenes tan bien como tú.

—Por supuesto —repuso Dayle estremeciéndose.

—Todo va bien, John. —Rune miró al guardia—. Puedes guardar la espada. No ha venido a hacerme daño. ¿Verdad?

Giró la cabeza para mirarla. Noctámbula asintió ligeramente.

—Como ordenéis. —John envainó su espada, pero a regañadientes.

—Me gustaría hablar contigo a solas, príncipe Rune. —Noctámbula miró al guardia con el ceño fruncido—. Te prometo que no le haré daño.

Rune le hizo un ademán a John, que frunció el entrecejo, y después a Dayle, que pareció ligeramente ofendido.

—Me interesaría mucho saber de qué vais a hablar —dijo Dayle—. Por favor.

—El príncipe te lo contará más tarde, si lo desea. Yo no quiero contártelo.

—Te lo contaré —le dijo Rune a Dayle—. Ahora, si nos disculpáis...

El guardia y el sumo sacerdote salieron al pasillo y cerraron la puerta a su paso.

—Dayle nos espiará desde el otro lado —dijo el príncipe mientras se acercaba al aparador para servir un vaso de agua de la jarra—. Para que lo sepas. Dice que es demasiado viejo para tener vergüenza.

—Mortales —suspiró Noctámbula.

Rune le llevó el vaso de agua.

—Me alegra que hayas vuelto. Esperaba que me dieras una oportunidad para disculparme.

—No he venido por eso. —Noctámbula se quitó los guanteletes, se los colgó del cinto y luego cogió el vaso.

—Vaya. —Rune tragó saliva y probó con otro enfoque—. ¿Quieres que te pida algo? ¿Café? ¿Comida?

—No. —La respuesta fue brusca, pero luego exhaló lentamente—. Sí, por favor. No recuerdo la última vez que comí.

Rune la observó durante un instante, se fijó en el cuidado con que bebía el agua a sorbitos, e intentó reunir el coraje necesario para decirle lo mucho que le aliviaba volver a verla. En vez de eso, se dirigió a la puerta y les hizo una petición rápida a los dos hombres que merodeaban junto a ella. Cuando volvió a cerrar la puerta, el vaso de Noctámbula estaba vacío.

—¿Más? —preguntó.

Noctámbula le entregó el vaso, Rune lo rellenó y se lo devolvió.

De repente, sin saber muy bien cómo actuar, el príncipe se sentó en una silla, a su lado, con un montón de preguntas en la punta de la lengua. Se decantó por la menos incisiva.

—¿Qué es todo eso? —Señaló hacia el saco que seguía tirado junto a la puerta del balcón.

—Son los materiales necesarios para invocar a un rencor.

Rune sintió un escalofrío y, cuando parpadeó, vio el rostro de aquel monstruo delante de sus narices. Creyó oír su espantosa voz y percibir el hedor de las pesadillas...

Menó la cabeza para recobrarse. El rencor estaba muerto. Noctámbula lo mató.

—Lo encontré mientras purificaba un bosque llameante.

De modo que había seguido eliminando malsitios. Eso era una buena señal. Pero lo otro...

—¿Quién querría invocar a un rencor? —Esas palabras no parecían tener cabida en su boca, como si fueran sonidos que su lengua no había aprendido a articular—. ¿Por qué querría alguien hacer algo así?

Noctámbula se estremeció. Se estremeció de verdad. Era una reacción muy humana, algo que el príncipe no habría esperado de ella.

—Siempre han existido sectas que veneran a los rencores, príncipe Rune. Son grupos secretos y siniestros, no concebidos para unos ojos como los tuyos.

¿Ojos como los suyos? ¿Qué quería decir eso? ¿Qué clase de ojos tenía él?

—Pero ¿por qué veneraría alguien a un rencor? —insistió—. Los númenes...

Noctámbula negó con la cabeza.

—Ya conoces la respuesta. Tú mismo dijiste que crees que a los númenes no les importáis, porque no actúan por vuestro bien. Quizá los veas como unos seres apáticos e indiferentes a los apuros de los mortales de hoy en día, pero esas sectas consideran a los númenes como negligentes, como criaturas tan crueles como cualquier otra salida de la Fracción Oscura. Así pues, han decidido adorar a los seres que sí se dignan aventurarse en el plano laico.

—Los rencores quieren conquistar nuestro mundo. ¿Cómo puede pensar alguien que eso es mejor que unos seres que se mantienen al margen?

Noctámbula depositó el vaso en la mesa.

—Tú no lo entiendes. No es una simple adoración. Su intención es aplacar a los rencores y obtener favores de ellos. Poder, riquezas, longevidad: los rencores les prometen todas esas cosas y más, y tienen la capacidad de proporcionárselas, aunque sea por métodos malignos. Esas personas saben cuál es el fin último de los rencores, pero dan por hecho que no se producirá ningún cataclismo mientras ellos vivan.

Legando así los problemas que ellos mismos generaban a los hijos de sus hijos.

Alguien debía resolver esos problemas que venían de lejos, y era injusto que esa labor nunca recayera sobre quienes los originaron. Peor aún, había individuos como sus padres, o como sus abuelos, que se limitaban a fingir que esos problemas no existían. Como si no hubiera una calamidad inminente, anunciada desde hacía mucho tiempo, que amenazaba la continuidad misma de la humanidad.

Rune miró para otro lado, esforzándose por comprender cómo la gente podía permitir que hubiera tanta maldad en el mundo... y en sus propias vidas. ¿Invocar a un rencor? ¿Hacer tratos con ellos? Era inconcebible.

—Antes, la gente leía —murmuró Noctámbula—. Hay docenas de libros que abordan el tema.

—La gente sigue leyendo.

¿Acaso no se había dado cuenta de que lo había encontrado en la biblioteca? ¿En la sala de lectura? Pero Noctámbula adoptó un tono gélido:

—Es obvio que tienes lagunas en tu educación, príncipe Rune. Deberías saber que los humanos llevan invocando a los rencores desde que existen los humanos y los rencores. Todo el mundo ansía poder, y algunos están dispuestos a hacer cualquier cosa por conseguirlo.

El príncipe sintió una oleada de ira mientras señalaba hacia los libros apilados alrededor de la mesa.

—Leo todo lo que pasa por mis manos, Noctámbula. Se podría decir que los libros son mis mejores amigos. (Y los únicos tras la muerte de su hermano, teniendo en cuenta que Noctámbula había rechazado su propuesta). Dediqué mi infancia a leer todo lo que pude encontrar sobre Noctámbula. Sobre ti. Sobre el rencor y el Malfreno. Pero la mayoría de los libros sobre tus despertares, tus guerras y tus hazañas fueron quemados tras el Amanecer Rojo. Esa es la única historia que todo el mundo conoce hoy en día.

Había dicho más de lo que pretendía admitir, pero Noctámbula no podía reprenderlo por la ignorancia que le habían inculcado sus ancestros. Y menos aún, cuando había hecho lo posible por aprender todo lo relativo a ella y a su mundo, a pesar de ser un tema prohibido. Durante años, el príncipe habría hecho cualquier cosa con tal de conseguir una migaja más de información.

—Sí —murmuró Noctámbula—, hablemos del Amanecer Rojo.

Rune se sobresaltó, no supo cómo reaccionar.

—Que... quería disculparme por mi arrebato —comenzó a decir apocado.

Aunque Noctámbula estaba visiblemente agotada, su mirada se mantenía firme. Resolutiva.

—No importa. Solo necesito saber qué ocurrió. Necesitó saber por qué... —se le quebró ligerísimamente la voz—, por qué maté a todos los miembros de las familias reales de los tres reinos. Así fue como lo describiste, creo recordar.

Rune sintió como si su pecho se fuera a partir en dos y a arrojar su corazón al suelo, delante de ella. Era obvio que había estado atormentada durante los últimos días..., por culpa de sus palabras. Por lo que le había dicho en un arrebato de ira. Tendría que haberse mordido la lengua. Tendría que haber sido más considerado. Noctámbula seguía siendo una persona, ¿verdad? Una persona con miedos y sentimientos, aunque no hablara de ellos.

—Ojalá lo entendiera. —Rune suavizó el tono—. Ojalá pudiera contártelo todo.

—Algo podrás contarme. —Noctámbula tenía un gesto severo, pero se percibía una aflicción sincera en su mirada.

—Lo siento. —El príncipe tenía la mandíbula tan tensa que le costó articular las palabras—. Al principio, di por hecho que lo recordabas. Cuando comprendí que no era así, pensé que sería peligroso contártelo. Al fin y al cabo, nadie quiere que se repita.

Noctámbula hinchó el pecho para inspirar una bocanada honda.

—Corriste un riesgo tremendo al invocarme.

Rune asintió.

—No quería distraerte, ni aumentar tu carga, ni... provocar más muertes. Necesitaba que me ayudaras, que nos ayudaras a todos, y creí que, si te contaba lo del Amanecer Rojo, cambiarías de idea. O algo peor. —Pronunciar cada palabra fue como desprenderse de un fragmento de armadura—. Intenté utilizarte. Manipularte. Te oculté la verdad. Y te pido disculpas.

Noctámbula se levantó de la silla y se irguió cuan larga era. Rune también se levantó, a escasos centímetros de ella. Percibió el calor que irradiaba su cuerpo, olió el sudor que empapaba su armadura.

Ella lo escrutó con sus ojos oscuros, atisbó la verdad que estaba grabada en su alma: Rune se sentía avergonzado. Asustado. Solo.

—Quiero que me cuentes la verdad —susurró—. Toda. —El príncipe asintió—. No vuelvas a mentirme jamás. Ni directamente, ni por omisión. Eres mi invocador, mi caballero del alba. No toleraré ninguna traición.

Esas palabras podrían haber parecido una amenaza para cualquier otro, pero Rune estaba lo bastante cerca como para percibir un ligero deje de tristeza, un trasfondo de angustia y añoranza. Noctámbula era más que humana, pero no era inmune a las emociones. Debería haberse dado cuenta de eso desde el principio. Tragó saliva y dijo:

—Te doy mi palabra.

Noctámbula asintió y regresó a su asiento con una rigidez preocupante en sus movimientos.

—Estoy lista para escucharlo.

—¿El qué?

—El Amanecer Rojo. Acabas de decir que me lo contarías.

Eso era cierto. Pero ¿entonces?

De inmediato, Rune se arrepintió de no haber dedicado más tiempo desde su marcha a encontrar una forma mejor de explicarle lo que había hecho. Noctámbula se preparó para escucharlo.

—Todo lo que te conté al principio era cierto. La caída de Vistasolar, el gran ejército con el que te adentraste en la Malicia, y que luego te echaste a dormir sin haber purificado los malsitios. Pero lo que ocurrió entre esos últimos dos sucesos..., eso fue lo que omití.

Le costó mirarla a la cara mientras hablaba. Noctámbula lo escuchaba con la misma intensidad con que hacía todo lo demás, y Rune tuvo la sensación de que no solo estaba atenta a lo que le contaba, sino también a cómo lo decía.

—Las crónicas se limitan a explicar que, cuando regresaste, te enfureciste y masacraste a toda la realeza de los tres reinos. Eso fue el Amanecer Rojo: la sangre de los monarcas manchando los muros del Bastión del Honor, Solspiria y la hacienda real de Athelney. Después de eso, te enviaron de vuelta a tu torre. Por la fuerza, supongo. No sé cómo lo hicieron.

Tras haberla visto luchar, Rune imaginaba que debió ser un combate atroz.

Lentamente, Noctámbula deslizó la mirada sobre los libros y los diarios.

—Me imagino que pronto lo sabrás.

Rune torció el gesto, pero prosiguió con la historia:

—El gobierno se sumió en el caos durante un tiempo, pero al final nuevas familias ascendieron al trono. La mía. La de la princesa Johanne. Se quemaron libros y se destruyeron cuadros. La gente quería olvidarse de ti, y los nuevos regentes no dudaron en concederles el gusto de hacerlo. Tenemos suerte de que se salvaran estos libros que tenemos aquí.

—Cuéntame de qué tratan.

Eso era mucho más sencillo. Rune dio unos golpecitos sobre el que había estado leyendo antes.

—Este trata sobre el adiestramiento y los certámenes de los caballeros del alba. Y esos de ahí —dijo señalando hacia el otro lado de la mesa— hablan de los rencores y las jerarquías de la Fracción Oscura. Incluso hay una nota añadida en uno de ellos que menciona a un rey rencor que fue invo...

—Muéstrame ese libro.

Rune lo cogió y lo abrió por la página que tenía señalada.

—La nota fue añadida después, en un margen. Tú misma dijiste que los reyes rencor no pueden venir aquí sin ser invocados. Me acordaba de eso. Y luego encontré una historia al respecto.

Los dos se quedaron mirando el amasijo de materiales de invocación que seguían desperdigados por el suelo.

Noctámbula volvió a fijarse en el libro y comenzó a leer.

—No, príncipe Rune. Unas cosas tan insignificantes no bastarían para invocar a un rey rencor. Haría falta un sacrificio, el nombre de un rey rencor, un poder inmenso.

—¿Qué pasaría si se invocara a un rey rencor?

—Todos los horrores que te puedas imaginar, seguidos de otras cosas que no puedes ni concebir.

Tras haber ampliado recientemente la cifra de cosas horribles que se podía imaginar, eso no era una buena noticia.

—¿Por ejemplo?

—Por ejemplo, no se puede matar a los reyes rencor.

Maldición.

—Qué injusto. Y si alguien invocara a un rey rencor, ¿cómo podrías detenerlo?

—Supongo que tendría que incapacitarlo, llevarlo a rastras hasta el Desgarro y obligarle a atravesarlo. Después tendríamos que confiar en que nadie volviera a invocarlo jamás.

—Pero ¿por qué no podrías matarlo?

—Forma parte de su naturaleza. —Noctámbula apretó los dientes—. Los rencores reinan por medio de la conquista. Matar a un rey supone convertirse en uno.

Vaya. Y si Noctámbula se convirtiera en un rey rencor..., el mundo jamás sobreviviría a un horror de ese calibre.

Los dos volvieron a fijarse en la anotación. Era antigua, redactada con una caligrafía enmarañada, difícil de desentrañar. Decía así:

«*Solsticio de invierno, quemar prisioneros, el rey rencor acudirá*».

A continuación, había una fecha que databa de cuatro siglos atrás.

—No dice que lo hicieran —comentó Rune.

—Tampoco que no lo hicieran. —Noctámbula se quedó mirándolo—. Si alguna vez hubo un rey rencor en este plano, debemos rezar para que yo lo enviara de vuelta a la Fracción Oscura.

—Pero no lo recuerdas. De modo que si estuvo aquí..., puede que no lo hicieras.

Lentamente, con gesto sombrío, Noctámbula asintió.

—Me gustaría decirte que jamás dejaría a medias una tarea tan importante, que nada podría haberme impedido enviarlo de vuelta a las profundidades de la Fracción Oscura. Pero...

—Pero sigue habiendo malsitios —concluyó Rune.

Noctámbula asintió.

—Detesto no poder recordarlo.

—Y yo detesto que nos hayamos obligado a olvidar. —Acarició el volumen que estaba leyendo ella—. Los sacerdotes de antaño se jugaron la vida para salvar estos libros. Los gobernantes querían eliminar todo lo relativo a ti de nuestra memoria colectiva. Y la superviviente... fue la que más sufrió.

—La superviviente.

A Rune se le cortó el aliento mientras se obligaba a mirar a Noctámbula, que esbozó un gesto de y los nudillos se le ponían blancos de tanto apretar los puños.

—Sí, hubo una superviviente. Solo una. Una princesa.

—Háblame de ella.

—Algunas crónicas dicen que fue ella la que te invocó, pero nadie lo sabe seguro. Y nadie sabe por qué le perdonaste la vida.

—Le concedió un instante para que ofreciera una explicación, pero ella permaneció callada, con la mandíbula en tensión y el entrecejo fruncido—. No obstante, si en algo coinciden todas las versiones de la historia es en que la princesa fue castigada por sobrevivir. Por vivir. Posiblemente, por invocarte. En todas las crónicas, la encerraron en una mazmorra, la torturaron y finalmente la ejecutaron.

—Por sobrevivir. —A Noctámbula se le entrecortó la voz.

Rune asintió.

—Dime su nombre.

—No lo sé. En las historias nunca la nombran. La llaman «la princesa perdonada». Ni siquiera sé de qué reino provenía. A estas alturas, he oído decir que venía de cualquiera de los tres.

Un gesto de aflicción cruzó el rostro de Noctámbula, tan breve que bien pudo ser una ilusión.

—Quizá no sea cierto —dijo Rune—. Quizá no fueras responsable del Amanecer Rojo.

Noctámbula alzó la mirada.

—Salvo que dudes de tu propio linaje, todos los Skyreach están muertos.

El príncipe negó con la cabeza.

—No, lo que quiero decir es que a lo mejor lo hizo otro y luego te acusó a ti. Los humanos se matan entre sí a todas horas.

—Eso es cierto —coincidió ella.

—O puede que lo hiciera un rencor, y al culparte se aseguró de que no volveríamos a invocarte. Puede que un rey rencor, si es que hubo uno aquí, tuviera algo que ver.

—Ningún rencor habría perdonado a la princesa.

—¿Y tú lo habrías hecho?

Noctámbula se quedó callada.

—¿Por qué?

Rune quiso pensar que ella habría mostrado compasión hacia la persona que la invocó, pero ni siquiera tenía pruebas de que la princesa perdonada hubiera sido la invocadora. Solo leyendas. Pero como era obvio que Noctámbula no quería responder a la pregunta, añadió:

—Si lo hiciste, tuvo que haber un motivo, ¿verdad?

Más silencio.

Rune siguió hablando en voz baja:

—Hay gente que cree que lo ocurrido hace cuatrocientos años fue un juicio divino. Creen que los monarcas de antaño ya no eran dignos de seguir gobernando..., ni viviendo.

Noctámbula enarcó una ceja.

—Oye, no sé lo que ocurrió entonces, pero puedo asegurar con toda certeza que tú te preocupas más por la humanidad que la mayoría de los humanos. Has dedicado toda tu existencia a interponerte entre nosotros y el implacable mal de la Fracción Oscura. Si hiciste aquello de lo que se te acusa, debiste tener un motivo.

—No se me ocurre ninguno —repuso ella en voz baja y ronca.

Se quedaron callados un rato hasta que Rune dijo:

—¿Por qué has preguntado por la princesa perdonada?

Noctámbula se levantó y se acercó a la puerta del balcón, sus alas parecían sombras sobre su espalda. Descorrió las cortinas y se asomó al exterior.

—Si es cierto que yo cometí esos actos —susurró—, hay una persona a la que no podría haberle hecho daño.

—¿Por qué? ¿Por haberte invocado?

Noctámbula abrió la puerta y salió, los dos se situaron codo con codo en el balcón, asomados a la ciudad, a los acantilados y los campos que se extendían por debajo.

—Esa princesa pudo ser mi alma gemela, pero no recuerdo su cara, su nombre, ni nada sobre ella. Ha desaparecido de mi mente como si nunca hubiera existido.

—Alma gemela. —Esas palabras lo reconfortaron, le resultaron familiares, como si las conociera de antes, pero las hubiera olvidado—. ¿Qué significa eso?

—Cuando me crearon, un fragmento de mi alma se rompió. Ese fragmento dio lugar a un ser humano.

—¿Solo con un alma parcial? —Eso no sonaba muy bien.

Noctámbula le lanzó una mirada incisiva.

—El agua que se sirve de una jarra en una taza sigue siendo agua. El pedazo de nube arrancado por el viento sigue siendo una nube. Mi alma gemela es un alma completa en sí misma, pero también forma parte de la mía.

—Y tú no le harías daño a tu propia alma.

—Jamás.

Rune apoyó la cadera en la balaustrada y examinó el perfil de Noctámbula en busca de respuestas. Solo encontró una tristeza profunda grabada en sus facciones.

—¿Cómo acabó tu alma gemela en ese preciso momento y lugar? No puede ser una coincidencia que, en todas las veces que has despertado, sea entonces cuando aparece tu alma gemela.

Noctámbula esbozó una sonrisa triste.

—Mi alma gemela siempre está aquí. Hombre, mujer, ambas cosas o ninguna. Se reencarna en personas diferentes a lo largo del tiempo: como mi alma es inmortal, la suya también.

—Ah.

A Rune se le aceleró el corazón.

—Y tus sentimientos hacia esa persona...

—Es mi acompañante, mi vínculo con los mortales, mi razón para luchar. Protegeré a esa persona a cualquier precio. —Se apoyó un puño sobre el corazón—. Estamos vinculadas al nivel más íntimo y profundo. Mi alma la reconoce, y ella me reconoce a mí. Aun así, cada vez es una persona diferente. Debo volver a encontrarla de nuevo, pero es una alegría cuando nos reunimos.

Mientras hablaba, su tono se suavizó; en alguna parte, por debajo de esa tristeza sombría, se reveló una persona más alegre y afectuosa, más humana que nunca. Rune sintió una punzada de envidia en el estómago, aunque intentó reprimirla. No debería sentir eso por una pobre princesa muerta hacía mucho tiempo, ni por nadie que hubiera ocupado ese lugar antes que ella. Estaban muertos, y si el simple hecho de recordarlos le producía algún atisbo de alivio a Noctámbula, Rune debería alegrarse por ello.

Pero ella ni siquiera se acordaba de la princesa perdonada.

¿A cuántos más habría olvidado?

De pronto, comprendió que eso era una tragedia. Olvidar a alguien tan importante, no saber cuál era su nombre, su rostro, su experiencia compartida... era lo peor que Rune podía imaginar.

Cuando su hermano murió, la pena estuvo a punto de consumirlo. Pero al menos conservaba los recuerdos.

Noctámbula, en cambio, solo tenía la noción de que debía querer a alguien, pero no sabía a quién.

—No es un vínculo romántico, como solían decir las crónicas. Siempre hubo libros y obras de teatro al respecto, pero todos erróneos. Aun así, mi alma gemela es la persona más importante para mí, siempre, en cada despertar.

Noctámbula alzó la mirada al cielo, oscurecido por el ocaso. La luz de la luna contorneó sus rasgos, proyectando un leve fulgor plateado sobre sus facciones angulosas, aportándole un aspecto aún más etéreo que antes. ¿Haría eso a propósito?

—Antes me preguntaste si tenía un nombre —murmuró tan bajito que Rune apenas pudo oírlo—. Lo tengo. Solo se lo he dicho a una persona: la primera encarnación de mi alma gemela. Todas las demás encarnaciones, sin importar lo diferentes que fueran a la anterior, lo recordaban.

—Ah.

Ojalá no se lo hubiera preguntado. Rune quería ser su alma gemela, pero ningún rincón de su mente albergaba la respuesta a ese nombre. No había nada. Era un misterio, como una mancha oscura en el cielo nocturno donde pensaba que debería haber una estrella.

—Noctámbula, yo...

Ella se puso tensa mientras volvía a mirar hacia la puerta.

—La comida que has pedido está llegando. Y alguien más. Traen noticias.

Rune apretó los dientes. No quería abandonar ese balcón, ese refugio aislado donde Noctámbula le contaba secretos y donde sentía una calidez en el pecho, henchido por una emoción desconocida. En el espacio entre el presente y el momento en que alguien entrara en la sala de lectura, Rune se imaginó un centenar de instantes fugaces que se perderían por culpa de esa noticia, fuera cual fuese.

Se imaginó a Noctámbula advirtiendo que tenía el rostro manchado de humo y de otras evidencias de una batalla... E imaginó su gesto de alivio cuando le trajera agua y jabón.

Se imaginó su nariz, sus mejillas y su barbilla cubiertas de espuma blanca y esponjosa... Y se imaginó un chorro de agua limpia que se llevaría por delante esa espuma para revelar una piel tersa y limpia.

Y se imaginó limpiándole una burbuja de la mandíbula. Acariciándola con la suavidad con que a menudo deseaba que alguien lo acariciara a él.

Entonces su razón se impuso a su corazón; Noctámbula lo arrojaría por el balcón antes que permitir que la tocara de ese modo.

Se imaginó dándose de bofetadas a sí mismo.

No conocía su nombre. Él no era su alma gemela. No significaba nada para ella, solo era el príncipe que la invocó en secreto y que la había decepcionado varias veces.

—¿Tienes planes para perseguir a quienquiera que invocó al rencor? —preguntó mientras avanzaba hacia la puerta.

Era un necio; no se había dado cuenta hasta ahora de que no había ninguna historia en la que Noctámbula asumiera una pareja romántica. ¿Y por qué había una parte de su ser que creía que él podría ser el primero?

—Quienquiera que lo invocase ha desaparecido. No tengo tiempo para investigar y perseguir a ese individuo. El Malfreno se debilita, príncipe Rune. Debo atravesar el Portal del Alma cuanto antes. El Malfreno se regenerará solo, pero únicamente si remite la presión del mal desde el interior. Además, —endureció el gesto—, supongo que debo salir en busca de un rey rencor, por si hay alguna posibilidad de que alguno de ellos fuera invocado aquí.

Rune abrió la puerta y volvió a entrar en la sala de lectura. Oyó el chirrido de un carrito.

—Me sorprende que no le pidieras ayuda a Embria o a Ivasland. Están vinculados a ti, del mismo modo que nosotros.

—También están furiosos conmigo. —Noctámbula suavizó el gesto, después bajó la mirada al suelo—. Solo tengo un amigo.

A Rune se le encogió el corazón, con una disculpa preparada en la punta de la lengua. Fue tan cruel con ella aquel día...

—Es un buen amigo —prosiguió Noctámbula—. Es valiente y algún día será un buen rey.

Al menos, le estaba siendo útil de alguna manera. Excepto...

—Me temo que mi posición no es... muy buena en este momento. Me estoy esforzando por reinstaurar el certamen de los caballeros del alba, pero no puedo prometerte nada. Aún no. —Señaló hacia los libros desperdigados sobre la mesa—. Pero lo sigo intentando. Tengo previsto debatirlo con mis padres y con el Consejo mañana mismo.

Noctámbula alzó la cabeza, con un brillo de esperanza en sus ojos oscuros.

—No te emociones demasiado. No les caigo bien. Esto no servirá para congraciarme con ellos. Pero puedo hablarles de estos objetos para invocar al rencor. Quizá eso les produzca cierto grado de urgencia. ¿Sabes si era el mismo rencor al que combatimos en el lapso temporal? ¿Fue así como llegó a este mundo?

—No sabría decirte. Huelen parecido, pero es algo común a muchos rencores.

Rune arrugó la nariz.

—Entiendo. ¿Y qué me dices del lugar donde descubriste estas cosas?

Si pudieran localizar a quien invocó a ese rencor...

—No. —La respuesta fue cortante, como un puñal—. No diré más.

Ah, ya. Porque había sido uno de sus enemigos y ella no quería inmiscuirse en la guerra. En las insignificantes disputas de los mortales.

—Hallaré un modo de persuadirlos o moriré en el intento. Tu regreso fortalecerá mi argumento. Ya has hecho mucho bien. Tal vez podrías venir y hablarles de todos los malsitios que has destruido.

—Podría hablar con el Consejo o podría enterrarme en un hormiguero. Las dos opciones me parecen igual de atractivas.

Rune soltó una risita.

—A menudo me he sentido igual que tú.

—Podríamos saltarnos lo del Consejo —propuso Noctámbula.

—¿Y pasar directamente a las hormigas?

Ella esbozó una sonrisa.

—Mi ejército no tiene por qué estar compuesto por caballeros del alba. Cualquier ejército serviría, incluido el ejército que Caberwill planea enviar contra Embria e Ivasland.

Esa decisión dejaría a Caberwill vulnerable frente al ataque de sus vecinos. Los reyes jamás accederían a ello.

—Imposible. Mis padres no se lo plantearían siquiera.

—Tal vez cambien de idea si les cuento lo que le pasará a Caberwill cuando el Malfreno caiga y miles de rencores abominables lo atraviesen. Los rencores no tienen compasión. Será una matanza. Y si de verdad hay un rey rencor en este plano, o en sus fronteras, el desenlace será todavía peor.

—¿Peor? —Rune tragó saliva con fuerza.

—Acuérdate de esos horrores que no te puedes ni imaginar.

Al príncipe le pegó un vuelco el corazón.

Se oyeron voces procedentes del pasillo amortiguadas. Después, llamaron a la puerta.

—Adelante —dijo Rune.

Entró una sirvienta del palacio, que miró primero a Noctámbula, alta, sombría y envuelta todavía en un halo de muerte, y después a Rune. Por detrás de ella, alguien se alejaba de allí con el carrito con la comida.

—Alteza —dijo la sirvienta—, requieren vuestra presencia en el castillo.

—¿A qué viene esto? —preguntó Rune—. ¿Adónde se llevan la comida de Noctámbula?

La sirvienta se ruborizó.

—Es urgente. Es por la princesa heredera Johanne. Está viva. Y está aquí.

# 23. HANNE

—Contadnos otra vez cómo escapasteis.

Hanne llevaba veinte minutos sentada en el despacho de los reyes de Caberwill sofocada por el calor que irradiaban todos los cuerpos apretujados allí. Estaban presentes ella y los monarcas, obviamente, junto con los guardias personales de los reyes, así como los cuatro soldados que encontraron a Hanne cuando intentó acceder al túnel de Brink, el pasadizo que discurría a través de la montaña para conceder acceso a la parte meridional de Caberwill. La existencia del túnel no era un secreto, pues resultaba importante para el transporte, pero la princesa tenía que admitir que estaba bien custodiado. Cuando los patrulleros la avistaron (y le encontraron un puñal), se negaron a dejarla sola. La escoltaron hasta el Bastión del Honor, a través de la entrada de servicio, y ahora estaba atrapada en esa caja de cerillas que apestaba a humanidad.

—¿Alteza? —La reina Grace habló con suavidad, pero era la clase de mujer que utilizaba esa gentileza como arma. Un arma tan afilada que cortaba con tal limpieza a su víctima que esta no sentía nada hasta que ya estaba sangrando—. ¿Cómo fue vuestra huida?

Hanne ya se lo había contado, pero supuso que la estaban sometiendo al típico interrogatorio que requería múltiples reportes de una misma historia. Hacia delante, hacia atrás, desde la mitad; estaban intentando cazarla en una mentira.

—Ya os lo he dicho: no tengo claro qué ocurrió. Sí, me vi atrapada en el malsitio. Y sí, vi al príncipe Rune y a los demás que vinieron a buscarme. Pero luego se marcharon. Ya no volví a ver a nadie.

—¿Y vuestra huida? —volvió a preguntar la reina.

—El malsitio era un lapso temporal. Tuve semanas para explorarlo y, al cabo de un tiempo, encontré un punto débil. Me serví de la obsidiana para abrir un agujero y, cuando fue lo bastante grande, salí a rastras.

Parecía una explicación plausible. Tan plausible como la que más. Además, era una explicación sencilla, lo cual era importante, y se basaba en el hecho de que el Malfreno tenía puntos débiles conocidos, de modo que era lógico que los malsitios también los tuvieran.

El rey Opus alzó la mirada de las notas que estaba tomando.

—Rune regresó al malsitio hace unos días. Vos no estabais allí.

—Llevo un tiempo deambulando por la campiña.

En eso había parte de verdad. Tras escapar de Athelney, Hanne cabalgó a lomos del caballo robado hasta que llegó a la frontera, donde se lo vendió a un hombre que la ayudó a cruzarla sin ser vista. Desde allí, tuvo que recorrer a pie la senda real en dirección noreste hasta el túnel de Brink, entregando sus pertenencias una por una a cambio de comida y techo, ropa limpia y algún trayecto ocasional en la parte trasera de un carro. No era la manera en que solía viajar la princesa heredera Johanne Fortuin, pero había llegado adonde quería ir... y nadie la identificó hasta que estuvo lista.

El rencor, bendita fuera Tuluna, no había vuelto a molestarla. Ya no tenía cuentas pendientes con él, así que Hanne era libre para culminar el viaje en que su patrona la había embarcado meses atrás. (Aunque no había vuelto a tener noticias de Tuluna desde antes de quedar atrapada en el malsitio. Ese silencio la atormentaba).

Hanne se frotó el rostro, como si estuviera exhausta.

—Nunca había estado en Caberwill, majestad. Me avergüenza admitir que, a causa de mi desorientación, acabé perdida.

Además, daba esa impresión, pues había perdido peso a causa de su estancia en el malsitio. Pero estaba limpia, y, aunque el vestido que llevaba puesto era inaceptable según los estándares de una princesa, le había resultado muy útil para pasar desapercibida.

—Hmm. —El rey volvió a consultar sus notas con el ceño fruncido—. Tan perdida como para llegar al otro lado de las montañas.

Hanne había llegado desde el sur. Desde Ivasland.

—Hay un montón de caminos de paso —dijo la princesa—. No me había dado cuenta de que había cruzado hasta que, cuando pedí que me indicaran el camino hacia Brink, alguien me dijo que fuera hacia el norte.

Hanne detestaba hacerse la tonta, la princesita incapaz de encontrar la salida de su propia habitación, pero los demás se lo creyeron.

—Está bien —dijo la reina—. Pasemos a otra cosa. ¿Cómo acabasteis dentro del malsitio, para empezar?

Esa cuestión era más peliaguda, y Hanne se arriesgaba a revelar una mentira con cada respuesta que daba. Y donde había una mentira, a menudo había más. Dijera lo que dijera, se veía en apuros, porque si revelase la verdad —que Nadine y ella pensaban reunirse con el traidor, Devon Bearhaste—, significaría que estaba conspirando contra los Highcrown. Si mantenía su historia de que simplemente salieron a pasear, tendría una oportunidad... A no ser que hubieran obligado a Nadine a contarles la verdad.

Era una posibilidad macabra, pero los Highcrown no dudarían en usar la tortura. Eran unos bárbaros.

Por suerte, no eran unos bárbaros muy inteligentes.

—Antes de nada, necesito confirmar que mi prima está bien. Nadine Holt. Es como una hermana para mí, y he estado tan preocupada...

—Lady Nadine se aloja en el ala este, junto con el resto de la delegación embriana. —El rey Opus disipó los temores de Hanne—. Pronto podréis verla.

Hanne sintió una oleada de alivio y no se molestó en disimularla. Quería que vieran lo que Nadine significaba para ella; así su historia resultaría más creíble. Porque ese alivio era por el bienestar de su prima, pero también por sí misma: Nadine jamás le contaría a nadie lo que tramaban en realidad, siempre que no le hicieran daño.

A no ser que estuvieran mintiendo.

Lo cual era muy probable.

Buf.

—Necesito verla antes de poder continuar. —Hanne agarró con fuerza el vaso de agua que le habían dado—. Necesito verla con mis propios ojos.

Los monarcas cruzaron una mirada. Después, la reina negó ligeramente con la cabeza.

Hanne sintió un nudo en la garganta. Si no le permitían ver a Nadine, significaba que algo no andaba bien,

—Debemos haceros unas cuantas preguntas más —dijo el rey—. Todos pensábamos que estabais muerta, y es muy importante aclarar los hechos.

—Ya lo he contado todo. —Se le escapó un quejido, pero se recompuso. Hanne iba a ser reina. Las reinas no gimoteban.

—Aún no.

Esa voz provino de la puerta del despacho. Poco después entró el príncipe Rune, que parecía un poco desaliñado, pero tan apuesto como siempre.

—Hola, hijo. —Opus no se molestó en disimular un gesto ceñudo. Interesante.

Rune se giró hacia Hanne.

—Me alivia que estéis aquí, princesa Johanne. Y me gustaría escuchar el relato completo de vuestra huida, además de saber cómo quedasteis atrapada en el malsitio. Pero, de momento, me alivia que las tensiones con Embria puedan suavizarse. Espero que consideréis enviar una misiva a vuestros padres para informarles de vuestra llegada sana y salva a Brink.

Las alianzas eran algo muy frágil.

—Así lo haré, por supuesto; escribiré a mis padres en cuanto tenga la oportunidad. No querríamos iniciar una guerra por esto, ¿verdad?

Se rio un poco, pero nadie más lo hizo. Rune lanzó una mirada penetrante a sus padres, después dijo:

—Damos gracias de que estéis viva, mi señora.

La estancia se quedó en silencio y, finalmente, Hanne se puso en pie. Los guardias se pusieron tensos, pero ya la habían despojado de su puñal.

—Alteza —comenzó a decir con voz suave y afable—, mi príncipe...

Un gesto de incomodidad cruzó los ojos de Rune, pero no tardó en reprimirlo. O en disimularlo.

Puede que ese apelativo hubiera sido excesivo. Su relación había sido cordial, pero distante, y Hanne había estado atrapada en el malsitio tanto tiempo que casi había olvidado en qué situación se encontraban antes de que todo aquello empezara.

Aunque podría utilizarlo en su favor.

—Disculpadme —dijo en voz baja—. El malsitio era un lapso temporal. Sobreviví sin ayuda de nadie durante semanas, mientras que para vos solo pasaron unos días. He tenido mucho tiempo para estar a solas. Para pensar.

Rune asintió. Sus padres no intervinieron. Los guardias volvieron a fingir que eran invisibles. Los caberwillianos era muy fáciles de manipular.

—He llegado a... —Fingió que se le quebraba la voz— apreciar lo considerado que fuisteis conmigo. Cuando vuestros hombres arrojaron provisiones al malsitio, pese a que no teníais modo de saber si yo seguía viva, comprendí que poseéis un alma altruista y generosa. Me avergüenza reconocer que he pensado mucho en vos, y la cantidad de, eh, conversaciones que me he imaginado.

Rune puso los ojos como platos.

—Si aún seguís dispuesto, me gustaría continuar con nuestros planes originales. No tiene sentido perder más tiempo, ni volver a poner en peligro nuestra alianza. Me gustaría casarme lo antes posible. —Hizo una pausa y repitió—: Si aún seguís dispuesto.

Rune titubeó.

Sí, titubeó.

Después, de un modo casi imperceptible, miró hacia sus padres y, finalmente, asintió.

—Sí —dijo—. Estoy dispuesto. La alianza entre Caberwill y Embria es crucial.

—Sí, por supuesto que lo es. Pero además de eso, he llegado a encariñarme mucho con vos... O, al menos, con la imagen que me he hecho de vos. Y me gustaría mucho descubrir si hay algo de verdad en lo que me imaginé.

—Ah.

Percibió un deje de sorpresa en la voz del príncipe y, durante unos segundos, Hanne se preguntó si habría sobreactuado en su papel. Pero entonces Rune sonrió y dijo:

—A mí también me gustaría conoceros mejor. Tenemos una larga vida por delante, una vez resuelto este asunto con los Acuerdos de Ventisca, y lo mejor para ambos es que ese tiempo resulte tan gozoso y productivo como sea posible.

El rey asintió ligeramente para dar su aprobación y la cuestión quedó zanjada. La boda se celebraría en la fecha prevista: al día siguiente, comprobó Hanne, cuando alguien sacó un calendario.

—Seguiremos investigando la muerte de lord Bearhaste, así como todo lo relacionado con este desafortunado episodio. Demos gracias a los númenes de que nos hayáis sido devuelta sana y salva.

Grace se levantó y rodeó su escritorio para abrazar a Hanne. Después añadió susurrando, para que solo lo oyera la princesa:

—Os deseamos felicidad. Pero recordad que sigo siendo la reina de Caberwill. Si guardáis secretos, los descubriré todos.

Hanne esbozó su mejor sonrisa, capaz de deslumbrar a la gente a media legua de distancia, mientras las palabras de la reina Grace le entraban por un oído y le salían por el otro. Puede que por ahora fuese la reina de Caberwill, pero pronto estaría muerta. Entonces, Hanne sería la reina de Caberwill, y, con el tiempo, la de los tres reinos. La reina de todo.

Su sonrisa se tornó aún más radiante, imaginando la paz que experimentaría entonces.

—Esta alianza no se sustentará solo con sonrisas.

—Majestad, mañana voy a casarme con vuestro hijo mayor. Tengo motivos de sobra para sonreír.

Grace torció el gesto, tratando de discernir si esa pulla sobre el «hijo mayor» era intencionada. (Lo era). Hanne le dirigió una breve reverencia y se encaminó hacia la puerta.

—Con vuestro permiso, majestades —dijo—, tengo que ir a ver a mi prima y prepararme para la boda.

Sin más demora, salió por la puerta, seguida de cerca por los soldados.

Pronto vería a Nadine. Pronto podría bajar la guardia mientras su prima cuidaba de ella.

Pero, en el pasillo, alguien se interpuso en su camino.

Hanne tardó unos segundos en encajar todos los elementos —las enormes alas negras, el emblema de la luna atravesada por un rayo y la inmensa y amenazante espada que asomaba por encima de su hombro—, pero al fin comprendió a quién tenía delante.

Era Noctámbula.

—He oído que estabas aquí —dijo Hanne manteniendo un tono afable.

Por todo Caberwill se hablaba de la presencia de Noctámbula, pero ninguna de sus descripciones le hacían justicia. Era alta —mucho— y de rasgos angulosos, con el cuerpo cubierto de hollín. Tenía el cabello lacio, cubierto de sudor seco, chamuscado por las puntas y enmarañado sin posibilidad de arreglo. No era agraciada, determinó Hanne, y no le costó mucho imaginar lo que pensarían sus padres si esa criatura entrase en su sala del trono con la apariencia de un ave carroñera. A su vez, Noctámbula se quedó mirándola unos instantes.

—Me alegra que no estés muerta.

—Eres muy amable.

—Todos nos alegramos de que la princesa Johanne esté viva —dijo Rune, que se acercó y se interpuso entre ellas.

De pronto, pareció incómodo. Noctámbula apenas dio muestra de advertir su presencia.

—Pero no había ningún punto débil en el malsitio.

Hanne sintió una oleada de ira. ¿Cómo se atrevía esa criatura a hablarle de ese modo? ¿Y cómo habría escuchado su testimonio?

—No importa lo que tú digas —repuso con frialdad—, porque una cosa siempre será cierta: jamás habría quedado atrapada de no ser por ti.

—Princesa Johanne... —Rune se interrumpió cuando ella lo fulminó con la mirada.

—Tú —espetó. Toda la rabia y el terror de las últimas semanas salieron a la superficie, obstruyendo la parte sensata de su ser que le recordaba lo ocurrido en el Amanecer Rojo. Aunque ahora, después de lo que había soportado, ya solo temía una cosa: la Fracción Oscura, cuya amenaza seguía pendiendo sobre su cabeza. Hanne había hecho lo necesario para sobrevivir—. Tú tendrías que haber purificado los malsitios hace cientos de años. Tendrías que habernos protegido de los rencores. Y tendrías que habernos protegido frente a la peor oscuridad que nuestro mundo haya conocido. Pero fracasaste. No solo por apatía o hastío, sino por tu propia Malicia. Te rebelaste contra la gente a la que juraste proteger y masacraste a cientos de personas. Tú eres el monstruo.

Un silencio horrorizado se extendió por el pasillo. Los monarcas acababan de salir de su despacho, seguidos por los guardias, y todos estaban esperando a ver cómo reaccionaba Noctámbula.

Ella siguió escrutando a Hanne, con el rostro desnudo de toda expresión y las manos inmóviles junto a los costados. Después, en voz baja, sin la menor inflexión, dijo:

—Lamento no haberte conocido antes de haber accedido a rescatarte.

—¡Tú no me rescataste!

Hanne la rodeó y siguió su camino hacia el ala este, donde se encontraba su prima.

Tenían una boda que preparar.

# 24. NOCTÁMBULA

—Vaya. —Noctámbula miró al príncipe Rune, que estaba contemplando el espacio vacío que había dejado la princesa Johanne con su marcha—. De modo que esa es la princesa que tantas ganas tenías de rescatar.

—Normalmente suele ser más cortes. —El príncipe forzó una sonrisa, como si él tampoco terminara de creerse esas palabras. Luego miró a sus padres—. En fin. Madre, padre, como mi prometida ya no está muerta, me casaré mañana. Y la guerra, por supuesto, queda cancelada.

Noctámbula disimuló una sonrisa. Le agradaba ver a ese príncipe tan atrevido.

—No, no entraremos en guerra con Embria, alabado sea Elmali. —La reina se llevó una mano al corazón mientras decía el nombre del numen patrón de Caberwill—. Suponiendo, claro está, que lleves a término la ceremonia.

—Por supuesto que lo haré. —El príncipe Rune frunció el ceño—. He hecho todo cuanto estaba en mi mano para que esto suceda. No sé cómo pudo la princesa sobrevivir a un malsitio, pero doy gracias por ello. La alianza vuelve a estar en pie. Podemos concentrarnos en las cosas que de verdad importan.

El príncipe lanzó una mirada significativa a Noctámbula, y después volvió a mirar a su padre.

—Ya, como tus certámenes de los caballeros del alba. —El rey Opus asintió lentamente—. Puede que el Consejo te apoye, una vez te hayas casado. Ni siquiera Charity podrá disentir fácilmente.

El príncipe replicó en voz baja:

—Quizá deberíais dejar de incluir a la duquesa de Wintersoft en el Consejo de la Corona, si tan a menudo estáis en desacuerdo.

—Ya sabes que no podemos —murmuró la reina Grace—. Cuenta con demasiados apoyos.

El rey dirigió su atención hacia Noctámbula:

—Hoy hemos presenciado más de un regreso triunfal. Me alegra que hayas decidido volver.

Lo más probable era que fuese mentira, pero Noctámbula tendía que sacar todo el partido posible de la situación.

—He venido a solicitar...

El príncipe Rune le tocó el brazo.

—Déjame a mí —le susurró al oído—. Mañana.

El príncipe tendría más poder a partir de entonces, cuando su posición quedara reforzada por el matrimonio. Noctámbula asintió y volvió a girarse hacia el rey.

—He venido a solicitar ropa limpia mientras mi armadura se regenera.

Mientras hablaba podía sentir cómo crecía ese tejido numinoso, cómo se recomponía. No le resultaba incómodo llevar puesta su armadura mientras se regeneraba, pero a veces le producía un cosquilleo.

—Por supuesto —dijo el rey—. Haré que las envíen a tus aposentos inmediatamente.

—Gracias.

—En fin, hijo —le dijo Opus al príncipe Rune—, tienes una boda que preparar. Deberías ponerte manos a la obra.

Los reyes regresaron a su despacho. El príncipe Rune suspiró y emprendió la marcha por el pasillo.

—Casarse mañana me parece un poco precipitado —comentó Noctámbula.

—No lo es. Era la fecha original. —El príncipe Rune se frotó las sienes—. Los cocineros tendrán que trabajar toda la noche para preparar la comida y ninguno de los bailes o fiestas previstos para esta semana se celebrarán, pero los invitados están aquí, el templo supremo ha sido decorado y la novia no está muerta. ¿Qué más se puede pedir?

—Me alegro por ti.

Noctámbula frunció los labios y giró hacia la torre donde se encontraban sus aposentos. Tal vez, además de la ropa limpia, podría darse un baño. Puede que el carrito con la comida la estuviera esperando...

El príncipe Rune la acompañó hasta la torre.

—Lamento lo que te ha dicho la princesa. Yo apenas estuve brevemente en el malsitio, pero ella estuvo atrapada allí durante días. Más tiempo, incluso, desde su punto de vista. Un trauma como ese afectaría a cualquiera.

—No tienes por qué disculparte. —Noctámbula tensó sus alas mientras comenzaba a subir por las escaleras, sin alzar la voz para que no resonara por todos los rincones del Bastión del Honor—. La princesa tenía razón con lo de mis fracasos, tanto en este despertar como en el anterior.

Sobre todo, si había un rey rencor implicado de alguna manera. Y si ella no lo había enviado de vuelta a la Fracción Oscura.

El sueño volvió a proyectarse en su mente: un castillo dentro de la Malicia, tronos gemelos en el centro de una estancia inmensa. ¿Por qué construir un castillo, si no fuera para un rey?

Notó en el brazo el roce de unos dedos, que se tensaron, y entonces se detuvo. El príncipe Rune se acercó y se pegó a ella en mitad de la escalera. Entre la penumbra, la miró con gesto afable, con esos ojos suyos de un cálido tono castaño.

—La princesa Johanne fue cruel contigo. No tiene nada de malo admitirlo.

—Yo también he sido cruel.

Pero no podía recordarlo y detestaba esa ausencia en su mente, ese vacío en el lugar donde deberían estar los recuerdos. Con cada instante que pasaba, nuevos fragmentos de su pasado caían en el olvido, dejándola más mermada que nunca.

—No sabemos con certeza si lo hiciste tú...

—Fui yo —repuso ella—. No hay por qué echarle la culpa a nadie más. Acepto lo que he hecho y viviré con esa carga durante el resto de la eternidad.

—¿Lo has aceptado?

El príncipe se acercó a ella; tanto que Noctámbula pudo oír los latidos de su corazón. Todavía le estaba apoyando una mano en el brazo, aunque no parecía consciente de ello. Noctámbula se apartó, dejando la mano del príncipe flotando en el vacío.

—No quiero hablar de ello, príncipe Rune. Este no es el momento. Además, tienes una boda que preparar.

Rune bajó los brazos, un gesto de malestar atravesó su rostro.

—No te gusta la princesa —dijo Noctámbula.

—Hay cosas que me gustan de ella. Es inteligente, resolutiva y decidida. Son unas cualidades admirables. —Bajó la mirada hacia el fulgor del arco que daba acceso a la escalera—. Casi todos los enlaces reales responden a cuestiones políticas, no amorosas, y yo no esperaba ser una excepción.

Una oleada de tristeza se desplegó en el pecho de Noctámbula, pero se obligó a contenerla. No había motivos para que le disgustara ese enlace.

Aunque Rune fuera su alma gemela...

*«Sabes que lo es»*. Aquella voz se introdujo en los confines de su mente.

Sí, lo sabía. Solo eso explicaría por qué reaccionó con tanta intensidad cuando vio a Rune en peligro. Y tampoco había otra explicación para el enorme alivio que sintió cuando sobrevivió. Rune formaba parte de ella.

Lo que pasaba era que él no lo sabía.

Pero ¿qué importaba que se casara con otra persona? Noctámbula había sido sincera al explicar que su relación con su alma gemela no se trataba de un vínculo romántico. Entonces, ¿por qué le importaba?

—No tienes por qué casarte con ella. —Noctámbula entrelazó las manos por detrás de su espalda.

—No tengo elección.

—Claro que sí.

—No. —El príncipe se puso serio—. Si quiero hacer lo mejor para Caberwill, no la tengo. El reino no podrá resistir mucho más esta guerra. Hay que ponerle fin de una vez por todas. ¿No será mejor que podamos culminar esto con una alianza y no con un baño de sangre?

—Ya sabes que quiero que cesen las hostilidades —dijo Noctámbula—. Solo entonces podremos librarnos de la Malicia.

—Así es. —El príncipe Rune esbozó una sonrisa cargada de esperanza.

—Aunque tu intención es entrar en guerra con Ivasland.

—Asesinaron a mi hermano. Rompieron los Acuerdos de Ventisca. Es imposible razonar con ellos.

—De modo que habrá una matanza. Caberwill y Embria contra Ivasland.

—Así funcionan las alianzas. —El príncipe cerró los ojos, como si supiera lo que era preciso hacer, pero no pudiera decirlo en voz alta.

—En vez de eso, tu alianza podría marchar conmigo hacia la Malicia. Podríamos volver a contener a los rencores, fortalecer el Malfreno y concederle a tu unión con Embria una verdadera oportunidad para prosperar.

—¿No te importa que Ivasland esté infringiendo los Acuerdos de Ventisca? —inquirió el príncipe.

—Por supuesto. Pero la incursión ya ha comenzado. Debería ser la prioridad. En los Acuerdos de Ventisca se recogen sanciones para los reinos que los infrinjan. Restricciones para desplazarse. Aranceles.

—Siempre he intentado proteger mi reino —murmuró el príncipe Rune frunciendo los labios—. Le fallé a mi hermano. Estuve a punto de fallarle a la princesa Johanne. No volveré a fracasar.

—Hay muchas formas de proteger tu reino, caballero del alba.

El príncipe le sostuvo la mirada.

—Yo no dirijo el ejército.

Noctámbula aguardó. El príncipe profirió un largo suspiro.

—Está bien. Lo intentaré. Mañana por la tarde, después de la boda, les pediré a mis padres que redirijan al ejército de Caberwill hacia el Malfreno para poner fin a esta incursión. Puede que Embria también esté de acuerdo.

Una sensación extraña se desplegó en el pecho de Noctámbula. ¿Sería esperanza?

—Gracias —susurró—. Detesto admitirlo, pero temo lo que podría pasar si me veo obligada a ir sola. Temo que pueda fracasar. Temo que Salvación acabe igual que el resto del mundo, sumida en la oscuridad.

—Ay, Noctámbula. —El corazón del príncipe resonó con más fuerza que ese susurro.

—Además —prosiguió ella—, mis recuerdos se siguen desvaneciendo, cada vez son más.

—Debemos buscar un modo de restaurarlos, o al menos de salvar los que te quedan —dijo el príncipe Rune—. Puede que Dayle tenga algo en la biblioteca del templo...

—Yo soy un arma —dijo Noctámbula—. Primero, debo luchar. Si tenemos éxito en contener la oscuridad, entonces aceptaré con gusto tu ayuda.

—No hace falta que seas tan altruista.

—Sí hace falta.

Los dos llevaban un buen rato inmóviles. En la escalera, el ambiente se estaba recargando con su aliento y con el desagradable olor aferrado a la ropa, el pelo y la piel de Noctámbula. Aun así, ella habría querido permanecer anclada a ese momento, donde solo estaban ellos dos, el uno cerca del otro.

Noctámbula se apartó del príncipe y reanudó la marcha por las escaleras. Giró la cabeza para mirarlo.

—Ya sabes que la princesa Johanne mintió.

El príncipe avanzó tras ella, irradiando una oleada de inquietud.

—¿Sobre qué?

—No había ningún punto débil en el malsitio. La princesa no escapó como asegura haberlo hecho.

—Pero escapó de algún modo. —Las palabras del príncipe Rune reverberaron en las paredes de piedra mientras asentía—. Y eso no cambia lo que debo hacer.

—Ten cuidado. Es lo único que te pido.

—¿Por qué no te fías de ella? —preguntó Rune—. ¿Por haber mentido? Yo también te mentí, ¿recuerdas?

Eso era cierto, y ella no lo olvidaba.

—Fíate de mi instinto, príncipe Rune. He conocido a muchos mentirosos con muchas motivaciones. Tanto tú como ella ocultasteis algo, eludisteis la verdad, la ocultasteis... Pero ella lo hizo con intención de hacer daño. Estoy segura.

—Está bien. Tendré cuidado. —La miró a los ojos—. Ven a la boda.

—Prefiero el hormiguero.

—Noctámbula —repuso el príncipe fingiendo exasperación.

—Preferiría ir sola a la Malicia.

—Te necesito.

—No es cierto.

Noctámbula abrió la puerta de su habitación y entró. Estaba más limpia que antes, habían fregado el suelo y las paredes estaban cubiertas con hermosos tapices. También había una cama con dosel y repleta de cojines, un baúl y un armario.

—No me necesitas, príncipe Rune. Para esto, no. La humanidad solo me ha necesitado para una cosa: matar rencores. Eso es lo que pretendo hacer.

—¿Y qué me dices de tu alma gemela? —Rune sintió como si se le atragantasen esas palabras—. ¿No te ha necesitado para nada más que para matar rencores?

A Noctámbula se le encogió el corazón por todos esos nombres y rostros desaparecidos de su memoria, robados como los tesoros que eran, y por un momento, habría dado cualquier cosa, el mundo entero, con tal de recuperarlos. Pero luego se recobró, pensó en el único motivo de su existencia y miró al joven que tenía delante.

—No —respondió en voz baja, aunque no estaba segura de que eso fuera del todo cierto—. Mi alma gemela es el motivo más valioso para matar rencores: para protegerla. Por eso me necesita. Por eso me necesita el mundo.

—¿Estás segura? —insistió el príncipe—. ¿Se lo has preguntado alguna vez a tu alma gemela?

—Esas cosas no deberían importunarte. A no ser que creas ser mi alma gemela.

El príncipe tomó aliento y se quedó callado un instante.

—Quiero serlo —susurró con voz ronca.

La vulnerabilidad latente en esas palabras conmovió a Noctámbula, la dejó sin elección posible. El príncipe Rune era una criatura emocional, y ella no sabía qué sería capaz de hacer si creyera que entre ellos había... algo más. Tenía que atajar esa posibilidad. El príncipe debía casarse. La alianza entre Caberwill y Embria no era perfecta, y que los dos se unieran para masacrar a Ivasland sería terrible. Pero aún había tiempo para impedir esa matanza, sobre todo si sus ejércitos combinados marchasen hacia la Malicia.

«*Demasiadas incertidumbres* —susurró la voz—. *Si las cosas no salen tal y como planeas, ¿no estarías eligiendo bando en la guerra?*».

«No, nada de eso», razonó Noctámbula. Estaba eligiendo la opción que minimizaba la posibilidad de una guerra. Y para que no estallara, el príncipe Rune jamás debía pensar que era su alma gemela. De hecho, si lo fuera, ya debería saberlo, porque recordaría su nombre. Pero ella nunca se había visto en la terrible situación de perder recuerdos más deprisa de lo que los creaba. ¿Y si la misma magia oscura que le estaba robando los recuerdos a ella también hubiera borrado su nombre de la mente de su alma gemela?

¿Y si también le habían robado a él?

No importaba. Necesitaba ese ejército. Le ahorraría la incertidumbre a Rune.

—Di mi nombre. Si eres mi alma gemela, lo sabrás.

«Medella». Sería tan fácil susurrarlo, articular su nombre con los labios para ayudarlo. Noctámbula no pudo evitar desear que lo dijera. Pero conforme se alargó el momento, una luz se apagó en los ojos del príncipe Rune: era la esperanza al extinguirse.

—Lo siento.

Manteniendo una expresión pétrea, Noctámbula asintió. Le había hecho daño, pero ese dolor remitiría.

—No hay motivos para sentirlo.

El príncipe Rune miró para otro lado, conteniendo las lágrimas.

—Supongo que solo quería ser especial para alguien.

¿Para ella? Noctámbula sintió un nudo en la garganta, pero tragó saliva para contener esa tristeza desconocida para ella y se limitó a decir:

—Asistiré a tu boda, príncipe Rune. —Celebraría la esperanza de paz que el príncipe veía en ese matrimonio—. Pero, después de eso, espero que hables con tus padres para solicitarles los ejércitos. Necesito tu ayuda.

El príncipe la miró con los ojos todavía vidriosos.

—Hablaré con ellos —asintió—. Les pediré que envíen soldados caberwillianos para que te acompañen a través del Portal del Alma. El Malfreno se regenerará, y luego tú y yo encontraremos un modo de restaurar tu memoria.

Noctámbula quiso creerlo con todas sus fuerzas.

# 25. HANNE

anne jamás lo admitiría después, pero cuando Nadine abrió la puerta de sus aposentos, se echó a llorar. Mejor dicho, le escocieron los ojos, se le nubló la vista y se le entrecortó el aliento.

—¿Ha-Hanne? —Nadine había estado llorando, pero no acababa de empezar, sino que llevaba días haciéndolo. Tenía los ojos hinchados y enrojecidos, y el rostro tan pálido como la nieve. Estaba más delgada, como si no hubiera podido comer.

—Nadine. —La princesa agarró las manos de su prima y se las estrechó. Fue una sensación estupenda verla de nuevo, como si un fragmento de su corazón hubiera vuelto a encajar en su sitio—. Todo va bien, Nadine. Estoy aquí.

Poco después, la muchacha condujo a Hanne al interior de los aposentos (dejando fuera a los guardias caberwillianos), donde se asentaron en el sofá, y la princesa le relató su espantosa historia entre sollozos entrecortados y detalles confusos. La persecución, la cautividad, el rencor y sus terribles amenazas.

—Lo hice —susurró Hanne, porque por fin estaba a salvo con la única persona que de verdad se preocupaba por ella. Ya no podía seguir reprimiendo el horror de lo que había sucedido—. Fui a Athelney y ayudé a esos salvajes a terminar su máquina.

Nadine le acarició el pelo, que estaba áspero y enmarañado a causa de las penalidades del viaje hasta allí.

—Hiciste lo necesario para sobrevivir —murmuró Nadine—. Tomaste la única decisión posible.

Eso no parecía del todo cierto. Nadine no habría cedido ante las exigencias del rencor. Se habría sacrificado antes que concederle a Ivasland lo que necesitaban para destruir a los demás reinos. Pero Nadine no era la princesa heredera. No era la elegida de Tuluna. (Hanne estaba empezando a temer que ella hubiera dejado de serlo, pero enterró ese pensamiento lo más hondo posible). No, su prima era una buena persona. Pero tampoco era imprescindible para el plan de paz. La victoria se produciría con o sin ella..., pero no sin Hanne.

Aun así, la princesa necesitaba a Nadine, y, por extensión, el mundo también, porque era posible que el destino del mundo dejara de importarle si su prima ya no estuviera en él.

—Este asunto se volverá en mi contra —murmuró Hanne —. Abagail Athelney no dudará en utilizar esa máquina contra Embria y Caberwill por igual.

—En ese caso, tendremos que hallar un modo de defendernos frente a ella. ¿No has dicho que pudiste llevarte los planos del dispositivo?

—Los llevo bajo la ropa. —Incluso entonces, podía sentir el roce del papel en las costillas.

—Bien. —Nadine le estrechó la mano—. Ivasland cree que ha ganado esta guerra, pero hallaremos un modo de detenerlos. Ahora que la máquina está terminada, se confiarán, se volverán perezosos.

Eso no parecía propio de los ivaslandeños que Hanne había conocido, pero a Nadine no le faltaba razón. Abagail estaba experimentando una falsa victoria, mientras que Hanne estaba jugando una partida más larga.

—No entiendo casi nada de esos planos —admitió—. Tenemos que encontrar a alguien que sepa interpretarlos... y que pueda desarrollar un contraataque. Incrementar la seguridad en torno a los objetivos más probables, aprovechar los puntos débiles en el diseño de la máquina..., esa clase de cosas.

—Tengo a varias personas en mente. —Nadine esbozó una sonrisa—. No he dejado de trabajar en tu nombre. Todas lo hemos hecho. Hemos trabajado sin descanso.

Hanne no lo puso en duda. Nadine era la persona más leal que conocía.

—Bien. Mientras tanto, los Highcrown me han pedido que les escriba una misiva a mis padres para avisarles de que estoy aquí, en el Bastión del Honor.

Nadine asintió.

—Me parece bien. Creo que ninguno de los mensajes que hemos enviado a Solspiria han logrado llegar. El conde Flight, que según tengo entendido es el canciller de información y maestro de espías, ordena interceptarlo todo. No tenemos acceso al aviario, y no permiten que nuestros jinetes mensajeros transporten nada hasta Embria. Que yo sepa, tus padres ni siquiera están al corriente de tu desaparición.

Pues claro que no lo estaban. No tuvieron reparos en permitir que Hanne se jugara la vida para cumplir los objetivos de Embria, pero ni siquiera habían sido capaces de acudir allí para presenciar la boda de su única hija. Puede que el silencio de Hanne durante los últimos días les hiciera preguntarse si se encontraba bien, y cabía la posibilidad de que hubieran enviado tropas a la frontera en previsión de un ataque a traición, pero nada más.

—Cuando escriba a mis padres, codificaré un mensaje para describir la máquina y su funcionamiento. Tal vez podamos copiar los planos para enviarlos por medios más discretos y así asegurar que Embria esté tan preparada como Caberwill para lo que se avecina. —Hanne suspiró. Había mucho por hacer, y ni siquiera habían tratado aún el tema de la boda—. Por cierto, ¿has hecho algún progreso con las personas de la lista de Devon Bearhaste? Me temo que la perdí cuando me persiguió el rencor, pero...

—La encontré. —Nadine sonrió y se levantó del sofá. Cruzó el salón en dirección a un pequeño escritorio y sacó una hoja de papel de un cajón. Estaba sucia y raída, pero seguía resultando legible—. La descubrí mientras te buscábamos y la cogí antes de que alguien pudiera ver lo que era. Nos hemos dividido el trabajo, entre tus demás doncellas y yo, y hemos hecho varios contactos provechosos. Lady Sabine ha empezado a tejer su red.

Todo está saliendo según lo planeado. Sin contar lo del malsitio, claro está. Pero ya estás aquí, y eso es lo importante.

—Bien. —Hanne esbozó una sonrisa adusta mientras se levantaba—. En fin, me caso mañana, así que espero que no vendieras mi vestido para tener calderilla.

—Solo lo pensé —repuso Nadine con un guiño. Era obvio que estaba agotada emocionalmente, pero intentaba disimularlo.

Ojalá pudiera darle tiempo a su prima para recuperarse, pensó Hanne, pero los acontecimientos habían hecho que resultara crucial casarse con Rune y engendrar un heredero cuanto antes. Además, Noctámbula estaba allí, presumiblemente para hacer algo más que acechar por los pasillos. Y sabía que Hanne no estaba siendo del todo sincera.

Pero el problema de Noctámbula le correspondía a Rune..., por ahora. Hanne tenía cosas más importantes de las que preocuparse.

Al día siguiente, estaría un paso más cerca de la victoria y de la paz para toda Salvación.

—Está bien. —Nadine volvió a guardar en el cajón la lista con los nombres—. Empecemos por un baño y ropa limpia.

—Y luego comida.

—Por supuesto. Pediré algo enseguida. ¿Quieres que invite a alguien? Las demás embrianas querrán verte.

Hanne suspiró. Prefería de lejos pasar una noche tranquila con su mejor amiga, haciendo algo divertido como planificar un regicidio, pero Nadine tenía razón. Siempre estaba atenta para cuidar la imagen pública de Hanne.

—Sí, organizaremos un pequeño encuentro. Mis demás doncellas, Sabine, por supuesto, y cualquier miembro de la lista de lord Bearhaste que consideres relevante. Es importante que vean mi resiliencia, mi tenacidad.

—Y lo harán. —Nadine sonrió de oreja a oreja.


Según los estándares embrianos, se trató de una cena pequeña e informal, con invitaciones redactadas a toda prisa y comida preparada mientras Hanne se bañaba y se vestía. Sus doncellas y criadas se aseguraron de que estuviera lo más presentable posible, dadas las circunstancias.

Ahora, ataviada con un vestido de brocado turquesa, con el pelo recogido en un moño y con el cuello, las muñecas y los dedos cubiertos de reluciente obsidiana, Hanne presidía la mesa en el comedor de sus aposentos. Era un espacio pequeño, donde no cabría siquiera una docena de personas, por lo que hubo que reducir la lista de invitadas al mínimo. Solo había dos caberwillianas presentes, aquellas por las que Nadine expresó mayor interés: Victoria Stareyes y Prudence Shadowhand.

—Me alegro de conoceros —dijo Hanne con un tono afectuoso, imitando el modo en que Nadine habría pronunciado esas palabras—. Mi prima me ha contado que habéis sido un gran apoyo para ella durante mi ausencia.

—Era lo menos que podíamos hacer.

Prudence era siete u ocho años mayor que Hanne y estaba casada con un conde que le doblaba la edad. Fue un enlace por motivos políticos que benefició a ambas partes. Sabine, que lo sabía todo sobre todo el mundo, incluso en el Bastión del Honor, informó de que el conde andaba escaso de fondos, y la familia de Prudence, aunque no era noble, sí era muy rica, gracias a las minas que regentaban. A cambio de unos ingresos regulares, el conde le proporcionó a Prudence un título nobiliario, sin expectativas maritales de ningún tipo (aparte de un heredero; eso era ineludible).

—Los primeros días en un sitio donde no conoces a nadie siempre resultan complicados —prosiguió Prudence—. Cuando llegué a la corte, me sentí como una advenediza.

Porque lo era.

Aun así, Hanne no podía reprocharle a esa joven dama que hiciera todo lo posible para ascender en el escalafón social. La ambición era una cualidad admirable.

—Así es. Me siento muy agradecida por la compañía que me habéis proporcionado, Prudence. —Nadine empleó un tono suave y afable—. Prudence, Victoria, me gustaría presentaros a las demás doncellas de la princesa. Estas son Lea Wiswell, Cecelia Hawkins y Maris Evans. —Señaló a cada una por turnos—. Y creo que ya conocéis a lady Sabine Hardwick, que no es una doncella, sino una de las consejeras y mentoras más leales de su alteza.

Lady Sabine inclinó la cabeza con cortesía mientras se cubría los hombros enjutos con su chal de punto.

—Es un placer volver a veros.

Sabine las escrutó con la mirada mientras los criados servían el primer plato, la típica sopa pensada para abrir el apetito y así disfrutar mejor de los platos fuertes.

Cansada y rodeada de gruesos muros de piedra y viejos apliques reacondicionados para albergar esferas luminosas, en lugar de velas, Hanne nunca había disfrutado tanto como en ese momento del sabor del hogar. El marcado sabor del jengibre y las delicadas especias la reconfortaron.

—Menudo viaje habréis tenido —comentó Victoria.

Era la más joven de las dos, una futura condesa procedente de la provincia de Aguacero, que había llegado poco antes a la corte. Corría el rumor, según le contó Nadine a Hanne, de que los padres de Victoria confiaban en que llamara la atención del príncipe Rune y este la impulsara (y con ella, al resto de su familia) hacia un estrato social más elevado. Como si al príncipe fueran a permitirle cortejar a una simple (y futura) condesa.

—Sinceramente —prosiguió Victoria—, no me imagino lo que habréis soportado, aunque si alguien podía hacerlo, sin duda erais vos. Lady Nadine nos ha hablado mucho de vuestro ingenio y astucia.

Era una chica desgarbada, pero con buena intención. La pobre Victoria sería el hazmerreír de la corte embriana, donde las palabras eran al mismo tiempo un arte, un arma y un disfraz. Victoria, una simple pueblerina, carecía de formación. Pero podría resultar útil. Hanne (o más bien Lea, que tenía tiempo para esas cosas) podría enseñarle a interpretar los aspectos más sutiles del lenguaje.

—Eres muy amable al decir eso.

Hanne dio un sorbo de vino de una de las botellas llevadas desde Embria, pensada en un principio para servirse durante el baile previo a la boda. Al parecer, no se había celebrado ninguno de esos festejos. Pero, claro, ¿cómo podrían hacerlo, sin la invitada de honor y con la amenaza de una guerra en el horizonte?

—Pero no hablemos de mi... —Hanne se mordió el labio, fingiendo incertidumbre— calvario. Quiero saber más sobre la vida en el Bastión del Honor. Por lo que he visto, difiere mucho de Solspiria.

—Es más pequeño —intervino Maris. Se giró hacia Victoria y Prudence—. En Solspiria, su alteza contaba con una planta entera del palacio para ella, para sus doncellas y para el resto de sus criados. Había días en que recorríamos varias leguas sin llegar a salir de los aposentos de su alteza. —Maris paseó la mirada por el abarrotado comedor—. Esto ha supuesto un cambio. Apenas puedo respirar, rodeada por tanta piedra.

Lea y Cecilia asintieron para mostrarse de acuerdo, mientras que lady Sabine, la mayor de las presentes, se limitó a enarcar una ceja sobre el borde de su copa de vino.

—En mi opinión, el Bastión del Honor tiene una atmósfera señorial. Los regentes de Caberwill han vivido aquí durante un centenar de generaciones. En comparación, Solspiria es muy reciente.

—Eso es cierto —admitió lady Lea—. Pero me sigue gustando más.

Hanne se aclaró discretamente la garganta.

—Aunque las diferencias entre Solspiria y el Bastión del Honor son grandes, no es justo entrar a compararlos. Solspiria se construyó para mi familia, cuando mis ancestros tomaron el poder tras la caída del linaje de los Aska. —Cuando los mataron, quería decir, pero Hanne prefería que todo el mundo considerase sus muertes como un fracaso a la hora de conservar el trono. Se dirigió entonces a Victoria y Prudence—: El viejo palacio fue desmantelado y se construyó Solspiria en su lugar, para homenajear a la familia Fortuin y conmemorar nuestro ascenso al trono. Cada nueva generación le ha añadido algo, y su esplendor no tiene parangón. El Bastión del Honor, sin embargo, representa la estabilidad, la continuidad entre dinastías. Se construyó para ser inexpugnable, y vaya si lo es.

Al otro lado de la mesa, Victoria y Prudence suavizaron el gesto. Lo justo para hacerle saber a Hanne que sus palabras habían surtido el efecto deseado.

—Pero nos estamos desviando del tema —prosiguió Hanne—. Quiero saber más sobre la vida aquí. Festivales, banquetes, bailes de gala... ¿A cuántos soléis asistir cada semana, y qué fiestas no debería perderme?

Prudence y Victoria cruzaron una mirada; parecieron incómodas mientras les servían el segundo plato: pato asado y un surtido de hortalizas, todo ello regado con una salsa ligera. Los sirvientes les cambiaron los cubiertos y las copas y luego se marcharon, prestos a preparar el tercer plato.

—¿Y bien? —Hanne se inclinó hacia delante—. No me tengáis en ascuas. Me he traído cien vestidos desde Embria... ¿Bastarán para una temporada? Solo espero que no resulten anticuados aquí.

—Me temo que no celebramos eventos muy a menudo —dijo Prudence en voz baja—. Hace mucho que los monarcas caberwillianos los consideran una extravagancia innecesaria.

Por supuesto, Hanne era consciente de que se celebraban muy pocos bailes y banquetes en Caberwill. Todo el mundo lo sabía. El número de eventos planificados para antes de la boda había sido una concesión difícil de cumplir para Rune (y para sus padres).

—Vaya —susurró agachando ligerísimamente la mirada—. Supongo que los caberwillianos consideran que las reuniones sociales son una frivolidad, una pérdida de tiempo y dinero. —Tanto Victoria como Prudence guardaron silencio—. En Caberwill, supongo que la mayoría de la gobernanza se realiza por medio del Consejo de la Corona o presentando solicitudes directamente ante el rey. —Hanne cortó y pinchó una loncha de pato de su plato—. En Embria, los salones de baile son el lugar donde se decide el rumbo a seguir para el reino. Formamos alianzas durante un baile, subimos o bajamos los impuestos durante los postres y dictamos sentencias en rincones sombríos. En una ocasión fui testigo de cómo se originaba una guerra comercial entre dos familias rivales al final de una fiesta de tres días a bordo de La joya de Fortuin, el palacio flotante de mi madre. Sé que puede parecer una forma extraña de proceder, pero los embrianos preferimos mitigar los sinsabores de la gobernanza.

—Entiendo. —Prudence probó un bocado de su plato, luego resopló y se le desorbitaron los ojos. Lo regó con un sorbo de vino—. Cómo pica.

Hanne sonrió al tiempo que daba otro bocado mientras Lea les hablaba a las mujeres caberwillianas sobre la cocina embriana y la diversidad de sabores que disfrutaban en el extremo occidental del continente.

Más tarde, la conversación viró hacia la alianza... y hacia la invocación de Noctámbula.

—Me pareció de una valentía inaudita. —Lea se apoyó una mano en el pecho y suspiró—. El príncipe debe de estar muy encariñado con vos, alteza, como para arriesgarse a provocar un segundo Amanecer Rojo.

Solo de pensarlo, a Hanne se le revolvió el estómago, pero mantuvo su expresión afable.

—Posee un gran coraje —coincidió—. Sé lo importante que es esta alianza para mi futuro esposo, pero también lo es para mí. Si él hubiera quedado preso en un malsitio, habría hecho todo cuanto estuviera en mi mano para liberarlo.

—Qué valiente —dijo Maris.

—Y romántico —añadió Lea.

—Es lo menos que merece esta alianza —concluyó Cecelia.

—La defensa que hizo el príncipe Rune de sus actos me pareció muy convincente. —Prudence probó un bocado diminuto de pato y torció el gesto mientras alzaba su copa para dar un sorbo—. La forma en que les plantó cara a sus padres delante de todos... fue algo impropio de él. Nunca lo había visto discrepar de un modo tan apasionado.

Hanne ladeó la cabeza.

—¿Cómo suele disentir con sus padres?

Prudence esbozó una sonrisa tirante.

—A menudo, se limita a protestar y a instarlos a que escuchen más al pueblo, y sus padres le recuerdan que la gobernanza tiene unos matices que él aún no alcanza a comprender. El príncipe da la impresión de ceder ante ellos, pero sospecho que luego se lo recrimina. Todo esto en privado, por supuesto.

—Ah, pero tú lo has descubierto. —Hanne miró de reojo a lady Sabine, que también estaba observando a Prudence con interés.

—Tengo mis recursos —insinuó Prudence—. Y, como sin duda habréis advertido ya, su alteza el príncipe Rune no es conocido por su sutileza.

Eso era cierto.

Aun así, los «recursos» de Prudence podrían resultar útiles. Sabine, que seguía evaluando a aquella joven con la mirada, parecía estar de acuerdo.

—Oh, sí. La sutileza no es una de sus virtudes —prosiguió Victoria—. Seguro que todas hemos oído hablar de su pelea con Noctámbula en el patio central, el día después de que los dos acudieran al malsitio.

—¿Se pelearon? —Hanne enarcó una ceja.

—Bueno, discutieron. —Lea se limpió la boca con la servilleta—. Su alteza se puso de parte de su padre, mientras que Noctámbula insistió en que los Highcrown le proporcionasen un ejército de caballeros del alba con el que partir hacia la Malicia.

—El príncipe la acusó de olvidar cosas —añadió Prudence—. Dijo que se había olvidado del Amanecer Rojo. Y luego ella se fue volando enfurecida.

—Pasó volando junto a esa ventana. —Nadine señaló hacia el salón—. Si hubiera alargado el brazo, podría haberle arrancado una pluma.

—Antes habrías perdido un dedo —dijo Cecelia—. He oído que esas plumas están muy afiladas. Desde luego, lo parecían, ¿verdad? Cuando la vimos en la sala del trono.

Maris asintió muy seria.

—Yo te habría vuelto a coser el dedo, Nadine, si lo hubieras perdido por culpa de Noctámbula.

—Qué amable. —Nadine sonrió—. Por suerte, me llevé tal sobresalto que ni siquiera lo pensé en ese momento.

—¿Y en qué se puso Rune de parte de su padre, exactamente? —preguntó Hanne.

El silencio se extendió por la mesa, hasta que Prudence dijo:

—Es de suponer que el rey se planteara atacar Embria antes de que vuestros padres se enterasen de vuestra desaparición, alteza. Y aunque la primera reacción del príncipe Rune fue hacer todo lo posible para recuperaros... En fin, cuando todo apuntaba a que habíais muerto...

—Estuvo de acuerdo con su padre. —Hanne asintió lentamente. Tenía lógica, bajo la perspectiva de Caberwill. En su lugar, es probable que Hanne hubiera hecho lo mismo, aunque ella no habría empezado con un ataque militar. No, habría sido un movimiento tan raudo que Caberwill no se habría dado cuenta hasta que fuera demasiado tarde—. En fin, menos mal que he llegado.

—Así es —dijo Victoria—. Vuestra presencia aquí ha impedido una guerra innecesaria.

Todas las doncellas de Hanne se apresuraron a asentir.

Mientras la conversación volvía a versar sobre Noctámbula, sobre el miedo que pasaron todas ante su llegada y sobre la probabilidad de otra incursión, Hanne se entretuvo observando a sus cuatro doncellas, a su maestra de espías y a las dos mujeres que la ayudarían a construir su autoridad allí. Y con cada plato que servían, con cada bocado de cocina embriana, su certeza fue en aumento: volvía a estar en la senda correcta. Podría dejar atrás todo lo que había sucedido en Ivasland, enmendarlo y superarlo.

Pronto, el mundo vería el verdadero rostro de Hanne: el de una reina nacida para conquistar.

«Sí». El susurro de Tuluna resonó en el fondo de su mente, una voz maravillosa y bienvenida tras semanas de silencio. «Una reina. Mi reina. La reina del mundo».

# 26. NOCTÁMBULA

Fue una boda como cualquier otra. Noctámbula había asistido a docenas de ceremonias como esa; siempre le reservaban un sitio en un palco desde donde podía observar la escena (o dormitar) sin que nadie fuera a pedirle favores, y, para ser sincera, le resultaban un poco aburridas.

*«Los humanos y su felicidad. Deberías ponerle fin a todo esto aquí mismo».*

Aquella boda, sin embargo, resultó un poco más interesante que las demás, pues los embrianos ocupaban la mitad del templo caberwiliano. Los nobles lo bastante importantes como para estar allí ocupaban el extremo occidental, ataviados con colores radiantes que hacían resaltar sus joyas de obsidiana. Formaban un extraño campo de flores silvestres en esa estancia enorme y sombría, rodeados de piedra tallada, tapices antiguos y altares dedicados a los principales númenes que veneraban los caberwillianos. El de Elmali era el más grande y destacado, pero se habían apresurado a erigir y situar a su lado otro altar en honor de Tuluna, la patrona de Embria.

En el extremo oriental, los caberwillianos (de gris, con algún tono crema o tostado entre los más osados) miraban a los embrianos como si despidieran vapores tóxicos. Los monarcas Highcrown estaban sentados en la parte frontal de la estancia, con dos muchachas a ambos lados. Si eran conscientes de la tensión latente a sus espaldas, no dieron muestra de ello.

Y luego estaba el príncipe Rune. Se encontraba de pie junto a las puertas de caoba, con la mirada fija en el suelo y una expresión pétrea.

Noctámbula comenzó a girar la cabeza para otro lado. Para concederle cierta privacidadmientras reflexionaba sobre su largo futuro como hombre casado. Pero en ese momento, el príncipe miró hacia arriba y la vio. Sus miradas se cruzaron, provocando que a ella se le cortara el aliento y sintiera una punzada de añoranza en el estómago.

Rune hizo amago de sonreír, pero lo distrajo el frufrú de un tejido que resonaba por el pasillo. Giró la cabeza y el atisbo de sonrisa quedó reemplazado por un gesto de aplomo.

Primero se vislumbró un zapato dorado, que centelleó desde el suelo como el tesoro de un dragón. Después apareció la princesa Johanne, que lucía un aspecto inmaculado bajo capas y capas de seda, como si fuera envuelta en un amanecer estival. Estaba preciosa, con el cabello dorado recogido con elegancia bajo su corona negra; un par de mechones rizados pendían alrededor de su rostro para suavizar su expresión.

Pero no había suavidad alguna en esa princesa. Noctámbula se dio cuenta el día anterior, y ahora, con esa corona de obsidiana sobre la cabeza, no había ninguna duda sobre la clase de imagen que quería proyectar. Dura, ambiciosa y refinada: alguien que no toleraba la existencia de rivales.

Se le cortó el aliento. Conocía esa corona —la Aureola Negra, la habían denominado los humanos milenios atrás—, porque era una de las reliquias creadas por los númenes para ayudar a proteger Salvación. Hacía siglos que no la veía.

En la antigüedad, los reyes guerreros que defendían a su pueblo portaban esa corona al adentrarse en la Malicia, para protegerse frente a los rencores. Era una aliada poderosa frente a tales criaturas... Pero ahí estaba la princesa Johanne, portándola como mero atrezo político.

Y aunque esas puntas afiladas de obsidiana debían de pesar mucho, la princesa mantuvo la cabeza alta, con el cuello largo y grácil, sin mostrar la menor incomodidad mientras agarraba la mano que le ofrecía el príncipe. Chispazos de una emoción furtiva y desagradable prendieron en el corazón de Noctámbula, pero intentó replegarla en un rincón de su ser donde no tuviera que verla.

«*¿Estás celosa?*».

No estaba celosa. No tenía motivos para estarlo.

«*¿Sientes algo por el príncipe?*».

No sentía nada por él, aparte del poderoso instinto de protección que sentía por su alma gemela en cualquiera de sus encarnaciones (seguía creyendo que Rune lo era, con pruebas o sin ellas). No era posible. Los númenes no la habían creado para sentir esas cosas.

«*Pero estas afligida, ¿verdad?*».

Sí, tal vez. No sabía qué le estaba robando sus recuerdos, ni siquiera si esa situación sería reversible. Pero eso no significaba que estuviera celosa.

La ceremonia siguió su curso, ajena a su agitación emocional. Todos se habían levantado para girarse hacia las puertas donde se encontraban el príncipe Rune y la princesa Johanne, que le había agarrado del brazo con delicadeza.

En las bodas embrianas, en ese momento sonaba música y se arrojaban flores y tiras de seda sobre los novios al pasar, pero la versión caberwiliana era mucho más discreta. La pareja avanzó a solas y en silencio, para simbolizar el largo viaje de un matrimonio durante el cual solo podrían depender el uno del otro, o algo así. Noctámbula no estaba segura del todo.

Cerró los ojos y pensó en matar rencores, distraída tan solo por el sonido del sumo sacerdote en la parte frontal del templo. Su voz se alzó sobre la congregación:

—La tradición nos habla del inmenso amor que sienten los númenes por quienes habitamos en el plano laico —dijo el sumo sacerdote Larksong—, y de los sacrificios que realizaron para asegurar nuestra existencia. Tanto los númenes conocidos como los anónimos son nuestros grandes benefactores.

Noctámbula conocía la historia de la creación. La versión humana era una falsedad flagrante, surgida de su limitada comprensión del mundo. (Intentó no pensar en cómo su propia comprensión se iba volviendo más limitada a cada momento que pasaba). Pero contaban la historia una y otra vez, porque se sentían mejor al pensar que habían sido creados por manos divinas.

Pero eso no era ni remotamente cierto.

—Como los númenes nos aman, a nosotros también nos ha sido concedida la capacidad de amar. A menudo es un sentimiento inesperado y sorprendente, pero es el amor lo que nos vincula entre nosotros.

El príncipe Rune y la princesa Johanne ya iban por la mitad del pasillo, acaparando la atención con sus atuendos negros y dorados. A ambos lados, los invitados los admiraban sin disimulo. Formaban una pareja muy elegante.

*«Quieres estar con tu alma gemela. ¿Vas a permitir que esto suceda?».*

Una imagen violenta se proyectó en la mente de Noctámbula, en la que aparecía ella arrasando ese templo para impedir la boda: sangre goteando de las paredes, cadáveres amontonados por el suelo mientras ella colocaba la Aureola Negra, la corona de obsidiana, sobre la cabeza del príncipe Rune.

Se le revolvió el estómago y bebió con ansia del vaso de agua que le habían proporcionado, pero las náuseas no remitieron.

Noctámbula sería capaz de hacer eso, sí —la crearon para la destrucción—, pero jamás había imaginado de un modo tan vívido ese nivel de brutalidad contra los humanos.

*«Excepto aquella vez que lo llevaste a cabo».*

Nuevas imágenes inundaron su mente, teñidas por una neblina rojiza, demasiado veloces como para entenderlas del todo: pasillos dorados teñidos con el rojo de la sangre, personas con atuendos coloridos huyendo a través de ellos mientras Noctámbula avanzaba con la espada en alto, desplegando sus alas hasta que topaban con las paredes para impedir que escapara nadie.

La imagen se desvaneció. Sin embargo, Noctámbula supo de qué momento se trataba: del Amanecer Rojo, su ataque contra Solspiria.

Le entraron ganas de vomitar.

La embargó el horror por sus actos, pues ya no podía seguir negándolos.

Noctámbula lo había visto. Lo había sentido.

El príncipe y la princesa se encontraban en la nave central del templo, soportando un largo discurso al que Noctámbula no prestó atención, sumida en sus ensoñaciones. Debía concentrarse en el presente, en el olor del templo, en el murmullo de la ceremonia. No había sangre corriendo por las paredes, ni cadáveres...

Cerró los ojos y exhaló despacio, en un intento por serenar su corazón desbocado, pero en cuanto lo logró, algo más se activó en el fondo de su mente, como una oscuridad que se desplegaba a lo lejos.

Era perturbador.

Se levantó, pero volvió a sentarse. Ese movimiento sobresaltó a los invitados, y el príncipe le lanzó una mirada para rogarle que se estuviera quieta.

Noctámbula le había prometido que asistiría, así que mientras proseguían los discursos —todos le sonaban igual: aburridos—, esperó, se bebió toda el agua e intentó zafarse del peso de la culpa que esas imágenes extrañas habían plantado en su mente.

Cuando empezó a preguntarse si el templo estaría sumido en una especie de lapso temporal, o si las bodas en sí atraerían esa clase de magia oscura, se oyeron unos gritos procedentes del vestíbulo que se intensificaron hasta resonar por todo el pasillo central.

Había dos hombres allí, jadeando y empapados en sudor. Todos, incluso el príncipe y la princesa, se giraron para mirarlos cuando uno de ellos exclamó:

—Se ha producido un ataque.

El príncipe Rune hizo amago de separarse de la princesa Johanne, como si quisiera interrogar a los mensajeros allí mismo, pero el carraspeo de uno de sus padres le recordó cuál era su lugar. Se quedó quieto y Noctámbula bajó del palco.

Los invitados se apartaron asustados cuando aterrizó, y uno de ellos tuvo incluso la osadía de romper a llorar. Pero Noctámbula no asesinó a nadie mientras se acercaba al mensajero, que estaba temblando a causa del agotamiento y el terror.

—Dime si había Malicia. —Habló lo bastante alto como para hacerse oír entre los murmullos nerviosos que reverberaban en las paredes de piedra. Cuando todas las miradas recayeron sobre ella, se alegró de haberse aseado y de haber arreglado su armadura para no avergonzar al príncipe Rune.

—¿Creéis que luchará a nuestro lado contra Ivasland? —murmuró alguien desde el lado caberwiliano.

—Es igual de probable que nos mate a todos —repuso otro.

Uno de los mensajeros cayó de rodillasjadeando con fuerza en su intento por no desmayarse, mientras que el otro se mantuvo en pie a fuerza de voluntad. Estaban muy conmocionados; lo que quiera que hubiera ocurrido, era grave.

—Dime si había Malicia —repitió Noctámbula, esta vez más bajito.

—Era... una especie de máquina. Explotó y ahora hay Malicia por todas partes. Los mensajeros dicen que está muriendo gente a plena luz del día y...

—Dime dónde. —Su tono fue adusto, como el aullido del viento antes de una tormenta.

Había que decir en favor de aquel hombre que no se echó al suelo, acobardado, aunque era obvio que eso era lo que estaba deseando hacer.

—A las afueras de Monte Menudo. Es un pueblo de agricultores que suministra alimentos a la mitad de Brink. ¿Lo conoces?

Noctámbula no se molestó en responder. Salió del templo sin mirar atrás.

# 27. RUNE

El resto de la boda transcurrió deprisa, los discursos y los cánticos quedaron ensombrecidos por una urgencia renovada. Costaba creer que hubiera sucedido algo tan espantoso, que la Malicia se extendiera por un pueblo inocente, pero tenía que ser cierto. Nadie mentiría en algo así.

Además, Rune había visto a Noctámbula alzarse como si hubiera presentido algo, para luego volver a sentarse ante su insistencia. Tendría que haberla dejado marchar. De haberlo sabido, lo habría hecho, porque ese tuvo que ser el instante en el que la máquina detonó y empezó a matar gente.

A su gente.

Notó una punzada de terror en el estómago mientras recordaba su breve encuentro con aquel malsitio. Él, al menos, sabía dónde se estaba metiendo. Él, al menos, contó con la protección de Noctámbula.

Los habitantes de Monte Menudo no habían tenido nada. Solo la muerte más atroz que se pudiera imaginar.

La princesa Johanne carraspeó para volver a centrar la atención sobre ella. Esbozó una sonrisa radiante, estaba majestuosa con su corona de obsidiana y su centelleante vestido dorado. Alguien debió de quedarse trabajando hasta tarde para meterle las costuras, porque era evidente que la princesa había perdido peso. Incluso su rostro, antaño terso y lleno, tenía ahora unas oquedades bajo los pómulos.

Ella no se merecía lo que le ocurrió, al igual que los habitantes de Monte Menudo. Rune esperaba tener ocasión de decírselo más tarde.

Aunque... Noctámbula dijo que la princesa Johanne había mentido acerca de su huida.

En fin, quizá él pudiera sonsacarle la verdad.

Rápidamente, Rune y la princesa Johanne fueron declarados marido y mujer. Ya solo faltaba el beso ceremonial. Cuando ella asintió ligeramente, Rune se inclinó sobre ella y sellaron la alianza; no solo sobre el papel, sino con el resto de sus vidas.

Lo embargó una tristeza intensa e insatisfecha que creció hasta formarle un nudo en la garganta. Sonrió para disimularlo, porque se esperaba que sonriera a pesar de que acababa de casarse con alguien a quien desde pequeño le habían enseñado a considerar su enemigo.

La princesa Johanne ya no era suenemiga, sino su esposa.

Sí, su esposa.

Rune debía colaborar con ella, y confiar en ella, algún día, por el bien de sus reinos.

—¿Estás listo? —murmuró la princesa.

Cuando Rune le ofreció su brazo, ella le apoyó encima una mano cubierta de obsidiana, y, como si fueran un solo individuo, se giraron hacia la multitud formada por embrianos y caberwillianos.

Todos se pusieron en pie, aplaudieron tan fuerte que el templo amenazó con venirse abajo. Hasta los guardias rompieron el protocolo para vitorearlos. Una alianza. Entre dos reinos. Era la primera vez que sucedía algo así, y en el momento justo, pues la llegada de los mensajeros y la salida dramática de Noctámbula seguían frescas en la memoria de todos.

La ruptura de los Acuerdos de Ventisca los había conducido hasta allí.

A pesar de la atronadora aprobación que se extendió por el templo, a pesar de la esposa enérgica e inteligente que tenía a su lado, Rune experimentó otra oleada de tristeza e insatisfacción. Ojalá pudiera seguir a Noctámbula, ayudarla de algún modo, como la otra vez. Pero ese no era el momento.

Además de que Noctámbula era la única que podía salvar Monte Menudo, Rune acababa de casarse. Ya nunca volvería a ser el momento. Y no serviría de nada desear que las cosas fueran distintas.

Menos de una hora después, Rune se reunió con sus padres en su despacho. Le había prometido a Noctámbula que les pediría el ejército, una vez concluida la ceremonia nupcial, y estaba decidido a cumplir su promesa.

—Habla, pero que sea rápido. —Opus estaba sentado ante su escritorio y Grace frente al suyo. El despacho era una estancia elegante con las paredes cubiertas por un lacado oscuro, ventanas lanceoladas y montañas de informes y documentos pendientes.

Rune se sentó en una silla entre los dos escritorios, sintiéndose diminuto a pesar de que ya era un hombre casado, cuyo futuro estaba ligeramente más asegurado que hacía una hora.

—Sé que esto no es lo que queréis oír ahora mismo...

Opus suspiró. Quizá debería haber pensado otro prolegómeno que no fuera decirles que sabía que no querrían oír lo que les iba a contar. Era una forma pésima de ganarse el favor de los demás.

—Seguiremos hablando de ello hasta que hagáis algo al respecto. —Rune endureció el tono—. La incursión no esperará.

—¿Qué es lo que propones? —preguntó Grace—. Nuestras opciones son limitadas, sobre todo después del ataque a Monte Menudo. Ya sé que abrimos la posibilidad del certamen de los caballeros del alba, pero no podemos prescindir de esos soldados. Ivasland ya ha dado el primer paso. Ahora todo el mundo sabrá que han roto los Acuerdos de Ventisca. Tenemos que contraatacar.

Rune tragó saliva con fuerza.

—¿Estamos seguros de que ha sido Ivasland? Ha ocurrido mucho antes de lo previsto.

El equinoccio de otoño, la fecha en la que se sospechaba que estaría todo completado, no tendría lugar hasta dentro de más de un mes.

—Han tenido que ser ellos —afirmó Opus—. Si efectivamente es una máquina la fuente de toda esa calamidad en Monte

Menudo, quiero descubrir de qué se trata. A veces, los plebeyos se confunden o exageran o... En fin, ya has oído la clase de cosas que cuentan. No siempre son de fiar.

—Por suerte —dijo Grace—, el Consejo de la Corona va a reunirse para abordar esta crisis. Y luego, por supuesto, tendremos otra reunión que incluirá a los dignatarios embrianos.

—Es el día de boda con el que siempre había soñado —murmuró Rune—. Una reunión tras otra.

—Tu sarcasmo está fuera de lugar —dijo Opus—. No obstante, si Abagail y Baldric son responsables de este ataque, la alianza será aún más importante y el conflicto, aún más inminente. Si descubrimos que Ivasland es responsable de la destrucción de un inocente pueblo caberwiliano, que además surte a las despensas de Brink, entonces marcharemos sobre Athelney con el poderío de dos ejércitos. Arrasaremos sus ciudades y universidades.

Aquel era el peor momento para decirlo, pero Rune se lo había prometido a Noctámbula:

—En lugar de guerrear contra Ivasland, deberíais enviar los dos ejércitos hacia la Malicia para frenar la incursión.

Silencio.

Sus padres lo miraron como si estuvieran esperando a que revelase que había sido otro comentario sarcástico, aún más fuera de lugar. Pero Rune insistió:

—La situación es peor de lo que imagináis. Noctámbula mató al rencor con el que se toparon lady Nadine y la princesa Johanne, pero es casi seguro que habrá más.

—¿Qué quieres decir? —preguntó Grace.

—Me refiero a que Noctámbula no regresó al Bastión del Honor porque me echara de menos.

Rune se levantó de su asiento y abrió un armario inmenso con relieves en el frontal. El saco que le había llevado Noctámbula la noche anterior estaba allí, donde le pidió a John que lo dejara aquella mañana. Mientras lo llevaba hasta el escritorio de su padre, un intenso hedor a ozono inundó la habitación.

—Vino a traerme esto.

—¿Se puede saber qué contiene? ¿Más despojos de rencor?

—Opus arrugó la nariz mientras tiraba de la cuerda para abrir el saco. Cuando asomaron el cuenco y los saquitos, el rey miró a Rune a los ojos—. ¿Qué es esto?

—Son los objetos necesarios para invocar a un rencor. —El príncipe volvió a sentarse—. No sé dónde lo encontró Noctámbula, no quiso decírmelo, pero es muy posible que haya al menos un segundo rencor ahí fuera.

—Un segundo rencor. —Grace miró a Opus—. Esto no demuestra que haya otro rencor, solo que alguien intentó invocar a uno... o aparentar que lo hizo. Sea como sea, no hay motivos para creer que no se trate del rencor que murió hace unos días. En cuyo caso, la amenaza estaría resuelta.

Era posible, pensó Rune.

Opus apoyó las manos sobre su mesa y se incorporó alzándose por encima del saco.

—Esto es un intento desesperado por hacernos cambiar de idea. Pero nosotros no hemos elegido la situación en la que nos encontramos, y tampoco podemos cambiarla. Ivasland es la amenaza que debemos afrontar.

Rune se levantó también, erguido y con las manos a ambos lados del cuerpo.

—Ya sé que Ivasland está infringiendo los Acuerdos de Ventisca, pero puedo aseguraros que este peligro es igual de real. Noctámbula me ha alertado repetidamente de que el Malfreno se está debilitando, y ahora tenemos un rencor y a un invocador. Si no le cedemos nuestros ejércitos a Noctámbula enseguida, podrían morir miles de personas.

—Están muriendo ahora mismo —replicó Opus—. En Monte Menudo.

Rune torció el gesto ante lo incisivo de esas palabras.

—Es cierto, pero la amenaza de una incursión es aún más grave de lo que podéis llegar a entender.

—¿Qué quieres decir? —Grace frunció el ceño.

A Rune se le aceleró el corazón. No quería decirlo, porque no era su secreto, pero ya había dicho otras cosas que no debía, y si servía para persuadir a sus padres...

—Ya sabéis que Noctámbula ha perdido parte de sus recuerdos.

—Sí —dijo Grace—. No se acuerda del Amanecer Rojo.

Esperaba que Noctámbula le perdonara por revelarles el secreto a sus padres.

—Lo que no os he dicho antes es que sigue perdiendo recuerdos. No podemos permitirnos el lujo de esperar.

Sus padres se miraron, comunicándose sin necesidad de palabras. En el fondo de su mente, Rune se preguntó si llegaría a desarrollar esa conexión con la princesa Johanne. Aunque nunca llegaran a quererse, como sí hacían sus padres, al menos esperaba que pudieran llegar a entenderse.

—¿Qué significa que aún sigue perdiendo recuerdos? —preguntó Opus al cabo de un rato.

—Justo lo que parece. —Rune se frotó las sienes, imaginando lo aterrador que debía ser ir perdiendo fragmentos de tu propio pasado—. Noctámbula está olvidando cosas, ¿y qué pasará si olvida cómo protegernos? Si no ponemos fin a esta incursión de inmediato, puede que no tengamos otra oportunidad. Será el fin de Salvación, y a no ser que hayáis enviado barcos para explorar otros continentes...

—No existe ninguno —repuso Opus, muy serio—. Eso es un disparate. No hay nada más ahí fuera.

—Solo Malicia —coincidió Rune—. Continentes enteros sumidos en la oscuridad.

Al menos, eso era lo que siempre le habían inculcado, cuando le explicaban por qué los últimos refugiados de la humanidad acudieron a Salvación miles de años atrás. Ese era el único lugar habitable en todo el mundo. Era el último bastión de la humanidad. No podían perderlo.

—Entonces, ¿adónde iremos si permitimos que la Malicia se adueñe de Salvación? —inquirió Rune.

Grace bajó la mirada hacia su escritorio.

—¿Has hablado de esto con alguien más? ¿Con algún miembro del Consejo? ¿Con el sumo sacerdote Larksong?

Rune detestaba esa clase de preguntas; en los libros y obras de teatro, era habitual que se produjera un asesinato inmediatamente después de asegurar que nadie más conocía una información. (Sus padres no iban a matar al sacerdote, por supuesto, pero tenían multitud de métodos para silenciarlo).

—He hablado con Noctámbula. —Rune permaneció de pie—. Le expliqué que no soy el rey de Caberwill, así que no puedo comandar el ejército, pero le dije que os lo pediría de su parte. Esta es mi propuesta: enviad con ella a nuestros hombres a través del Portal del Alma, y yo dejaré de ser su caballero del alba. Me quedaré aquí a cumplir con mis obligaciones. Como príncipe heredero.

Opus suspiró.

—Hijo mío...

—Consideradlo como un regalo de bodas —dijo Rune—. Consideradlo como un regalo para vuestros nietos.

«Llamadlo como queráis —pensó el príncipe—. Pero no me obliguéis a decepcionarla otra vez».

Alguien llamó a la puerta, por la que después asomó Echo, el secretario del rey.

—El Consejo de la Corona se ha reunido. Os están esperando.

—Diles que iremos enseguida —respondió Opus.

Cuando Echo volvió a salir, el rey se quedó mirando el saco con los materiales para la invocación del rencor. Cuando retomó la palabra, lo hizo con un tono inusualmente quedo:

—Si accedo a esto, las consecuencias serán funestas. Puede que violemos el tratado con Embria si no emprendemos la guerra contra Ivasland. Puede que se nieguen a cedernos sus soldados. Puede que exijan la nulidad. —Rune contuvo el aliento—. Pero lo pensaré y mañana a primera hora tendrás mi respuesta.

Eso no era un sí, pero era más de lo que Rune había conseguido nunca de su padre. Quizás el intento hubiera funcionado, después de todo.

# EXTRACTO DEL DIARIO DE NADINE HOLT, DESCIFRADO A PARTIR DEL MICROCÓDIGO EMBRIANO

*Ha sucedido algo asombroso. Anoche estaba arrodillada junto a la chimenea rezando a Tuluna en busca de consejo. La pregunta del conde Flight lleva días rondando por mi cabeza (¿debería casarme con el príncipe Rune?), y apenas quedaban unos minutos para que se me exigiera una respuesta. Entonces escuché un revuelo procedente del pasillo, alguien llamó a la puerta... y allí estaba Hanne. Sucia, flacucha pero viva.*

*Me temo que no recuerdo con claridad lo que pasó después. Lo siguiente que recuerdo es que estábamos sentadas en el sofá, y que ella me estaba contando todo lo que ocurrió desde que vimos al rencor. Su cautividad, las exigencias de la bestia y el tiempo que pasó en Ivasland. Fue un relato desgarrador, pero, al menos, Hanne ya está aquí. Y eso es lo único que importa.*

*Cuando terminó su historia, hablamos de nuestros planes, de las reuniones con las personas de la lista de lord Bearhaste. Quise hacerle saber que no había perdido la esperanza, que siempre confié en su retorno, incluso cuando los demás creían que se había perdido para siempre en el malsitio. Incluso después de que la dieran por muerta..., mi intención fue seguir adelante con sus planes todo lo posible. Con cierto reparo, le hablé de la pregunta que me hizo el conde Flight. Hanne dijo que habría querido que lo hiciera, para cumplir con su obligación hacia Embria, en caso de que ella no hubiera podido hacerlo.*

*Pero ahora, desde esta misma mañana, Hanne está casada con el príncipe heredero Rune Highcrown.*

*Y yo no podría sentirme más feliz.*

## 28. NOCTÁMBULA

Noctámbula no llegó a tiempo de socorrer a la gente de Monte Menudo.

El ataque había sido veloz. Letal. No solo por la máquina que diseminaba Malicia, sino porque también acudieron soldados ivaslandeños que aprovecharon la ventaja táctica del caos. Atravesaron el desprotegido pueblo con la presteza de un cuchillo caliente cortando mantequilla, quemando cosechas, rompiendo ventanas y saqueando tiendas, para luego cargar el botín en unos carros. Sin embargo, subestimaron la rapidez con que podía extenderse la Malicia. Ahora estaban todos muertos. Sus cuerpos hinchados y reventados cubrían las calles, inmóviles junto a sus espadas y al botín rapiñado, todo cubierto de sangre.

El pueblo estaba sumido en un silencio espectral y envuelto en una densa miasma. Noctámbula siguió las hebras enmarañadas de Malicia hasta una posada que se estaba desmoronando, después hasta un colmado petrificado, lleno de gente petrificada, con el rostro paralizado en una mueca de terror. El rastro de hebras oscuras la condujo después hasta una panadería, cuyo edificio se estaba derritiendo, y después de eso, hasta un establo.

No se asomó a comprobar qué había sido de los caballos. Hasta ella tenía sus límites.

Ivasland había roto los Acuerdos de Ventisca. Ese ataque tenía que haber sido la primera prueba de campo del dispositivo: para comprobar si de verdad servía para la guerra, qué nivel de daño podía causar la Malicia almacenada y con qué rapidez. Que una prueba tan exitosa también hubiera arruinado una cosecha que debería haberse guardado para el invierno era un beneficio añadido para el agresor.

Incluso entonces, Noctámbula pudo oír el aleteo lejano de las palomas mensajeras que volaban rumbo a Athelney para transmitir las noticias. Puede que al receptor no le gustara saber que ninguno de sus soldados había sobrevivido, pero se limitarían a ajustar sus tácticas para el siguiente objetivo.

Noctámbula se planteó perseguir a esos pájaros y arrebatarles los trozos de papel que llevaban atados a la pata, pero se dispersarían en cuanto advirtieran su presencia y perdería mucho tiempo persiguiéndolos. Además, sería imposible ocultar algo así.

*«Mira lo que han hecho en tu ausencia».*

La voz se enroscó alrededor de sus pensamientos, apretando con fuerza.

*«Mira lo que les has permitido hacer, por irte a dormir sin concluir tu labor. Han alcanzado este nivel de maldad porque tú les has dejado».*

Noctámbula se estremeció, se dijo que eso no podía ser cierto, pero le aterraba la posibilidad de que lo fuera.

*«Podrías gobernarlos* —aventuró la voz—. *Obligarlos a comportarse».*

—No. —Ella no había sido creada para gobernar, sino para servir. Para proteger.

*«Para protegerlos de sí mismos. Eres demasiado permisiva con los humanos; deja de actuar así y castígalos por su mal comportamiento. Los niños solo aprenden de esa manera».*

—Dime qué eres —susurró.

*«Ya sabes lo que soy».*

No lo sabía, y se arrepintió de haberlo preguntado.

Conversar con aquella voz solo servía para alentarla. Tendría que haber guardado silencio y ya intentaría lidiar con... lo que quiera que fuera esa voz... cuando terminase la incursión.

El estrépito de una casa al desplomarse la trajo de vuelta al presente. Mientras avanzaba hacia la columna de humo, oteó las calles en busca de indicios de vida, pero la Malicia había sido concienzuda. Todos estaban muertos en varias leguas a la redonda.

Todos.

Todos muertos.

*«¿Y por qué esa oscuridad no viene a por ti? ¿Tú también estás muerta?».*

En algún lugar de su interior, prendió una chispa de terror que ya no se disipó. Sin embargo, tenía una misión que cumplir. Sacó su espada y la clavó en la tierra.

Un dolor refractivo explotó en su mente, intensificándose a cada segundo que pasaba. Se mordió el interior de los carrillos y lo soportó, propagando el fuego de los númenes contra todos esos filamentos de maldad retorcidos y enmarañados que se habían extendido por las paredes y cimientos de los edificios, por los pozos y los cadáveres.

El fuego ardió hasta que la Malicia se redujo a cenizas, y luego, hasta las cenizas desaparecieron.

Se le empezó a despejar la vista. Se tambaleó hacia delante jadeando mientras se recobraba de los efectos secundarios de utilizar su poder. Hizo acopio de fuerzas para repetir esa operación una y otra vez.

Purificar malsitios era como cauterizar una herida: un proceso violento y doloroso hasta el extremo, pero indispensable; no podía permanecer ningún atisbo de la infección.

Siguió caminando en dirección al campo donde habían activado el dispositivo. La Malicia se propagaba desde allí, extendiendo sus tentáculos en busca de vida que destruir. Las hortalizas que germinaban en ese campo concreto, antaño unas patatas rollizas y saludables a las que solo les faltaban un par de meses para ser cosechadas, estaban podridas y mustias, y despedían un olor putrefacto. Cientos de personas pasarían hambre por culpa de esa pérdida.

Alrededor de la granja había docenas de trabajadores muertos, cuyos cadáveres ya estaban abotargados y cubiertos de moscas. Seguramente, no se habrían dado ni cuenta de lo que estaba pasando. Los gusanos se deslizaban por el suelo, dispuestos a darse un festín.

Finalmente, Noctámbula encontró lo que quedaba del dispositivo. Era una cajita metálica con un conducto de ventilación en un lateral y una bombilla rota en lo alto. Tal vez esa bombilla fuera el calentador y el depósito de Malicia, el recipiente en el que quedaba recogida; quizá se hubiera agrietado por la presión de esa Malicia, liberándola hacia el mundo.

¿No hacía falta nada más?

Así era como los humanos habían convertido en un arma el mismo mal que ella llevaba milenios combatiendo para mantenerlos a salvo.

Era horrible. Espantoso. Era repugnante que los humanos pudieran hacerle eso a sus semejantes. Pero Noctámbula no se sorprendió. Ojalá pudiera haberse sorprendido.

*«Menudo estropicio te han dejado esta vez. Deberías enseñarles a no comportarse tan mal».*

Noctámbula observó la máquina unos instantes más, haciendo acopio de coraje para soportar ese nuevo proceso. Tenía que purgar las trazas de Malicia aferradas al cristal destrozado. Luego podría descansar...

No, no habría descanso posible. Ni de la lucha, ni del dolor que esta provocaba. Pero tenía que mentalizarse para volver a padecer ese dolor atroz y cegador una y otra vez, ¿verdad? Así que iría paso a paso.

Primero, destruiría la máquina y los restos de Malicia en Monte Menudo.

Noctámbula empuñó a Bienhallada e hincó el filo a fondo en la tierra, concentrando el fuego numinoso en el charco de Malicia que se había formado bajo la máquina. El dolor fue intenso y glacial, pero oyó el chasquido y el crepitar del fuego sagrado, que explosionó como una lluvia de estrellas contra la oscuridad. Iluminó el terreno con haces de luz blanca y eléctrica.

La energía purificadora era hermosa.

Y dolorosísima.

Noctámbula fijó la mirada en un único punto mientras impulsaba más a fondo el fuego numinoso, girando el filo a un lado y a otro, hasta que acabó con todos los fragmentos de oscuridad que tenía a su alcance.

El campo se quedó en silencio, solo se oían sus jadeos entrecortados. Se originó una suave brisa que atravesó el pueblo arrasado, llevándose consigo el olor nauseabundo de la Malicia.

Rodeada por la devastación más absoluta, Noctámbula contempló la máquina. No servía de nada ahora que había cumplido su propósito, aunque quizás alguien viniera a recogerla. Debería deshacerse de ella.

Limpió la tierra y los restos de materia orgánica de la espada, la envainó y se arrodilló sobre el suelo ensangrentado, fulminando el dispositivo con la mirada.

Tan pequeño. Tan modesto. Y, aun así, con poder para devastar reinos enteros.

*«Los humanos no pueden evitar subir el nivel de sus agresiones, excusar sus traiciones según les convenga. El fin justifica la atrocidad de sus actos».*

Sí. Había algo de verdad en eso, aunque la gente era más complicada de lo que parecía entender la voz. Sus actos casi nunca eran del todo buenos o malos. Aun así, Noctámbula no podía enterrar la máquina en Embria o en Caberwill, no fuera a ser que la encontraran y la estudiaran. Tendría que buscar otra forma de deshacerse de ella.

Impulsada por su sentido del deber, sacó un saco de lona. Cuando estaba a punto de recoger el dispositivo, percibió algo. Antes estaba enmascarado por el caos y la podredumbre, pero entonces captó una energía más dulce que provenía del dispositivo y que remitía al momento de su creación. Esa energía le resultó familiar. Alarmante. Era una mezcla de engaños e intenciones ocultas, disimuladas bajo una capa de sonrisas, vestidos y palabras bonitas.

Cuando el sol empezó a ponerse por el oeste, se le formó un nudo en el estómago. Cerró los ojos, sin saber qué debería hacer. El príncipe Rune debería saberlo, ¿verdad? ¿O contárselo implicaría tomar partido en esa guerra?

Guardó el dispositivo en el saco y lo cerró con fuerza. Primero quemaría los restos envenenados de ese pueblo (nadie debería verlo así) y luego pensaría qué debía hacer, si es que decidía hacer algo, respecto a la princesa Johanne de Embria.

# 29. RUNE

El resto del día fue una sucesión de reuniones interminables. El dispositivo de Malicia. Especulaciones acerca de cómo Ivasland había podido terminarlo mucho antes de lo previsto. Incógnitas acerca de si Noctámbula lucharía en su bando o no, puesto que habían sido ellos quienes habían roto los Acuerdos de Ventisca.

—Lo dudo —dijo Rune—, pero tendréis que preguntárselo a ella.

—No necesitamos la ayuda de Noctámbula —afirmó la princesa Johanne desde el asiento de al lado. Aún llevaba puesto su vestido de boda y la corona de obsidiana. Atraía todas las miradas—. Somos lo bastante fuertes como para derrotar a nuestros enemigos sin ayuda de nadie.

Varios consejeros caberwillianos asintieron, junto con los nobles embrianos. Rune tuvo que admitirlo: la princesa era una líder innata. La gente la seguiría por amor o por miedo, según lo que ella exigiera.

Se planteó contarles a todos lo de los materiales para invocar rencores, pero como Noctámbula no había dicho dónde los encontró, no podía estar seguro de que no pertenecieran a alguien presente en esa mesa. Así que mantuvo la boca cerrada. Sus padres tampoco dijeron nada al respecto.

Finalmente, se puso el sol y todos se quedaron callados a causa del agotamiento. Entonces excusaron a Rune y a su nueva esposa para que fueran a engendrar un heredero.

Los aposentos de Rune habían sido transformados.

Para empezar, habían repartido jarrones vistosos con flores por todo el salón y habían retirado varios libros de los estantes para hacer sitio a pequeños retratos de la familia Fortuin: el rey Markus y la reina Katarina, así como varios tíos, tías y primos. (Interesante, puesto que la princesa jamás los había mencionado de un modo que pudiera describirse como afectuoso o familiar. Y tampoco se le escapó que había elegido los retratos menos favorecedores).

En cuanto al paradero de sus libros, Rune no tenía la menor idea.

Pero lo peor era lo que había reemplazado la mesa donde antes comía. Allí había una pequeña fuente de piedra con una corona tallada en el centro, decorada con piedras preciosas. Una serie de esferas luminosas se reflejaban en el agua y en las gemas, obligándolo a entornar los ojos. ¿Por qué tenía que ser tan deslumbrante?

—¿Te gusta? —La princesa Johanne sumergió los dedos en el agua—. Hice que la trajeran desde mi hogar.

Jamás habría pensado que hubiera sitio en el Bastión del Honor para una monstruosidad como esa. Era de mal gusto.

—¿Dónde vamos a comer? —preguntó, en vez de responder—. Puesto que nos hemos quedado sin mesa.

—¡En el comedor, con todos los demás! —La princesa esbozó una sonrisa pétrea, como si Rune fuera el tonto del pueblo—. ¿Te apetece ver mi habitación?

El príncipe no quería saber en qué se habría convertido ese espacio antes neutro e inofensivo, una estancia modesta que siempre había utilizado para leer en calma, pero la siguió de todos modos. La habitación de la princesa se parecía a la suya, en el sentido de que contaba con el mobiliario habitual de un dormitorio, así como una puerta que daba al balcón y otra que conducía al cuarto de Rune..., pero ahí se terminaban las similitudes.

Las cortinas, las sábanas y el dosel de la cama eran de seda, de color rojo chillón, y el suelo estaba cubierto por una gruesa y lujosa alfombra de color turquesa. Un trío de armarios —todos ellos pintados a juego con el dosel— se erguían a lo largo de una pared. Había un retrato enorme de la princesa Johanne colgado sobre la chimenea; en él llevaba puesta la corona de obsidiana, junto con un vistoso vestido de color menta con un escote generoso y un lujoso colgante de obsidiana, zafiros y esmeraldas. Estaba radiante.

Como también lo estaba en la vida real. El pintor no le había hecho ningún «retoque» a la princesa, porque no era preciso introducir ninguno.

Entonces, la princesa depositó la corona de obsidiana sobre su tocador. Miró al príncipe y después miró hacia el cuadro.

—¿Quieres que me ponga ese vestido para ti?

—¿Ahora? —Rune articuló esa palabra a duras penas.

—Si así lo deseas. Eres mi esposo y quiero satisfacerte.

La princesa Johanne esbozó una sonrisa coqueta. Se quitó un broche del pelo y dejó que su melena dorada se desplegara sobre su espalda. Con unos pocos pasos, acortó la distancia que había entre ellos.

—Yo... —Rune se tiró del cuello del jubón. Hacía mucho calor allí y le estaba costando respirar—. No hace falta —dijo al fin—. Eres preciosa tal y como estás ahora.

—Qué dulce eres.

Cuando la princesa lo miraba como estaba haciendo en ese momento, a Rune le costaba recordar las reservas que sentía hacia ella. Y luego, cuando le acarició el brazo y se plantó justo delante de él, acaparó por completo su atención.

—Alteza —murmuró Rune.

—Hanne. —Avanzó un paso hasta que el bajo de su vestido rozó las puntas de sus botas—. Por favor, llámame Hanne. Lo prefiero.

—Hanne —repitió él, con la voz un poco ronca.

De nuevo, la princesa esbozó una sonrisa y alargó una mano para acariciarle la mejilla.

—¿Crees que deberíamos...?

Bajó la mirada hacia los labios de Rune. Hasta hacía un rato, el príncipe había temido ese momento. Pensaba que sería una cuestión imposible de abordar, teniendo en cuenta las penurias que había sufrido Hanne recientemente, pero ahí estaba ella, deslizándole las yemas de los dedos por un lateral del cuello, con la respiración entrecortada... ¿a causa de la expectación?

—Es lo que se espera de nosotros —alcanzó a decir el príncipe, que no sabía lo que debía hacer con las manos. ¿Tocarla? ¿Rodearle la cintura y atraerla hacia él? Hanne no se lo había pedido. Pero lo estaba tocando. ¿Eso contaría?

—¿Y tú quieres hacerlo?

Su cuerpo quería, desde luego, pero Rune no la amaba ni siquiera le caía bien, la mayor parte del tiempo, y la idea de llevarla hasta la cama le produjo un sensación extraña en el estómago. Le pareció injusta. Y además estaba Noctámbula. Pero no había nada entre ellos —nada—, y él estaba casado con Hanne. Así pues, ¿por qué se sentía culpable?

—¿Rune? —Hanne le estaba acariciando un costado—. Nuestros reinos cuentan con nosotros.

—Tienes razón.

De repente, dejó de importar que Rune lo deseara o no. (Aunque la mayor parte de su ser lo deseaba). Ese era su deber. La alianza. Sus reinos. Salvación al completo requería un heredero.

—Sí. Hagámoslo.

—Qué romántico —murmuró Hanne—. Quizá deberías dejar que la iniciativa la lleve yo.


En cuanto terminaron, Hanne se levantó y se puso a moverse por la habitación, vistiéndose mientras hablaba sobre su prima. Rune no supo de dónde sacaba tanta energía.

La observó mientras se cepillaba el pelo. Incluso bajo esa tenue luz, el tono dorado centelleaba en contraste con el vestido que se había puesto: era de color violeta con una redecilla de seda plateada dispuesta encima del corpiño.

—Voy a ir a ver a Nadine.

—¿Ahora? —El príncipe se incorporó—. Pero si es nuestra noche de bodas.

Hanne bajó el peine y miró a Rune.

—Ya, pero ahora quiero ir a ver a mi prima. Ha sido un día complicado.

—¿Complicado por...? —Rune señaló hacia la cama. Creía que la cosa había ido bastante bien.

Hanne frunció el ceño y recogió un broche enjoyado de la mesilla de noche.

—Rune, querido, no debería tener que recordarte que hoy ha muerto gente.

Ah. Cierto.

Rune estaba siendo desconsiderado. Había olvidado que Hanne debía de estar muy afectada por esa Malicia diseminada por el mundo. Llevaban casados menos de un día y ya le estaba fallando.

—Podemos hablar de ello —propuso Rune—. Si quieres.

Hanne terminó de recogerse el pelo en un moño.

—No, ya hablamos bastante en la reunión de antes. Ahora quiero estar con mi prima. Es como una hermana para mí. Seguro que lo entiendes.

—Lo entiendo. En ese caso, te acompañaré hasta allí. —Rune se levantó para vestirse, pero su esposa alzó una mano.

—Iré con un guardia, tú deberías acostarte. Seguro que tienes muchas cosas que hacer por la mañana.

Eso era cierto. Las tropas se estaban preparando, los exploradores estaban registrando otros pueblos en busca de más dispositivos que pudieran detonar dentro de las fronteras de Caberwill, y, aparte de eso, Rune tenía que abordar a su padre para debatir la cuestión del Portal del Alma.

Opus dijo que tendría tomada una decisión por la mañana.

Sí, lo mejor sería irse a dormir y no obsesionarse con la injusticia de estar casado con alguien que no le importaba mientras soñaba despierto con alguien a quien jamás podría tener.

Hanne le arrojó una pila de ropa —suya, de Rune— en los brazos.

—¿Por qué no duermes en tu propia cama, querido? Así descansarás mejor.

Rune se dio cuenta de que seguía tendido en la cama de Hanne.

—Perdona. Sí. Ya me voy.

Sujetó las prendas sobre su pecho mientras salían juntos al salón.

—Bien. Me quedaré con Nadine hasta tarde, así que no me esperes despierto. —Después lo besó y le susurró al oído—: A no ser que quieras hacerlo.

Después salió de la habitación, dejando a solas al príncipe, que vio cómo se cerraba la puerta.

Sintiéndose confuso, culpable y harto de que todo el mundo le diera órdenes, Rune se sentó en el borde de esa fuente tan fea y suspiró. Si el matrimonio era así, preferiría quedarse con un amor no correspondido.

# 30. HANNE

Nadine sirvió una taza de té negro y se la ofreció a Hanne.
—Entonces, ¿el Consejo no tenía información real relativa al ataque contra Monte Menudo?

—Ninguna. Todo eran conjeturas. Fue una sucesión de reuniones inútiles.

Hanne aceptó la taza y dio un sorbo. El té estaba caliente y le quemó el paladar, pero ella apenas lo sintió. Había padecido cosas mucho peores.

—Mis fuentes tampoco han aportado nada. —Lady Sabine dejó su bolso de costura en el suelo, junto a su asiento, y cogió el té que le ofrecía Nadine—. Detesto esperar a que llegue la información. Hay canales apropiados en Embria. Pero Caberwill está en medio de la nada y estas horribles montañas dificultan mucho los desplazamientos. ¡Y la altitud! Aquí no hay quien respire.

—Me han dicho que nos acostumbraremos a la elevación de Brink. —Nadine se sentó con su propia taza de té y miró por la ventana unos instantes—. No puedo dejar de pensar en ello. Lo de Monte Menudo es una tragedia, sean caberwillianos o no. ¿Os lo podéis imaginar?

Hanne sí que podía.

La princesa sintió una punzada de algo sospechosamente parecido a la culpa, pero lo reprimió para que no pudiera molestarla más, tal y como su madre le había enseñado a hacer.

Hanne no quería hablar de Monte Menudo. De esas granjas. De esa gente. Los habían atacado porque ella le concedió a Ivasland la clave para almacenar la Malicia, aunque en el fondo no había tenido elección. De todas formas, Mae y los demás malicistas habrían perfeccionado el dispositivo tarde o temprano. Habría estado bien que la revuelta que Hanne originó sin querer los hubiera retrasado..., pero era de esperar que unos regentes decididos a destruir el mundo no se detuvieran ante un pequeño acto de rebelión.

—Seguro que sabremos más por la mañana. —Lady Sabine dio un sorbo de té—. Pero es lógico asumir que ese pueblo está destruido. De lo contrario, Noctámbula habría regresado para darle buenas noticias al príncipe.

—Tienen una relación extraña. —Nadine frunció el ceño—. ¿Por qué le gustará tanto el príncipe?

—Porque es muy obediente. —Hanne suspiró. Y puesto que lo era, tal vez debería hablar con él sobre la forma en que estaba manejando esa situación.

La invocación, su valentía en el malsitio... Según decían todos, lo había hecho por Hanne. Pero ¿podría estar segura de ello? Incluso cuando Rune corrió a verla tras su regreso, Noctámbula estaba allí. Era obvio que estaban muy unidos.

Pero ahora era su esposo. Si alguien tenía que tirar de los hilos de Rune, debería ser ella.

—Tienes razón —dijo Hanne—. Sí que es una relación extraña. Tendré que hacer algo al respecto. Pero habrá que dejarlo para otro momento.

—Cierto —dijo lady Sabine—. Ahora mismo tenemos problemas más urgentes. El rey Opus se está planteando enviar su ejército al interior de la Malicia.

Hanne miró fijamente a la anciana. Había sido la maestra de espías de sus padres, hasta que el maestro actual la reemplazó, y ahora estaba a las órdenes de la princesa.

—Explícate.

Sabine sopló el vapor que emergía de su taza.

—Puede que Caberwill sea muy grande, alteza, pero no se me escapa nada de cuanto acontece en el Bastión del Honor. Nada. Durante la última hora, dos mensajeros del gran general han sido vistos con mapas del Portal del Alma y de la Malicia. Opus también ha mantenido reuniones nocturnas con sus consejeros de confianza y enviaron a alguien a hacer inventario de las armas con punta de obsidiana en la armería.

—Pero si no hay ninguna incursión —protestó Nadine—. Aparte de un único rencor, que además está muerto.

—¿Cuándo tuvo el rey esa ocurrencia? —preguntó Hanne.

—Opus y Rune se reunieron justo después de la boda —prosiguió Sabine—. Y tienen previsto otro encuentro para mañana por la mañana.

De modo que había sido culpa de Rune. Cómo no.

—No lo permitiré. Tenemos que actuar contra Ivasland —murmuró Hanne—. Antes de que hagan uso de más máquinas.

—La agitación que experimentan Abagail y Baldric juega a nuestro favor —dijo Sabine—. Mantendré una vigilancia estrecha sobre las estrellas de cinco puntas. Hasta donde sea posible.

—Bien. —Hanne se terminó el té y le dio la taza a Nadine, que la depositó en la mesa—. Yo iré a hablar con el rey.

—¿Ahora?

—Ahora. —La princesa se levantó—. Debe saber que no podrá enviar al ejército embriano hacia la Malicia sin mi aprobación.

En realidad, un cambio así requeriría la aprobación de sus padres, pero ellos harían caso omiso de esa petición, a no ser que se la hiciera Hanne. Cosa que no haría, porque su intención era arrasar Ivasland hasta sus cimientos.

—¿Quieres que vaya contigo? —Nadine se levantó también—. ¿O lady Sabine?

—No, iré sola. No hace falta que te preocupes por mí.

—Alguien tiene que hacerlo.

Ninguna de las dos puso nombre a todas las personas que rechazaban preocuparse por la princesa heredera de Embria. La lista habría sido demasiado extensa. Habría sido mejor enumerar a la gente que sí se preocupaba por ella:

# 1. NADINE

Por supuesto, sus padres querían que Hanne estuviera viva y bien atendida, pero del mismo modo que les gustaba que sus coronas estuvieran pulidas y sus perros de caza alimentados: Hanne era otra posesión útil y solo esperaban de ella un rendimiento óptimo. Sin emociones. Sin vulnerabilidades. Sin puntos débiles. Limaron las partes de Hanne que no les gustaban hasta convertirla en un arma que ni siquiera ellos podrían controlar durante mucho más tiempo.

Hanne sería la reina de todo.

Tras dirigirle una sonrisa rápida y reconfortante a Nadine, se dio la vuelta hacia lady Sabine, quien, para ser del todo justos, también se preocupaba por Hanne y cuidaba de ella, pero más como un medio para obtener un fin que por una devoción sincera y afectuosa.

—Mantenme informada de la situación en Ivasland —dijo la princesa—. Y averigua lo que puedas sobre Noctámbula. ¿Por qué no se acuerda del Amanecer Rojo? ¿Cómo de estrecha es su relación con Rune? Quiero saberlo todo.

—Así se hará —dijo lady Sabine.

Nadine abrió un cajón y sacó un paquete de tela.

—Espero que no lo necesites, pero como te quitaron ayer tu puñal, me tomé la libertad de recuperarlo.

Una vez más, Nadine había superado sus expectativas.

La princesa sonrió. Así era como mejor funcionaba la vida: cuando las dos se unían contra todos los demás.

Con una sonrisa en el rostro y su puñal en la bota (y con una pareja de guardias caberwillianos siguiéndola de cerca), Hanne se dirigió al despacho donde el rey la interrogó el día anterior. Les dedicó su sonrisa más radiante a los dos guardias apostados junto a la puerta.

—Buenas noches, soldados.

—Alteza —repuso uno de ellos con un ademán.

—El rey no admite visitas —dijo el otro.

—Me temo que debo insistir —repuso ella con suavidad—. Es un asunto relativo a nuestra alianza.

Mientras hablaba, y mientras los guardias cruzaban una mirada de incertidumbre, una repentina sensación de peligro le erizó los pelillos de la nuca. Algo iba mal. Algo...

Hanne se agachó y se apartó con un solo movimiento; su cuerpo reaccionó antes de que su mente pudiera comprender por qué. Pero el instinto la salvó: una pequeña flecha surcó el espacio donde antes estaba su cabeza y se clavó en el pecho de un centinela. El hombre se desplomó, sangrando, y eso fue todo: estaba muerto.

Sin pararse a buscar al agresor ni a ver qué hacía el otro soldado, Hanne corrió hacia la puerta del despacho y la atravesó. La puerta se cerró de golpe mientras escrutaba la estancia en busca de nuevas amenazas.

Pero el despacho estaba vacío, a excepción del rey.

—¡Princesa Johanne! —El monarca se levantó con brusquedad desperdigando unos papeles—. ¿A qué viene...?

Se interrumpió cuando la puerta se abrió de golpe otra vez, revelando a un segundo guardia que se desplomó sobre el marco. Un charco de sangre se estaba extendiendo por el pasillo. Todos los soldados estaban muertos.

Entonces, Hanne vio al agresor: un hombre mayor ataviado con camisa y pantalones beis, con botas hasta la pantorrilla y unos desgastados guantes de piel. Estaba en proceso de intercambiar su pequeña ballesta por un par de puñales cuando Hanne cruzó una mirada con él y supo con certeza quién era.

Un asesino ivaslandeño.

Pero ¿iba a por ella o a por el rey Opus? El primer proyectil iba dirigido contra ella, pero el asesino estaba escondido frente al despacho del rey. Fuera cual fuera la explicación, Hanne tenía que hacer girar las tornas a su favor.

—¡Es un ataque, majestad! —gritó.

Si Opus estaba distraído por esa agresión contra su vida, entonces no le prestaría atención a ella.

El rey maldijo entre dientes y sacó un cuchillo de debajo de su escritorio, mientras Hanne se apartaba del campo visual del asesino pegándose a una estantería. Salvo que hubiera una salida secreta de ese despacho, el ivaslandeño los tenía arrinconados y lo sabía.

—Vos. —Opus se agachó detrás de su escritorio, su puñal centelleaba—. ¿A qué viene esto, serpiente embriana? ¿Qué habéis hecho?

Hanne había calculado mal la situación. El odio del rey contra los embrianos era tal que Opus no le quitaría ojo en ningún momento, ni siquiera ante una amenaza más acuciante.

—¡No he hecho nada! —Hanne aún no se había sacado el puñal de la bota, pero estaba segura de que en cuanto se agachara para hacerlo, Opus le clavaría su cuchillo en el corazón—. ¡He venido para hablar de nuestra alianza!

El rey frunció el entrecejo, pero entonces se oyó otro estrépito procedente del pasillo; un soldado estaba pidiendo refuerzos a gritos.

—¿Quién ese ese hombre de ahí fuera, jovencita?

—Creo que ya lo sabéis. —Hanne giró la cabeza a tiempo de ver cómo moría otro guardia en el pasillo.

—¡Deprisa! —exclamó un soldado al que no pudieron ver—. ¡Con el rey!

—Un ataque contra Monte Menudo esta mañana ¿y ahora un asesino? No sé cómo habéis logrado llevar a cabo esta artimaña, pero sé que habéis sido vos. —Opus rodeó el escritorio y corrió hacia ella—. En cuanto mis guardias reduzcan a ese hombre, seréis interrogada. Mentisteis acerca del malsitio. ¿Cómo escapasteis en realidad?

Se oyó el estrépito de unos metales al entrechocar cuando llegaron más hombres para defender a Opus. Por desgracia, no había nadie para defender a Hanne. Nadie, salvo ella misma.

Maldición. Aquello no estaba yendo según el plan. Aun así, Tuluna la Tenaz le había proporcionado una oportunidad; Hanne solo tenía que aprovecharla.

—Esto no es cosa mía. Quiero destruir Ivasland. Es obvio que ese asesino ha venido a dividirnos.

Sopesó sus opciones.

Ninguna era buena.

—Majestad. —Se estrechó entre sus propios brazos e intentó parecer asustada, como si algún elemento del mundo mortal pudiera asustarla a esas alturas—. Tenemos que salir de aquí. ¿Hay otra salida?

—Mis hombres se ocuparán de esto —replicó Opus con brusquedad.

Hanne entrelazó las manos, después fingió sobresaltarse cuando se oyó un estrépito procedente del pasillo. Un improperio, un golpe seco, un gorgoteo: alguien acababa de morir, y no era el asesino; ninguno de los guardias había entrado en el despacho para comprobar que el rey estuviera ileso.

A ojos de Hanne, los hombres de Opus estaban haciendo gala de una gran incompetencia para resolver esa crisis. Se encogió sobre sí misma, como si fuera una fiera domada.

—¡Por favor, majestad! ¿No hay nada que podáis hacer?

Opus miró hacia la puerta, donde el combate no hacía sino recrudecerse. Muchos soldados yacían en el suelo, con el cuerpo ensartado o abierto en canal. Ese ivaslandeño era un gran maestro en el arte de matar.

—¿Majestad? —añadió con un hilo de voz.

Entonces, el rey Opus se giró por completo hacia el pasillo, hacia el origen del ruido, donde combatían sus hombres. Se quedó de espaldas a Hanne.

La princesa sacó el puñal que llevaba en la bota. Al menos ya no estaba indefensa, pero cuando el combate se trasladó hasta el despacho —dos guardias y el asesino se cernieron sobre el rey—, deseó tener un arma un poco más contundente. Se lanzó detrás del escritorio para guarecerse, impactó con el suelo con fuerza suficiente como para magullarse.

La estancia quedó sumida en el caos, se volcaron muebles, volaron papeles por los aires. Murió otro guardia entre el estrépito del acero, y entonces el ivaslandeño dirigió su mirada homicida no sobre el rey, sino sobre Hanne.

—Ahí estás. —Su voz era grave y ronca, como el roce de unas escamas sobre una superficie de piedra—. Abagail te manda recuerdos.

Hanne contuvo un escalofrío. El inmenso armazón de madera del escritorio se interponía entre ella y todo lo demás —el asesino, el rey, el único guardia que quedaba en pie—, y sus opciones eran casi nulas.

—¡Quiere matarme! —chilló—. ¡Majestad, es posible que esté encinta! ¡Está intentando matar a mi bebé!

Pero el rey ya había alzado su puñal y se lanzó sobre el asesino.

Aunque el rey Opus era un gigante, se movió con rapidez mientras dirigía su arma contra el pescuezo del asesino. El ivaslandeño bloqueó el ataque y giró sobre sí mismo, lanzando al único guardia restante delante de Opus. Los dos cayeron al suelo entre gritos de enfado y confusión.

Entonces el asesino miró a Hanne mientras sus puñales chorreaban la sangre de todos los hombres que acababa de matar. El rey se incorporó y agarró de la pechera al guardia superviviente.

—Ve —dijo empujándolo hacia la puerta—. Trae refuerzos. ¡Rápido!

El rey Opus podría haberse salvado, pero en última instancia era un hombre que se creía mejor que los demás en cualquier tarea, incluida la de salvarle la vida a la princesa Johanne, el vínculo viviente de la alianza entre Caberwill y Embria.

A partir de ese momento, todo sucedió muy deprisa.

El asesino alzó un cuchillo para arrojárselo a Hanne.

El rey se abalanzó sobre el asesino, su puñal centelleaba.

Hanne se apartó justo a tiempo; el puñal del asesino surcó el aire y no le acertó por los pelos.

Después, con el mismo movimiento, el asesino atacó al rey con el otro puñal.

El filo se le clavó a fondo en el pecho, bajo las costillas, donde lo hizo girar. Y así quedó sellado el destino del rey.

Hanne, sin embargo, no se quedó de brazos cruzados durante el intercambio de cuchilladas y sangre: lanzó su propio puñal al asesino y se lo clavó en el cuello.

El asesino murió antes de tocar el suelo. Y así acabó todo. El rey. El ivaslandeño. Toneladas de guardias...

Maldita sea, ¡el guardia! Hanne extrajo el puñal del asesino de la pared que tenía detrás y corrió al pasillo.

—¡Señor! —gritó mientras ocultaba el puñal entre los pliegues de su vestido—. ¡Vuelva!

El guardia estaba en el otro extremo del pasillo, no había llegado aún a la intersección. Se detuvo y la miró.

—El rey ha matado al asesino, ¡pero su majestad está herido! Dice que necesita su ayuda.

—¡Por supuesto!

El guardia volvió corriendo a toda velocidad, sin advertir que Hanne no estaba tan asustada al ver tantos cadáveres como cabría esperar; no, estaba concentrado en llegar junto al rey a tiempo para salvarle la vida.

—Id a buscar a Stella Asheater, la galena mayor —dijo el soldado cuando llegó al despacho. Tenía los ojos desorbitados, el rostro sin afeitar y empapado en sudor—. Y... y decidle que traiga sábanas.

Hanne asintió, pero cuando el guardia se giró, sacó el puñal robado y se lo clavó en el riñón, después lo hizo girar para asegurar una muerte inmediata. Le habría gustado concederle una muerte indolora —ella no era un monstruo, después de todo, y el soldado solo estaba intentando proteger a su rey—, pero supuso que ser apuñalado en un órgano vital debía de doler mucho.

—Lo siento. —Mantuvo aferrado el puñal mientras el hombre se desplomaba—. No podía permitir que le dijeras a nadie que he estado aquí.

Hanne contempló el amasijo de cuerpos.

Qué mala suerte. La princesa había acudido allí para hablar, pero en lugar de eso se había producido una masacre.

Mirándolo por el lado bueno —porque Nadine la animaría a mirar el lado bueno de la situación—, Opus ya no enviaría ningún ejército hacia la Malicia. No. El reino entero de Caberwill se volcaría contra Ivasland.

Pero antes, Hanne tenía que reorganizar la situación.

Rápidamente, movió los cuerpos y las armas para dar a entender que todos los guardias habían sido víctimas del asesino, y que el rey y el ivaslandeño se mataron entre ellos. Una vez dispuesto todo, extrajo su puñal del pescuezo del asesino. Era hora de irse antes del cambio de guardia o de que alguien pasara por allí y viera ese río de sangre.


Milagrosamente, Hanne llegó al ala este del castillo sin ser vista. Cuando oía a unos guardias de patrulla, se agachaba detrás de una columna y esperaba a que pasaran de largo. Después se introdujo en los aposentos de Nadine.

Lady Sabine se había ido y su prima estaba sentada en el sofá, leyendo un fajo de papeles. Se levantó enseguida.

—Hanne, ¿qué ha ocurrido? ¡Estás cubierta de sangre!

—No es de extrañar. Acabo de matar a dos hombres. —Hanne miró al suelo con el ceño fruncido, con la mente y el corazón acelerados ahora que estaba fuera de peligro—. He tenido que quitarme los zapatos para no dejar huellas.

—¿Qué? —Nadine la ayudó a reemplazar el vestido ensangrentado por otro de color ciruela, después la condujo hasta el sofá—. Dime qué ha pasado. ¿Te encuentras bien?

—Ivasland intenta matarme.

Hanne miró a su prima y se lo contó todo.

—De modo que el asesino ha matado al rey —murmuró Nadine.

—Y yo he matado al asesino..., pero he hecho que parezca que lo ha matado el rey.

—Los caberwillianos se pondrán furiosos. Es imposible que el ejército ponga rumbo a la Malicia ahora. —Nadine la cogió de la mano, sin advertir la sangre que se transfirió hacia sus dedos—. Pero ¿qué pasa con ese otro asunto? ¿Te has parado a pensarlo?

—¿Qué otro asunto?

—Opus ha muerto. Eso significa que Rune es el rey. Y que tú eres la reina.

# 31. Noctámbula

Noctámbula llevaba toda la tarde preparando un cortafuegos.

Debía asegurarse de que la destrucción de Monte Menudo no extendiera sus llamas más allá de los límites que ella misma había establecido. Retirar la madera seca y otros restos de maleza fue una tarea ardua; sin caballeros del alba, tuvo que hacerlo todo ella sola. Pero esa noche lo prefirió. Esa labor la distrajo de una decisión que no quería tomar: qué hacer con la información que había averiguado.

Por eso no quería relacionarse con ningún príncipe. Por si ocurría algo así.

Bueno, no del todo. Noctámbula no había previsto que su príncipe fuera a casarse con una princesa que había estado implicada en la construcción de un dispositivo de Malicia. Pero era la clase de situación que la obligaba a elegir entre mantenerse imparcial en la guerra o implicarse como cuarto bando en disputa.

La realeza lo complicaba todo. Pero el príncipe Rune era su único amigo y estaba casado con la mujer que había provocado eso.

«¿Es tu único amigo porque ahora eres un monstruo? —murmuró la voz—. Ni siquiera puedes purificar la Malicia sin sentir un dolor atroz. ¿Crees que los númenes han percibido la oscuridad que hay en ti? ¿Saben lo que hiciste hace cuatrocientos años? Puede que estén intentando destruirte a ti también».

Noctámbula apretó los dientes y siguió trabajando, pero no podía discutir la lógica de lo que decía la voz. Se limitaba a expresar sus miedos con palabras.

¿Era un monstruo?

Ya era medianoche cuando fue de un edificio a otro, rociándolos con acuayesca. La vertió por todas partes, pero sobre todo en el lugar donde había estado el dispositivo, dejando que el líquido calara a fondo en la tierra.

Fue allí donde prendió el fuego.

Con solo un chasquido de sus dedos —y una punzada de dolor estremecedor—, lanzó una chispa de fuego numinoso hacia el charco de acuayesca.

Unas llamas azules emergieron del suelo. Noctámbula alzó el vuelo, sus alas abanicaron el fuego mientras consumía la hilera de patatas podridas en cuestión de minutos.

Era el único modo de librar al mundo de lo que había sucedido allí.

Noctámbula se elevó cuando el calor comenzó a ascender, un humo negro caldeó el ambiente. El infierno se extendió por el campo y avanzó raudo hacia el pueblo, con una luz purificadora que lo devoraba todo a su paso.

Satisfecha al ver que el fuego alcanzaba hasta el último rincón del pueblo afectado por la Malicia, Noctámbula aterrizó y caminó junto al cortafuegos, desde donde pudo controlar el avance del incendio sin inhalar el humo. (No es que el humo le afectara, pero hasta los adalides inmortales preferían el aire puro).

Por desgracia, ahora que esa penosa labor estaba completada, ya no tenía nada en lo que centrar sus pensamientos. El fuego no ardería eternamente, sobre todo cuando la acuayesca aumentaba la temperatura de las llamas. El combustible no tardaría en agotarse, y entonces se vería obligada a tomar una decisión acerca de si contarle al príncipe Rune que la princesa Johanne había colaborado con el dispositivo.

¿Hasta qué punto supondría tomar partido en la guerra? ¿Marcaba alguna diferencia que se estuviera utilizando Malicia? Ella combatía la Malicia. Tenía que intervenir.

Pero... ¿significaba eso que debía enfrentarse a cualquier reino —o persona— que usara la Malicia contra otros?

Nunca pensó que tendría que cruzar esa línea. ¿Cómo podría proteger a gente como esa?

*«¿Sabes lo que pienso?».*

Ignoró a la voz, mientras seguía caminando junto al cortafuegos. Las llamas, que ya habían engullido el pueblo, centelleaban sobre el cielo nocturno, y unas nubes de ceniza cubrieron la luna y atenuaron la luz de las estrellas. Intentó pensar en todas las formas en que el cielo había cambiado durante su vida (el destello rojizo de una estrella agonizante, la forma en que las viejas constelaciones se dispersaban lentamente hasta adoptar formas irreconocibles), pero la voz insistió.

*«Creo que los humanos son los verdaderos monstruos. No tú».*

Noctámbula apretó la mandíbula y siguió su camino. Teniendo en cuenta las cosas que los humanos se habían hecho entre sí durante miles de años, era difícil salir en su defensa. La invención del dispositivo de Malicia solo era el ejemplo más reciente, y quizá el siguiente paso lógico en su interminable afán por destruirse a sí mismos.

*«Así es* —dijo la voz—. *Mira lo que se han hecho. ¿No es monstruoso?».*

Lo era, ¿verdad? Pero...

—Maté a todas las familias reales en el Amanecer Rojo. Eso sí que fue monstruoso.

La voz soltó una risita siniestra. *«Tú no eres una persona irracional».*

—No soy una persona —susurró ella—. Soy Noctámbula.

*«Has dedicado varias vidas a protegerlos. A servirlos. A desvivirte para asegurar que sobrevivan otra generación. Lo has consagrado todo a los humanos».*

Eso era cierto.

*«Pregúntate qué pasó. Pregúntate por qué emprenderías una acción tan drástica».*

—Es imposible saberlo.

Ya se estaba arrepintiendo de responderle a esa voz. No era su amiga. Tampoco su confidente. No, tenía que averiguar qué era en realidad y eliminarla, del mismo modo que un humano cercenaría un miembro gangrenado.

Lo haría después de guiar a su ejército, aunque no fueran caballeros del alba, hacia la Malicia.

«*Tuvieron que hacer algo terrible* —insistió la voz—. *Algo que te enfureció mucho*».

El príncipe Rune y el sumo sacerdote Larksong creían que sus actos habían sido una muestra de justicia divina.

Quiso preguntarle a la voz si sabía algo, o si su plan era fastidiarla hasta la muerte, pero estaba decidida a no seguir hablando con ella. En vez de eso, se concentró en el crepitar del fuego, complementado por los chirridos y golpetazos de los edificios al derrumbarse. Tenía que decidir algo rápido.

Contárselo al príncipe Rune.

O no decir nada y dejar que los acontecimientos siguieran su rumbo.

Él era su alma gemela. No podía seguir negándolo. Puede que no se acordara de su nombre —y para proteger su noble corazón, ella jamás le revelaría quién era—, pero eso no cambiaba la existencia de su vínculo. Ocultarle ese giro en los acontecimientos sería como traicionar a su propia alma.

Así pues, ¿qué era más importante?

La noche comenzó a desvanecerse, al igual que el fuego.

«Decídete —se dijo—. Decídete ya».

Una repentina oscuridad se desplegó en el fondo de su mente. Fue la misma sensación que había experimentado antes —ya ayer—, cuando se activó el dispositivo. Lo cual significaba que...

Noctámbula miró hacia el noroeste, donde se había originado esa sensación, y frunció el ceño.

Otro dispositivo de Malicia había sido detonado.

## 32. RUNE

Lo despertó un estrépito.

Una detonación.

Y una luz centelleó al otro lado de sus párpados.

—Se encuentra bien, majestad. Solo está dormido.

Rune refunfuñó e intentó incorporarse tratando de comprender qué estaba pasando. Cuando Hanne se marchó la noche anterior, él salió al balcón a contemplar el fulgor sombrío del Malfreno sobre el cielo nocturno. Estuvo pensando en lo que había ocurrido en el cuarto de Hanne, después en Noctámbula y su sentimiento de culpa, después en lo sucedido en el cuarto de Hanne, después en el inevitable colapso del Malfreno a no ser que enviaran un ejército o dos a través del Portal del Alma... Y luego otra vez en lo sucedido en el cuarto de Hanne.

Finalmente, se fue a la cama, confuso y agitado. Soñó con violencia y rencores, con la Malicia extendiéndose por los campos y los pueblos de Caberwill. En sus sueños, Noctámbula luchaba hasta que la oscuridad la engullía, y Rune tuvo la certeza de que ella moriría si se adentraba en la Malicia sin él.

Y ahora había varias personas de pie junto a su cama, gritando, tirando de él para incorporarlo.

—¿Me estáis secuestrando? —Miró a su alrededor parpadeando para intentar espabilarse.

—Traemos noticias, alteza. —John lo agarró de un hombro para sujetarlo.

—John. —Rune se frotó los ojos—. ¿Qué estás ha...?

—Rune. —La voz de la reina Grace resonó desde el salón—. Vístete. Tenemos que hablar.

Resulta que no lo estaban secuestrando, después de todo. Quizá hubiera sido preferible.

—¿Qué hora es? —Rune salió de la cama y cerró la puerta, lo justo para poder vestirse sin que su madre lo viera.

—Aún no ha amanecido. —John ya estaba sacando prendas del armario—. Con esto bastará.

—¿Desde cuándo me viste mi guardia? —Rune se cambió el camisón por un jubón.

—Desde que no hay tiempo para esperar a nadie más. —John le arrojó más prendas.

—¿Por qué? ¿Qué está pasando?

John negó con la cabeza.

—No me compete a mí informaros. Vuestra madre querrá ser quien os lo diga.

Rune sintió una opresión en el pecho mientras terminaba de vestirse, después entró en el salón, donde lo esperaban la reina Grace, Dayle Larksong, Charity Wintersoft y Rupert Flight, junto con media docena de guardias armados.

Al principio, cuando entró el príncipe, todos se quedaron en silencio. Solo se oía el chapoteo procedente de esa fuente tan ostentosa, que seguía ocupando el lugar donde Rune debería sentarse a desayunar dentro de unas pocas horas. Toda esa gente apenas cabía alrededor de esa corona enjoyada y de esa pileta llena de agua estridente y burbujeante.

—¿Qué ha ocurrido? —Tenía la voz ronca, pero logró que no le temblara. ¿Qué habría hecho mal esta vez?—. ¿Madre?

La reina le hizo señas para que se acercara, y, cuando lo hizo, Rune vio unas lágrimas que centelleaban en sus mejillas.

La reina había estado llorando.

La última vez que la vio llorar fue cuando asistieron al funeral de su hermano.

—Hijo mío. —Tenía la voz cargada de emoción—. Anoche, un asesino ivaslandeño se infiltró en los pasillos del Bastión del Honor y asesinó a varios guardias... y a tu padre.

A Rune se le nubló la vista y de repente no pudo respirar.

—Ivasland. —Esa palabra sonó hueca. De repente, el mundo comenzó a girar sin control a su alrededor—. Ivasland ha matado a mi padre.

Primero su hermano y ahora su padre. Los ivaslandeños no tenían moral, ni honor, ni la sensatez para pensar que quizá no fuera juicioso ir por ahí matando monarcas. Quizá cayera una lluvia de fuego sobre sus ciudades. Puede que Abagail y Baldric no entendieran las respuestas proporcionales.

Un bramido inundó la mente de Rune. ¿Seguía estando de pie? No sabría decirlo. Cerró los ojos.

—Rune —dijo su madre—. Rune, ¿me oyes?

—¿Alteza? —Eso lo dijo John.

—¿Llamamos a la galena mayor? —preguntó Charity—. Creo que se está desmayando.

—¡No! —exclamó Rupert—. Nada de galenos. Solo está conmocionado.

Porque ¿y si alguien veía a Stella Asheater correr por los pasillos para socorrerlo? Rune daría una imagen de debilidad todavía mayor.

Finalmente, el príncipe abrió los ojos y vio que lo habían tendido en el suelo. John le soltó los hombros y retrocedió en cuanto Rune fue capaz de volver a incorporarse.

—Estoy...

No estaba bien. Jamás lo estaría. Su relación con su padre siempre había sido complicada, sobre todo tras la muerte de su hermano, pero eso era lo de menos. Su padre debería estar vivo.

Y lo estaría.

De no ser por Ivasland.

Ivasland le había robado. Su familia. La paz. Baldric y Abagail habían robado muchas cosas.

—Rune —dijo Grace, pero si había una pregunta o una afirmación implícita en esa palabra, no lo dejó entrever.

Los dos se miraron durante unos instantes, y el príncipe no supo qué hacer. La reina estaba triste, y si él hubiera sido mejor hijo, la habría consolado. Y si ella hubiera sido mejor madre, lo habría consolado a él. Pero ninguno ejercía el papel que debería haber cumplido con el otro, así que se limitaron a esperar, como si uno de los dos fuera a ceder.

Resonaron unas pisadas por el pasillo. Hanne y lady Nadine aparecieron en el umbral seguidas por más guardias.

—Acabamos de enterarnos. —Hanne se adentró en la habitación. Estaba muy hermosa, ataviada con un vestido tachonado de zafiros, con el pelo recogido en un moño apresurado y los labios fruncidos pintados de rojo oscuro. ¿Cómo era posible que a esas horas luciera un aspecto tan perfecto? Aunque cabía esperar algo así de ella—. Es terrible. Primero Monte Menudo...

Entre todo ese caos, Rune se había olvidado de Monte Menudo.

—... y ahora esto. Hay que contraatacar.

—Lo haremos. —Rune apretó los dientes—. Contraatacaremos.

—¿Qué pasó con el asesino? —Hanne miró a Grace—. ¿Lo capturaron?

—Está muerto. —Grace no miró a Hanne—. Opus mató al asesino ivaslandeño. Fue su acto final.

—Bien. El rey era un hombre muy valiente. Ningún asesino merece clemencia.

—Me habría gustado interrogarlo —murmuró Rupert—. ¿Qué esperaba conseguir?

Hanne le acarició el hombro a Rune, le deslizó los dedos por el brazo con suavidad y luego lo cogió de la mano.

—No lo sé —murmuró Rune—. Averígualo si puedes, pero no importa. Ivasland sufrirá por lo que le ha hecho a Caberwill.

Hanne asintió.

—Embria se asegurará de ello.

—Yo me aseguraré. —Rune notó el palpitar de su corazón en las sienes.

—Ahora sois el rey —dijo Rupert—. Es vuestro derecho.

Rey.

Rune era el rey.

Porque su padre estaba muerto.

Por eso Rupert, Charity y Dayle estaban apiñados en esa estancia. Por eso había guardias por todas partes. Por eso habían irrumpido en sus aposentos antes del amanecer, para confirmar que estuviera vivo.

Porque ahora era el rey.

El rey Rune Highcrown.

No parecía real —aún no—, pero Rune sabía lo que tenía que hacer. Desde el momento en que se convirtió en heredero, su padre lo había estado preparando para el momento de su muerte.

—Hoy celebraremos un funeral y una coronación.

—Haré los preparativos de inmediato, alteza —dijo Dayle.

—Gracias. El funeral deberá ser digno de un rey, pero la coronación podrá ser rápida, por ahora. Ya celebraremos una ceremonia más fastuosa después.

—¿Después de qué, majestad? —preguntó Rupert.

—Después de que ganemos esta guerra. —Rune se puso firme—. Dad las órdenes de inmediato. Guiaré a nuestras tropas hasta la frontera de Ivasland y arrasaré con todo cuanto encuentre. Os juro que no quedará nada en pie. Ni una escuela. Ni un templo. Ni un trono. Solo habrá sitio para la venganza.

# 33. Noctámbula

Nada más amanecer, Noctámbula llegó al lugar de la segunda detonación. Para ello siguió un nuevo rastro de angustia y pavor desde el otro extremo de Salvación, rodeando el debilitado Malfreno, hasta que llegó a un pequeño pueblo embriano con prestigio suficiente como para tener su propia milicia, que en ese momento se afanaba en alejar a la gente de la entrada de una mina.

En el pozo de esa mina debía de encontrarse el dispositivo.

Mientras Noctámbula sobrevolaba el pueblo, extendiendo su sombra sobre la multitud congregada en la plaza mayor, la gente alzó la mirada hacia ella; algunos gritaron con miedo o alivio; otros tantos aferraron los frasquitos que llevaban colgados al cuello, como si la obsidiana diluida pudiera protegerlos de ella. Como si necesitaran protegerse de ella.

*«No deberían preocuparse* —murmuró la voz—. *Tú solo masacras a la realeza descarriada».*

Noctámbula la ignoró y sobrevoló un camino abarrotado de mineros con camillas improvisadas y milicianos que erigían barricadas para impedir que la gente se acercara más. Algunos de los mineros evacuados intentaban descansar, tendiéndose bajo las coníferas o apoyándose sobre montículos de piedra, pero los soldados los instaban a seguir adelante.

La entrada de la mina estaba despejada, salvo por un pequeño escuadrón de milicianos que la estaban esperando. Cuando aterrizó, se arrodillaron y le hicieron una reverencia. Fue todo tan profesional que Noctámbula no supo discernir hasta qué punto estaban asustados: por ella o por la Malicia liberada dentro de la mina.

—Noctámbula. —El mayor del grupo se levantó—. Nos alegra que estéis aquí.

*«¿De veras?»*.

—Soy el teniente Farr. Gracias por venir a Sol de Argento. Ojalá fuera en circunstancias más propicias. Supongo que sabréis que hemos sido atacados.

Noctámbula asintió mientras observaba los pequeños broches que llevaban en las casacas, que indicaban su rango y dónde servían; en este caso, eran unos círculos pequeños con unos rayos que se extendían hacia fuera. Supuso que serían soles.

—Hemos evacuado la mina lo mejor posible, pero es muy peligroso entrar a buscar supervivientes mientras siga habiendo Malicia allí abajo.

—Contadme lo ocurrido.

No era un gran misterio: de la entrada de la mina habían brotado unos dientes plateados y afilados, de los que goteaba una sangre de color óxido. Toda la zona apestaba a muerte y a vómito.

—Anoche entró un hombre que se hizo pasar por minero. —Farr no miró hacia la abertura, como si lo estuviera visualizando todo, como si pensara en cómo aquel pueblo se había metido en un embrollo tan horrible, pero no soportase mirar hacia el lugar donde había sucedido. No era fácil mirar hacia allí—. No se quedó mucho tiempo, ni siquiera un turno entero, lo cual resultó sospechoso para el capataz. Por no mencionar que nadie lo conocía. Entonces salieron varios mineros de verdad y dijeron que había una especie de máquina ahí abajo, pero para entonces era demasiado tarde. El sistema de túneles comenzó a... —Volvió a girarse hacia Noctámbula, como como si hubiera determinado que resultaba más fácil mirarla a ella que a la entrada de la mina—. En fin, ya lo comprobaréis.

Sí, lo vería. Noctámbula siempre tenía que ver aquello que resultaba demasiado horrible para los humanos, aquello que no podían soportar.

—Traed toda la acuayesca que tengáis —dijo Noctámbula—. Y toda la leña que podáis reunir.

Farr enarcó las cejas y los demás soldados se miraron entre sí nerviosos.

—A no ser que los mineros quieran trabajar junto a los despojos de quienes hayan quedado atrapados dentro.

—¿No podemos...? —Uno de los soldados más jóvenes intentó mirarla y se estremeció—. ¿No podemos enterrarlos?

Noctámbula ladeó la cabeza.

—Si quedase algo tras la quema, podréis quedároslo. Pero no creo que queráis bajar ahí, ni siquiera cuando haya purificado la Malicia.

El soldado retrocedió embargado por las náuseas.

—En cuanto a los mineros que escaparon, pero que estaban en la mina cuando el dispositivo detonó, encargaos de que guarden cuarentena. Me aseguraré de que no porten Malicia en su interior.

No podía permitir que quedara ningún rastro de infección. Se giró y se adentró en la mina, sin esperar a que los soldados accedieran a sus exigencias. Lo harían. Estaban demasiado asustados como para negarse.

Cuando apenas se había adentrado unos pasos en la mina, la entrada se cerró de golpe por detrás de ella con un sonoro golpetazo y un corrimiento de tierras, sumiendo la cueva en la oscuridad. Cuando el túnel volvió a quedarse en silencio, oyó cómo los soldados la llamaban a gritos desde fuera, preguntándole si se encontraba bien. Noctámbula no tenía ganas de gritar, así que los ignoró.

No había luz en esa parte de la cueva, ahora que la entrada estaba bloqueada; ni siquiera sus ojos pudieron detectar el más mínimo atisbo.

Pero ella era Noctámbula. Nunca se quedaba sin luz.

Un fuego pálido centelleó alrededor de sus manos, concediéndole iluminación suficiente como para ver a través de la negrura.

Le dolió, por supuesto, pero era una leve migraña, una molestia que por el momento podría sobrellevar.

Allí, a lo largo de las paredes, detectó más dientes plateados —incrustados e insólitos—, y todos chorreaban sangre. Por delante de ella, el túnel se estrechaba y se ensanchaba, se estrechaba y se ensanchaba con movimientos prolongados y ondulantes, como si la gruta estuviera engullendo.

Ese pasadizo era la única forma de llegar hasta el dispositivo.

La Malicia se había adentrado a fondo en la roca, enroscándose alrededor de las vetas de metales preciosos y filtrándose en el acuífero subterráneo. La Malicia era concienzuda, y podría considerarse astuta de haber sido una criatura consciente, pero más bien había que decir que era una sustancia muy adaptable.

Si no se apresuraba, la Malicia infectaría el pueblo entero.

Se dispuso a purificar ese Malsitio en ciernes del mismo modo que había hecho con el otro: hincando la espada en la pared o en el suelo, calcinando las vetas de Malicia y extendiendo el fuego divino entre finos gránulos de tierra y placas movedizas. El dolor se agudizó, como sabía que pasaría, y ralentizó su trabajo, pero no permitió que eso la detuviera. La obsidiana mágica de Bienhallada se adentró en la roca sin mellarse. ¿De qué serviría Noctámbula si una simple piedra pudiera frustrar sus intentos?

Mientras se intensificaban las ondas que atravesaban la garganta de la mina, Noctámbula envainó su espada y se puso en posición para mantener el túnel abierto sirviéndose de su fuerza bruta. Cuando el movimiento de ingesta cesó, vio que sus manos estaban cubiertas por trocitos rojizos y viscosos de humano pulverizado.

Muchos trabajadores habían sido machacados cuando les faltaba poco para escapar. Estaban estampados contra las paredes, sus restos se escurrían sobre la superficie curvada y las marcas de cincel, triturados hasta quedar irreconocibles.

¿Sabría la princesa Johanne que habían activado un dispositivo de Malicia en su reino natal?

¿Le importaría?

*«Seguramente no».* La voz pareció resonar con eco, al tiempo que el túnel desembocaba en una gruta más grande, con pasarelas y rampas de madera entrecruzadas, así como carretas abandonadas por doquier. *«¿Por qué habría de importarle? Puede que le guste la Malicia. Deberías matarla».*

Noctámbula se detuvo en lo alto de la primera rampa, con una mano apoyada en una sección rocosa de la pared, y tomó aliento para ignorar la siniestra tentación de la voz.

El dispositivo no estaba lejos (quizá a medio camino por la caverna), y lo único que tenía que hacer era calcinar la Malicia y llevar el aparato a algún lugar donde nadie pudiera encontrarlo. Tal vez al fondo del océano, aunque no confiaba en que lo que hubiera allí abajo se comportara mejor que los humanos.

¿Qué había ahí abajo? El recuerdo se desvaneció antes de que pudiera apresarlo.

Se sintió frustrada, pero tuvo que dejarlo correr. Tenía una misión que cumplir.

Abajo, la caverna estaba relativamente tranquila, pero un largo chirrido emergió de entre la oscuridad; se movía al ritmo de la Malicia, pero no como lo había hecho el túnel. Puede que hubiera llegado al estómago.

—¿Hola? —Un hombre gritó desde más abajo, a través del enorme cisma—. ¿Hay alguien ahí arriba?

A Noctámbula le dio un vuelco el corazón. Una persona.

—Estoy aquí. —Se obligó a mantener un tono sereno y ecuánime—. He venido a ayudarte. Dime si puedes caminar.

Un sollozo resonó por la caverna.

—Gracias a Malvir y Luho. —Eran los númenes de la esperanza y las minas—. Gracias. Gracias.

Con cuidado, Noctámbula comenzó a descender por la rampa siguiendo las manchas negras de Malicia próximas al dispositivo.

—¿Quién...? ¿Quién eres? —preguntó el hombre.

No sería buena idea decirle la verdad, teniendo en cuenta lo asustados que estaban los humanos. Y el estado en que se encontraba ese hombre.

—Soy alguien que quiere ayudarte.

—Bien. —Volvió a suavizar el tono—. Bien. No creo que pueda caminar. Tengo las piernas heridas. Me ha caído algo encima.

—Iré a buscarte.

El hombre tosió, con un sonido estridente y viscoso.

—Deprisa. Es peligroso estar aquí abajo. Algo se mueve.

—Solo son las paredes. —Eso no resultó tan reconfortante como Noctámbula pretendía—. Te pondrás bien. Háblame de ti. Eso lo mantendría distraído frente al horror que lo rodeaba.

—Soy minero. Tengo familia..., una esposa y una hija.

—Dime cómo se llaman. Y también tu nombre.

—Soy Michael. Ellas son Beth y la pequeña Beth. Mi esposa es tejedora...

Siguió hablando mientras Noctámbula proseguía con su labor.

Descendió cercenando las hebras de Malicia allí donde las encontraba, provocando que una luz radiante y gélida se extendiera por la zona. Poco después, resonó otro movimiento más abajo. No había sido el minero. Era otra cosa. Algo más grande.

—¡Está pasando algo! —exclamó el hombre embargado por el pánico—. ¡Ayúdame!

De las manos de Noctámbula emergió un fulgor que iluminó la caverna entera. Se asomó al lugar donde estaba Michael tendido sobre una rampa, inmovilizado por una viga rota que le aprisionaba las piernas. Tenía la piel cubierta de tierra y escombros, y bajo esa capa estaba muy muy pálido. Por la pérdida de sangre, quizá. Y por el miedo. Pero estaba solo ahí abajo, no había indicios de que algo lo acechara.

—¿Qué es esa luz? —masculló Michael mientras giraba la cabeza y alzaba un brazo para cubrirse los ojos.

Noctámbula atenuó la luz y volvió a sumir en la oscuridad las profundidades de la mina.

—Aquí no hay nada. Te pondrás bien.

Si la mina no lo había devorado aún, era improbable que empezara en ese momento.

—Estoy bien. —Su voz sonaba distante, menos temerosa.

Era extraño que se hubiera recompuesto tan deprisa, pero mejor eso que escucharlo gritar ante cualquier sombra hasta que ella hubiera concluido su labor.

Uno por uno, fue hincando su espada en los cúmulos de Malicia y se fue adentrando cada vez más en la gruta, hasta que por fin llegó hasta el dispositivo.

Que algo tan pequeño hubiera causado todo eso...

—¿Qué estás haciendo? —La voz de Michael parecía más cercana, pese a que Noctámbula no había llegado hasta él. Quizá se debiera al eco en esas paredes movedizas—. ¿Vas a venir a ayudarme?

—Lo haré.

En cuanto destruyera la fuente de la Malicia en esa gruta. Contempló el dispositivo: era idéntico al primero, incluido el hormigueo producido por la energía de la princesa Johanne.

—¿Cuándo? —El minero endureció el tono.

—Enseguida.

Posicionó la espada sobre la máquina e hizo acopio de fuerzas para ahuyentar a la oscuridad.

—Dime algo. —La voz del minero resonó desde una dirección distinta, ligeramente hacia la izquierda de Noctámbula. Ni siquiera las paredes movedizas de la caverna podrían haber producido ese efecto—. Quiero saber dónde estás. —La voz se desplazó otra vez.

Noctámbula comprendió lo que pasaba.

Giró la espada y dio una estocada justo cuando el rostro de Michael apareció en la oscuridad. Mugriento. Furioso. Muerto.

Con el fuego divino crepitando a través del filo, Bienhallada le desgarró el pecho y comenzó a brotar sangre, que empapó el dispositivo.

Con un chillido ensordecedor, el minero muerto, pues ya no era un hombre, sino un espectro, se abalanzó sobre ella. Le arañó la armadura con unas uñas astilladas, pero los espectros eran débiles y ella estaba preparada. Trazó un arco con su espada y le hirió las piernas.

Un dolor atroz la cegó durante un instante, provocando que se tambaleara hacia atrás y que agarrase a Bienhallada con más fuerza todavía, pero no tenía tiempo para reorientarse. El espectro se había desplomado sobre la rampa, pero no porque lo hubiera abatido, sino porque sus piernas ensangrentadas no podían seguir sosteniéndolo. Alargó un brazo hacia ella, tratando de aferrarla con una fuerza espantosa, pero Noctámbula fue más veloz. Le clavó el filo en el cuello y lo incendió desde el interior con el fuego numinoso.

Noctámbula resolló, se mordió la lengua para no gritar, pero el dolor era insoportable. Se le tiñó de rojo la vista, luego de gris. Un zumbido retumbó en sus oídos.

«*¿Te has planteado abandonar?* —Incluso la voz parecía lejana—. *No tienes por qué seguir haciendo esto*».

Noctámbula no pensaba rendirse. Ni hablar. Ni aunque su poder estuviera intentando cauterizar su propia oscuridad.

—Puede que me lo merezca —susurró mientras extraía la espada del espectro calcinado.

La criatura cayó al vacío desde la rampa.

Cuando aterrizó en el suelo, una quietud se extendió por la mina. Noctámbula se asomó con una tristeza creciente en el pecho. El minero había muerto mientras le hablaba de su familia, y ella no se había dado ni cuenta. Estaba distraída conteniendo el dolor que la aquejaba mientras purificaba la Malicia.

Y ahora tenía que terminar el trabajo.

Pero entonces se oyó un gemido ronco, seguido de otro. Tuvo un mal presentimiento mientras iluminaba la zona.

Varios espectros —una docena de ellos— subían renqueando y dando tumbos por las rampas, arrastrando rocas, piquetas y planchas de madera podrida.

Un gemido exhausto logró escapar de la garganta de Noctámbula. Le dolía el cuerpo entero y empezaba a ver borroso; las vigas y las paredes se desdibujaron ligeramente ante sus ojos. No estaba en condiciones de enfrentarse a esos espectros, pero ¿qué otra opción tenía?

Las criaturas se cernieron sobre ella.

Con los brazos temblando a causa del esfuerzo, Noctámbula alzó su espada e invocó su poder.

# 34. HANNE

La muerte reunió a todo el mundo.

—¿Cómo crees que habrá podido Rune organizar el funeral tan deprisa? —musitó Nadine mientras Hanne y ella atravesaban la explanada del castillo. El capitán Oliver y los demás guardias embrianos iban tras ellas, lo bastante alejados como para no oír lo que decían.

—No ha sido él. Ha sido obra de Dayle Larksong. Como sumo sacerdote, tiene previsto un funeral para cada monarca. Nunca se sabe cuándo harán falta. —Hanne intentó no ponerse a toquetear el corpiño de su vestido; aunque la costurera se lo había metido por la mañana, seguía sin quedarle bien—. Pero la flexibilidad de Rune es admirable. Ayer, una boda. Hoy, un funeral. Y ha cumplido en todos los eventos.

Nadine sonrió con disimulo.

—Creo que es el primer cumplido que le haces.

—Eso no es cierto. También dije que es muy obediente.

—Hanne.

—Piensa lo que quieras. —Hanne se dio unos golpecitos en la barbilla mientras observaba a los dolientes—. Prima, creo que nos hemos engalanado demasiado. Aquí los funerales son mucho menos fastuosos que en nuestro reino.

En Embria, los funerales de la realeza incluían desfiles, discursos interminables y bailes para conmemorar la vida del difunto monarca. A veces, incluso se celebraban competiciones, en caso de que el difunto regente hubiera sentido una debilidad especial por algún deporte. Pero en Caberwill se limitaban a pasear el féretro por el pueblo como parte de una lúgubre procesión, para después celebrar una misa pública en el templo supremo. El entierro en la cripta del castillo se realizaba en privado.

Doblaron una esquina y las inmensas puertas de la muralla del castillo aparecieron ante ellas. El sol proyectaba una luz dorada sobre los parapetos que cegó momentáneamente a Hanne. Alcanzó a ver a la reina viuda Grace, a las princesas Sanctuary y Unity, y a Rune; estaban juntos, esperando a que llevaran el féretro para poder cabalgar delante de él. Se esperaba que Hanne se sumara a su esposo.

—Odio los funerales —murmuró.

Nadine le lanzó una mirada inquisitiva recordándole sin necesidad palabras que, si de Hanne dependiera, se celebrarían varios funerales más y que ella tendría que asistir a todos.

—Sí, ya lo sé. —Hanne avanzó hacia los demás miembros de la realeza—. Sin embargo, ahora que soy reina, podría redactar una proclama real para prohibir los funerales.

—¿Y qué haremos con los cuerpos después de la guerra? —preguntó Nadine siguiéndole el juego.

—Para cuando firme esa proclama, las guerras habrán terminado. Lo habré conquistado todo. Habrá paz.

—Por supuesto —dijo su prima—. Y nadie morirá nunca de viejo ni a causa de ninguna enfermedad.

—Eso ya se verá. Ni siquiera las reinas tenemos tanto poder.

De pronto, un recuerdo siniestro se proyectó al fondo de su mente (cortes en el rostro, una presión oscura en el pecho, una luz verde y escalofriante manando de su cuerpo), pero Hanne lo reprimió. Lo enterró. Lo sofocó. Si hubiera podido destruir ese recuerdo y dedicarle un funeral, lo habría hecho. Con eso estaría dispuesta a hacer una excepción.

Preocupada, Nadine le tocó el brazo, pero para entonces ya habían llegado junto a los Highcrown.

Hanne saludó a la realeza caberwiliana y, esforzándose por parecer triste pero entera, ocupó su sitio al lado de Rune. Aquel día tenía previsto reunirse con miembros del Consejo de la Corona y con varios nobles tanto de Caberwill como de Embria, entre otras figuras importantes, a algunas de las cuales vería por primera vez. Tenía que producirles una impresión duradera de compasión, confianza y competencia. Nadine había plantado esas semillas mientras Hanne estuvo «muerta», y ahora era el momento de... regarlas. O de abonarlas.

Hanne no era granjera. No sabía exactamente cuál era el siguiente paso en la metáfora, pero sí sabía que tenía que ganarse el favor de esa gente. Necesitaba que los caberwillianos estuvieran dispuestos a unirse bajo su mando.

Nadine se quedó con las demás doncellas, por detrás de Hanne, y a su vez los guardias embrianos se situaron tras ellas. Rápidamente, Nadine alargó una mano y le estrechó suavemente el brazo a su prima. Fue un gesto cariñoso de apoyo y, lo más importante, la prueba de que Hanne tenía amigas que creían en ella.

Y, aunque no fueran amigas —apenas conocidas—, Hanne oteó entre los rostros caberwillianos hasta que divisó a Prudence Shadowhand y a Victoria Stareyes; las dos estaban bastante cerca entre sí, la primera con su marido, un conde muy elegante (para ser de Caberwill), y la segunda con un grupo de mujeres jóvenes de la nobleza, muchas de las cuales parecían unas advenedizas entusiasmadas por estar allí. Cuando Hanne y Victoria intercambiaron un breve ademán con la cabeza, las nobles que la rodeaban la miraron impresionadas y con curiosidad.

Satisfecha por haberle granjeado la admiración de sus iguales a una de sus nuevas aliadas, Hanne se giró hacia el sumo sacerdote, que estaba entonando una oración a Elmali, el patrón de Caberwill:

—Gloria al partisano, al incansable, a la montaña sobre la que nos encontramos...

Hanne notó el cálido roce de la luz solar mientras los reunidos alzaban su voz: algunos para orar, otros para homenajear al difunto rey. Hacía un día agradable y, salvo por lo de tener que asistir a un funeral por un hombre al que detestaba, todo estaba saliendo por fin según el plan. La vida —después del malsitio, del rencor y de Ivasland— empezaba a sonreírle.

En ese momento, la congregación alzó la mirada al cielo.

Todos los ojos se dirigieron al oeste mientras se oían gritos ahogados entre la muchedumbre formada por nobles, oficiales y mercaderes. Se habían quedado inmóviles, ya no estaban interesados en saludar a los Highcrown ni en presentarles sus condolencias.

Hanne sintió un nudo en el estómago cuando, sumándose a Rune y los demás, se giró en la dirección hacia la que estaban mirando.

—¿Qué le ocurre? —preguntó la princesa Sanctuary.

—Creo que se ha destruido —respondió la princesa Unity.

Finalmente, Dayle Larksong dijo:

—Por los númenes conocidos y anónimos. Tendríamos que haberle hecho caso. Ella nos alertó, pero no quisimos escucharla.

Estaban hablando del Malfreno.

Normalmente, era un muro en el horizonte que despedía un fulgor azulado y blanquecino, una vasta e inescrutable oscuridad detrás de una pátina de magia ancestral. Aunque translúcida, nada llevaba a pensar que esa barrera no fuera sólida...

Hasta ahora.

El Malfreno se había vuelto tan fino como una burbuja a punto de explotar. Unas venillas plateadas se extendían por las zonas más afectadas, bajo las que asomaba un fulgor rojizo y carmesí. Era como si la magia estuviera intentando compensarse, pero no fuera suficiente. Aunque se encontraban a varias leguas del Malfreno, Hanne percibió un fuerte olor a ozono.

La oscuridad inundó su mente, llevando consigo cielos rubicundos y esquirlas de cristal repletas de monstruos. Tuvo que esforzarse para no encogerse y vomitar allí mismo, mientras el terror le atravesaba el pecho y le aferraba el corazón con dedos llameantes.

—¿Hanne? —Nadine se adelantó y le apoyó una mano en el hombro.

Hanne estaba temblando, su mente se había visto asaltada por los recuerdos del malsitio y de la Fracción Oscura. El hambre atroz, el cielo negro y sin estrellas, la agonía del terror constante: todo aquello la atormentaría por siempre. Y estaba a punto de desatarse sobre Salvación.

—Venceré al miedo —susurró para sus adentros—. Lo conquistaré todo.

—Lo sé. —Nadine le estrechó el hombro—. Creo en ti.

Mientras todos seguían contemplando la agonía del Malfreno, Hanne cerró los ojos y rezó a Tuluna. «Dime que esto forma parte de tu plan. Dime que forjaremos la paz para los tres reinos».

«*Forjarás una paz como el mundo jamás ha conocido* —respondió Tuluna—. *Pon fin a las guerras y asienta la paz. Ninguna incursión podrá hacerte daño*».

Hanne experimentó un consuelo intenso. Ninguna incursión podría hacerle daño. Tuluna la protegería. Solo tenía que seguir sus instrucciones.

Dio un paso al frente y contempló las filas de nobles, mercaderes y demás súbditos que habían acudido a despedir al rey.

—No tengáis miedo. —Empleó una voz fuerte, poderosa—. Estad atentos, estad alerta, pero no tengáis miedo, porque eso es lo que quiere la Malicia. Que el Malfreno se debilite es preocupante, pero se puede arreglar. Ya se hizo en el pasado y volveremos a hacerlo.

«*Diles que lo harás tú*».

Hanne tomó aliento. «¿Yo arreglaré el Malfreno? —se preguntó—. ¿Cómo?».

«*Confía en mí*».

Así lo hizo. Confiaba en Tuluna más que nada en el mundo. Así que dijo:

—Os juro, aquí, delante de todos, que hallaré un modo de arreglar el Malfreno. Por la alianza entre Embria y Caberwill, por mi matrimonio con Rune Highcrown y por la memoria del querido rey Opus III: protegeré a Salvación de cualquier peligro.

No hubo aplausos, salvo algunos aislados. Los dolientes comenzaron a asentir, algunos se llevaron el puño al pecho, mientras que otros la observaron con una esperanza vehemente en los ojos. Esperaban mucho de Hanne, y ella se lo concedería todo (más de lo que merecían), porque era la elegida de Tuluna y su destino era traer la paz.

# 35. NOCTÁMBULA

Noctámbula se despertó sobresaltada.

Poco a poco, el zumbido de los oídos remitió. Las sombras que le nublaban la vista se convirtieron en puntitos, hasta que por fin volvió a ver con claridad. Tenía la respiración entrecortada, notaba un regusto a sangre y bilis, pero la siniestra presión de la Malicia había desaparecido. Lo había logrado. Había purificado la mina.

Y luego... luego se había desmayado a causa del dolor.

Dolorida y agarrotada, se incorporó y miró a su alrededor. Los cuerpos que había en la rampa y en el suelo estaban inmóviles. Muertos. Muertos de verdad.

El mundo nunca olvidaba recordarle lo atroces que eran la Malicia y los rencores, pero a veces, el resultado le parecía tan obsceno que no soportaba ni mirarlo. Pero lo hizo. No podía darle la espalda. Los ataques de la Fracción Oscura en el plano laico eran tan cruentos que alguien debía dar testimonio de ellos, y ella era el único ser vivo concebido para hacerlo.

Solo ella y nadie más. Como siempre.

Regresó a la superficie a duras penas, deteniéndose tan solo para limpiarse la sangre espesa que se le había pegado a la piel. No podía hacer nada con la sustancia que había calado en su armadura; el tejido numinoso la expulsaría con el tiempo, y los cortes y las lágrimas se curarían solos.

Las paredes del túnel habían dejado de moverse. El camino ya no era tan ancho como para que cupieran carretas, pero había espacio de sobra para poder caminar sin tener que encorvarse.

Cuando divisó la salida, la luz del sol entraba por ella. La abertura era extraña, seguía torcida como una boca en pleno grito, pero, al menos, los dientes habían desaparecido.

El teniente Farr y el resto de sus hombres esperaban fuera con barriles y cántaros de acuayesca distribuidos a lo largo del camino, así como carros repletos de leña. Todo lo que ella había pedido.

—Noctámbula —la saludó Farr, que palideció al ver la sangre que le cubría el cuerpo entero—. ¿Qué...?

—No quieras saberlo. —Era la clase de cosas que decían los humanos cuando en el fondo estaban deseando contárselo a todos, pero ella lo decía en serio. Mejor que no lo supiera. De lo contrario, jamás podría volver a conciliar el sueño.

El teniente apretó la mandíbula y miró a sus hombres. Después asintió.

—Está bien. ¿Ha habido supervivientes?

—No. —En ningún sentido de la palabra—. Lo siento.

Farr se quedó mirándola unos instantes.

—Todos tenemos parientes que trabajaban ahí.

Noctámbula pensó en Michael, en Beth y la pequeña Beth, que ya nunca volverían a verlo. Se imaginó sus rostros cuando se enterasen de la noticia; seguro que la expresión de ambas se parecería mucho a la de esos hombres: hundida, devastada, perdida. Comprobar que los humanos podían sentir algo tan intenso por sus semejantes la reconfortó, aunque eso hacía que su disposición a matar resultara aún más desconcertante.

—Apostad un guardia junto a la entrada. Que no entre nadie en la mina hasta que termine.

—¿Aún sigue devoran...?

—No. —Noctámbula detestaba interrumpir, pero no quería que Farr dijera en voz alta que la mina había estado devorando a la gente—. Pero no bajéis ahí. Yo me ocuparé.

El teniente no pudo seguir conteniéndose, y por la cara que puso, quedó claro que comprendía la suerte aciaga que aguardaría a los curiosos.

—Está bien.

Luego, a solas, Noctámbula metió los barriles de acuayesca y las pilas de leña en la mina, lo dispuso todo para que ardiera de un modo intenso y purificante. Los soldados se ofrecieron a ayudarla, alentados por su sentido del deber, pero ella se negó. Si vieran lo que les había ocurrido a sus paisanos, solo serviría para aumentar su furia contra Ivasland.

Cuando toda la leña estuvo colocada y la caverna entera quedó empapada en acuayesca, le prendió fuego y salió de la mina, justo cuando el humo empezaba a emerger por la entrada. Los soldados la estaban esperando.

—Hemos puesto en cuarentena a todos los que escaparon de la mina, así como a todos sus contactos, tal y como nos habéis pedido.

—En ese caso, los examinaré en busca de rastros de Malicia. Para asegurarnos. —A pesar de la pérdida de recuerdos, conocía el poder del miedo y la suspicacia. Necesitaba confirmar que todos estaban limpios para evitar que los supervivientes se convirtiera en parias durante el resto de sus vidas—. En cuanto al dispositivo, una máquina similar detonó en Caberwill. Vino acompañada por una veintena de soldados.

Los hombres se miraron entre sí.

—El único soldado que vino aquí fue el que lo depositó —dijo Farr—. Lo capturamos durante la evacuación.

—Dime dónde está.

—Os llevaré con él. Ya está casi listo el patíbulo.

—¿El patíbulo?

—Sí, vamos a ejecutarlo.

*«Humanos matando humanos. Qué sorpresa».*

Noctámbula ignoró ese comentario.

—Debería ser arrestado y conducido a Solcast para ser interrogado y juzgado.

Farr negó con la cabeza.

—El magistrado Stephens afirma tener autoridad sobre esta materia y exige su ejecución. Los lugareños también. Ya habéis visto lo que pasó ahí dentro. La gente quiere justicia.

Justicia. Eso era cualquier cosa menos justicia.

«*¿No estás harta?*».

Farr ordenó a sus hombres que montaran guardia junto a la mina. Después le hizo señas a Noctámbula.

—Te llevaré con los hombres en cuarentena.

Emprendió la marcha con Farr preguntándose si debería dedicar un momento a limpiarse los restos más visibles de la carnicería. La mayoría de la gente no reaccionaba bien ante alguien cubierto por la sangre de amigos y enemigos por igual. Y teniendo en cuenta las historias que se contaban sobre ella desde hacía cuatrocientos años...

—Gracias por acudir en nuestra ayuda —dijo Farr—. No sé qué habría pasado si no hubierais llegado a tiempo.

—El pueblo entero de Sol de Argento habría quedado engullido, atrapado en las profundidades de la mina, sin luz solar, sin aire respirable y sin posibilidad de escapar. No habría habido supervivientes. —Miró de reojo a Farr—. El pueblo de Monte Menudo, en Caberwill, quedó arrasado por culpa de un dispositivo idéntico. No pude llegar a tiempo.

El teniente palideció y no dijo nada durante el resto del camino hasta el pueblo.

La gente abarrotaba la plaza mayor, todos gritaban y zarandeaban el patíbulo donde se encontraba el ivaslandeño con una soga alrededor del cuello. Había un verdugo enmascarado junto a la palanca.

Cuando Noctámbula se aproximó a la plataforma, se hizo el silencio y la gente retrocedió, abriéndoles camino al teniente y a ella. Bueno, solo a ella. El teniente la iba siguiendo.

—Puedo llevaros a la zona de cuarentena...

—Quiero ver esto.

Se encaminó hasta el frente de la multitud fingiendo no advertir el espacio libre que dejaba la gente a su alrededor, como si los aterrorizara acercarse demasiado. O quizá solo se debiera al mal olor.

Un oficial subió por las escaleras hasta la plataforma, dejando al verdugo entre el ivaslandeño y él. Era el magistrado Stephens, a juzgar por sus ropajes: vestía con una fina camisa de lino teñida de color verde oscuro, en cuyo cuello relucía media docena de broches plateados. Era todo lo opuesto al prisionero, que era un hombre menudo ataviado con el uniforme de color marrón verdoso de los mineros embrianos. El prisionero lucía una expresión pétrea y resuelta.

—¡Este hombre está acusado de traer una máquina que propaga la Malicia! —El magistrado Stephens contempló a la maraña de mineros y lugareños—. Por fortuna, he sido informado de que la Malicia ha desaparecido, purificada por Noctámbula, que ha acudido en nuestra ayuda.

Los espectadores la miraron por el rabillo del ojo. Se fijaron en su espada. En la sangre que cubría su armadura.

—Pero aun así hemos de lamentar pérdidas. Muchos no pudieron escapar de la mina a tiempo, y su muerte es intolerable. —Miró a Noctámbula con los ojos entornados, como si le reprochara no haber llegado a tiempo para salvarlos. Ojalá hubiera podido, pensó ella—. Gracias a Nalradis y Dinlis, los númenes de la justicia y la venganza, pudimos capturar al hombre responsable de este crimen contra Sol de Argento. Los siete testigos de rigor ya han ofrecido sus testimonios. Este hombre es culpable y por tanto será castigado.

Una oleada de expectación se desplegó por la plaza; querían responder a la sangre con más sangre. El magistrado Stephens se giró hacia el ivaslandeño y añadió:

—Di tu nombre para nuestros registros, seguido de tus últimas palabras.

El prisionero alzó la mirada.

—¿Y si me niego?

—Morirás de todas formas.

El prisionero comenzó a asentir, pero se detuvo cuando la soga se tensó alrededor de su cuello.

—Mi nombre no importa. Ya habéis tomado la decisión de matarme. Pero quiero contaros una historia antes de morir.

La plaza se sumió en un silencio sombrío.

—El dispositivo que deposité en vuestra mina es el resultado de años de trabajo. Tres jóvenes científicos se afanaron día y noche para diseñar y construir una máquina capaz de trasladar Malicia desde nuestro reino hasta el vuestro.

Tres jóvenes científicos.

De pronto, Noctámbula se acordó de aquel trío en el bosque llameante próximo a Boone, acompañados por un puñado de guardias. Cuando les preguntó qué estaban haciendo, le respondieron que hacían ciencia. ¿Y si eran los mismos? ¿Y si los había visto trabajando en el dispositivo y podría haberlos detenido?

*«¿Cómo te deja vivir tu conciencia?»*. La voz soltó una risita ronca.

—¿Por qué nos cuentas esto? —inquirió el magistrado Stephens.

—Pero esta historia no trata sobre esos científicos —dijo el prisionero—. Es una historia sobre la embriana que acudió a ayudarlos.

Resonaron gritos ahogados entre los humanos. De conmoción. De incredulidad. De ira. Unos cuantos empezaron a cuchichear, pero no tardaron en mandarlos callar, porque el prisionero volvió a tomar la palabra:

—Yo no llegué a verla, pero cuentan que era hermosa y con un pico de oro, tan dorado como su cabello. Se ganó la confianza de la reina y los científicos, hasta que provocó un tumulto para escapar. Pero dio a los científicos las respuestas a sus problemas, así que el dispositivo no solo fue terminado a tiempo, sino antes de lo previsto. —El prisionero esbozó una sonrisa maliciosa, a pesar de su inminente ejecución—. Algunos dicen que se parecía mucho a la princesa Johanne, la misma que acaba de casarse con nuestro enemigo común en Caberwill.

Unos gritos iracundos comenzaron a resonar por la plaza.

—¡Miente! —gritó alguien.

—¡Arrojadlo a las profundidades de la mina! —gritó otro.

—¡Ningún embriano creería jamás esas fabulaciones! —El magistrado Stephens alzó una mano, esperando a que remitiera el clamor—. Nuestra hermosa princesa jamás ayudaría a Ivasland. ¿No te has enterado? Nos hemos aliado contra vosotros.

—¿De veras? —inquirió el prisionero—. Vuestro carácter traicionero siempre sale a la luz. Sentiría lástima por Caberwill... si fueran dignos de mi compasión.

—¡Mentiroso!

Alguien de entre el público lanzó una piedra, pero el teniente Farr, que desapareció del lado de Noctámbula, se apresuró a reprimir las hostilidades antes de que la situación se descontrolara. Muchas personas tenían piedras en la mano, advirtió ella. Habían acudido allí con sed de violencia, con el nombre de Dinlis en los labios.

Noctámbula se dirigió a las escaleras y la gente retrocedió para dejarle paso. Algunos la insultaron, pero no le arrojaron ninguna piedra. Cuando llegó a la plataforma y contempló a la multitud, la plaza se quedó en silencio, salvo por el susurro del viento y el crepitar lejano del debilitado Malfreno. Tenía muy mal aspecto, parecía a punto de extinguirse. El proceso estaba más avanzado de lo que ella pensaba.

Y esa ejecución —otra muestra de violencia— no mejoraría la situación. Al fin y al cabo, la Malicia se alimentaba de la depravación en el plano laico.

Tenía que hacer algo para tranquilizarlos. Tenía que hacerles entrar en razón.

—Este hombre está diciendo la verdad —afirmó con aplomo—. Ya he visto dos de esos dispositivos y en ambos percibí...

—Sabía que nadie la creería—. En ambos percibí presencia de la princesa Johanne. Ella estuvo implicada.

Se reanudaron los cuchicheos entre la multitud. El prisionero la miró fijamente y ladeó la cabeza, como si no llevase una soga al cuello.

Ella le sostuvo la mirada durante un instante, después volvió a girarse hacia el magistrado y la nerviosa multitud.

—Os animo a enviar a este hombre a Solcast para que se reúna con vuestros reyes. Debería contarles lo que sabe y tener la oportunidad de hacer un alegato para salvar su vida. Buscad respuestas, en vez de responder a la muerte con más muerte. Ya ha habido suficientes por hoy.

—Deberíamos ir todos a Solcast —gritó una mujer—. ¡Y averiguar por qué la princesa Johanne está ayudando a nuestros enemigos!

—No importa el motivo —replicó un hombre—. Si está colaborando con ellos, no necesito saber más.

—¡Nos han traicionado! —exclamó un tercer individuo—. ¡Lo ha dicho Noctámbula!

—¡Voy a contárselo a mi primo de Vista Céntrica!

—¡Contádselo a todo el mundo! ¡Merecen saberlo!

—¿Cuántos pueblos destruirá la familia Fortuin?

—¡Matad al ivaslandeño!

Los lugareños rugieron con una mezcla de ira y confusión, y entonces comenzaron a volar las piedras. Cayeron en masa sobre el prisionero, golpeándole el rostro y el cuerpo.

—¡Parad! —gritó Noctámbula, pero nadie le hizo caso. La turba enfurecida se cernió sobre la plataforma, tirando de la ropa del prisionero, rodeando al magistrado, tratando de alcanzar la palanca junto a la que se encontraba el verdugo—. ¡Parad de una vez!

Era demasiado tarde. Varias personas accionaron la palanca, que abrió una trampilla bajo los pies del ivaslandeño. El prisionero cayó una breve distancia, después pataleó hasta que acabó muriendo.

Noctámbula no había podido salvar a ese hombre de su destino, ni impedir que otros lo mataran. Ni siquiera interviniendo, alzando su voz, había logrado cambiar nada. Estaba harta de tanta violencia.

*«Se creen mejores que los rencores —susurró la voz—. Pero son iguales».*

—Cállate. —Noctámbula se sujetó la cabeza.

Sin embargo, mientras el tumulto se intensificaba y la gente pedía a gritos la sangre de los Fortuin, Noctámbula no estuvo tan segura de que la voz se equivocara. Había dedicado milenios a proteger a los humanos frente al rencor, pero ellos no se molestaban en seguir su ejemplo para protegerse unos a otros frente a sus instintos más bajos. En vez de eso, encontraban nuevas e imaginativas formas de destruirse entre sí. Cada vez lo hacían mejor.

Y la Malicia seguía prosperando.

Los humanos se estaban destruyendo a sí mismos. Y a Salvación.

Ahora que el ivaslandeño estaba muerto, ahora que su cuerpo colgaba de una soga mientras los lugareños seguían tirándole piedras, el ambiente cambió. Cada vez más y más gente pedía la sangre de los Fortuin, y quienes tenían medios para hacerlo anunciaron que partirían a caballo hacia Solcast esa misma noche. No querían respuestas; querían una revolución.

Noctámbula se quedó quieta contemplando esa turba de campesinos enfurecidos, sintiéndose cada vez más decepcionada. El magistrado había abandonado la plataforma, tras anunciar que le exigiría a la familia real una respuesta por lo ocurrido, y tampoco había ni rastro del teniente Farr. La muchedumbre se puso en marcha, todos apilaban provisiones en carros y reunían todos los objetos cortantes que habían podido encontrar. Poco después, empezaron a salir de Sol de Argento.

Al rato, solo quedaron Noctámbula, el cadáver del prisionero y los pocos lugareños que no tenían medios para marchar hacia Solcast.

Sintió remordimientos. No tendría que haber dicho nada. No debería haber confirmado que la princesa Johanne estaba implicada. Había infringido su propio código.

La plaza del pueblo se quedó en silencio, cubierta de papeles, huellas y piedras, de modo que no había nadie para oponerse cuando Noctámbula cortó la soga que sujetaba al prisionero y tendió su cuerpo en el suelo. Tampoco hubo nadie para presenciar cómo prendía fuego al patíbulo y al cadáver, pues era posible que hubiera quedado contaminado por la Malicia durante su exposición.

Para cuando se extinguió el fuego, ya era de noche y no quedaban más que cenizas.

—¿Noctámbula? —Era el joven soldado de aquella mañana, el que le preguntó si podrían enterrar los cuerpos de la mina. ¿Aún seguía allí?

—El fuego de la mina se ha apagado —dijo.

—Sí —respondió el soldado, aunque técnicamente no había sido una pregunta.

—Dime dónde está Farr.

—Se ha ido con los demás a Solcast.

Qué decepción. Había esperado que el teniente fuera la voz de la razón.

—¿Os encontráis bien? —le preguntó el soldado.

—Yo... —No supo qué responder, aunque no necesitó hacerlo. Por el horizonte, al este, el cielo cambió.

Desde que se tenían recuerdos, la panorámica desde Sol de Argento siempre había sido la misma: reconfortante, a su manera. Pero ahora, por primera vez en cuatrocientos años, la luz del Malfreno titiló.

Y titiló.

El Malfreno estaba colapsando.

# EXTRACTO DEL DIARIO DE NADINE HOLT, DESCIFRADO A PARTIR DEL MICROCÓDIGO EMBRIANO

*La coronación fue preciosa. Fue una ceremonia austera, pero nos han asegurado que se celebrará otra mucho más fastuosa en el futuro, en cuanto termine esta guerra. De momento, ha sido una ceremonia íntima y elegante, con la asistencia del Consejo de la Corona, la reina madre y las princesas Sanctuary y Unity, así como unos pocos elegidos del bando embriano, gracias a la alianza.*

*Creo que es la primera vez en varios siglos que una (futura) monarca de un reino asiste a la coronación de otro. Es un acontecimiento histórico. Y tenía que ser Hanne la que rompiera la barrera.*

*Aunque Rune estaba muy elegante ataviado con su mejor brocado negro, peinado con esmero y con joyas de obsidiana que centelleaban cada vez que se movía, Hanne, por supuesto, lo eclipsó. Eclipsó a todo el mundo. Llevaba un vestido radiante de color zafiro, con detalles en colores cielo y turquesa, y unos adornos dorados que remitían sin remedio al precioso vestido de boda que lució ayer mismo. Por supuesto, llevaba puesta la corona negra. (Ahora que la menciono, no pude evitar advertir cómo reaccionó Noctámbula al verla, cuando Hanne entró en el templo. No sé qué significará esa reacción, pero el hecho de que reaccionara de algún modo ya es significativo).*

*Sea como sea, Rune se arrodilló ante el sumo sacerdote, que pronunció unas palabras, algo relativo al honor, el deber y la fortaleza, que Rune repitió, y después el sacerdote le colocó la corona del rey Opus. Todos aplaudieron y Rune se convirtió oficialmente en rey.*

*Me di cuenta de que la duquesa Wintersoft no parecía tan satisfecha con la continuidad de la monarquía como los demás. De hecho, creo que incluso se inclinó hacia la princesa Sanctuary y le susurró al oído algo parecido a: «Esa deberíais ser vos». La princesa, he de de-*

*cir, frunció el ceño al oír eso. Charity tendría que haber sido más sutil. No obstante, se ha posicionado claramente en contra no solo de Rune, sino también de Hanne. Sabine y yo tendremos que mantenerla vigilada.*

*Es una lástima que el rey Opus fuera asesinado tan pronto después de la boda —antes de que estuviéramos preparadas—, así que tendremos que esforzarnos mucho para asegurar que el nombre de Hanne quede libre de toda sospecha. De hecho, Hanne intentó retrasar su nombramiento como reina consorte —para guardar las apariencias—, pero Rune insistió. El reino los necesita unidos bajo un mismo título, así como en todo lo demás.*

*Y así, nuestra conquista de Salvación va por buen camino.*

# 36. HANNE

—Al fin te encuentro —dijo Rune, que se situó junto a ella.

Hanne llevaba casi una hora contemplando el Malfreno. El hedor nauseabundo de la Malicia inundaba el ambiente, pero la barrera situada en el centro de Salvación no había vuelto a titilar como antes, cuando Hanne se estaba cambiando de ropa y captó el destello por el rabillo del ojo.

*«Olvídate del Malfreno* —murmuró Tuluna—. *Tienes una paz que forjar».*

Hanne quería olvidarlo, quería seguir las instrucciones de su numen, pero incluso entonces, mientras el Malfreno centelleaba con plenitud a lo lejos, no pudo reprimir la inquietud que la embargaba. El hedor de la Malicia. El horror de la Fracción Oscura.

*«¿No te he prometido que no te pasará nada? Ninguna incursión podrá hacerte daño».*

—Sé que es difícil dejar de mirarlo. —Rune apoyó las manos en la balaustrada.

—No tanto si mi nuevo esposo está a mi lado. —Hanne le dirigió una sonrisa, pero Rune estaba concentrado en el Malfreno, como si su atención fuera lo único que lo mantenía en pie—. Entremos. Mañana será tu primer día completo como rey y liderarás los ejércitos hacia la guerra. Deberías descansar.

Rune frunció el ceño.

—Debería conducir a los ejércitos hacia la Malicia con Noctámbula.

—¿Ha regresado? —Hanne giró la cabeza, como si Noctámbula pudiera estar detrás de ellos en ese momento. Pero estaban solos.

—Aún no. —Rune agudizó la mirada—. ¿Ves algo diferente en esas torres?

Hanne miró hacia donde le indicaba. Allí, alrededor del Malfreno, había unas torres de vigilancia abandonadas mucho tiempo atrás. Estaban un poco más torcidas que antes. Como si hubieran intentado huir de la pesadilla que llevaban vigilando desde hacía miles de años.

—Creo que están como siempre.

Hanne se frotó con el pulgar el arañazo que le dejó la figura del gato de ónice, poco antes de quedar atrapada en el malsitio. Le había quedado una cicatriz, una ligera rugosidad.

—Pero solo llevo aquí unos días —prosiguió—. No sé qué aspecto solían tener esas torres. ¿Tú las ves cambiadas?

—Es posible.

Rune frunció aún más el ceño. Hanne le acarició el brazo.

—Entremos —sugirió de nuevo—. Ahora que eres el rey, hay cierto apremio para asegurar que haya un heredero en camino.

Aquello le hizo suavizar el gesto.

—Hanne. —Se giró hacia ella—. Quería darte las gracias.

—¿Por qué?

—Por haberme ayudado hoy. —Le rozó el antebrazo con suavidad, después volvió a dejar caer la mano—. Creo que hemos formado un buen equipo.

—Yo también.

Hanne sonrió para sus adentros. Había sido un largo día, empezando por la «conmoción total y absoluta» de descubrir que el rey Opus había sido asesinado durante la noche, a la que habían seguido el funeral y aquella breve coronación.

Había sido una ceremonia rápida, en vista de todas las cuestiones que requerían la atención del monarca. Reuniones del Consejo. Movimientos de tropas. La guerra.

Hanne estaba deseando que llegara la coronación principal, la segunda, que tendría lugar cuando Rune regresara de poner a Ivasland en su sitio. Entonces se celebrarían banquetes y bailes, fiestas que durarían toda la noche.

Había permanecido el día entero junto a él como una esposa solícita y diligente. Se cuidó de no extralimitarse, porque eso habría alarmado a los consejeros y a otros a quienes necesitaba tener de su parte. Pero tampoco fue una figura silente y cohibida. Repartió ánimos y consejos cada media hora, más o menos, lo justo para demostrarle a la gente que era juiciosa y considerada.

—Me preocupa que guíes los ejércitos hacia la batalla —dijo—. En Embria, los reyes jamás se suman al ejército. ¿Y si te alcanza una flecha? Aún no tenemos un hijo.

Rune se limitó a mirarla antes de responder:

—En Caberwill, un rey que se niega a acompañar a su ejército no dura mucho en el trono. Pero te aseguro que estaré bien protegido. John estará conmigo en todo momento, así como el resto de mis nuevos guardias. Estaré tan seguro como el que más, te lo prometo.

—Me preocupo —susurró Hanne empleando el tono que había aprendido que le gustaba a Rune—. No soportaría perderte.

Rune le lanzó una de esas miradas con las que dejaba entrever que nunca tenía claro si Hanne hablaba en serio cuando decía cosas como esa. Y no lo hacía, la verdad, pero necesitaba contar con él.

Por el momento.

Entraron a tiempo de oír que alguien llamaba a la puerta principal.

—Volveré enseguida.

Rune salió mientras Hanne se peinaba con los dedos y se miraba en el espejo. Sus recordatorios sobre la necesidad de un heredero iban muy en serio. La muerte del rey Opus se había producido antes de lo planeado, y, aunque no lamentaba lo sucedido, necesitaba asentar plenamente su poder en Caberwill.

Sin un heredero Highcrown, Hanne no tendría legitimidad allí, en caso de que Rune pereciera. Así de simple.

Pero todas las piezas acabarían en su sitio, siempre que siguiera las instrucciones de Tuluna.

—¿Estás seguro? —resonó la voz de Rune desde el otro lado de la puerta.

Alguien respondió —un hombre—, pero hablaba tan bajito que Hanne no oyó lo que dijo.

Sintió una punzada de inquietud. Si alguien tuviera la más mínima pista de que había presenciado la muerte de Opus...

La puerta se abrió y se cerró y Rune volvió a entrar. Parecía turbado y apenas la miró mientras decía:

—Tenemos información relativa al dispositivo de Malicia.

—¿El de Monte Menudo? —Hanne se sentó en el borde de la fuente.

—Ha sido destruido —dijo Rune—. Por completo. Los testigos afirman que acabó calcinado. No hay ni rastro de Noctámbula.

—¿Y la gente? —preguntó ella imbuyendo toda la compasión posible en su voz, porque a Rune le preocupaban sus súbditos.

Así de pusilánimes eran los caberwillianos, preocupándose por los plebeyos como si fueran mascotas muy queridas. No entendían algo que sí sabían los embrianos: los campesinos necesitan que alguien los gobierne con mano dura.

Hanne le quitaría esa idea de la cabeza... a su debido tiempo.

—No queda nadie. —Rune se sentó a su lado y le acarició una mano con un gesto que pretendía ser de consuelo. Luego la miró—. Sol de Argento, gracias a los númenes conocidos y anónimos, sigue en pie, pero también ha sufrido graves pérdidas. Murieron docenas de mineros antes de que comenzara la evacuación.

Sol de Argento. Pero ese pueblo estaba en...

—Eso está en Embria. Muy lejos de Monte Menudo. —Por más que intentó disimularlo, se percibió un deje de alarma en su voz.

—Lo siento, Hanne. Había un segundo dispositivo. Y puede que haya más, que aún desconocemos.

Una ira honda y ardiente estalló dentro de ella.

La reina Abagail estaba detrás de aquello. Envió a ese asesino a por Hanne, estuvo a punto de estropearlo todo, y encima había destruido uno de los pueblos más útiles de Embria. Una ofensa así no podía pasarse por alto.

—Ivasland tiene muchas cosas por las que responder —murmuró. Después se puso en pie, en un arranque de inspiración—. Tráemela, Rune. Trae a Abagail a Caberwill para que pueda librar al mundo de su traición.

—¿Librar al...?

—Mandó asesinar a tu padre y a tu hermano. Ha enviado dispositivos de Malicia contra nuestros reinos. Merece la muerte.

—¿Y lo harías tú misma? —repuso Rune lentamente. La observó con una distancia extraña en los ojos. Hmm. Ese Rune no era el jovencito ingenuo con el que se había casado—. ¿Te ves capaz?

Maldición. Aquello no estaba saliendo según lo planeado. Rune tendría que haberse decidido por cumplir todo lo que ella le pidiera. Algo iba mal. Hanne no tenía las riendas de la conversación y ya no sabía cómo proceder.

—En vista del tormento que nos ha provocado a ambos —dijo Hanne con tiento—, creo que podría hacer cualquier cosa. Eso supondría mantener nuestros reinos a salvo de ella, de sus asesinos y de los constructores de ese maldito dispositivo. Ivasland ha provocado mucho dolor.

Rune asintió pensativo.

—Ya.

Eso era bueno.

¿Verdad?

Rune siguió asintiendo, pero ya no como respuesta a lo que había dicho Hanne, sino como respuesta a lo que se le estaba pasando por la cabeza. Una decisión.

—Debes saber que me han llegado noticias aún más inquietantes —dijo—. Tanto que no he podido creérmelas.

—¿De qué se trata?

Hanne tuvo el presentimiento de que no le gustaría lo que iba a contarle, pero la información era el recurso más valioso de todos. (Sin contar la obsidiana). Podía empuñarse como un arma o un escudo y nunca se tenía suficiente.

—Me han dicho —prosiguió Rune con cautela—, que alguien ayudó a Ivasland a completar el dispositivo.

Oh.

Por todos los demonios.

Esa. Esa era la clave de la noticia que le habían transmitido en el pasillo, era el motivo de su alarma e incredulidad. Por eso había tenido los arrestos para preguntarle si sería capaz de matar a Abagail ella misma.

—Ha llegado una bandada de palomas desde Embria —prosiguió Rune—. En estos momentos, una turba procedente de Sol de Argento va hacia Solcast. Quieren respuestas.

Querían sangre. Así era como funcionaban las turbas.

Pero Rune no había mencionado aún que conociera su implicación, así que Hanne optó por fingir inocencia:

—¿Quién ayudaría a terminar el dispositivo? Otro ivaslandeño, seguro, pero no sé por qué me lo cuentas a mí...

—Los informes te acusan a ti.

Hanne soltó un grito ahogado y retrocedió llevándose las manos al pecho.

—Rune, esposo mío, eso es mentira. Aunque hubiera querido ayudar a nuestros enemigos, al reino contra el que nos hemos aliado, ¿cuándo podría haberlo hecho? He estado a tu lado desde el momento en que llegaste a Embria.

—Salvo cuando estuviste en el malsitio.

—Sí. —Dejó entrever un deje de pánico en su respuesta—. Pero entonces estaba atrapada. En un malsitio. Estuve a punto de morir. Ya lo sabes.

—Lo sé. —Rune la miró frunciendo el entrecejo con un gesto de preocupación—. Pero no puedo ignorar esta información.

—Mienten, Rune. Quienquiera que te haya dicho que tuve algo que ver con ese dispositivo te ha mentido. Jamás he visto uno. No sé nada sobre ellos. Jamás ayudaría a nuestros enemigos y tampoco le haría daño a Embria.

El príncipe frunció el ceño, no con un gesto de ira, sino de decepción. Lentamente, se levantó y se dirigió al otro extremo de la habitación para asomarse a la ventana.

Maldición. No la creía.

La veía tan solo como una impostora, y, para ser sinceros, lo era, pero él no debería saberlo. No hasta que fuera demasiado tarde. Y si no confiaba en ella, significaba que ella había perdido el control de su relación.

Hanne odió a quien se lo hubiera dicho. Maldito fuera ese miserable informador. Y malditos fueran los malicistas, Abagail y todos los demás ivaslandeños. Maldito fuera ese condenado reino.

Castigaría a quien le hubiera hecho eso, a quien hubiera revelado su secreto antes de tiempo. Pagarían todos. Pero antes debía restaurar la relación con su esposo, si es que eso era posible. Si confiaba en ese informador más que en ella, ¿qué podría hacer? ¿Cómo podría recuperar su confianza?

A no ser...

A no ser que confesara el resto. El motivo. Las circunstancias.

Sin embargo, contarle todo eso supondría revelar sus debilidades, sus miedos y todo aquello que tanto se había cuidado de ocultar. Pero tenía pocas opciones, y Rune, como caberwiliano predecible que era, reaccionaría ante eso. Querría protegerla. Hanne cerró los ojos y dijo:

—No tuve elección.

Rune giró la cabeza para mirarla. Hanne dejó que se percibiera el miedo en sus palabras:

—Sabía que iba a morir en el malsitio. Si no de hambre o de sed, sí de vieja. El tiempo avanzaba de un modo distinto allí y no tenía esperanza alguna de salir. Ninguna. Pero entonces, se presentó ante mí.

El príncipe no dijo nada, pero estaba escuchando cada palabra. Evaluando la situación. Evaluando si debía volver a creer en ella.

Hanne tenía que seguir con su relato, tenía que contarle la verdad.

—El rencor. —Se rodeó con los brazos y se echó a temblar solo de recordarlo—. Me dijo que fuera a Ivasland y terminara su dispositivo. Me dijo cómo hacerlo. Y me dijo que, si no cumplía sus órdenes, me destruiría.

La visión de la Fracción Oscura se proyectó en su mente, desplegándose como una pesadilla que jamás desaparecería.

—Entonces, lo hiciste. —Las palabras de Rune sonaron huecas. Lejanas.

—Sí, lo hice. —La voz de Hanne también sonó hueca, como si ya no le perteneciera—. Fui a Ivasland y les di a sus malicistas la última pieza del puzle. Y luego escapé, porque sabía que Abagail y Baldric pretendían matarme.

—Tendrías que haber venido aquí primero —dijo Rune—. Antes de ir a Ivasland.

Hanne lo miró fijamente.

—Podríamos haber encontrado una solución juntos. Yo ya había invocado a Noctámbula, ella podría haberte ayudado también.

Hanne lo dudaba mucho.

—Quería venir aquí —dijo—. Sabía que me ayudarías.

Eso era mentira. Si quiso regresar fue por Nadine. Pero a Rune le gustaría oír eso.

—¿Por qué no lo hiciste?

—Lo intenté. Quise seguir la senda de Brink hasta aquí, pero entonces lo vi. Lo olí. —Se estremeció—. Al rencor.

Un leve estremecimiento recorrió también el cuerpo de Rune.

—Sabía que vendría a por mí si no obedecía sus órdenes inmediatamente. Sabía que me mataría.

Habría sido algo aún peor, pero Hanne no se veía con fuerzas para revelarle tantas cosas, por mucho que pudiera ganarse sus simpatías.

—Pero eso ya terminó. No tiene sentido discutir lo que debería haber hecho, cuando no puedo volver atrás para cambiarlo.

Hice lo único que creí que me salvaría la vida el tiempo suficiente para venir hasta aquí, casarme contigo y aplastar Ivasland. Entonces, quizá, la guerra terminaría para siempre. Lo hice en pro de la paz.

Se hizo el silencio entre ellos, roto tan solo por el chapoteo del agua en la fuente y los gemidos del viento en el exterior. Rune no era una persona misteriosa (no solía serlo), ya que acostumbraba a hacer lo mejor para su país; pero esta vez Hanne no estaba segura de cómo reaccionaría. Le había hecho ver que lo necesitaba, pero siempre habían sido enemigos. Incluso ahora estaban en bandos opuestos, solo que él no lo sabía.

Sin embargo, algo había cambiado en él. Ahora cargaba con el peso de la tristeza, la furia y un millar de cosas más. Ahora era el rey.

Al cabo de un rato, Rune avanzó hacia ella con un gesto vehemente y decidido.

—Dime lo que te pasó en Ivasland. Dime lo que te hicieron.

Así lo hizo. Le habló de la reunión con Abagail y Baldric, de la forma en que ocultaron el dispositivo incluso ante su propio pueblo y del miedo que pasó por su vida en todo momento.

—Si hubieran descubierto mi identidad, estaría muerta —dijo con voz trémula—. Me habrían matado de inmediato.

Rune asintió, todavía pensativo.

—Pero conseguí robarles los planos del dispositivo —añadió Hanne—. Eso no impedirá que construyan más máquinas de Malicia, pero puede que nos resulten útiles. Puede que saber cómo se construyen y manejan esas máquinas nos ayude a mitigar otro ataque. Te habría contado antes lo de los planos, pero... estaba muy asustada.

—Sí, puede que resulten útiles.

Pese a todo, Rune no modificó su gesto de cansancio y decepción. Pero ya no estaba furioso. Hanne estaba derribando sus defensas.

—Abagail y Baldric me habrían matado —le recordó—. Estuvieron a punto de hacerlo, pero escapé en el último momento.

—Y entonces vinieron a destruir nuestra alianza.

—Así es —murmuró Hanne—. Intentaron impedir nuestra boda enviando ese dispositivo hasta Monte Menudo. Quieren matarnos de hambre durante el invierno. Y destruir los centros de producción, como Sol de Argento.

Rune apretó la mandíbula y Hanne pudo ver que alcanzaba una decisión.

—Los aplastaremos, Hanne. Por lo que te hicieron a ti. Y a mí. Por nuestros reinos. Traeré a sus monarcas ante ti y juntos pondremos fin a esta guerra. Esta alianza es más importante que todo lo demás.

Hanne sonrió ligeramente. Puede que la honestidad no fuera tan mala después de todo, siempre que se utilizara con inteligencia.

# 37. RUNE

edianoche.

Rune llevaba varias horas intentando conciliar el sueño, pero no había manera. Cuando estaba a punto de hacerlo, cuando se le nublaba la mente y sus pensamientos se dispersaban por doquier, de repente topaban con la realidad: Rune era el rey, estaban en guerra, y él no estaba preparado para esa labor. Cada una de esas veces, el corazón le pegaba un vuelco y se levantaba de la cama, y solo después de un largo trago de vino conseguía templar los nervios.

Por supuesto, eso hacía que se preocupara por la resaca que tendría por la mañana. Cuando tendría que conducir a su ejército hacia la guerra. Su padre se habría sentido abochornado. Y cuando pensaba en eso, las horas de insomnio no hacían sino alargarse.

A medianoche, ya había repetido el proceso tres veces y por fin se estaba quedando dormido. Pero, en ese momento, algo golpeó la puerta del balcón.

Se levantó de la cama y trató de alcanzar su espada, pero no tardó en acabar enredado entre las sábanas.

No tuvo mayor importancia. Fue Noctámbula quien entró, una figura oscura con las alas desplegadas que despedía un olor nauseabundo. Se quedó mirándolo, al encontrarlo en paños menores y despatarrado en el suelo.

—Levántate. —Le quitó las sábanas de un tirón y las arrojó hacia un lado, después hizo una pausa y ladeó la cabeza mientras aguzaba el oído—. Ella está en la habitación de al lado.

—¿Hanne? Sí. —Rune se levantó y sacudió una pequeña esfera de luz, que le concedió iluminación suficiente para ver que Noctámbula volvía a estar cubierta de sustancias repugnantes—. ¡Por los númenes conocidos! ¿Qué te ha pasado?

—No hables tan alto. —Noctámbula miró de reojo a la puerta que conducía al cuarto de Hanne, con un chisporroteo en sus ojos oscuros—. Es de vital importancia que hable contigo, pero ella no puede enterarse.

Rune se frotó el rostro e intentó disimular que había empezado a respirar por la boca. Noctámbula apestaba a muerte.

—Está bien. ¿Quieres que vayamos a tu habitación? Podrías... —Ojalá no hubiera bebido tanto—. Podrías quitarte toda esa mugre macabra de encima.

El comentario pretendía ser gracioso, pero tenía la cabeza embotada por culpa del alcohol y no le hizo gracia ni siquiera a él. Noctámbula tampoco apreció su intento.

—He iniciado tres incendios, he decapitado a una docena de espectros y he purificado la Malicia de dos pueblos. No esperarás que venga vestida para una recepción oficial.

—¡Los dispositivos! Es verdad.

Alzó la voz un poco más de la cuenta. En la habitación contigua, Hanne refunfuñó. Si no quería despertarla, tendría que salir de allí lo más rápida y silenciosamente posible.

—Ve —le dijo a Noctámbula haciéndole señas para que volviera a salir al balcón—. Me reuniré contigo en tu habitación dentro de cinco minutos.

Noctámbula achicó los ojos.

—No te retrases. El tiempo apremia.

—Allí estaré —le prometió.

Entonces, Noctámbula salió a la ventana y alzó el vuelo.

Rune tardó más de cinco minutos en recomponerse y en vestirse adecuadamente, pero al fin salió por la puerta y llegó al salón, donde lo estaba esperando Hanne junto a la fuente. Había encendido una de las esferas, así que la luz centelleaba sobre el agua y las gemas, proyectando sobre ella un ligero fulgor.

—¿Adónde vas? —Se alisó el camisón permitiéndole atisbar la silueta de su cuerpo.

—A dar un paseo. Nada más.

Rune no se movió de la puerta de su dormitorio, porque tenía la extrañísima sensación de que, si pasaba junto a ella, quedaría atrapado en su centro de gravedad y no podría salir de allí. De todas formas, ¿debería irse? Hanne era su esposa y él se estaba escabullendo para ver a otra mujer.

Pero Noctámbula no estaba interesada en él de ese modo, así que no importaba. ¿O sí?

Importaba, porque para él era importante verla.

Rune quería acudir junto a ella, con el corazón henchido de añoranza, mientras que su esposa, la mujer con la que supuestamente debía compartir su tiempo, se quedaba allí sola, preguntándose adónde habría ido.

Sin embargo, Noctámbula tenía que contarle algo. Y él era su invocador, su caballero del alba. Al menos, en teoría.

—¿No puedes dormir? —le preguntó Hanne con dulzura.

Rune negó con la cabeza; no podía fiarse de ese tono de voz.

—Está bien. —Hanne se deslizó los dedos por la melena rizada y Rune volvió a pensar que debería quedarse.

Antes de que perdiera su aplomo, pasó de largo junto a su esposa y salió al pasillo. John Taylor estaba de guardia, esperando junto a la puerta, y siguió a Rune sin necesidad de que le dieran ninguna orden; el castillo entero estaba en alerta tras el asesinato de la noche anterior.

Por una parte, Rune se alegró de que fuera probable que no acabara asesinado en su propio hogar, gracias a la presencia de John, aunque Opus siempre iba escoltado por varios guardias... Por otra parte, sería difícil escabullirse para ver a Noctámbula si no estaba solo.

—No hagas preguntas —le dijo a John.

—No me corresponde hacerlas.

—Y tampoco comentes esto con nadie —prosiguió Rune—. Con nadie más, quiero decir.

—Por supuesto que no. —La voz del guardia denotó cierta irritación.

Finalmente, llegaron a los pies de la torre de Noctámbula.

—Espera aquí —dijo Rune.

El guardia apretó los dientes para abstenerse de replicar y asintió. Rune subió por las escaleras y abrió la puerta, que no estaba cerrada con llave.

Noctámbula ya se había aseado y había limpiado su armadura, así que olía considerablemente mejor. Menos mal, porque Rune no tenía estómago para volver a soportarlo. Noctámbula se encontraba frente a un espejo recién pulido, con el ceño fruncido en señal de concentración mientras se pasaba un peine por el cabello largo y enmarañado.

Rune cerró la puerta y ella alzó la cabeza para cruzar una mirada a través del espejo. Luego soltó el peine.

—Pensaba que llegarías antes.

—Lo siento —dijo Rune—. Me entretuvieron.

Noctámbula lo fulminó con la mirada.

—Tengo que contarte algo importante.

Rune se sintió desalentado mientras oteaba la habitación. Estaba mejor que antes, pero no lo suficiente. Había una mesa con dos sillas de madera; una tinaja y una cuba llenas de agua, y unas esferas luminosas en los apliques de la pared. Ella merecía algo más.

Cuando Rune fuera rey... Un momento, ya lo era. Bien, en ese caso, se aseguraría de que los aposentos de Noctámbula fueran dignos de una reina. Lo establecería por decreto real.

—Siéntate. —Ella suavizó el tono—. Dime por qué estás triste y borracho.

—No estoy borracho. —Rune sacó una silla, pero calculó mal la velocidad y se golpeó en la espinilla—. Quizá un poco —admitió sentándose con cuidado—. Espera, esta es mi mesa.

—Noctámbula se cruzó de brazos—. Es mi mesa. La de mis aposentos. Ahora hay una fuente espantosa...

—Ahora es mía —repuso ella—. Pero estabas diciendo algo importante.

Ah, cierto.

—Me temo que se han producido nuevos acontecimientos desde tu marcha.

Desde la boda, pero no quería mencionar esa parte. Aunque estuviera un poco —¡solo un poco!— ebrio, sabía que no debía recordarle a Noctámbula que ahora era un hombre casado. Aunque tampoco es que tuviera importancia. Por lo visto, nunca la tendría. Pero, aun así...—. Mi padre ha muerto. Anoche lo asesinaron.

Noctámbula se sentó frente a él, con las alas plegadas sobre la espalda y un gesto indescifrable.

—Dime cómo te sientes al respecto.

¿Resultaba tan obvio lo mala que era la relación con su padre como para que su respuesta se limitara a eso? Porque no se limitaba a la pérdida de Rune; era algo mucho más amplio, una ola expansiva que quizá el mundo no llegaría a entender del todo hasta que el tiempo les concediera la necesaria perspectiva histórica.

—La muerte de un monarca siempre resulta peligrosa para el bienestar de un reino —dijo Rune con tiento—. Y mi padre era un rey fuerte.

Ella asintió, como si hubiera captado los detalles latentes en las palabras de Rune.

—Tú también lo serás.

A Rune le pegó un vuelco el corazón. ¿De verdad lo creía?

—Eso espero. Ya veremos si tengo la oportunidad de probar mi valía. —Al ver que Noctámbula enarcaba una ceja, añadió—: Yo no fui la primera elección para suceder a mi padre.

—Pero ahora eres el rey —dijo Noctámbula—. Con el apoyo de tu madre, de parte del Consejo y de la familia real de Embria.

Eso era cierto.

Rune tragó saliva para aflojar el nudo en la garganta y se arrepintió de haber bebido tanto.

—¿Quieres que termine de peinarte?

Noctámbula se lo quedó mirando.

—Lo has dejado a medias. —Rune señaló hacia su propia cabeza y de pronto se dio cuenta de que tenía el pelo revuelto.

Noctámbula se deslizó los dedos por las puntas abiertas de su cabello, pero luego se obligó a bajar la mano.

—Tenemos asuntos más urgentes.

Rune deseó poder acariciarle así el pelo.

Inmediatamente, intentó reprimir ese deseo, porque era un hombre casado y acababa de mentirle a su esposa acerca de su paradero. Y si tenía que acariciarle el pelo a alguien, debería ser a Hanne. Se sintió culpable. Pensar algo así lo hizo sentir como si fuera un monstruo.

—Ahora que eres el rey —prosiguió Noctámbula—, ya no necesitas pedir permiso para enviar tu ejército a cualquier parte.

—Eso no es del todo cierto. Aún queda el Consejo de la Corona, y Embria, y mi madre sigue teniendo mucha influencia...

Noctámbula se levantó, sus alas eran como una capa oscura desplegada sobre su espalda.

—Podrías enviar tu ejército a través del Portal del Alma. Podrías hacerlo ahora mismo.

—Quiero hacerlo. De verdad. Pero no puedo ignorar el asesinato del rey..., de mi padre. Ya sabes lo peligroso que sería. ¿Qué clase de regente sería yo si no respondiera a este ataque contra Caberwill?

Rune percibió la voz de su padre en esas palabras. El rey Opus siempre estaba hablando de fortaleza y de tomar decisiones difíciles.

—Uno que prioriza la supervivencia humana sobre las trifulcas entre mortales. Uno que comprende que sus padres, abuelos y bisabuelos le han legado unos obstáculos tremendos, pero que esos obstáculos no son infranqueables. Puedes ser tú el que tome las tiendas y salve a sus descendientes.

Rune apretó la mandíbula y replicó:

—Mi padre ha sido asesinado. Debo contraatacar. Los reyes caberwillianos no muestran debilidad. —Se frotó las sienes—. Si no actúo de inmediato, no tardaré en ser derrocado. Por mi propio

Consejo. Por mi propia madre. Por una de mis hermanas... y por una consejera que aspira a ser regente. Hay mucha gente que no quiere verme en el trono, y te aseguro que están mucho menos dispuestos a ayudarte que yo.

—Dejarás que el mundo se suma en la oscuridad con tal de cumplir tus ambiciones.

—¡No! —Rune se levantó de golpe, desplazando la silla hacia atrás con un chirrido—. Detendré la oscuridad, pero ¡maldita sea!, Ivasland nos está atacando. Está muriendo gente.

Con un nudo ardiente en la garganta, Rune abrió de golpe las puertas de la galería, pero el aire nocturno era húmedo y recargado, y no le reportó alivio alguno.

—Tendrás que esperar mientras la alianza impide que destruyan dos tercios de este mundo. No podremos adentrarnos en la Malicia mientras haya más Malicia detonando a nuestras espaldas, destruyendo los reinos.

—No podemos esperar. —Noctámbula lo siguió sin hacer ruido, salvo por el frufrú de sus plumas.

—Tú no tienes que responder ante consejeros, ni reinas, ni hordas de súbditos enfurecidos. No tienes que vengarte por el asesinato de un rey, sus hombres y todo lo que ese maldito dispositivo hizo en Monte Menudo.

—La necesidad de reforzar tu autoestima te hace ser egoísta. —Las palabras de Noctámbula eran punzantes y estaban cargadas de verdad—. Esperaba mucho más de ti. Pensé que me ayudarías, no que me apartarías en cuanto vieras la oportunidad de elevar tu posición.

—¿Mi posición? Estamos hablando de dispositivos de Malicia, del caos. ¡No te debo nada! —Las palabras salieron en tromba por su boca imparables—. No soy tu alma gemela y mis sentimientos no importan. Sé que el Malfreno está debilitado..., ¡no soy ciego! Pero ¿no lo entiendes? Esto no lo hago por mí. Lo hago por Caberwill. Puedo enviar a mis hombres hacia la Malicia, pero Embria no me seguirá, e Ivasland arrasará el reino mientras nosotros estamos ahí dentro, muriendo por ti. Deja que me ocupe de Ivasland, deja que convenza a Embria para que sumen sus hombres a esta empresa, y entonces podré ofrecerte un ejército combinado en la plenitud de su fuerza. ¡Pero tendrás que esperar!

Noctámbula retrocedió dolida. Luego, lentamente, inspiró una larga bocanada y bajó las alas. Cuando volvió a hablar, lo hizo con una voz suave. Extraña.

—El Malfreno está titilando.

—Lo sé. —A Rune se le encogió el corazón—. ¿Hasta qué punto resulta grave?

—Docenas de rencores pudieron quedar liberados cuando alcanzó su punto más débil. Sin duda, se estarán formando muchos malsitios nuevos.

Noctámbula inspiró una bocanada trémula y, por primera vez desde que se conocieron, Rune percibió la vulnerabilidad que había en ella. Lejos quedaba la criatura distante y fría que había venido a Brink, jurando destruir a los rencores y librar al mundo de la oscuridad. No, allí había una joven que temía por el futuro, que estaba tan aterrorizada como él.

No, aún más. Y si ella estaba tan asustada...

—Rune... Es decir, rey Rune. —Noctámbula cerró los ojos y alzó la cabeza hacia el cielo—. No puedo hacer esto sola. No cuento con nadie, y ya no soy la que era antes. Mis recuerdos se apagan como estrellas y no sé cómo recuperarlos. Sin toda mi experiencia, soy una criatura mermada, y casi no me queda tiempo. No podré defender a la humanidad si pierdo todo lo que me hacía poderosa.

—Eres algo más que el conjunto de tus recuerdos —dijo Rune, pero no sirvió de nada.

—Antes, quizá, pero es aún peor de lo que te imaginas. Ahora... me duele todo. Purificar malsitios, matar rencores, utilizar mi poder: todo duele.

Su voz era apenas un susurro.

—¿Qué quieres decir?

—Antes era una sensación agradable. Virtuosa. Reconfortante.

Me hacía sentir más fuerte. Ahora sufro el impacto reflejo de cada golpe que asesto contra el mal, como si el fuego divino también intentara purificarme a mí.

—¿Estás segura?

—Jamás mentiría con algo así. —Cerró los ojos—. Debo aventurarme en la Malicia. Esta misma noche, antes de que me abandonen mis recuerdos. Ya he olvidado mi creación, incontables despertares y... cosas que ni siquiera sé que faltan. Ya no están. Y si tuviera que enfrentarme a un rey rencor..., mi propio poder podría destruirme. Sin tu apoyo y el de tus hombres, no sé si podré detener esta incursión. No sé si podré vencer.

Sin darse cuenta, Rune alargó un brazo para tocarla. Fue una caricia breve, suave como el aleteo de una mariposa, pero deslizó las yemas de los dedos por su mejilla hasta alcanzar la mandíbula. El roce fue eléctrico, tan intenso como Rune se había atrevido a imaginar. Y cuando ella giró la cabeza hacia su mano, Rune notó que tenía una palabra en la punta de la lengua...

Pero en el momento en que abrió la boca para hablar, desapareció. Como si fuera un idioma que antes conocía, pero que olvidó hace mucho tiempo. Rune bajó la mano, con el recuerdo de su piel grabado a fuego en los dedos.

—Necesito tu ayuda —susurró Noctámbula—. Aún no es tarde para salvar tu mundo.

Pero pronto lo sería. El Malfreno se había abierto. Rune había sido testigo del caos que podía generar un solo rencor. ¿Dos? ¿Veinte? ¿Un centenar? Semejante cantidad podría arrancar el mundo de raíz, sobre todo si los comandaba un rey. Un rey al que ella no podía matar. Un rey al que nadie podría matar sin correr el riesgo de convertirse en él.

Rune quería decir que sí. Ojalá pudiera. La conexión con Noctámbula no era fruto de su imaginación. Cada vez que ella acudía a Caberwill, lo hacía para verlo a él. Para pedirle ayuda. Si podía darle lo que necesitaba, ¿no debería hacerlo? ¿Aunque le costara todo lo demás?

Sería tan fácil decir que sí. Pero...

—Antes has dicho que tenías que contarme algo importante.

La emoción desapareció del rostro de Noctámbula, reemplazada por el gesto precavido que solía adoptar.

—Ya no sé si quiero decírtelo.

—¿Porque crees que afectará a mi decisión? —preguntó Rune—. No he cambiado de idea. No puedo cederte esos hombres. Aún no.

Noctámbula se alejó de él, con las alas encogidas.

—Dos dispositivos de Malicia detonaron ayer: el primero a las afueras de Monte Menudo y el segundo en la mina de Sol de Argento.

Rune apretó el puño, como si pudiera atrapar en él la textura de la piel de Noctámbula.

—He recibido los informes. Ivasland tiene muchas cosas por las que responder.

—En ambas máquinas percibí una energía..., una que no esperaba encontrar. Confiaba en que fuera un error, pero el ivaslandeño que llevó el dispositivo a la mina de Sol de Argento confirmó su implicación. La princesa Johanne ayudó a romper los Acuerdos de Ventisca.

Rune suspiró.

—Lo sé.

—Lo sabes.

—Tengo espías en Embria. —Rune volvió a sentirse conmocionado por esa noticia, experimentó el mismo escalofrío que le recorrió el cuerpo mientras Rupert Flight le relataba los acontecimientos de Sol de Argento—. Le pregunté por ello a Hanne. Lo confesó todo.

—Sus actos han puesto en peligro a toda Salvación. La incursión se agravará por lo que hizo. Creí que te importaría.

—Claro que me importa, pero no sabes lo que le pasó. Ese rencor la atrapó en el malsitio. La obligó a ir a Ivasland para ayudar con el dispositivo. Hanne temía por su vida.

—Tú habrías muerto antes que dejarte controlar por un rencor.

—Aunque eso fuera cierto, no todo el mundo actuaría de ese modo. He aquí una lección sobre los mortales, Noctámbula.

—¿Y cuando la Malicia se extienda por toda Salvación? —Noctámbula retrocedió. Alzó sus alas, unas plumas oscuras rodearon su pálido rostro. En su armadura, la luna atravesada por un rayo centelleó mientras avanzaba de nuevo hacia él—. Te lo diré otra vez: solo hay una manera de poner fin a esta incursión. Envía a tus ejércitos conmigo a través del Portal del Alma. Acompáñame mientras envío al rey rencor de vuelta a la Fracción Oscura. Ya te he dicho que no podré hacerlo sola. Tu egoísmo y tu orgullo supondrán el final de todo.

—Esto no es por mi orgullo. No me queda más remedio que hacerlo. ¿Es que no lo entiendes?

—Vuestras disputas no hacen sino alimentar la Malicia. —Noctámbula era un eclipse que ocultaba todo lo demás mientras proyectaba sobre él su mirada inhumana. La justicia y la venganza no significan nada frente a la magnitud de lo que se alza dentro de la Malicia. Se agota el tiempo, rey Rune, y si te niegas a hacer lo correcto, lo necesario, serás el rey de las cenizas y las ruinas, de la devastación y el desengaño. Serás el rey que podría haber detenido a los rencores, pero que miró para otro lado cuando tuvo la oportunidad. Serás como todos los demás reyes indignos que te precedieron.

Esas palabras resultaron hirientes, pero Rune había sido adiestrado para contraatacar:

—No es mi deber frenar a los rencores. Es el tuyo, y eres tú la que fracasará porque no puedes hacerlo sin mí, sin mi ejército de mortales. Menuda adalid estás hecha. Ni siquiera recuerdas cómo ser tú misma.

Noctámbula se quedó inmóvil. Como una estatua perfectamente tallada. Exquisita en todos los sentidos, salvo por el daño que le había provocado Rune. Él trató de articular una disculpa, pero ya era demasiado tarde.

—Noctámbula, no debería haber...

—Adiós, Rune. —Los tendones de su cuello proyectaron unas sombras negras mientras alzaba la mirada hacia el oeste, con las alas en alto—. No volveremos a vernos.

Antes de que Rune encontrara un modo de retirar esas palabras absurdas, Noctámbula se marchó. Por el aire. Volando hacia la espiral de estrellas. Una ligera brisa se levantó a su paso, fue lo único que quedó de ella. Hasta que el aire también se quedó quieto. Rune estaba solo.

# 38. Noctámbula

Solo había una forma de acceder al Malfreno: el Portal del Alma. Era una puerta inmensa y antiquísima, incrustada en el costado de una montaña, flanqueada por dos torres gemelas que albergaban templos dedicados a los númenes conocidos y anónimos (para los mortales). El Portal del Alma era uno de los pocos lugares neutrales de Salvación. Ningún reino gobernaba esa zona. Ningún ser humano vivía allí.

Noctámbula sobrevoló la falda de las colinas en dirección a esas dos torres pálidas y torcidas, alzándose sobre las nubes moteadas por la luz del amanecer.

Era un paisaje hermoso, siempre que no se supiera lo que aguardaba al otro lado del fulgor blanquecino y azulado del Malfreno.

Noctámbula aterrizó frente al portal. Era inmenso, con múltiples partes. Primero, una verja levadiza de hierro, después el enorme borde del Malfreno; más allá de eso, un túnel tallado directamente a través de la montaña, con otra verja levadiza en el otro extremo.

El portal y el túnel desembocaban en el páramo rojizo de la Malicia.

Noctámbula se aproximó, era una figura pequeña y oscura en contraste con la radiante barrera. Sus botas rozaron los pálidos adoquines del suelo mientras se aproximaba al portal, pero antes de alcanzarlo, los guardeses emergieron de sus torres. Tenían una forma vagamente humana y poseían la apariencia traslúcida de los fantasmas. Y, como si lo fueran, se deslizaron hacia ella con el paso sereno propio de los seres inmortales.

—Hola, viejos amigos.

Noctámbula alzó las manos, con las palmas hacia arriba, e inclinó la cabeza. No eran viejos amigos, exactamente. Ni siquiera sabía cómo se llamaban..., ni lo que eran. Habían custodiado el Malfreno desde su creación, y, aparte de ella misma, eran la única constante en sus despertares. A veces, para sentirse menos sola, ella los consideraba como amigos.

—Noctámbula. Al fin has venido. —El guardián de la torre de los númenes conocidos habló con una suave voz de tenor, hueca y extraña, mientras la miraba con unos ojos azules y gélidos.

—Titiló —dijo el centinela de los númenes anónimos—. No pudimos impedirlo.

Los dos guardeses se estremecieron y su semblante onduló con ese movimiento.

—Lo sé. —Noctámbula acortó la distancia entre ellos—. Lo vi.

—No dejaremos que vuelva a flaquear —dijo el Conocido.

Ninguno de ellos podía prometer algo así, pero Noctámbula valoró su esfuerzo.

—Ha llegado el momento de adentrarme en la Malicia.

—No podemos garantizar tu seguridad ni de la de tus seguidores.

—Lo entiendo. —Noctámbula miró hacia atrás, donde debería estar posicionado su ejército de caballeros del alba.

—Pero ¿dónde están tus partidarios? —preguntó el Anónimo en voz baja.

Noctámbula sintió un nudo en la garganta que apenas le permitió articular palabra:

—No tengo.

El príncipe... El rey Rune la había abandonado. Había incumplido sus juramentos como caballero del alba, alma gemela, invocador y amigo.

Noctámbula estaba intentando no volver a pensar en él.

—Está bien.

Los guardeses la acompañaron hasta la cerradura y la palanca del Portal del Alma. Por todo el marco de piedra de la entrada, docenas de grabados centellearon, proyectando el mismo fulgor azulado que el Malfreno, que el fuego numinoso. Las palabras estaban grabadas en una lengua previa a la Escisión, una lengua muerta, pero aun así entendió lo que ponía:

**TRAS LA ESCISIÓN: GUERRA.**

**ANTES DE LA ENMIENDA: PAZ.**

Se oyó un sonoro traqueteo, cadenas y poleas que se movían en las profundidades de la tierra. La verja metálica se levantó y Noctámbula la atravesó, flanqueada por los guardeses.

Se situaron delante del Malfreno, notando un leve zumbido en el cuerpo. Una migraña comenzó a formarse al otro lado de los ojos de Noctámbula.

—Corren tiempos aciagos —dijo el Conocido—. Y tú no tienes buen aspecto.

—Aun así, debo entrar.

Sola. No conseguiría gran cosa sin sus caballeros del alba.

Los guardeses asintieron y deslizaron las manos sobre la barrera. Si aquel roce les hizo daño, no dijeron nada.

Finalmente, encontraron la abertura —o crearon una, Noctámbula nunca estaba segura— y retiraron la sustancia que formaba el Malfreno. Normalmente, la abertura era lo bastante grande como para que pudiera entrar un ejército entero, de diez en diez, pero como Noctámbula era la única que iba a pasar, los guardeses abrieron el Malfreno lo justo para que cupiera ella. El runrún de la magia se alteró, el sonido se tornó hueco y ligeramente más agudo.

—Gracias.

—No nos las des. Acaba con el mal que hay ahí dentro.

Siempre decían lo mismo, pero ahora esas palabras cobraban un matiz siniestro, aderezadas con la funesta advertencia de lo que pasaría si fracasaba.

—Contened el avance de la noche. Yo cumpliré mi parte.

—Y dicho esto, se adentró en el Malfreno.

La barrera se cerró por detrás de ella. Se le erizaron los pelillos de la espalda y la nuca. El zumbido recuperó su frecuencia normal. En el túnel, el ambiente estaba cargado por el hedor de la Malicia; inspiró hondo varias veces para aclimatarse y miró hacia el otro extremo del Portal del Alma.

Desenfundó su espada. Bienhallada, la defensora de almas.

El túnel estaba vacío, por supuesto. Los rencores habían aprendido hacía mucho que tenía poco sentido forzar su extremo del portal para esperarla; desde luego, hubo ocasiones en que le dificultaron el paso a través del túnel, pero ella siempre los había superado. (Aunque ya no recordaba cómo).

Con la espada en la mano, avanzó hacia la puerta del fondo, ganando velocidad con cada paso hasta que empezó a correr, hasta que sus alas le hicieron ganar altura y finalmente echó a volar. Para cuando llegó al otro extremo de la montaña, la verja levadiza se estaba abriendo entre chirridos, y ella se alzó más y más y más, hacia el cielo helado y enfurecido, enrojecido y plagado de relámpagos.

La Malicia se extendió frente a ella, un paraje salvaje y en constante cambio, pero ella puso rumbo al castillo que había visto en su sueño. Sabía dónde estaba. Podía percibirlo.

Allí encontraría respuestas.


Así era la Malicia ante los ojos: un paisaje hecho de horror y desesperación. Marrón y gris, salpicado por el radiante tono carmesí de la sangre fresca, un fulgor herrumbroso que cubría el cielo como un sudario en todas direcciones. Había ligeras ondulaciones en la topografía por aquí y por allá: ríos fangosos, plantas esqueléticas que, siendo generosos, podrían considerarse árboles.

El corazón de la Malicia se encontraba dentro de un cráter gigantesco, y allí se alzaba el castillo, una mezcla obscena de piedra, sangre y huesos humanos, pero estaba demasiado lejos como para ver los detalles, incluso para ella.

Así era la Malicia en los oídos: un zumbido sordo y prolongado, procedente de la barrera; tan intenso y penetrante que desquiciaba incluso a los rencores. El sonido resultaba menos invasivo cuanto más te acercabas al centro del territorio —al fin y al cabo, el Malfreno era una esfera—, pero, aun así, era imposible ignorarlo. Era habitual escuchar aullidos, gritos y rugidos polifónicos —la violencia de un rencor atacando a otro—, pero, por el momento, Noctámbula volaba en medio de un silencio escalofriante.

Así era la Malicia en la mente: locura en estado puro, sin adulterar; desesperanza; instantes tan largos como para matar a la gente de hambre y sed. Allí no había consuelo posible.

Así era la Malicia en el cuerpo: al final, mataba a todo el mundo. Hasta Noctámbula sabía que se estaba muriendo. Algún día, la ponzoña de ese lugar la consumiría, pero hasta que sus enemigos ancestrales se cobrasen su victoria, seguiría luchando. Avanzando paso a paso, aleteo tras aleteo.

Sola, al menos podía volar. Sola, no tenía que preocuparse por las vidas perdidas, ni por los hombres que se arrepentían de la decisión de seguirla. No tenía que pensar en los seres queridos que habrían dejado atrás. Aunque sus cuerpos pudieran ser recuperados, siempre faltaría un pedazo de ellos, perdido en la Malicia.

Sola, solo tenía que preocuparse por ella misma.

Y por el mundo, si fracasaba.

No fracasaría. No podía permitírselo. Pero, en ese momento, estaba asustada. Ese castillo no debería estar allí. Sus recuerdos no deberían estar disipándose. No debería haber masacrado a las familias reales cuatrocientos años atrás.

A mitad de camino del castillo, oyó un clamor terrorífico procedente del suelo. Era como si un bosque entero se desplomase al mismo tiempo, pero el bramido se extendió, intensificándose con cada aleteo que daba.

Rencores. Cientos de rencores chillaban desde una llanura, apiñados en formación. Distribuidos en filas. Como un ejército.

Notó una punzada de alarma. Los rencores no solo estaban allí para esperar a que ella pasara por encima; los habían enviado para encontrarse con los caballeros del alba en el campo de batalla.

Su ejército habría sido masacrado enseguida.

Rune habría sido masacrado si hubiera ido con ella.

Una orden resonó a ras de suelo y los rencores alzaron unos arcos.

¿Arcos?

¿Desde cuánto utilizaban armas los rencores? Ellos eran las armas.

Batió las alas con más fuerza, elevándose hacia los confines del cielo rojo, hasta que las puntas de sus plumas rozaron el Malfreno. Pero los arcos estaban imbuidos de una magia antigua y arcana; un centenar de flechas salieron disparadas hacia ella, ganando velocidad conforme se elevaban.

Cuando le alcanzó la ráfaga, Noctámbula se envolvió con sus alas y giró para apartarse de la trayectoria de las flechas, sorteándolas. Los proyectiles quedaron sumidos en la energía radiante del Malfreno durante apenas un segundo, antes de caer al suelo sin causar daños.

Pero no fue lo bastante veloz: dos flechas le alcanzaron, provocándole una punzada de dolor en la pierna y el hombro.

Podría soportarlo.

De pronto, oyó unos fuertes aleteos que no provenían de ella. La criatura llegó antes de que pudiera reaccionar y la golpeó con una velocidad inaudita. Su campo visual quedó cubierto por unas alas negras y grises, huesudas y membranosas, como las de un murciélago, medio segundo antes de que el rencor la agarrase por los hombros y se pusiera cara a cara con ella. Era una criatura hedionda, con piel de hongo, cubierta de dientes. Le hincó las uñas en la armadura y le perforó la piel.

Un rencor alado. Si alguna vez había visto uno, el recuerdo le había sido arrebatado, dejándola sin información acerca de cómo combatirlo.

*«Antes eras muy fuerte. Antes luchabas muy bien».*

Con un grito furioso, Noctámbula se retorció y pataleó, apartando al rencor mientras lanzaba una estocada. Pero la criatura era veloz. Voló de nuevo hacia ella y le pegó un zarpazo. Un escozor intenso le recorrió el pecho y el rostro.

Llegó otro rencor alado, más pequeño que el anterior, pero no menos letal. Se abalanzó sobre ella, chillando tan fuerte que le pitaron los oídos. Noctámbula esquivó el golpe, pero sintió un dolor agudo en el espinazo y se le empezaron a entumecer las alas. El primer rencor la había atacado por la espalda.

Sus alas quedaron colgando inútiles. Noctámbula cayó al vacío, se precipitó hacia el suelo, donde la esperaba el ejército de rencores. Alzaron sus garras hacia ella, con intención de agarrarla mientras se intensificaban sus cruentos bramidos.

Los dos rencores alados la persiguieron, chocando con ella una y otra vez, zarandeándola por el cielo como si fuera un juguete. Pero entonces la embargó una fortaleza renovada, fruto de la ira, que se extendió por sus alas entumecidas. Aferró su espada...

Y entonces alzó de nuevo el vuelo, ganando altitud. Empuñó a Bienhallada y se la clavó a uno de sus perseguidores, aplicando una luz numinosa en el golpe. Sintió ese dolor gélido que ya conocía bien, pero no había tiempo que perder; el primer rencor se desintegró, reducido a un puñado de ascuas y cenizas, pero el otro abrió sus fauces para revelar dos lenguas idénticas mientras se abalanzaba sobre ella.

Noctámbula lanzó una estocada, el cristal negro centelleó, pero no fue lo bastante veloz. Por encima de ella apareció un tercer rencor. Chilló mientras daba zarpazos, chorreando saliva ácida, y volvió a herirla. Esta vez le dejó un corte profundo en el ala izquierda.

Noctámbula chilló y cayó de nuevo, esta vez más deprisa que antes. La pareja de rencores la atacó con sus garras durante la caída. Noctámbula se defendió como pudo, entre espasmos de dolor, pero no se detuvo.

Entonces, su cuerpo impactó contra el suelo y se le desencajó el hombro. Rodó sobre sí misma hincándose rocas en el espinazo, las alas y el estómago.

Al fin, se quedó quieta.

Pasó un rato inmóvil. Gruñendo, desorientada, no sabía si podría moverse. Pero poco a poco, con todos los músculos en tensión, se impulsó con los brazos y se incorporó. Tenía la vista empañada por una neblina cada vez más densa. ¿Esas flechas estarían envenenadas? ¿Qué clase de veneno la afectaría? Pero a pesar del zumbido en los oídos, a pesar del velo que el veneno había desplegado sobre sus ojos, se dio cuenta de dónde estaba.

Unas figuras oscuras la rodeaban. El bramido constante de un ruido opresivo. Rencores. Había aterrizado en mitad del ejército monstruoso.

Noctámbula intentó ponerse en pie, pero le falló la pierna izquierda y se desplomó. Luego volvió a incorporarse. Su espada pendía de una mano, pesaba tanto que apenas podía levantarla. Pero no moriría sin pelear.

Por un momento, odió a Rune —y a todos los humanos de todos los reinos— por ignorar sus advertencias, por dejarla ir sola, por hacerle lo mismo una y otra vez. Por un momento, no necesitó preguntarse por qué había intentado ponerle fin cuatrocientos años atrás.

«*Te lo mostraré todo. Te mostraré la verdad*».

Entonces, el rencor descendió sobre ella y le hizo trizas la armadura, le desgarró la carne, le tiró del pelo.

Se acabó. Noctámbula había esperado demasiado. Se había esforzado demasiado para convencer a los humanos para que la ayudasen. Ansiaba que la perdonasen, que la quisieran.

Era demasiado tarde. No ganaría esa batalla. El Malfreno acabaría destruido. Los tres reinos caerían. Y la humanidad al completo desaparecería de la faz de la tierra.

# 39. HANNE

Tras una despedida entre lágrimas (de cocodrilo), Rune partió a conquistar un reino para ella.

Parecía que todo el mundo había salido a ver cómo el nuevo rey cabalgaba hacia la guerra. Tras un breve discurso por parte de la reina madre, y otro breve discurso por parte de Rune, y varios discursos más por parte de los generales más experimentados, Hanne se sintió aliviada de que los caberwillianos no fueran conocidos por su locuacidad. ¿Acaso la guerra no tenía un programa que cumplir? Hanne, sí.

De vuelta en el interior del Bastión del Honor, Hanne caminó al lado de la reina viuda Grace, como era su derecho. Con el rey Opus muerto y Rune ausente, la gobernanza del reino dependía de ella —junto con ese molesto Consejo —, y el deber de Grace era asesorar, puesto que tenía más experiencia.

Sin embargo, para tomar el mando de una manera efectiva, Hanne tenía que adelantarse a cualquier rumor sobre su implicación en el dispositivo de Malicia. Había aprovechado todos esos discursos tan aburridos para pensar en lo que le diría a Grace, y finalmente resolvió que la opción más sencilla era la mejor: uno de sus enemigos en Embria estaba manchando su buen nombre.

—Majestad, me gustaría hablar con vos. En privado, si fuera posible. —Hanne bajó la voz—. Es urgente.

Grace la miró de medio lado.

—Por supuesto. Vayamos a mi despa...

Esa última palabra se le atragantó. Qué sorpresa. Hanne no pensaba que Grace y Opus se quisieran de verdad. Quizá se tratase de una pantomima, pero, aunque lo fuera, Hanne tenía que parecer sensible ante la situación. Le apoyó una mano en el brazo y la guio hasta la terraza acristalada de la reina (que ahora, técnicamente, era de Hanne), seguidas por una tropa de guardaespaldas. A Hanne estaba empezando a dolerle el cuello a causa del peso de la corona (quería causar impresión durante los discursos y lo consiguió; nadie más llevaba una corona de obsidiana maciza), pero no quería enviarla de vuelta a sus aposentos. No cuando necesitaba llamar la atención de la reina viuda.

Cuando llegaron a la terraza acristalada, Grace les dijo a los guardias que esperasen en el pasillo, después ordenó a los sirvientes que llevaran un refrigerio.

La puerta se cerró.

Pero no estaban solas.

Al principio, se trató tan solo de esa sensación de alerta que Hanne había desarrollado en el malsitio; la inquietud propia de quien se sabe cazado. El hedor lo delató: descomposición, ozono, el regusto metálico de la sangre. Allí había un rencor.

«No tengo miedo —pensó—. Tuluna me protege. Ninguna incursión podrá hacerme daño».

Reprimió cualquier tembleque en su voz mientras oteaba los sofás, las mesas y las macetas con plantas.

—¿Qué quieres?

—Johanne, ¿te encuentras bien? —Grace frunció el ceño—. Sé que resulta difícil ver partir a tu esposo hacia la guerra, pero ya sabías que pasaría esto. Si necesitas un galeno...

—Silencio. —Ojalá se hubiera llevado su puñal, pero no tenía dónde esconderlo en ese vestido ni en esos zapatos. Aun así, seguía teniendo esa aparatosa corona en la cabeza. Notó el roce caliente de los anillos, el collar y el broche de obsidiana—. No estoy hablando con vos.

—¿Entonces...?

Un rencor apareció en el otro extremo de la estancia, cerca del aparador, y Grace dejó a medias su pregunta. Se llevó las manos al colgante que llevaba al cuello.

—Por todos los númenes.

El rencor soltó un bufido, enseñando sus dientes afilados. La simple visión de esa criatura estuvo a punto de arrojarla de vuelta al malsitio, de vuelta en esa visión del Fracción Oscura. No era el mismo rencor (este era más alto y corpulento, con unas manchas distribuidas de otra forma sobre la piel), lo que significa que, sí, había tenido la mala fortuna de toparse con dos de esos monstruos a lo largo de su vida.

Pero ella no era la misma Hanne de antes. Ahora era poderosa. Estaba preparada. Y no estaba indefensa. Jamás volvería a estarlo.

—¿Qué quieres? —Esta vez formuló la pregunta con más fuerza, con más vehemencia.

La reina Grace profirió un suspiro largo y trémulo.

—Tendría que haberle hecho caso a Noctámbula —susurró para sus adentros—. No debí decirle que se marchara.

—Daghath Mal está satisfecho contigo.

Al igual que la otra vez, escuchar al rencor resultaba insoportable. Su voz era como un cristal al astillarse, como estrujar unos globos oculares. Hanne notó un líquido caliente en los oídos, pero no se los tocó para comprobar si era sangre. Sería una muestra de debilidad.

Aun así, no pudo evitar preguntar:

—¿Quién...?

—Daghath Mal, el rey del Inframundo. Vigila todos tus movimientos y aplaude tu... —s (c.b.)us dientes despidieron un brillo malévolo— tenacidad.

Hanne tomó aliento, pero eso fue todo. No mostró debilidad. No tenía miedo.

Su corazón latió con el ímpetu del aleteo de un colibrí, cada vez más deprisa.

—Cumpliste tu objetivo en Ivasland —prosiguió el rencor.

Hanne miró a Grace por el rabillo del ojo, pero no supo discernir si la reina entendía lo que decía el rencor. Estaba inmóvil, cubriéndose los oídos ensangrentados mientras temblaba de pies a cabeza. Pero no tardaría mucho en acostumbrarse al ruido, y si llegaba a comprender lo que estaba insinuando el rencor, que Hanne había cumplido la voluntad del mal, no le quedaría más remedio que matarla.

Sí, Rune había entendido por qué había tenido que ir a Ivasland, pero él estaba desesperado por conseguir que su alianza funcionara, y era noble hasta el extremo, incluso cuando no debería serlo. Pero Hanne veía en Grace una versión más avejentada y menos astuta de sí misma. Sabía reconocer una mentalidad férrea cuando la veía. Grace podría estropearlo todo.

—Márchate. —Hanne se atrevió a dar un paso hacia el rencor, pero el hedor resultaba casi insoportable. ¿Lo olerían los guardias desde fuera? ¿Lo oirían?—. ¿O es que pretendes matarnos?

La reina profirió un quejido ahogado y gutural. Primero su hijo. Luego su esposo. Y ahora ella.

Hanne no tenía intención de que muriera ninguna de las dos (ese día no, al menos), pero debía admitir que parecía del todo posible que el rencor quisiera masacrar a todos los presentes en el Bastión del Honor, uno por uno. Empezando por la cúspide.

—Si quisiera verte muerta, ya lo estarías. No, te traigo nuevas órdenes. —El rencor se acercó a ella hasta que Hanne sintió el calor que irradiaba su cuerpo, hasta que notó el hedor de su aliento—. Si te niegas, morirás.

Hanne miró de reojo a Grace, pero parecía que la reina seguía sin asimilar esas palabras. De hecho, tenía mal aspecto: la sangre caía a chorro desde sus oídos, entre sus dedos, se deslizaba por sus manos y muñecas.

—¿Qué quieres? —inquirió Hanne.

—Te consideras una conquistadora —dijo el rencor—. Una pacificadora.

Hanne asintió.

—¿Lo entiendes? —Se notó un deje de pánico en la voz de Grace—. Creo que está intentando hablar.

—Demuéstralo. —El rencor se acercó un poco más haciendo rechinar sus dientes—. Acaba con su sufrimiento. Mata a la reina y ocupa su puesto.

Hanne miró a Grace: la forma en que le temblaban las manos, las sombras que se acentuaban bajo sus ojos. Esa mujer había enviado ejércitos a Embria desde que Hanne tenía uso de razón. Debería morir. Pero Grace moriría cuando ella lo decidiera, cuando encajara con sus planes, cuando una segunda muerte entre la realeza tan poco tiempo después de su llegada no resultara tan sospechosa.

—No.

—¿No? —La voz de la reina se tornó histérica, creyendo que la respuesta de Hanne era para ella, sobre si Hanne entendía o no lo que decía la bestia.

—¿No? —bufó el rencor—. ¿Osas desafiar a tu rey?

—No me postro ante ningún rey —dijo Hanne—. Y menos ante el tuyo.

—Por Elmali... Sí que lo entiendes. Está hablando. —Grace se giró hacia Hanne—. ¿Eres uno de ellos? ¿Eres un rencor disfrazado?

—Entonces, no eres una conquistadora —se burló el rencor—. No tomas lo que es tuyo.

Eso no era cierto. Hanne era la persona más ambiciosa que conocía.

Pero ¿cómo podía la muerte de una reina ser tan necesaria para un rencor?

Hanne apenas lo vio moverse. El rencor pareció desvanecerse sin más. Después se abalanzó sobre Grace con las garras extendidas y las fauces abiertas.

La reina Grace apenas tuvo ocasión de gritar, pero lo hizo, y los guardias del pasillo intentaron abrir la puerta. Sin embargo, estaba atascada, atrancada por un poder oscuro.

Muy a su pesar, Hanne también gritó, pero no pensaba salir huyendo. Jamás volvería a huir de esos monstruos. En vez de eso, se quitó la corona de obsidiana —se arrancó varios cabellos en el proceso— y le clavó las puntas a la bestia.

Todo sucedió muy deprisa.

El rencor le estaba desgarrando el pescuezo a Grace, chorreando sangre como si fuera una ola al romper. Los guardias golpearon la puerta, llamando a su reina, gritando para que les dejaran entrar. Por su parte, Hanne siguió golpeando una y otra vez, hincando las puntas afiladas en aquella piel de hongo. Se oyó un chasquido y entonces la criatura aulló de dolor mientras unas esquirlas de cristal volcánico se quedaban alojadas en su cuerpo.

El monstruo contraatacó —no cabía esperar menos—, pero Hanne contaba con la furia de su parte, y con el miedo, y con otro millar de sentimientos que desde siempre le habían enseñado a ocultar. Se dejó llevar. Se sintió poseída. Jamás volvería a plegarse ante un rencor.

Los golpetazos en la puerta continuaron, incluso después de que el rencor dejara de forcejear.

Hanne recogió una esquirla de obsidiana que se había desprendido de la corona y comenzó a cortar. Pedazo a pedazo, con las manos y los brazos en tensión, le cercenó la cabeza al rencor.

Solo entonces consiguieron acceder los guardias. De inmediato miraron a Grace, cuyo cuerpo estaba tan destrozado que ni siquiera Hanne podía soportar mirarlo, y uno de ellos vomitó. Hanne no lo culpó lo más mínimo.

Se irguió, con los puños y los antebrazos chorreando sangre, sujetando los fragmentos de su corona de obsidiana. El hedor de la carnicería le produjo arcadas, pero tragó saliva para contener ese regusto a bilis hasta que recobró el habla:

—Un rencor ha matado a la reina viuda. Yo he matado al rencor. Pero la muerte de esta criatura no es represalia suficiente por lo que ha sucedido aquí.

—¿Cómo...? ¿Cómo consiguió entrar? —preguntó un capitán de la guardia—. El Malfreno...

Todavía cubierta por la sangre del rencor, Hanne tenía la piel ardiendo, abrasada. Necesitaba limpiarse, neutralizar el ácido, pero antes debía tomar el control de la situación.

—El Malfreno se ha estado debilitando —dijo—. Y anoche titiló. Quién sabe cuántos rencores se liberaron y cuántos malsitios habrán aparecido.

Guardias y nobles se apiñaron junto a la puerta, presionándose el rostro con las manos o los pañuelos.

—La reina viuda —susurraron—. Ha sido asesinada.

—Pronto conquistaremos Ivasland —dijo Hanne—. Les haremos sufrir por el asesinato del rey Opus. Les haremos sufrir por todo lo que han hecho.

Nadie la vitoreó, pero varios de los estupefactos nobles asintieron para mostrarse de acuerdo.

Hanne no necesitaba su entusiasmo, solo su obediencia.

—Cuando hayamos conquistado Ivasland, marcharemos hacia la Malicia.

Y Daghath Mal, el rey rencor, aprendería que nadie controlaba a la reina Johanne Fortuin.

—Pero Noctámbula...

—Noctámbula no ha hecho nada por nosotros. —Hanne apretó los dientes mientras sujetaba con fuerza la corona rota—. Acordaos del Amanecer Rojo. Acordaos de los malsitios, como aquel del que escapé. No podemos contar con que ella cumpla con su deber. No, debemos tomar las riendas de nuestro destino. He jurado reparar el Malfreno, y lo haré, pero no podemos conformarnos con eso. Hay que empezar a adiestrar más soldados enseguida. Hay que forjar armas con punta de obsidiana. Bajo mi mando, una Salvación unida marchará sobre la Malicia y destruirá cuanto hay en ella. Pondremos fin a las incursiones de una vez por todas.

# 40. NOCTÁMBULA

Noctámbula no murió.

Al menos, no de inmediato, aunque con ese dolor atroz que le recorría el cuerpo, se preguntó si no sería preferible morir.

¿Qué supondría la muerte para alguien como ella? Tuvo que saberlo en algún momento, pero ya no lo recordaba. No sabía si le estaría esperando algo bueno, o si eso sería posible siquiera, con todo lo que había hecho y dejado por hacer.

La enviaron para proteger a la humanidad, y ahora, después de miles de años, había fracasado. Para eso, podría haberlos matado ella misma.

Para ella la muerte, quizá, significaba esto: recuerdos, pensamientos y sentimientos que iban desapareciendo hasta no dejar nada.

Era posible que llevara muriéndose desde el momento en que la invocó Rune.


Minutos —u horas— después, Noctámbula abrió los ojos.

Se encontraba en un espacio cavernoso con forma octogonal. Unas lámparas fabricadas con huesos colgaban del alto techo, tachonadas con rubíes carmesíes que aportaban un fulgor rojizo a la estancia, pero muy poca iluminación. Unos ojos centelleaban en la oscuridad, en tal cantidad que parecía como si el ejército de rencores al completo estuviera presente allí.

Por un momento, Noctámbula se imaginó el páramo vacío desde allí hasta el Portal del Alma, totalmente desprotegido. Ya nada se interpondría en el camino de un ejército humano. Un ejército podría asediar el castillo de los rencores.

Pero era improbable que alguien lo hiciera. Rune lo había dejado muy claro.

Noctámbula ahondó en su corazón, pero no hubo manera de extraer de él ningún sentimiento. Ahora, lo mejor a lo que podía aspirar era el olvido.

Los rencores que abarrotaban la estancia estaban sumidos en un silencio antinatural. La observaban sin descanso, como perros a la espera de que su amo les permita devorar los restos de la presa que han cazado y depositado ante sus pies.

«Su amo».

Todavía le dolía demasiado la cabeza como para moverla, pero, aun así, podía ver el centro de la estancia, donde había dos tronos idénticos bañados por la penumbra. Allí estaba sentada una figura pálida, inmensa e inmóvil... Y, entonces, un dolor atroz le nubló la vista.

—Has estado inconsciente un buen rato. He observado de cerca tus heridas y he visto que tu armadura se regenera sola. Es fascinante. ¿Crees que morirías si te hicieran pedazos? ¿O los fragmentos de tu cuerpo terminarían por volver a encajarse entre sí? —La voz hizo una pausa pensativa—. Supongo que no querrás ponerlo a prueba.

Noctámbula conocía esa voz.

En ese momento provenía del trono ocupado, pero llevaba en su mente desde que despertó en su torre. La había acechado, guiado, puesto a prueba.

—No. —Ella estaba muy débil, aturdida y desesperada. Ni siquiera sabía si sería capaz de empuñar su espada, no hablemos ya de blandirla. El rencor había hecho de todo menos destruirla en mil pedazos. Su armadura había resistido bien, pero hasta el tejido numinoso tenía un límite antes de seccionarse—. No puedes ser tú.

—Hablas como una niña. —La criatura se desplegó, se incorporó y se acercó a ella. Era más grande que los demás rencores alados, su piel tenía un aspecto lustroso y blanco como el alabastro, surcada de venas rojizas que representaban signos propios del idioma de los rencores. Pero ella, aunque los reconocía, no recordaba cómo leerlos—. Te deshonras al rechazar lo que sabes que es cierto.

Noctámbula sintió una oleada de repulsión.

—No deberías estar aquí. Los reyes rencor no pueden salir de la Fracción Oscura.

—Llegué aquí hace siglos —dijo con un tono afable que contrastaba con su mirada amenazadora—. Entonces viniste para impedirme hacer..., en fin, lo que hacemos los reyes rencor. Conquistar. Mantuvimos una discusión maravillosa y luego te marchaste. Pero te encontré fascinante, Noctámbula. ¿Me recuerdas?

Por supuesto que no. Era la primera vez que lo veía. Al menos —se le heló la sangre al pensarlo—, que ella pudiera recordar.

El rey rencor suspiró, como si se sintiera ofendido.

—Soy Daghath Mal, el rey del Inframundo, guardián del Desgarro y conquistador de la totalidad. —Después se inclinó y sonrió; su boca era demasiado ancha, sus dientes demasiado numerosos—. Es una vergüenza que te hayan hecho esto. —Alargó un brazo hacia ella y deslizó sus garras sobre su rostro, como una caricia macabra. Le goteó sangre por la mejilla—. Los humanos son unos salvajes, ¿verdad?

Estaba demasiado cerca. Noctámbula quiso apartarse. Pero no pudo, por estar tendida en el suelo, por el estado en que se encontraba su cuerpo.

—Sus defectos no importan —susurró—, son criaturas mejores que tú.

—Puede que insistas en ello porque no recuerdas cómo te traicionaron.

Daghath Mal le sujetó la cabeza con una garra a cada lado y se acercó hacia ella. La envolvió con una bocanada de aliento fétido.

Y entonces todo cambió. Noctámbula aún seguía allí, pero en un momento diferente.

*El castillo no estaba completado aún, pero ya habían puesto los ci-*
*mientos y erigido parte de los andamios. Parecía un yacimiento en*
*ruinas. El Desgarro —visible en el centro del castillo— era una he-*
*rida sangrante en el mundo de la que emergían una sustancia negra*
*y viscosa y una luz rojiza. Una persona podría morir con tan solo*
*asomarse allí.*

*Alrededor de ella, los caballeros del alba combatían a los renco-*
*res mientras Noctámbula se enfrentaba a Daghath Mal. Se quedó*
*estupefacta al encontrarlo allí, no se explicaba cómo había logrado*
*atravesar el Desgarro, pero lo más urgente era enviarlo de vuelta.*

*Bienhallada surcaba el vacío mientras el rey rencor aparecía y*
*desaparecía de la realidad...*

Una neblina rojiza le empañó la vista, y aunque estaba viendo ese recuerdo a través de sus propios ojos, en realidad no le
pertenecía. Estaba evocando ese recuerdo desde la perspectiva
del rencor.

¿Cómo era posible? ¿Poseería más recuerdos suyos?

*Noctámbula se cernió sobre el cuerpo del rey rencor, apuntándole al*
*pescuezo con su espada. Los caballeros del alba se habían ido; ella les*
*dio orden de partir, pues la batalla había terminado. Solo queda-*
*ban unas pocas bestias entre la oscuridad, viendo cómo Noctámbula*
*derrotaba a su rey.*

*—No me matarás —susurró Daghath Mal—. Sé que no lo harás.*

*No. No lo haría. Los dos sabían que no quería arriesgarse a*
*convertirse en él..., si es que aquello era posible. Pero no necesitaba*
*matarlo, solo herirlo lo suficiente como para arrojarlo de vuelta al*
*interior del Desgarro, de regreso a la Fracción Oscura. Su cuerpo*
*encogido estaba muy cerca del portal entre ambos planos. No tenía*
*más que empujarlo.*

*—Espera —dijo Daghath Mal—. Tus humanos. ¿Sabes lo que*
*hicieron?*

*El cúmulo de sangre negra que le cubría el gaznate se extendió,*
*pero Noctámbula hizo una pausa. Podría hincarle la espada a fon-*

do en cualquier momento y después arrojar su cuerpo a las profundidades de la oscuridad. Noctámbula era fuerte en ese recuerdo y combatir el mal no hacía sino volverla más poderosa.

—Rompieron su tratado. Los Acuerdos de Ventisca.

Eso era imposible. Los humanos jamás harían algo así.

—Dime por qué crees eso —dijo ella—. Dime qué pruebas tienes.

—Yo soy la prueba —repuso Daghath Mal—. Al fin y al cabo, estoy aquí. Sabes tan bien como yo que los reyes no podemos cruzar de un mundo a otro a no ser que alguien nos llame por nuestro nombre.

Noctámbula sintió un escalofrío. Eso era cierto, pero nadie debería conocer su nombre. Los nombres de todos los reyes rencor fueron borrados de los anales de la Historia antes de la creación de Noctámbula.

—Dime cómo —le ordenó.

—Hace falta un gran esfuerzo para invocar a un rey rencor —dijo Daghath Mal—. Muchísimo poder. No puede hacerlo cualquiera, o de lo contrario habría llegado aquí hace eones. Pero las tres familias reales, con sus numerosos sabios, sus inmensos tesoros, su reserva de reliquias... podrían llevar a cabo una tarea así. Si ejecutaran el ritual al mismo tiempo y de la misma manera.

—Jamás harían eso.

Una ráfaga de fuego numinoso se extendió por el filo de la espada, provocando un dolor agónico en el cuerpo del rencor.

—¿Crees que los humanos son tan inocentes? —exclamó el rey rencor al tiempo que recibía otra descarga de luz—. Una por una, sin que lo supieran las demás, las tres familias reales buscaron mi ayuda para destruir a sus rivales. Me invocaron para que viniera. Me lo suplicaron. Aseguraron que querían la paz, ¡su paz!, y yo prometí ayudarlos. —Sonrió, mostrando dos hileras de dientes ensangrentados—. Acudieron a mí en busca de ayuda, porque tú te negabas a ser algo más que una observadora neutral. Y así, rompieron el tratado. Utilizaron la Malicia más oscura contra los demás.

Noctámbula hundió todavía más el filo en el cuello del rencor, una energía azulada y blanquecina volvió a chisporrotear sobre la superficie de obsidiana.

—No te creo.

Pero una parte de ella sí lo creía. Los humanos habían estado actuando de un modo extraño. Como si se sintieran culpables. Hasta su alma gemela estaba ocultando algo. Noctámbula cerró los ojos y recordó el rostro de Loreena, el peso que se notaba en los ojos de la princesa. Había algo extraño en su mirada: ¿le remordería la conciencia?

No. Lo horrible era que Noctámbula creía lo que decía Daghath Mal.

La incursión.

La habían iniciado los propios mortales.

Pero no pudieron controlar el caos que habían desatado en el plano laico. Los superó, y el poder del mal que habían invocado estremeció la tierra más allá incluso del Malfreno, debilitando el tejido del mundo hasta un punto catastrófico.

Así que la invocaron para que los salvara de su propia estupidez. De su traición a los Acuerdos de Ventisca.

Daghath Mal sonrió, mostrando la totalidad de sus dientes.

—Veo que aceptas la verdad.

Noctámbula se puso furiosa. Las familias reales no solo habían infringido los Acuerdos de Ventisca, sino que habían invocado a un rey. Y ella no podía matarlo. No sin convertirse en él.

Con esa clase de poder, podría reducir el mundo a escombros. Si Noctámbula se convirtiera en un rey rencor, nada sobreviviría a ella.

¿Cómo se atrevían a hacerle eso? ¿Cómo se atrevían a mentirle, a manipularla, a utilizarla?

Un fulgor rojizo le empañó la vista, mientras que otra descarga de poder le recorría la espada. Y Daghath Mal... estaba sonriendo. La sonrisa iba dirigida a ella.

—Lo notas, ¿verdad? La furia. El odio.

Sí, lo notaba. Nunca había experimentado nada parecido, y cada pulso de energía numinosa entre ambos le extendía unas descargas gélidas por la cabeza. Pero ella no podía contenerlo; la ira era abrumadora.

Una hebra oscura se extendió entre ellos, quedando cargada de ira a medida que se adentraba en el alma de Noctámbula.

*—Un comportamiento así debe ser castigado —dijo el rey rencor.*
*Por primera vez, Noctámbula estuvo de acuerdo con él.*


El recuerdo se desvaneció hasta que Noctámbula regresó al presente mientras Daghath Mal le sujetaba el rostro con sus garras, con el castillo de huesos terminado y elevándose sobre ella, con una silenciosa audiencia de rencores que contemplaba la escena desde el perímetro. El Desgarro no resultaba visible desde la sala del trono, pero podía percibir que estaba cerca.

—¿Me recuerdas ahora? —le preguntó Daghath Mal hincándole las garras en las mejillas con más fuerza.

El vínculo oscuro, la furia incontrolable, la voz siniestra en su cabeza: todo había sido obra de ese rencor. La había infectado con su rabia, provocó que no pudiera contenerse. Él fue la causa del Amanecer Rojo.

Y ahora le mostraba algo que ella había olvidado.

¿Cómo había logrado apoderarse de sus recuerdos?

A Noctámbula se le cortó el aliento cuando comprendió lo que pasaba.

—Tú eres el monstruo que me roba los recuerdos.

—No, de eso nada. —El rencor se rio un poco; sonó como unas montañas al desmoronarse, aplastando ciudades enteras bajo los escombros—. Soy el monstruo que restaurará tu memoria.

# 41. HANNE

Nadine abrió de golpe la puerta en cuanto llegó Hanne.
—¡Estás a salvo! —Hanne sintió una oleada de alivio, pura e intensa. Estuvo a punto de abrumarla.

—Sí, por supuesto, pero tú... —Nadine frunció los labios al ver el aspecto de su prima.

Tenía cortes en las manos producidos por la corona de obsidiana, la sangre ácida del rencor le había chamuscado pedazos de ropa y piel, pero nada, ni siquiera ese dolor atroz, podría impedirle volver junto a Nadine. Al fin y al cabo, podría haber otro rencor. Podría haber ido a por su prima. Si ese rey rencor sabía tantas cosas sobre ella, sabría que Nadine era la única persona que le importaba de verdad.

Le temblaron las manos mientras sujetaba la corona rota. Si le hubiera ocurrido algo a Nadine, habría reducido el mundo a cenizas.

—¡Bendita Tuluna! Hanne, tenemos que llevarte con un galeno —exclamó Nadine con un deje inconfundible de pánico en su voz.

—Estoy bien —repuso Hanne—. Solo necesito asearme.

—Necesitas sutura. —Nadine frunció el ceño preocupada.

Dejaron la corona ensangrentada en el salón, cogieron ropa limpia y luego corrieron a buscar a la galena mayor, que se ocupó de lavarla, curarla y vendarle las heridas. Cuando la galena mayor salió de la habitación para que pudiera descansar, Hanne le contó a Nadine todo lo sucedido. Su prima frunció el entrecejo.

—¿Qué es un rey rencor?

Hanne bajó la mirada hacia sus manos; los vendajes níveos ocultaban toda la sangre que había derramado.

—Es justo lo que parece.

—Y ese... monstruo... quería ver muerta a la reina Grace. ¿Por qué?

Eso era lo más desconcertante.

—Tenía previsto abordar esa cuestión más tarde, cuando pudiera sacarle más provecho. Es posible que el rey rencor quiera frustrar mis planes. La muerte de Grace me sitúa en desventaja.

Se quedaron un rato calladas pensando.

—La reina Grace habría sido una poderosa aliada mientras Rune esté en Ivasland —aventuró Nadine—. Si hubieras conseguido ganarte su favor, ella podría haberte protegido de los enemigos que tienes aquí. Charity, sin duda, y quizá el resto del Consejo de la Corona. Si el rey del Inframundo fue el verdadero artífice de tu misión en Ivasland, puede que sea a ti a quien desea hacer daño. O tal vez quiso probar hasta qué punto podía plegarte a su voluntad.

Hanne asintió lentamente.

—Sí, es posible. Pero yo no acepto órdenes de ningún rencor. Yo los destruyo.

Incluso mientras lo decía, costaba creer que lo hubiera hecho de verdad. Había matado a un rencor con sus propias manos. Y, si fuera necesario, lo volvería a hacer.

La galena mayor Asheater volvió a entrar en la sala y le entregó un sobre a Nadine.

—He sacado esto de mis reservas personales. Dentro encontrarás varios paquetitos de hierbas etiquetados. Para infusionar. Algunas son para el dolor, otras para el insomnio. Es posible que la reina tenga dificultades para dormir.

La galena mayor frunció el ceño, como si ella también anticipara que tardaría en poder descansar. Seguramente examinaría el cuerpo. O los cuerpos, mejor dicho, porque había dos: el de la difunta reina y el del rencor.

—Gracias, galena mayor. —Nadine se guardó el sobre bajo el brazo—. ¿Cada cuánto hay que cambiarle los vendajes?

—Cada mañana, por favor, o cada vez que el dolor cambie o se vuelva insoportable. Me preocupa que se le infecten las heridas.

Debajo de esos aparatosos vendajes, Hanne probó a flexionar las manos. Un dolor punzante se le extendió hasta los codos, pero no le importó; podría soportarlo.

Lo que le preocupaba era pensar en la sangre de rencor mezclada con la suya, en las dolencias desconocidas que eso podría provocar. Pero Tuluna estaba de su parte, y sin duda su presencia divina disiparía cualquier contaminación.

Aun así, decidió doblar la cantidad de obsidiana que llevaba encima. No estaría de más.

Al cabo de un rato, las primas volvieron a quedarse a solas.

—Ya sé que deberías quedarte en los aposentos de Rune, como corresponde a tu posición —dijo Nadine—, pero me sentiría mucho mejor si te trasladaras a mi suite, donde podré cuidarte. Has sufrido mucho y ahora no puedes usar las manos. Deberías estar cerca de la gente que se preocupa por ti.

—Es una vergüenza que esos aposentos sean tan pequeños —murmuró Hanne—. Solo unas pocas estancias. ¿A quién se le ocurrió pensar que sería espacio suficiente para un príncipe, su esposa y sus respectivos séquitos?

—Creo que estaba previsto que tu presencia aquí fuera temporal —dijo Nadine—. Lo justo para que te quedaras embarazada. Después te habrías trasladado a tu propia suite, al cuidado de tus doncellas.

—Entiendo.

Hanne, que había tenido asuntos más importantes en mente, no había prestado demasiada atención a la frecuencia con la que tendría que desplazarse. Pero sería un fastidio tremendo y, en cierto modo, también un agravio. Al fin y al cabo, ella era la nueva reina.

—Quizá debería mudarme a los aposentos de la reina —dijo con tiento—, puesto que su residente previa ya no está entre nosotros.

—Desde hace apenas unas horas —repuso Nadine titubeante.

—Los aposentos reales nunca deberían quedarse vacíos. Sin duda, los caberwillianos creerán que trae mala suerte, ¿no?

—No estoy segura...

—Son muy supersticiosos. Además, ahora soy la reina, y cada vez está más claro que necesito a mis doncellas a mi lado... en todo momento. Seguro que habrá espacio de sobra en los aposentos de la reina. Si voy a tener que desplazarme de nuevo por el castillo, me gustaría trasladarme a la última ubicación en la que viviré... Al menos, hasta que regrese a Solspiria. —Hizo una pausa, pensativa—. Y ya que estamos, deberíamos hacer que trasladen a Rune a los aposentos del rey. Estaría bien hacerlo durante su ausencia. Así no se sentirá culpable.

—Yo creo que se sentirá muy culpable. Su padre...

—Ya no utiliza esas estancias.

—No deberías expresarlo de ese modo ante nadie más —le aconsejó Nadine.

—No, claro. Pero tú me entiendes. —Hanne nunca había tenido que usar eufemismos con Nadine, pero agradecía ese recordatorio ocasional relativo a cómo podrían tomarse sus afirmaciones otras personas—. No estaría bien que yo me alojara en los aposentos de la reina, mientras que Rune permanece en sus estancias de siempre. Me haría parecer arrogante. No, debe hacerse todo a la vez. Rune lo superará. Sabe cuál es el precio que conlleva la corona.

Nadine se quedó callada un rato.

—Está bien. Ordenaré que lleven tus pertenencias a los aposentos de la reina y que lleven las de Rune a los aposentos del rey. Puede que requiera cierta persuasión, así que no esperes que sea algo inmediato.

Mientras lo llevara a cabo...

—Ya que estamos hablando del futuro —dijo Nadine con tiento—, me preguntaba si podría hacer una petición.

—Por supuesto. —Hanne la tomó de la mano—. ¿De qué tipo?

—Quiero un nuevo título. Mejor dicho, uno adicional. Me gustaría ser tu consejera real, para que los demás no puedan desestimar mis opiniones con tanta facilidad.

Eso tenía lógica y sería fácil de conceder. En Embria, Nadine era ignorada constantemente por parte de la familia real. Era de esperar que quisiera más seguridad, ahora que tenían la oportunidad de crear un mundo nuevo juntas.

—Será un escándalo, incluso para los caberwillianos. ¿Una doncella que además es consejera oficial? Me gusta.

—Puede que estén tan distraídos con tantas muertes que no reparen en ello durante una temporada. Pero tengo mi primer consejo oficial para ti.

—¿Cuál?

—Escribe a Rune antes de que lo haga otro. Cuéntale lo que ha pasado..., pero solo lo que tú quieras que sepa. Al fin y al cabo, estuviste presente. Y eres su esposa. Tu opinión cuenta más que cualquier otra. Moldea su punto de vista a tu conveniencia.

Era un consejo excelente. Hanne sonrió.

—De acuerdo, consejera. ¿Qué te parece más íntimo? ¿Mi propio membrete? ¿O el membrete de la Corona para mostrar que me he integrado plenamente?

—Usa el tuyo —murmuró Nadine—. Nadie más tiene acceso a él. Así no habrá dudas sobre la autenticidad de la misiva.

Poco después, les llevaron un escritorio portátil, junto con plumas, tinta y el papel especificado. Hanne comenzó a escribir. Fue una labor ardua, debido al dolor y los vendajes, pero la carta solo parecería auténtica si salía de su puño y letra.

*Mi queridísimo Rune:*

*Te escribo con gran pesar en mi corazón, consciente de que esta misiva te llegará mientras te diriges hacia la guerra, cuando deberías poner tu mente en tus hombres, cuando ya cargas con peso suficiente sobre los hombros. Pero creo que debo ser yo la que te informe del destino que ha recaído sobre tu madre.*

*Lamento muchísimo decirte que la reina ha sido asesinada, apenas unas horas después de tu partida.*

*Era una mujer fuerte y valiente, y una madre abnegada. Aunque tuve poco tiempo para conocerla, la admiraba. En mi opinión, encarnaba todas las cualidades de una reina sabia y audaz. Claramente, contaba con el favor de Elmali el Partisano.*

*Te estarás preguntando qué ha podido arrancar del mundo a una persona así. Te lo diré, pero por favor, ten en cuenta que es un testimonio tan difícil de escribir como arduo te resultará leerlo. No existe una forma fácil de decírtelo, como tampoco la hay de conseguir que resulte menos atroz. Por favor, disculpa la brusquedad de mi testimonio, porque yo misma sigo tratando de asimilar lo ocurrido.*

*Esta mañana, mientras tu madre y yo hablábamos de lo mucho que extrañaríamos tu presencia, de la valentía que has demostrado al partir, un rencor apareció en la terraza acristalada. De algún modo, bloqueó la puerta para que los guardias no pudieran acudir en nuestra ayuda.*

*Con la audacia que solo una madre de la talla de Grace podría mostrar, se interpuso entre la bestia y yo. Con este acto final, me concedió el segundo que necesitaba para quitarme la corona de obsidiana y contraatacar. Pude matar al rencor, pero no antes de que se cobrase la vida de la reina. Mi mayor pesar en este mundo será siempre el no haber podido hacer más para salvarla.*

*Sé que esto te producirá una conmoción tremenda. Creo que yo también estoy conmocionada. Pero tú..., tú ya has perdido demasiado en esta vida... Y ahora, también has perdido a tus padres. Qué crueldad, qué injusticia.*

*He llegado a la conclusión de que nuestros enemigos nos tienen miedo, a nosotros y a lo que significa nuestra alianza, a lo que podríamos conseguir juntos. No llegarían hasta estos extremos si no temieran el poderío combinado del Partisano y la Tenaz. Por eso han perpetrado estos ataques tan viles, con la esperanza de hundirnos con el dolor, con la esperanza de impedirnos llevar a cabo lo que es justo y recto.*

*Pero no se saldrán con la suya. Jamás cesaré en la lucha para pacificar Salvación, y jamás cesaré en la lucha contra la Malicia. Sé que tú opinas lo mismo. Puede que no sea un gran consuelo, con el dolor tan reciente. Ojalá pudiera abrazarte y transmitirte las fuerzas que todavía me quedan.*

*A raíz de estos ataques contra tu familia, seguro que temerás por tus hermanas. Por favor, ten por seguro que cuidaré de ellas como si fueran mis propias hermanas. Ya he ordenado que refuercen su seguridad y que equipen a toda la guardia del castillo con armas de obsidiana. Yo me aseguraré personalmente de que no les ocurra nada malo. Al fin y al cabo, ellas también han sufrido estas terribles pérdidas. Y cuando tengas ocasión, por favor, escríbeles. Es a ti a quien más necesitan.*

*Por último, de momento, haré los preparativos para el funeral de tu madre. Merece una ceremonia majestuosa, acorde con su legado, aunque no se me ocurriría llevar a cabo este homenaje sin tu presencia. Cuando vuelvas de la guerra, celebraremos una ceremonia apropiada, otorgándole los mayores honores caberwillianos.*

*Esposo mío, como ya he dicho, lamento profundamente que todas estas cuitas formen parte de nuestra historia. Ya sabíamos que no sería tarea fácil, pero ninguno de los dos podría haber imaginado el alcance de estas adversidades.*

*Aun así, estoy segura de que las superaremos. Por Salvación.*

*Con todo mi amor,*
*Hanne*

Cuando terminó de escribir, le dolía la mano y se le nubló la vista. Por fortuna, Nadine ya había preparado la infusión analgésica de la galena mayor, y mientras Hanne esperaba a que se secara la tinta, se bebió la taza entera.

—Listo —dijo—. No es una crónica exacta, pero sí la que él necesita escuchar. No habrá más versiones.

—Y la has firmado con todo tu amor.

Hanne volvió a depositar la taza sobre el platillo.

—Es un buen colofón, ¿no crees? Rune es muy sensible. Necesita sentirse amado, sobre todo ahora.

Hanne no tenía por qué decirlo en serio. Jamás amaría a Rune Highcrown.

Pero podía aparentarlo.

—Creo que lo agradecerá.

Cuando la tinta se secó del todo, Nadine dobló los folios y los selló con el emblema real de Hanne.

—Me ocuparé de que la reciba cuanto antes. —Frunció los labios pensativa—. Aún quedan Sanctuary y Unity.

—¿Qué?

—Las princesas. Las hermanas de Rune. Has redactado un párrafo entero relativo a su cuidado.

—Ah. Había olvidado sus ridículos nombres. Qué crueles son los padres caberwillianos.

—No podría estar más de acuerdo.

—Bueno, no voy a matarlas. Desde luego, no a corto plazo. Solo son unas niñas, y yo no soy un monstruo.

«Al contrario que mis padres». Pero eso no lo dijo en voz alta. Jamás le diría eso a nadie, ni siquiera a Nadine. La oscuridad en el bosque, el fuego, el dolor... Eran unos secretos que no pensaba revelar jamás.

—Quizá podríamos enviarlas a algún templo lejano —musitó Hanne reprimiendo esos recuerdos—. O podríamos prometerlas con nobles embrianos. Podrían resultar útiles si les inculcamos lo que a nosotras nos convenga.

—Seguirían siendo aspirantes al trono.

—Estoy dispuesta a plantearme compromisos y reubicaciones. Nada más. Por ahora. —Se mordió el labio—. Si se convirtieran en un problema y las soluciones no letales no surtieran efecto, ya pensaríamos algo.

Nadine se acercó para arrodillarse al lado de Hanne, tocándole con cuidado los vendajes.

—Sé que esto ha sido difícil y que nada ha salido según tus planes. Pero mira dónde estamos. Eres la reina. La paz está a tu alcance. Se encuentra al otro lado de estas últimas dos guerras que podemos ganar bajo tu liderazgo. Aduéñate de este mundo. Fórjalo con la forma que tú quieras.

Hanne contempló la corona de obsidiana rota que había llevado un sirviente por petición suya. Incluso tras haberla limpiado, una película de sangre seguía empañando su perfecta negrura. Hanne tardaría en olvidar lo que sintió al decapitar a su enemigo.

—Soy el fuego de una forja —murmuró.

—Sí —dijo Nadine con dulzura—. Lo eres.

«No. —La voz emergió de las profundidades de la mente de Hanne. Era Tuluna la Tenaz—. *Yo soy el fuego que te forjó. Soy una fragua al rojo vivo. Tú eres mi espada*».

Hanne cerró los ojos. «Por supuesto —pensó—. No sería nada sin ti».

«*Muy bien. —Tuluna suavizó el tono— Y ahora, mi bella princesa, presta atención. Tengo una misión para ti*».

# 42. NOCTÁMBULA

Noctámbula tragó saliva para contener el regusto a sangre y bilis que notó en la garganta.

—Así que puedes restaurar mis recuerdos.

—Y lo haré —repuso Daghath Mal.

Por un momento, Noctámbula se permitió imaginar cómo sus recuerdos regresaban en tromba, llenando el firmamento oscuro de su mente. Serían confusos, quizá, como aquel que le había mostrado, pero no necesitaba una claridad cristalina: solo conocimiento.

Historia.

La tentación anidó en su corazón. Almas gemelas. Batallas. Una melodía que solía tararear. Poseería de nuevo una comprensión amplia sobre los rencores, los númenes y la humanidad. Su vida volvería a ser tan real y accesible como lo era antaño.

Pero tan pronto como prendió ese deseo, se desvaneció.

—No tienes tanto poder. —Se incorporó para quedarse sentada y se dio cuenta de que la vaina que llevaba a la espalda estaba vacía; no notaba el peso de ningún arma. Bienhallada había desaparecido—. Y aunque así fuera, tus promesas no son de fiar.

Daghath Mal retrocedió, como si se sintiera ofendido.

—Yo cumplo todas mis promesas, lady Noctámbula.

—Hace cuatrocientos años, juraste ayudar a las familias reales a destruir a sus rivales.

—Y lo hice. Están muertos, ¿verdad?

Noctámbula sintió una escalofrío. Eso era cierto. Lo estaban. Porque ella los había matado.

—Querías que ocurriera eso —murmuró—. Me contaste lo del tratado roto, anticipando mi arrebato de ira. Seguro que insististe. Exageraste. Hiciste que pareciera peor para que yo fuera allí y... y...

Daghath Mal ladeó la cabeza y dijo:

—Me invocaron para destruirse entre sí. ¿Cómo podría hacerlo parecer peor de lo que es? —Se rio un poco—. Puede que yo te alentara, sí. No quería que me arrojaras de vuelta a la Fracción Oscura, así que te conté una historia. Una verdadera. Te contagiaste de mi ira y te fuiste volando, bullendo de rabia. Estuviste gloriosa, Noctámbula. Ojalá hubiera podido ver con mis propios ojos cómo manifestabas tu furia.

Un juicio divino. Eso era lo que Rune y el sumo sacerdote Larksong pensaban sobre el Amanecer Rojo. ¿Qué pensarían si supieran que todo había sido orquestado por Daghath Mal?

—No es la primera vez que implantas imágenes falsas en mi cabeza —dijo Noctámbula—. Lo hiciste durante la boda.

—Nunca he dicho que eso fuera real. Solo una sugerencia. Pensé que te gustaría.

Noctámbula lo miró enseñando los dientes. Tenía que levantarse. Tenía que matarlo.

No. No podía hacer eso. Pero sí buscar el Desgarro y enviarlo de vuelta a la Fracción Oscura. Así quedaría atrapado una vez más..., a no ser que algún necio mortal volviera a invocarlo. Pero le concedería a la humanidad un margen de unos cuantos milenios más.

«O no —susurró la voz de Daghath Mal en su mente—. *Puesto que no dejan de infringir los Acuerdos de Ventisca*».

Con un doloroso impulso, Noctámbula se obligó a levantarse, ignorando el dolor atroz que le recorría el cuerpo. El suelo donde había estado tendida estaba cubierto de sangre fresca, pero sus heridas se habían cerrado y había recuperado la sensibilidad en las alas. La derecha se movió, pero la izquierda... no.

—Deja que te cuente por qué están desapareciendo tus recuerdos. —Daghath Mal avanzó un paso hacia ella desplegando sus alas hasta copar por completo su campo visual—. Tras el Amanecer Rojo, cuando los miembros de la realeza estaban muertos y su sangre corría a chorros por tu cuerpo, tu vista se desempañó. Te diste cuenta de lo que habías hecho. Y entonces... —esbozó una sonrisa maliciosa—, suplicaste perdón. Te humillaste ante los mortales. Pero ellos no te perdonaron.

Noctámbula apretó los puños.

—En vez de eso, te capturaron. Te ataron. Es más, dejaste que lo hicieran. Llevaron a cabo un ritual oscuro para borrarte los recuerdos del Amanecer Rojo, pero los humanos tienen una experiencia limitada con la magia, así que se excedieron. Después te llevaron de vuelta a tu torre, donde volviste a quedarte dormida. Después te abandonaron y ya solo contaron la historia de tu error.

»El sueño preservó tus recuerdos, tal y como hace con tu cuerpo, pero en cuanto despertaste, comenzó la degradación. Pronto, no serás más que una simple humana, al menos en lo que a tu mente se refiere. Puede que tengas poderes, pero sin el conocimiento necesario para utilizarlos...

Noctámbula quería respuestas, pero ahora prefería no saber más.

—Ellos te hicieron esto. Te han traicionado de todas las formas posibles.

Una oleada de ira se originó en su alma. Pensaba que sería imposible sentirse más desilusionada y decepcionada con los humanos. Pero no. Habían llevado su guerra hasta un extremo obsceno. La habían mermado. Le habían hecho creer que todo eso era culpa suya.

—Fueron ellos —susurró—. Ellos me quitaron los recuerdos. Son ellos los que me están matando.

Daghath Mal seguía copando su campo visual, su presencia era abrumadora.

—No son dignos de ti. ¿Por qué sigues sirviendo a aquellos que jamás apreciarán tu poder?

Eso, ¿por qué? ¿Porque la habían creado para eso? ¿Porque no tenía elección?

—Tienes elección. Durante miles de años, has permitido que te utilicen como arma, pero ahora quiero que seas la guerrera.

—Dime cómo —masculló Noctámbula.

La rabia había prendido de nuevo en ella, la misma ira incontrolable que había experimentado cuatrocientos años atrás. ¿Cómo se atrevían los mortales a profanar su mente? ¿Cómo se atrevían a borrar su identidad?

—Solo tienes que tomar una decisión —susurró el rencor—. Decide que no quieres salvarlos de sí mismos. Los humanos se niegan a concederte lo único que ansías de verdad.

—Un final.

—Les has dicho que sus guerras no hacen más que alimentar la Malicia, pero ellos siguen luchando. —Daghath Mal negó con la cabeza—. Y esperan que los rescates cada vez que la situación se les escapa de las manos.

—No es justo. —Noctámbula estaba ardiendo por dentro. Apenas podía contener la conflagración de su furia.

—Yo también estoy furioso —dijo el rey rencor—. Yo también he sido traicionado.

El vínculo oscuro centelleó entre ellos mientras Noctámbula alzaba la cabeza para mirarlo a los horribles ojos.

—Mortales.

Esa palabra le dejó un regusto agrio en la lengua.

—Sí. Hace eones, cuando el mundo se hizo añicos, fui derrocado. Transformado. En esto. —Daghath Mal desplegó los brazos y las alas, expuso el cuerpo entero, desprotegido—. Me convirtieron en lo que ves.

Si Daghath Mal había formado parte de la Escisión, significaba que era incluso más viejo que ella.

—Dime cómo te transformaron.

El rencor profirió una carcajada ronca.

—Eso ya no importa. Ahora soy un rey, el más poderoso de la Fracción Oscura. La humanidad es el artífice de su propia desdicha. Pero yo pondré fin a eso. Les concederé lo que no se merecen: la paz.

Como si ella no llevara miles de años rogando por alcanzarla.

—No hay manera de...

—Sí que la hay.

Daghath Mal bajó las alas y se hizo a un lado para revelar los dos tronos idénticos situados en el centro de la estancia. Eran inmensos, hechos de metal y hueso. En uno de ellos había un objeto largo y cubierto por una tela, puesto en equilibrio sobre los brazos del trono.

Bienhallada, la defensora de almas.

Noctámbula reconoció su forma, su aroma. Notó un cosquilleo en los dedos por querer empuñarla, pero no alargó el brazo hacia ella. Aún no.

—Me quitaste mi espada.

—No podía permitir que me atacaras. No sin antes tener la oportunidad de hacerte una propuesta. —Daghath Mal retiró el tejido raído que cubría la espada, con cuidado de no tocar ninguna porción de obsidiana—. Podríamos gobernar juntos este mundo, Noctámbula.

Ella lo miró sin decir nada.

—Podrías ser mi compañera. Mi reina. —Daghath Mal se movió alrededor de ella; su cuerpo pálido titilaba, aparecía y desaparecía de su vista—. Este segundo trono fue construido para ti. Tras nuestro primer encuentro, comprendí al fin que no deberíamos ser enemigos. Somos iguales, tú y yo. Los mortales temen nuestro poder y exigen constantemente que lo utilicemos... en su provecho.

—Tu reina —repitió Noctámbula—. Me convertirías en tu igual.

—Ya lo eres. —El rey rencor volvió a aparecer ante ella y le deslizó una garra por el cuello en dirección a la barbilla—. Qué terror tan inconcebible podrías provocar si así lo quisieras. Podrías ser una pesadilla que se extiende sobre la humanidad.

Podría serlo. Podría hacer daño a la gente, del mismo modo que se lo hicieron a ella. Podría hacerles pagar por lo que hicieron sus ancestros. Podría librar a ese condenado mundo de los mortales.

Excepto de uno.

Su alma gemela.

Noctámbula retrocedió un paso, alejándose de Daghath Mal y de los tronos gemelos. La neblina roja comenzó a disiparse de sus pensamientos. ¿De verdad se había planteado...?

«*Noctámbula* —susurró Daghath Mal en el fondo de su mente—. *Ahora sabes lo que te hicieron. Pero yo puedo restaurar los recuerdos que te robaron. Sé mi reina. Ven a mi lado*».

—Fui creada para defender a los habitantes de Salvación —replicó, pero con menos firmeza de la pretendida.

—¿Durante cuánto tiempo? —inquirió el rencor—. ¿Para siempre?

—Si es preciso, sí. —Lo fulminó con la mirada—. No deberías estar en mi mente.

«*Tú abriste esta puerta, Noctámbula. Hace cuatrocientos años, me clavaste tu espada, me incendiaste las entrañas con tu poder. Y compartimos algo íntimo: un odio profundo. Solo duró un instante, pero a partir de ese momento se estableció nuestra conexión*».

Eso lo explicaba todo: por qué podía susurrar en sus pensamientos, por qué le dolía utilizar su poder, por qué se había sentido tentada siquiera por la idea de ocupar el trono a su lado. Noctámbula había construido un vínculo entre ellos, un producto de la energía que fluía por su espada mientras él alimentaba su creciente ira. Y ahora, ese mismo poder atacaba el lugar oscuro que el rey rencor ocupaba dentro de ella, la terrible ponzoña de su influencia.

—No quiero nada de ti. —Noctámbula se obligó a pronunciar esas palabras una por una.

—Quieres recuperar tu pasado —repuso él.

Eso era cierto, pero no podía —ni quería— entregar a cambio su libertad. El rey rencor retendría recuerdos a cambio de servicios, elegiría solo aquellos que quería que ella conociera. Estaba harta de las promesas de doble filo.

—Quizás no lo recuerde todo —dijo con voz ronca—, pero sé que no soy un monstruo. Y aliarme contigo me convertiría en uno.

Un gruñido escapó de la garganta de Daghath Mal.

—Estás cometiendo un error.

No. Noctámbula había jurado defender a los habitantes de Salvación y no pensaba incumplir esa promesa. Ni siquiera ahora. Ni siquiera al saber lo que le habían hecho.

Ella estaba por encima de esa traición.

Antes de que pudieran entrarle las dudas, Noctámbula se lanzó a por su espada.

Sus músculos se resintieron cuando alzó a Bienhallada y la blandió directamente hacia el pescuezo de la bestia. Un relámpago atravesó la sala del trono, un destello radiante de color blanco y azul que duró el tiempo suficiente como para que Noctámbula viera los centenares de rencores que flanqueaban la estancia, con sus garras todavía goteando sangre, con mechones de su cabello asomando entre sus dientes de sierra.

Entonces la estancia volvió a sumirse en la penumbra, la espada completó su arco y el rey rencor desapareció sin dejar rastro. Despacio, alerta, Noctámbula giró en círculo, aferrando con fuerza la empuñadura.

*«No te resistas»*, le susurró en la mente.

Allí: un estremecimiento en el aire, un cuerpo espeluznante que aparecía y desaparecía. Se abalanzó sobre él, arrastrando tras de sí sus pesadas alas, pero el monstruo desapareció antes de que ella llegara, se trasladó a otro espacio.

*«Sé mi reina»*.

—No. —Noctámbula concentró toda su energía en esa palabra y alzó la espada para cubrirse. Esa era su última tentativa. Lo arrojaría por el Desgarro o moriría en el intento. Aunque lo consiguiera, el resto de su ejército se lanzaría sobre ella, sin mostrarle clemencia. Pero al menos habría enmendado aquel error—. No me uniré a ti. Ni ahora, ni nunca.

—Está bien. —El rey rencor pareció resignado. Triste, incluso.

Un aullido monstruoso resonó en el ambiente y cientos de rencores se lanzaron sobre ella al instante, lanzando zarpazos, tirándole de las alas, a pesar de que las plumas de cristal negro les desgarraban la carne. Los rencores la arrollaron, todos intentaban cobrarse un pedazo de ella, sin dejarle espacio para defenderse.

Se produjo un estallido de luz numinosa que hizo retroceder a las bestias, al tiempo que le producía un dolor paralizante. Se lanzó hacia el trono más cercano y desplegó el ala buena para ayudarse a ergirse.

Encaramada al respaldo, en equilibrio precario mientras blandía su espada de obsidiana, siguió luchando. Un fuego radiante y purificador se extendió entre los agresores, aturdiendo a unos, destruyendo a otros.

Noctámbula se giró, lanzó estocadas y chilló cuando unas garras le desgarraron las piernas. Un segundo después, aquel rencor quedó consumido por un fuego divino. Otros tres corrieron la misma suerte, y ella no tardó en perder la cuenta de las bestias que no dejaban de llegar y que ella seguía combatiendo.

Se le cargaron los músculos. Le palpitaba la cabeza. Su cuerpo empezó a quedarse sin fuerzas mientras la horda proseguía su ataque, pisándose unos a otros para tratar de alcanzarla.

Eran legión. Ella estaba sola. Pero no pensaba rendirse, por mucho que le doliera.

Si ese era su combate final, lo afrontaría con todas las fuerzas que le quedaban.

# 43. RUNE

—Nuestros exploradores han avistado a alguien en el bosque, señor.

—¿Un mensajero? —preguntó Rune.

Tras varias horas de ardua marcha, el ejército se había detenido a pasar la noche. Las tiendas de campaña se alzaban bajo la luna llena, envueltas en el aroma de la carne al cocinarse. A Rune le rugió el estómago mientras iba de tienda en tienda con Tide Emberwish, hablando brevemente con soldados y sirvientes por igual. Era bueno para levantar la moral, le dijo un rato antes el gran general, que el rey, sobre todo uno recién nombrado, estableciera un contacto personal con sus hombres.

—Podría ser, majestad. —El explorador dio un sorbo de su cantimplora y se limpió el sudor de la frente—. Venía desde el noreste, cerca de la salida del túnel. Puede que desde Brink.

Rune tuvo un mal presentimiento mientras miraba hacia la montaña, que se alzaba sobre el cielo estrellado. Solo llevaban fuera un día. Apenas se habían alejado de la ciudad. ¿Qué clase de noticias podrían ser tan urgentes? Malas noticias, seguro. Rune estaba empezando a pensar que no existían de otro tipo.

—Buscad a ese mensajero —dijo Tide—. Y averiguad si alguien puede responder de su presencia.

—Sí, gran general. Majestad. —El explorador hizo una reverencia, le puso el tapón a la cantimplora y volvió a marcharse.

Rune y Tide reanudaron su recorrido por el campamento, seguidos por toda su guardia personal, con John y los nuevos soldados.

—Comeremos bien durante varias noches —dijo el gran general, señalando hacia el ruidoso estómago de Rune—. Pero en cuanto se acaben las provisiones, tendremos que apañarnos con pan duro y con lo que cacemos de camino hasta allí. Hay una reserva especial para vos, por supuesto. Los reyes no comen como los soldados de a pie.

—No necesito nada especial.

Rune paseó la mirada por el campamento mientras se hacía noche cerrada. Había miles de personas allí, no solo soldados, sino también cocineros, limpiadores, herreros y flecheros. Toda esa gente lo estaba siguiendo hacia la guerra. Porque él era el rey.

—Tal vez cambiéis de idea cuando no hayáis probado otra cosa que pan rancio durante una semana entera.

Rune estaba de acuerdo, pero no lo admitió en voz alta. Llevaba todo el día cabalgando con el gran general, debatiendo tácticas y contingencias, y, aunque valoraba mucho beneficiarse de su experiencia de toda una vida, no quería que Tide pensara que necesitaba un trato preferente.

—¡Menudas vistas! —exclamó uno de los cocineros.

Rune siguió la trayectoria de su mirada hacia el Malfreno, que despedía un fulgor blanquecino y azulado sobre los árboles y las colinas. Era un recordatorio de la muerte que aguardaba al otro lado. La barrera parecía mermada. Endeble. Como si estuviera pudriéndose desde el interior.

—¿La viste titilar el otro día? —preguntó otro cocinero.

—Pues sí. Me pregunto si saldría algo de allí.

Rune apretó los dientes mientras pasaba de largo, junto a Tide. Ese parpadeo solo había sido el primero. Y daba igual que faltara una semana o un mes para el siguiente: la incursión era inminente.

Tal y como les llevaba diciendo a sus padres desde que estuvieron a punto de perder a Hanne en el malsitio.

—Que no os afecten las charlas de campamento —dijo Tide—. Con incursión o sin ella, antes tenemos que librar una guerra entre humanos. No dejéis que nada os distraiga. Ahora sois el líder, así que debéis estar concentrado. Alerta.

Rune apartó la mirada del Malfreno, pero no pudo evitar preguntarse si Noctámbula estaría ya allí. ¿Se encontraría bien? Detestaba la incertidumbre. No tendría que haberle hablado de ese modo, tan rabioso y a la defensiva. Le había dicho cosas que ya no podría retirar. Otra vez.

—Le he enviado una paloma al gran general embriano para confirmar que estén preparados —le iba diciendo Tide—. Rodearemos al ejército ivaslandeño por ambos flancos. Están acampados junto a sus fronteras y...

Rune conocía toda esa información, pero era obvio que Tide creía que necesitaba volver a escucharla. Rune volvió a pensar en el explorador y en el mensajero de Brink. ¿Cuándo podría recibir ese mensaje?

—¿En qué pensáis, majestad? —preguntó Tide.

Rune no tuvo tiempo de responder, porque lo embargó un malestar repentino, al tiempo que la desesperación afloraba en su interior, atorándole la garganta. Se le encogió el corazón y algo dentro de su alma se retorció angustiado.

—¡Señor! —John corrió a sujetarlo—. ¿Qué está pasando?

En ese momento, una ráfaga de viento caliente atravesó el campamento extendiendo un hedor sulfúrico.

Los árboles se encogieron, como en un gesto de horrorizada súplica, mientras las tiendas de campaña se estremecían con violencia y escupían decenas y decenas de soldados. Resonaron gritos procedentes de todas partes.

—¿Nos están atacando?

—¿Es Ivasland?

—¿Embria nos ha traicionado?

Doblaron las campanas de alerta, pero era demasiado tarde. El hedor de la Malicia inundaba el ambiente y Rune comprendió lo que había pasado: no era un mensajero de Brink, sino un saboteador de Ivasland.

Y había llevado un dispositivo de Malicia.

Rune se enderezó apartándose de John.

—¡Corred! —les gritó a los hombres que le rodeaban—. ¡Corred tan deprisa como podáis!

—¡Poned a salvo al rey! —gritó Tide—. ¡Cargadlo a hombros si fuera necesario!

—¡Vámonos, señor! —John agarró a Rune del brazo y tiró de él hasta situarlo en el centro del círculo que formaban sus guardias—. ¡Ahora, señor!

El corazón de Rune latía desbocado mientras los guardias formaban una uve a su alrededor, y ya no pudo ver nada salvo los uniformes empapados en sudor y destellos luminosos de las hogueras que asomaban entre los cuerpos de los soldados. Se lo llevaron rápido de allí, aunque Rune no pudo ver hacia dónde. A su alrededor, los caballos relinchaban, los perros aullaban y la gente gritaba mientras huían de la onda expansiva de la Malicia. La peste era insoportable.

—¡Con el rey! —gritó alguien fuera del campo visual de Rune.

—¡Capturad al ivaslandeño!

Si alguien estaba siguiendo órdenes de algún tipo, Rune no podía saberlo. Sus guardias mantenían una formación férrea, llevándolo casi a rastras en medio del creciente caos. Se esforzó por mirar en derredor para comprobar qué efectos horribles estaba causando la Malicia, pero no había indicios de que el aire se convirtiera en veneno, ni de que la gravedad se estuviera reajustando.

Sin embargo, fuera lo que fuera, el ejército de Caberwill no era rival. Solo Noctámbula podría salvarlos de aquel horror, pero no podían contactar con ella.

Rune reprimió una oleada de ira. Ella no tenía la culpa. Había sido obra de Abagail y Baldric. Habían asestado un poderoso golpe contra la alianza entre Caberwill y Embria. Ni siquiera habían necesitado enviar su ejército. Les bastaba con ese condenado dispositivo.

Todo se reducía siempre a esa máquina.

Mientras Rune avanzaba a ciegas junto con sus guardias, se hizo una idea de lo que debieron de sentir en Monte Menudo o en la mina de Sol de Argento. El miedo. El pánico. La rabia contra quien hubiera provocado eso.

Hanne. Como ella misma admitió, le concedió a Ivasland todo lo necesario para terminar el dispositivo antes de tiempo.

Y ahora la máquina estaba destruyendo a su ejército.

—¡Arriba, señor! —gritó uno de los guardias, entre el bramido de la Malicia y el estrépito de la gente al huir.

Habían introducido un caballo tembloroso entre sus filas y Rune se montó, con la ayuda de sus soldados, ya que le habían quitado la silla y los estribos hacía apenas media hora.

—Alejaos de la Malicia y reagrupaos junto a ese risco. —John se subió a horcajadas por detrás de Rune—. Y si alguien ve al gran general, ¡os pido, por los númenes conocidos y anónimos, que lo protejáis!

Varios de los nuevos guardias de Rune aceptaron la orden con una exclamación. Después, John espoleó al caballo. Salieron disparados, galopando lo más deprisa posible bajo el fulgor difuso y polvoriento de la luz de la luna y las hogueras del campamento. El entorno había cobrado un cariz grisáceo y espectral, pero desde aquella altura, Rune tuvo ocasión al fin de ver lo que la Malicia le estaba haciendo a su ejército.

Esferas enormes de Malicia, cada una del tamaño de un carro, rodaban por el campamento dejando a su paso un rastro de residuos viscosos y relucientes. Ya solo verlo resultaba repugnante, bastaba para revolverte el estómago. Pero dentro, más allá de la pátina multicolor de la Malicia, Rune vio otros lugares. Granjas con gente trabajando en los campos. Una sastrería, donde una costurera estaba tomando medidas. Y la escarpada cumbre de una montaña, donde no había nadie presente.

Allá donde mirase Rune, había diversas escenas ocultas dentro de las esferas de Malicia. Rodaban por el campamento como aparatosas burbujas, difíciles de ver bajo la luz parpadeante.

En ese momento, una persona golpeó una esfera. Un soldado. Un nuevo recluta, a juzgar por su insignia. Y cuando tocó la esfera, que contenía la imagen de un bosque nevado, desapareció.

A Rune se le cortó el aliento.

—Maldición —murmuró John por detrás de él—. ¿Qué les está haciendo? ¿Los está atrapando? ¿Son malsitios en miniatura?

—Creo... —Rune notó un regusto ácido al fondo de la garganta—. Creo que lo veo ahí dentro.

Efectivamente, Rune atisbó una figura temblorosa dentro de la esfera, con un uniforme de color pardo que ya estaba cubierto de nieve. No tardaría mucho en morir congelado.

El caballo siguió avanzando a toda velocidad, esquivando las incontroladas hogueras, que alargaban hacia ellos unos dedos carmesíes y anaranjados. Rodearon otras esferas, que mostraban toda clase de lugares. Una panadería. Una bodega. Un desfiladero que se extendía a gran profundidad.

—¿Podéis ver el risco? —exclamó John.

Rune parpadeó para poder ver algo a pesar del humo y el polvo, pero no logró divisar el risco donde debían reunirse con los demás guardias. Solo veía gente huyendo de las esferas de Malicia, escapando de las llamas que parecían haber desarrollado unas manos para tratar de alcanzarlos.

—¡No lo veo! El humo... —Rune tosió. Volvió a limpiarse el polvo de los ojos.

Y entonces lo vio:

Una esfera que contenía una estancia de paredes rojizas, un mar de rencores y una joven alada a la que conocía bien.

Noctámbula.

Se le aceleró el corazón al ver el estado en que se encontraba. Estaba encaramada a un trono inmenso, blandiendo su espada con todo su ahínco. Tenía rota el ala izquierda. Tenía el rostro cubierto de sangre. Su armadura estaba hecha jirones, empapada de sangre y sudor. Una maraña de rencores se cernía sobre ella, encaramándose unos a otros para tratar de alcanzarla. Noctámbula luchaba con bravura, pero ¿cómo podría defenderse frente a esa horda?

No podría.

La matarían.

—No. —La súplica escapó de sus labios antes de darse cuenta—. ¡No!

Alargó un brazo hacia la esfera de Noctámbula, como si pudiera sacarla de allí. El caballo, al sentir el movimiento de Rune, giró a la vez que él, tropezando con la tierra y el lodo.

—¿Qué estáis haciendo? —le gritó John al oído—. ¿Qué...?

Entonces comprendió qué estaba mirando Rune. O, mejor dicho, a quién.

—¡No es real! Es una ilusión. ¡Tenemos que irnos!

Rune tenía el corazón en un puño mientras contemplaba la esfera.

Sí que era real. Tan real como el aire, como la luna y el sol, y daba igual que él no fuera su alma gemela, porque en ese momento sintió algo, algo procedente de la conexión que compartían.

Noctámbula había atravesado el Portal del Alma —ella sola—, aunque los dos sabían que no estaba en condiciones de hacerlo. Lo último que le dijo fue que no volverían a verse.

Pero ahí estaba, al otro lado de ese glóbulo de Malicia. Se giró y trazó un amplio arco contra las bestias que la rodeaban, pero su cuerpo se estremeció a causa del esfuerzo. Estaba muy malherida... Además, Noctámbula había dicho... había dicho que sentía dolor al luchar. Que le dolía utilizar sus poderes numinosos.

—¡Necesita ayuda! —Rune comenzó a forcejear, dispuesto a desmontar y a correr hacia ella.

—¡No es real! —John lo sujetó con fuerza.

—Sí que lo es, John. Estoy seguro.

—Lo siento, señor. No puedo permitir que...

—No necesito tu permiso.

Rune se arrojó del caballo y rodó en cuanto tocó el suelo. Luego echó a correr.

—¡A mí! —gritó, por si alguien lo oía entre tanto estrépito—. ¡Seguidme!

Resonaron los cascos de un caballo por detrás de él. John —quizás alguien más— iba tras él.

—¡Con el rey! —gritó John.

Con todas sus fuerzas, Rune corrió hacia la esfera de Malicia y se lanzó en plancha sobre ella. Lo envolvió una negrura fría, como el fondo de un lago congelado, pero debía mantener la fe. La Malicia distorsionaba las leyes de la realidad, haciendo posible lo imposible. Si podía acelerar el tiempo o invertir la gravedad, entonces podría llevarlo junto a Noctámbula en ese mismo instante.

Había olvidado el juramento que le hizo, pero no podía seguir ignorando la realidad: Rune Highcrown era el caballero del alba de Noctámbula. Haría lo que fuera para salvarla.

# 44. HANNE

—¿Comprendéis vuestras órdenes? —Hanne contempló a sus doncellas, que estaban sentadas a la mesa. Las miró a los ojos una por una.

Las había convocado en los aposentos de Nadine para una cena tardía, y en cuanto les retiraron los platos y la cubertería, les contó lo que necesitaba. Lo que necesitaba Tuluna.

Porque era lo que necesitaba Salvación.

—Sí, majestad —respondieron todas.

Lady Sabine dio un sorbo de vino. Después dijo:

—Haré que el capitán Oliver seleccione a sus jinetes más veloces, a sus soldados más discretos. Pero hará falta tiempo para llegar hasta Athelney y volver, sobre todo si el combate se extiende hasta la capital.

—No debería ser difícil conseguir los materiales —dijo Cecelia—. Entre Embria y Caberwill, tenemos acceso a todas las minas y herreros necesarios. Transmitiré las órdenes a primera hora de la mañana.

—Lo más difícil de obtener será el titanio —dijo Maris—, pero tengo a alguien en mente.

—¿Y las torres de vigilancia? —Hanne se inclinó hacia delante—. Necesitamos acceso a todas, a las veinticuatro. Sin esas torres, no hay plan.

—Creo que podremos arreglárnoslas —dijo Lea—. Las que están en Ivasland podrían plantear alguna dificultad, pero estarán distraídos por los ejércitos embriano y caberwiliano que los rodean. No estarán en disposición de preguntarse qué están haciendo unos pocos hombres en sus torres... si es que llegan a verlos. Solo los mejores serán elegidos para esta misión.

—Bien. —Hanne se giró hacia Nadine—. Estás muy callada. ¿En qué piensas?

Nadine miró de reojo hacia la corona de obsidiana, de la que limpiaron un rato antes la sangre y las entrañas del rencor.

—Admito que tengo ciertas reservas —dijo su prima con tiento.

*«No toleres disputas».*

—¿Qué reservas?

Hanne deseó que Nadine lo hubiera mencionado antes y en privado, no delante de Sabine y las demás doncellas. Todas sabían, por supuesto, que ninguna de ellas podría reemplazarla jamás como la favorita de Hanne, pero no era propio de Nadine brindarles esa oportunidad en bandeja. Debía de ser algo que la reconcomía desde hacía tiempo.

—No puedo evitar preguntarme cómo afectará esto al Malfreno —dijo Nadine—. Ya está muy debilitado. Sin duda, algo así pondrá en riesgo la estructura entera.

*«No permitas que sus dudas infecten a las demás».*

A Hanne se le aceleró el corazón. Necesitaba que Nadine creyera en ella, que creyera en su plan. A ella también le sorprendió, en un principio, que Tuluna le diera esas instrucciones, pero luego empezó a comprender que podría funcionar. Era doloroso, pero necesario.

—La estructura del Malfreno ya está en riesgo. —Hanne se obligó a mostrarse paciente—. La presión se acumula desde dentro. Hay que dejarla salir. Pero tiene que hacerse de un modo controlado, consciente, para que podamos elegir cuándo se producirá. Estaremos preparados para proteger Salvación.

—El ejército de Caberwill está comandado por el rey Rune —dijo Sabine—, y su majestad, la reina Hanne, comanda al rey. El rey tomará Ivasland en su nombre, y con eso, tomará su ejército, sus armas y sus máquinas. Pronto, los ejércitos de los tres reinos quedarán bajo el mando de Hanne.

—Será como drenar una herida —dijo Hanne—. Aunque duela, acelerará el proceso de curación.

—En el funeral de Opus, dijiste que ayudarías a reparar el Malfreno. ¿Este es tu plan? —La duda seguía presente en los ojos de Nadine.

—Ninguna queremos hacer esto —dijo Hanne—. Pero es preciso proteger Salvación.

—Lo sé —dijo su prima—. Y nunca nos has llevado por mal camino. Cuentas con mi apoyo.

Hanne se relajó, ahora que Nadine estaba de su parte.

—Funcionará —aseguró. Confiaba en Tuluna, del mismo modo que Nadine confiaba en ella—. Servirá para reparar el Malfreno.

Alguien llamó a la puerta con insistencia y Nadine corrió a abrir. Entró un mensajero, jadeando con fuerza.

—¡Majestad! ¡Se ha producido un ataque!

—¿Otro? ¿Dónde? —Hanne se levantó—. ¡Habla! ¿Se trata de otro asesino?

El joven retrocedió para ejecutar una debida y temblorosa reverencia.

—Ha detonado un dispositivo de Malicia en el campamento del rey.

Hanne sintió un escalofrío.

—¿Qué efecto ha tenido?

—Solo contamos con un testimonio hasta el momento, pero al parecer ha creado... —el mensajero frunció el ceño— portales. Cientos de soldados han sido transportados a diferentes ubicaciones. Uno de ellos incluso ha aparecido en el Bastión del Honor. En las cocinas. Por eso nos hemos enterado de esta calamidad.

Hanne sintió una punzada de ira. Abagail Athelney continuaba atormentándola.

—Entonces, ¿el ejército ha desaparecido? ¿Lo han transportado a la luna, por lo que sabemos?

—No estamos seguros, majestad. Hará falta tiempo para reagruparse.

Hanne procesó mentalmente esa nueva información: las amenazas y las posibilidades. Al otro lado de la montaña, había docenas de portales que conducían a todos los rincones de Salvación. Era peligroso..., pero, quizá, podría convertirse en una oportunidad. Obviamente, algunos de esos portales eran estables. El soldado de las cocinas estaba ileso.

—Para empezar —dijo—, apostad hombres en las cocinas. Lo último que necesitamos es que un ivaslandeño inicie una guerra durante la cena. Y quiero una lista completa de adónde conducen los demás portales. Alguno de ellos podría resultar útil a nivel estratégico.

—Hay más, majestad. —El mensajero titubeó—. El soldado ha dicho que el rey Rune...

—¿Qué pasa con el rey?

—Ha sido absorbido por uno de los portales. Nadie sabe dónde está.

Entonces, el mensajero volvió a salir por la puerta lo más rápido posible, pero sin llegar a correr.

Hanne cruzó una mirada sombría con Nadine. Su posición allí no estaba asegurada; que ella supiera, ni siquiera estaba embarazada. Seguía necesitando a Rune. Si muriera sin dejarla encinta, podría perderlo todo.

—¿Dónde podría estar?

## 45. Noctámbula

Se produjo un estallido luminoso que eclipsó el fulgor rojizo del castillo de Daghath Mal.

Los rencores se alejaron de ese haz de luz blanca y Noctámbula aprovechó la oportunidad para atacar. Cada arco que trazaba con su espada de obsidiana le producía una punzada gélida en la cabeza. Cada estallido de poder numinoso hacía que el dolor le nublase la vista. Pero no podía parar. La crearon para eso, y seguiría haciéndolo hasta que ya no fuera capaz.

*«Estás perdiendo esta batalla».*

De eso era muy consciente.

Aun así, cada rencor que mataba le proporcionaba a la humanidad otra hora, otro día.

*«¿De qué servirá? Utilizarán ese tiempo para seguir haciéndose daño entre ellos, y yo seguiré zarandeando los barrotes de esta celda. ¿Qué harás cuando me libere?»*

Noctámbula no podía pensar más allá de ese preciso instante, para que el peso no la aplastara.

Pero ahora ese haz de luz radiante era un faro que atraía su mirada. Desde su posición elevada sobre los tronos, podía ver el interior de esa brecha. Era una ventana hacia un lugar lejano, donde las llamas se alzaban sobre el cielo nocturno y unos soldados aterrorizados huían y gritaban. Pero eso no fue lo que captó su atención. No. Fue la figura que corría hacia la ventana... y que la atravesó.

Rune Highcrown.

Irrumpió en la sala del trono con un grito mientras ejecutaba un raudo barrido con su espada. Un rencor cayó abatido y de inmediato pasó al siguiente.

Noctámbula lo había visto luchar antes, brevemente, en el malsitio, y ya entonces quedó claro que tenía buenas dotes. Pero nada que ver con las que demostraba ahora. Algo había cambiado en él. Ahora luchaba con la gracilidad de un bailarín, con la confianza de años de entrenamiento, cada línea de su cuerpo era la pincelada de un artista mientras hería, bloqueaba, ensartaba y se volteaba.

Parecía imposible que hubiera cruzado el continente de una sola zancada, pero ahí estaba. Luchando por ella.

Sin embargo, su presencia allí implicaba que podría morir.

—¡Rune! —La voz de Noctámbula quedó eclipsada por el fragor de la violencia, por los chillidos y gruñidos de los rencores, por los rasguños de las garras sobre el suelo compuesto de huesos.

Aunque era imposible que la hubiera oído, Rune alzó la cabeza. Sus miradas se cruzaron.

Entonces pronunció una palabra que ella creía perdida para siempre.

Un nombre. El suyo.

Noctámbula no lo oyó —no con claridad—, pero vio cómo lo articulaban los labios de Rune.

—Medella.

Se le cortó el aliento al pronunciarlo, como si ese nombre fuera un relámpago que había capturado entre sus manos.

Lo recordaba.

Recordaba su nombre.

Por fin, su alma gemela la había reconocido.

La conexión entre ellos se afianzó, como un hilo dorado que se extendía de un corazón a otro, como una luz, una fortaleza.

Rune repitió su nombre, esta vez con una risita de incredulidad y con...

Libertad.

El vínculo oscuro que la mantenía unida a Daghath Mal se debilitó y se rompió. En la mente de Noctámbula, en el lugar donde solía escuchar los susurros del rey rencor, ya solo había silencio. Se le desempañó la vista y dejaron de zumbarle los oídos. Ni siquiera era consciente de esas molestias, pero ahora que se había roto esa magia atroz, se sintió purificada por primera vez en cuatrocientos años.

Noctámbula blandió a Bienhallada. Decapitó a un rencor de un solo golpe.

Y no sintió ningún dolor.

En absoluto.

Se sintió eufórica. El fuego fortaleció sus músculos y reforzó sus alas. Cada tajo, cada impacto... El poderío de Noctámbula quedó patente mientras luchaba, abatiendo rencores que solo ahora empezaban a comprender lo que significaba enfrentarse a la espada de los númenes, a la heroína eterna.

Rune se lanzó hacia el frente, apartándose del portal al tiempo que llegaba otro hombre, que iba montado a caballo. Era John, su guardia. Dos, tres, diez soldados más atravesaron el portal, blandiendo sus armas. Los rencores chillaron ante esa repentina acometida. Esos hombres eran simples mortales, pero en la Malicia, con tantos rencores apretujados entre sí, cada movimiento con la espada daba en el blanco.

Centelleó una luz numinosa. La sangre de los rencores corría a chorros, siseando allí donde topaba con piel o armadura. Las quemaduras de Noctámbula se disipaban enseguida; apenas las sintió frente al fuego de su furia; en el caso de los soldados, sin embargo, humeaban.

Los cadáveres de los rencores se apilaban a su alrededor. Su espada estaba henchida de poder, su verdadera fortaleza al fin se había desatado. Lanzaba estocadas y envites, atacaba con el ala buena, cuyas plumas rebanaban la carne de los rencores. Pero ahora el grueso de sus enemigos se cernía sobre Rune y sus guardias, los objetivos más fáciles.

Si pudiera alzar el vuelo, atravesaría la estancia a toda velocidad y los defendería. Pero su ala izquierda seguía pendiendo en un ángulo extraño, incapaz de moverse.

Tendría que optar por la opción más lenta y letal.

Noctámbula se bajó de los tronos y comenzó a avanzar mientras su espada centelleaba. La sensación de combatir y destruir el mal era maravillosa. Ya casi se había acostumbrado al dolor, pero ahora que era libre, comprendía lo mucho que la había reprimido.

Oleadas de fuego divino se extendieron por la estancia bajo sus órdenes, achicharrando a sus enemigos. Los rencores quedaron reducidos a cenizas.

—¿Qué ha ocurrido? —La voz de Daghath Mal resonó desde todas direcciones a la vez—. ¿Qué has hecho?

Noctámbula esbozó una sonrisa adusta mientras le hincaba la espada en el cráneo a un rencor. Se había librado de él, de sus susurros y su influencia.

Rune ya estaba cerca. Noctámbula percibió su presencia como una atracción magnética sobre su alma. Sus hombres formaban un círculo a su alrededor, pero dos de ellos estaban muertos, mientras que otro se agarraba una herida que tenía en el costado. Con un rápido vistazo a la brecha, confirmó que no iban a llegar más refuerzos, de modo que esa era toda la ayuda con la que podía contar.

Los necesitaba con vida; necesitaba que volvieran a pasar a Rune por la brecha hacia la dudosa seguridad de Salvación. Después, ella remataría la labor. Por primera vez, la victoria parecía posible.

El éxito estaba a su alcance.

El ritmo de la batalla prosiguió, tan familiar como la salida y la puesta del sol. Siguió matando, y lo hizo de un modo raudo y eficiente, dejando el suelo viscoso y resbaladizo a causa de la sangre. Su ala buena resplandecía, haciendo trizas a los rencores; Bienhallada centelleaba, cercenando piel, músculo y hueso. Su armadura se regeneraba sola, ahora más deprisa, sirviéndose del poder de Noctámbula.

Al frente, sin embargo, Rune y sus hombres estaban flaqueando. Habían muerto tres más.

Los superaban en número. Por más que lucharan con valentía, Noctámbula no podría llegar a tiempo hasta ellos. Por cada rencor que abatían, otro ocupaba su lugar. Tenía que cambiar de táctica.

—¡Basta! —gritó Noctámbula—. ¡Daghath Mal, quiero hablar contigo!

Al principio, no pasó nada. Los rencores siguieron luchando y cayó otro guardia, incapaz de soportar los zarpazos y las dentelladas. Pero entonces los monstruos retrocedieron, encorvándose, mientras miraban con avidez a Noctámbula, a Rune y a John, los únicos supervivientes.

Unas inmensas alas de alabastro batieron el aire mientras Daghath Mal aterrizaba frente a Noctámbula, que lo fulminó con la mirada.

—Ríndete ahora.

Daghath Mal soltó una risita sin dejar de batir las alas.

—Vaya, crees que puedes ganar porque has recobrado tu poder.

Noctámbula miró de reojo a Rune. Tenía los ojos entornados, pétreos. Una sangre negruzca goteaba de su espada..., o de lo que quedaba de ella. El ácido ya había corroído el canto afilado. John también estaba mermado a causa de las armas corroídas.

Ninguno de ellos aguantaría mucho más.

—Pero no hay victoria posible —dijo Daghath Mal—. No para ti.

—Cada momento que impido tu liberación es una victoria para mí. —Noctámbula limpió un glóbulo de sangre de su espada—. Tal vez creas que la superioridad numérica es lo único que importa, pero te diré una cosa: mataré a cuanto rencor haya en la Malicia; echaré abajo este castillo, hueso por hueso; y arrastraré tu cuerpo mutilado y ensangrentado hacia el Desgarro, desde donde volveré a arrojarte a la Fracción Oscura. Puede llevarme días. Semanas, incluso. Años. Pero acabaré contigo.

—Tu alma gemela moriría.

—No. Su guardia y él regresarán a Salvación a través de la brecha.

Daghath Mal profirió un ruido gutural mientras reflexionaba, después le hizo señas a un rencor. La criatura se lanzó hacia el portal... y rebotó.

—Solo funciona en una dirección —dijo el rey rencor con un tono gélido y mordaz—. Ninguno de nosotros podrá escapar por ahí.

Ni siquiera Rune. Noctámbula se estremeció al pensar eso, pero debía mantenerse fuerte. Resuelta.

—Si mi alma gemela ha de perecer, se reencarnará.

—Pero estás perdiendo tus recuerdos —masculló Daghath Mal—. ¿Y si la próxima vez no recuerdas qué es un alma gemela?

Noctámbula flexionó los dedos alrededor de la empuñadura de Bienhallada reajustando su agarre.

—A pesar de todo, debo destruirte.

Daghath Mal la escrutó, sus pensamientos resultaban indescifrables en su rostro monstruoso.

—En ese caso, se nos presenta un dilema. Si nos entregamos a nuestros instintos, los dos perderemos lo que más nos importa. Tú, al muchacho. Yo, mi reino. Sin embargo, quizá podamos llegar a un acuerdo.

Rune dio un paso al frente.

—Prefiero morir antes que hacer tratos contigo. Y Noctámbula lo sabe.

El corazón le latía con fuerza. Noctámbula pudo oírlo a pesar del murmullo de los rencores, del roce de sus garras, del sonido sibilante de su sudor al tocar el suelo. Pero Rune estaba actuando con mucha valentía. Como siempre.

—Eres su alma gemela —dijo Daghath Mal—. Aunque pudiera sacrificarte para alzarse con la victoria, ¿sabes lo que le provocaría tu muerte? —El rey rencor ladeó la cabeza—. Has sufrido la pérdida de muchos seres queridos, ¿verdad? Por ejemplo, tu madre...

—Mi madre está viva —replicó Rune, pero le tembló la voz.

—¿Seguro? —Daghath Mal soltó una risita—. Esta mañana, un rencor atacó entre las paredes del Bastión del Honor. Masacró a la desconsolada reina viuda. Fue algo tan inesperado... Nadie podría haberlo impedido.

Rune miró a Noctámbula. Ella no sabía lo que le había pasado a la reina Grace... Pero sabía que Daghath Mal, por más taimado que fuera, casi nunca mentía.

Rune se sintió abatido. Dejó escapar un sollozo ahogado.

—El dolor que sientes ahora —dijo Daghath en voz baja—, solo es una fracción de lo que sentiría Noctámbula si murieras. Sé cómo piensa ella, cómo siente. He tenido cientos de años para examinar su mente y sus recuerdos, y he visto la devastación provocada por la muerte de una sola alma gemela.

Noctámbula apretó el puño.

—Mi dolor no es mayor que el de cualquier otro y tampoco es un arma.

—Imagina el dolor que le provocará tu muerte —le susurró Daghath Mal a Rune—. Yo ya me lo estoy imaginando.

Daghath Mal desapareció. Antes de que Noctámbula pudiera reaccionar, la espada de Rune desapareció de sus manos: el rey rencor se la arrebató, la blandió y decapitó limpiamente a John, que murió antes de tocar el suelo.

—¡No! —gritó Rune, pero Daghath Mal se materializó detrás de él y le agarró por el pescuezo con una mano amarillenta.

Noctámbula se quedó completamente inmóvil.

—¿Cómo lo hacemos? —El susurro del rey rencor resonó por la estancia—. ¿Despacio? ¿Deprisa? —Deslizó la punta de una garra sobre la piel de Rune.

—No lo hagas. —Esas palabras escaparon de sus labios antes de que pudiera contenerlas. El miedo le dejó un regusto amargo—. No, por favor.

Una sonrisa atroz se desplegó sobre el rostro de Daghath Mal.

—Entonces, escucha mi propuesta.

El silencio se extendió por la estancia, ya solo se oían los jadeos entrecortados de Rune.

—Habla —dijo Noctámbula al fin.

—No —protestó Rune—. Da igual lo que te ofrezca, no lo aceptes.

Un gruñido se extendió entre los expectantes rencores. Aún quedaban cientos de ellos, que observaban la escena por encima de los cuerpos de sus compañeros caídos. Estaban apretujados entre sí; uno se acercó demasiado a Noctámbula, que batió el ala buena y le hizo un tajo a la bestia con sus plumas.

Daghath Mal siguió con la mirada la trayectoria del rencor partido en dos, cuyos pedazos se desplomaron sobre el suelo. Pareció molesto.

—Quiero a Rune —dijo—. No lo mataré. Solo quiero... tenerlo aquí. En la Malicia. Podrás recuperarlo cuando yo abandone este lugar.

—Eso es absurdo —replicó ella erizando sus plumas.

—A cambio —prosiguió Daghath Mal—, saldrás de la Malicia sin matar a más rencores.

Rune se quedaría y ella podría marcharse.

No, eso era inaceptable. No podía dejar allí a su alma gemela, sin más protección que la palabra de un rencor. Podría pasarle cualquier cosa.

—Pareces reticente. Permite que te explique cómo funciona la toma de rehenes: ninguno de los dos matará a aquellos a los que desea matar.

Daghath Mal la miró y sonrió mostrando las dos hileras de dientes.

—Ya sé cómo funciona —replicó Noctámbula—. Lo que no sé es por qué me propones esto..., ni por qué habrías de ceñirte a regla alguna.

—Es simple. Durante eones, libré una batalla gloriosa en la Fracción Oscura. Me abrí camino hasta el Desgarro y lo reclamé como mi reino. Aun así, Salvación se me escapaba. Mi furia crecía cada vez que mis intentos eran frustrados... por tu culpa. Tú, Noctámbula. Tú has masacrado a mis ejércitos, siempre has impedido que alcance la divinidad. Pero no importa, porque ensancharé el Desgarro. Ahora cuento con aliados en el plano laico. Y sigo teniendo algo parecido a un ejército. Por desgracia, significativamente más mermado que hace una hora. Pero será suficiente.

—Das por hecho que voy a concederte la oportunidad de reconstruir tus efectivos a cambio de la vida de Rune. —Noctámbula negó con la cabeza—. Tal vez no me conozcas tan bien como crees.

Daghath Mal presionó esa garra curva sobre el pescuezo de Rune. La piel se hundió, luego se desgarró. Brotó sangre.

Rune torció el gesto, primero por la conmoción, después por el dolor.

—Sé que lo harás —dijo Daghath Mal—. No soportas verlo sufrir. Podrías permitir que muriera cualquier otro..., pero no tu alma gemela.

Era tan difícil dejar de mirar a Rune (el miedo plasmado en su rostro, la sangre que se acumulaba en el hueco de su garganta), pero Noctámbula se obligó a concentrarse en el rey rencor.

—Accede a esta tregua. Si matara a Rune Highcrown, lo sabrías. —Daghath Mal mantuvo un tono cordial, afable—. Y entonces, estarías en todo tu derecho de regresar y aniquilar a todo mi ejército.

—En caso de que lo mates tú —dijo Noctámbula—. Pero no has dicho nada sobre tus seguidores.

Daghath Mal sonrió.

—Está bien. En caso de que yo o cualquier otro rencor mate a...

—O lo hiera.

—En caso de mutilar a Rune Highcrown de un modo permanente, el acuerdo se considerará nulo. —El rey rencor volvió a presionar sus garras sobre el cuello de Rune—. ¿Trato hecho?

—Primero hablaré con él —repuso Noctámbula—. Puesto que la decisión lo implica directamente.

Daghath Mal empujó a Rune hacia el frente. Rune avanzó hacia ella tambaleándose. Noctámbula lo sujetó, manteniéndolo de espaldas a sus guardias muertos, y desplegó el ala buena para proporcionarle una ilusión de privacidad.

—¿Cómo de graves son tus heridas? —preguntó.

—Estoy bien.

—De eso nada.

—Te digo que sí —insistió.

Noctámbula no discutió. Los humanos tenían la vieja costumbre de decirse unos a otros que estaban bien, cuando claramente no era así, y esa tradición parecía reportarles un consuelo nada desdeñable.

Rune suspiró y se fijó en los cadáveres que estaban desperdigados por el suelo.

—Todos estos hombres me siguieron hasta aquí. John me siguió, aunque sabía lo que sucedería. Murieron por esto. Por mí.

—Murieron para que tú pudieras vivir.

—¿Y viviré? —preguntó Rune—. ¿Aceptarás este armisticio?

—Te convertirías en su rehén. —Noctámbula tragó saliva con fuerza—. Pero al menos seguirías vivo.

Rune se apoyó una mano en el corazón, quizá en un intento por evaluar su propio dolor y sopesarlo con el de ella.

—Creo que deberías acabar con él. Está debilitado.

—Pero no lo suficiente. —Noctámbula lo miró a los ojos—. Si aceptamos esta propuesta, ganará tiempo, sí. Pero nosotros, también. Y necesitamos ese tiempo. Necesitamos un ejército. Necesitamos caballeros del alba. Y yo... te necesito con vida.

A Rune se le humedecieron los ojos.

—¿Me quedaré aquí para siempre?

—No. Llegará la próxima batalla de esta guerra. Daghath Mal atacará el Malfreno con más fuerza todavía. Entonces me veré obligada a regresar, a luchar, y tú acabarás liberado.

—O muerto.

Noctámbula se acercó a Rune, tanto que los humanos lo habrían considerado un gesto íntimo, y le dejó una pluma en la mano. Estaba dentada, afilada y ensangrentada.

—Eres mi alma gemela. Serás libre.

—Tu alma gemela —susurró Rune mientras guardaba la pluma dentro de su armadura.

—No quise decírtelo antes..., para ahorrarte quebraderos de cabeza.

—Lo presentí. Siempre lo he sentido, antes incluso de que despertaras. —Rune la miró con un gesto a caballo entre el asombro, la tristeza y el terror—. Está bien. Si crees que esta es la mejor opción, me quedaré. Confío en que encontrarás un modo de detenerlo.

—De acuerdo. —Noctámbula le acarició el rostro, memorizando, lo mejor que pudo, las líneas, las curvas y la textura de su piel—. Te lo aviso: la Malicia es una fuerza que corrompe. Cuanto más tiempo pases aquí, más calará en tu interior... y te cambiará. Debes combatirla. Tienes que ser fuerte. Cada instante será una batalla que habrás de vencer.

A Rune se le cortó el aliento.

—¿Cuánto tardará en doblegarme?

—Aguantarás hasta el mismo momento en que dejes de luchar. Recuerda, hay batallas que solo se libran por el placer de resistir.

Esa era la naturaleza de la oscuridad: nunca titubeaba, nunca se cansaba y nunca dejaba de intentar imponerse a la luz.

—No lo olvidaré.

Rune cerró los ojos y tomó aliento. Estaba aterrorizado. Podía oír el traqueteo de su corazón acelerado, el resuello de su respiración, pero se mantuvo firme. Por ella. Para protegerla. Para proteger Salvación.

Seguían muy juntos, ella le apoyó las yemas de los dedos en la mandíbula. Y cuando sus miradas se cruzaron una vez más, las emociones de Rune circularon por el vínculo dorado que se extendía entre ellos: miedo, tristeza y añoranza. El corazón de Noctámbula se aceleró ante esa misma oleada de sentimientos.

Segundos después, Rune acercó sus labios a los de ella. Primero con una pregunta. Después con un suspiro leve de indecisión.

Noctámbula se estremeció e imitó sus movimientos.

El beso que compartieron fue lento, cauteloso, tentativo. Trajo consigo una mezcla de sensaciones contradictorias. Noctámbula sintió como si algo que llevaba preso mucho tiempo al fin se hubiera liberado, como si varios fragmentos de su ser se unieran por efecto del deseo. Aunque había visto a los humanos besarse miles de veces, nunca le había encontrado el encanto. Pero ahora que le estaba pasando a ella, empezaba a atisbar el poder de ese gesto.

Era algo más que la calidez de sus labios al rozarse, que el movimiento de su mandíbula bajo sus dedos, que la cercanía de sus cuerpos, apenas separados. Era la confirmación de una emoción y una atracción. Era una promesa.

Y también una despedida.

Rune retrocedió, la miró a la cara con expresión culpable.

Noctámbula bajó la mano. Los dos habían olvidado, al parecer, que Rune ya le había hecho una promesa a otra persona.

—Gracias por concederme este recuerdo —susurró Noctámbula. Lo llevaría consigo, como una estrella radiante en su oscurecido cielo. Algún día, esa estrella también se apagaría, pero hasta entonces la guardaría como un tesoro.

Rune asintió con rigidez.

—Deberías irte. Busca a Hanne y pídele ayuda. Ella está de nuestra parte.

Noctámbula se limitó a asentir y bajó el ala buena. Comprobó que los rencores ya se habían desplazado para abrirle camino.

Daghath Mal sabía de antemano lo que iban a decidir.

Noctámbula volvió a mirar a Rune.

—Ve —dijo él—. Confío en ti.

Y entonces se fue.

Salió de la sala del trono, del castillo.

Se encaminó hacia las torres de los númenes conocidos y los anónimos, cada paso que daba le parecía una traición. ¿Cómo podía dejar a Rune a merced de los tormentos de la Malicia? Pero no había otra manera de protegerlo, ninguna que ella alcanzara a ver.

Qué rápido se había convertido su victoria en una rendición.

Mientras caminaba, sintió el dolor de todas sus heridas: los huesos rotos en el ala izquierda, las heridas que todavía sangraban. Se le empezaron a cerrar los ojos. Le pesaban los pies, pero paso a paso, se obligó a seguir avanzando.

Cuando las secciones del Portal del Alma se abrieron con un traqueteo, cuando el Malfreno zumbó y se escindió a su alrededor, Noctámbula lo atravesó.

Una vez fuera de la Malicia, cayó de rodillas y alzó el rostro al cielo, hacia la lejana espiral de estrellas y hacia el amanecer, que relucía por debajo de las montañas, bañándolas con una luz dorada.

—Has vuelto —dijo el Conocido.

—¿Qué ha ocurrido? —preguntó el Anónimo.

Noctámbula sintió un escozor provocado por las lágrimas.

—El Malfreno está siendo atacado, mi alma gemela está en peligro y un rey rencor ha venido a Salvación. He ganado tiempo a cambio de la vida de Rune, pero no sé qué hacer.

Los guardeses se miraron y entonces el Conocido le apoyó las manos en la coronilla, mientras que el Anónimo hizo lo propio sobre su corazón.

—Cierra los ojos.

Cuando lo hizo, una luz numinosa más radiante que el amanecer centelleó envolviéndolos a todos.

Y allí donde una franja de oscuridad y vacío se había desplegado por su memoria, una nueva estrella cobró vida.

# Agradecimientos

Publicar un libro es un trabajo en equipo. Muchas gracias a:

Mi agente, Lauren MacLeod, una de mis personas favoritas de todo el universo, que apadrinó a Noctámbula, Hanne y Rune desde el principio.

Mi editora, Mora Couch, que entendió y compartió mi visión de este libro. Siempre estaré en deuda por el tiempo, el cariño y la atención que ha dedicado para crear la mejor versión posible de Noctámbula.

El increíble equipo de Holiday House, incluidos Sara DiSalvo, Aleah Gornbein, Terry Borzumato-Greenberg, Miriam Miller, Erin Mathis, Kerry Martin, Amy Toth, Chris Russo, Nicole Gureli, Lisa Lee, Judy Varon y Della Farrell. No podría estar más agradecida por contar con un equipo tan implicado.

Al fabuloso ilustrador de cubierta, Yonson. Me dejaste sin palabras.

Además, me siento muy agradecida por tener amigos y compañeros tan maravillosos que me apoyaron durante todo el proceso de escritura y creación de este libro, entre los que se encuentra Martina Boone, que enseguida vio el potencial en el esbozo inicial que tenía y lo dejó todo para comentar la idea hasta altas horas de la madrugada.

Mi cariño eterno para Cynthia Hand, Valerie Cole, Erin Bowman y C.J. Redwine, que estuvieron presentes en cada paso del proceso con lluvias de ideas, consejos y apoyo emocional.

Gracias a Leah Cypess, Kat Zhang, Francina Simone, Fran Wilde, Erin Summerill, Alexa Ypangco, Cade Roach, Adrienne

Bowling, Elisabeth Jewell, Kelly McWilliams, Aminah Mae Safi y Wren Hardwick por sus ánimos y/o sus lecturas, y por ser, en conjunto, unos seres humanos excepcionales.

Un agradecimiento especial para Pintip Dunn, Kathleen Peacock, Brigid Kemmerer, Erin Bowman, Mary Hinton, Kathryn Purdie, Tricia Levenseller, Lisa Maxwell, Nicki Pau Preto, Kendare Blake y Lelia Nebeker por sus bonitas palabras para este libro, algunas incluso antes de que estuviera terminado siquiera.

Mis oídos quieren darles las gracias a Caitlin y Sidney Powell, de Neoni, cuya música escuché un montón mientras trabajaba en este libro.

Me siento muy agradecida por la camaradería del grupo Zoo Slack y de la pandilla de chicas #FantasyOnFriday.

Todo mi amor para mi cariñosa familia.

¿Y qué sería de un escritor sin todos esos libreros, bibliotecarios y docentes? Gracias a todos. Y gracias en especial a mis amigos de la librería One More Page Books en Arlington, Virginia.

Y, como siempre, gracias a ti, a la persona que estás leyendo este libro.